NERI POZZA

I N

Della stessa autrice:
Io ti ho trovato
Ellie all'improvviso
Qualcuno ti guarda
La famiglia del piano di sopra
La ragazza invisibile
La notte in cui lei scomparve
La famiglia è ancora qui

Titolo originale:
None of This is True

ISBN 978-88-545-2975-5

www.neripozza.it

LISA JEWELL

LA VERITÀ SU JOSIE FAIR

traduzione dall'inglese di
Giovanni Zucca

NERI POZZA EDITORE

Prologo

Lui lascia la frescura ad aria condizionata dell'hotel per uscire barcollando nella notte umida e afosa, ma non basta a rimetterlo in sesto dopo quello che ha bevuto. Avverte ancora più forte la sensazione di panico, di claustrofobia. Un velo di sudore simile ad alcol puro gli fiorisce in pochi istanti sulla pelle, ha la schiena fradicia lungo la spina dorsale, giù fino alle reni. Come può fare così maledettamente caldo alle tre di notte? E lei dov'è? Dov'è? Si gira per vedere se la ragazza lo segue e la scorge, incerta, tremante, sdoppiata dietro la vetrata dell'hotel. E poi vede una macchina che mette la freccia e il cuore prende a battergli più forte. È arrivata. Finalmente. Grazie a Dio. Questa nottata da incubo è ormai agli sgoccioli. Strizza le palpebre per mettere a fuoco, guardando verso il sedile del conducente in cerca del rassicurante bagliore dei suoi capelli biondo cenere. Ma non lo vede. Il finestrino si abbassa, e lui arretra leggermente.

«Che succede?» dice alla donna dai capelli scuri al volante. «Tu cosa ci fai qui? Dov'è mia moglie?»

«È tutto a posto» dice la donna. «Mi ha mandato lei. Ha bevuto troppo, così mi ha chiesto di accompagnarti a casa. Dai, sali».

Lui cerca di nuovo la ragazza con lo sguardo, la vede uscire dall'hotel e sgattaiolare via veloce in direzione opposta, la borsa ben stretta contro il fianco.

«Forza, sali in macchina, ho dell'acqua e un po' di caffè. Sarai a casa in un attimo».

Il cane che ha in grembo gli ringhia appena, mentre lui scivola sul sedile del passeggero.

«Pensavo fossi partita» dice lui, andando a tentoni dietro la schiena per trovare la cintura di sicurezza. «Non dovevi andare via?»

La donna gli sorride, mentre svita il tappo di una bottiglietta d'acqua e gliela passa.

«Sì, certo» dice. «È vero, ma lei aveva bisogno di me. Quindi... a ogni modo, bevi questa. Bevila tutta».

Lui porta la bottiglia alle labbra secche, troppo secche, e butta giù una lunga sorsata. Poi chiude gli occhi, in attesa di ritrovarsi a casa.

PRIMA PARTE

In arrivo su Netflix a maggio:
Ciao, sono la tua gemella di compleanno!

Dai creatori del *Mostro della porta accanto* e del *Truffacuori seriale*, arriva un programma veramente unico. Un podcast dentro un documentario: chiamiamolo un docu-podcast. Nel giugno del 2019 la celebre podcaster Alix Summer, già nota per la serie *Donne al centro*, dedicata a storie di successo al femminile, dà il via a un nuovo progetto, da lei battezzato *Ciao, sono la tua gemella di compleanno!*, con l'idea di raccontare la storia di una donna che vive non lontano da lei, nata nel suo stesso giorno. Man mano che il progetto avanza, Alix comincia a scoprire su questa donna semplice e modesta verità che non avrebbe mai immaginato. E nel giro di poche settimane la vita di Alix viene sconvolta, e due persone muoiono. Una vicenda assolutamente da brivido, che vi farà intravedere alcuni dei recessi più oscuri dell'umanità: una serie da cui non riuscirete a staccarvi, da divorare tutta in una volta.

Ciao, sono la tua gemella di compleanno!
UNA SERIE ORIGINALE NETFLIX

Dissolvenza incrociata. Lentamente appare l'interno di uno studio di registrazione.

La didascalia in basso recita:

REGISTRAZIONE DEL PODCAST DI ALIX SUMMER, 20 GIUGNO 2019

Una voce femminile in lento crescendo:

«Così stai comoda, Josie?»

«Sì, comodissima».

«Bene. Ottimo. Intanto che io preparo tutto, perché non mi dici cos'hai mangiato a colazione stamattina?»

«Oh... ecco...»

«È solo per il soundcheck».

«Giusto, certo. Allora, del pane tostato. Due fette di pane tostato, una con la marmellata, l'altra con burro di arachidi. Ah, e una tazza di tè. Quello buono di Marks, sai. Nella scatola dorata».

«Con il latte?»

«Sì, con il latte».

Breve pausa.

La camera fa una panoramica dello studio di registrazione deserto, zumando sui dettagli: onde frastagliate sui monitor, un paio di cuffie abbandonate, una tazza da caffè vuota.

«A posto? L'audio è okay?»

«Sì, è perfetto. Siamo pronte. Ora faccio un breve conto alla rovescia, e poi ti presento. Okay?»

«Sì, okay».

«Ottimo. Allora... tre... due... uno. Buongiorno, do il benvenuto a tutte e tutti. Io sono Alix Summer, e questa è una cosa un po' diversa da...»

L'audio svanisce e lo schermo ridiventa nero.

Iniziano a scorrere i titoli di testa.

Sabato 8 giugno 2019

Josie avverte il disagio di suo marito non appena entrano nella luminosità dorata del gastropub. Lei ci è passata davanti un sacco di volte, pensando: Non è un posto per noi. Tutta gente troppo giovane. Sulla lavagna esterna, un menu di specialità che non ha mai neanche sentito nominare. Che diavolo è la bottarga? Ma quest'anno il suo compleanno è caduto di sabato, e quando Walter le ha chiesto cosa le andava di fare, non ha detto: Ma sì, dai, una bella cena da asporto e una bottiglia di vino, e va bene così. Quest'anno ha pensato all'atmosfera magica del Lansdowne, al brusio delle chiacchiere, allo champagne nei secchielli di ghiaccio sui tavoli del dehors nelle calde serate estive, e poi ha pensato a quel piccolo gruzzolo che le ha lasciato il mese scorso la nonna nel suo testamento, e si è guardata allo specchio cercando di vedersi come il tipo di persona che festeggiava il compleanno in un gastropub a Queen's Park e ha dichiarato: «Andiamo fuori a cena».

«Va bene» ha detto Walter. «Hai in mente un posto in particolare?»

E lei: «Sì, il Lansdowne. Hai presente, quello in Salusbury Road».

Lui si è limitato ad alzare un sopracciglio, guardandola, e poi: «È il tuo compleanno, è giusto che scegli tu».

Walter le tiene la porta aperta e lei entra. Si fermano per qualche attimo accanto a un cartello che recita *Siete pregati di attendere qui il vostro turno,* mentre Josie si guarda intorno, la borsa bloccata tra le braccia stretta alla pancia, osservando i primi clienti già intenti a bere e mangiare.

«Fair» dice al giovane che le compare davanti con un portablocco. «Josie. Ho prenotato un tavolo per le sette e mezza».

Lui le sorride, poi sorride a Walter e poi di nuovo a lei. «Per due, giusto?»

Li conduce a un tavolo carino in un angolo. Walter si siede sulla panchetta, Josie su una sedia di velluto. Portano loro i menu, agganciati a tavolette di legno. Josie si è già studiata quello online prima di uscire, per poter googlare in anticipo i piatti che non conosceva, e sa già cosa ordinare. A cominciare dallo champagne. E che Walter pensi quello che vuole.

Un chiassoso gruppo di nuovi arrivati all'ingresso del locale attira la sua attenzione. Entra una donna con un palloncino tra le mani, con le parole *Birthday Queen* stampate sopra. I suoi capelli di un biondo freddo hanno un taglio così perfetto da sembrare liquidi. Indossa pantaloni svasati e un top nero, composto da due lembi di tessuto tenuti insieme da laccetti sui lati. Pelle abbronzata e sorriso smagliante. Dietro di lei altra gente, stessa fascia di età, uno con un mazzo di fiori, un altro con una sfilza di eleganti pacchi regalo.

«Alix Summer!» si annuncia la donna con voce squillante. «Tavolo per quattordici».

«Hai visto?» dice Walter, dandole una leggera gomitata. «Anche lei compie gli anni oggi».

Josie annuisce distrattamente. «Già» dice. «Sembra proprio di sì».

Tutta la banda segue il cameriere fino a un tavolo accanto al loro. Josie nota i tre secchielli per il ghiaccio già pronti, ciascuno con due bottiglie di champagne ben fredde. Gli invitati prendono posto rumorosamente, discutendo ad alta voce su dove ognuno deve sedersi, no, per carità, non accanto a mio marito o a mia moglie, ed è la suddetta Alix Summer a dire a ognuno dove prendere posto, il tutto mentre un uomo alto dai capelli rossi, probabilmente suo marito, le sfila il palloncino di mano e lo lega allo schienale di una sedia. Quando tutti si sono finalmente accomodati saltano i primi tappi di bottiglia, lo champagne viene versato in quattordici calici retti da quattordici persone con braccia abbronzate, braccialetti d'oro e candide maniche di camicie ben stirate, che brindano tutte insieme, le più lontane alzandosi in piedi per protendersi sulla tavola, e tutte insieme dicono: «Ad Alix! Buon compleanno!»

Josie fissa la festeggiata. «Quanti anni avrà, secondo te?» chiede a Walter.

«Santo cielo, chi lo sa. Mica facile dirlo, oggigiorno. Quaranta e qualcosa, più o meno?»

Josie annuisce. Oggi è il suo quarantacinquesimo compleanno. E fa fatica a crederci. Sembra ieri che era giovane, e pensava che i quarantacinque sarebbero arrivati chissà quando. Quarantacinque era un'età dell'altro mondo. Invece sono arrivati presto, e non sono quel che si aspettava. Lancia un'occhiata a Walter, il suo fascino di un tempo ormai è solo un ricordo, e si chiede come sarebbero andate le cose se non lo avesse mai conosciuto.

Lei aveva tredici anni, quando si sono incontrati. Lui era un po' più grande di lei; no, era un bel po' più grande di lei, a dire il vero. Era stato uno shock per tutti, all'epoca, tranne che per lei. A diciannove anni lo ha sposato, a ventidue ha avuto una bambina, a ventiquattro ne ha avuta un'altra. Una vita vissuta in avanti veloce, in cui lei adesso, apparentemente, dovrebbe raggiungere la vetta per poi ridiscendere con calma, soddisfatta e sorridente, lungo il versante opposto. Salvo il fatto che non le sembra ci sia mai stata una vetta da raggiungere, semmai un precipizio, scavato dai traumi, intorno al quale continua a girare in tondo, lo stomaco contratto dalla paura.

Walter è in pensione adesso, insieme ai capelli ha perso buona parte dell'udito e della vista, e la vetta dei suoi quarantacinque è ormai talmente lontana nel tempo, e talmente legata ai momenti più difficili e intensi del tirare su due figlie, che le riesce pressoché impossibile ricordarsi com'era lui all'età che ha lei oggi.

Josie ordina pane arabo con feta e pomodorini secchi, seguiti da una tartare di tonno (*La tartare è una crudité di mare preparata con il pesce fresco abbattuto*) con purè di cannellini, e una bottiglia di Veuve Clicquot (*Il Veuve Clicquot Brut «Yellow Label» è apprezzato per il suo bouquet di frutti bianchi e gialli, con note agrumate, aromi di pasticceria e un lieve sentore di frutta secca*). Poi prende la mano di Walter e accarezza col pollice la pelle chiazzata dall'età e gli chiede: «Tutto bene?»

«Sì, certo. Benissimo».

«Allora, come ti sembra questo posto?»

«È... sì, mica male. È un bel posto».

Josie è raggiante. «Bene» dice. «Sono proprio contenta».

Alza il calice di champagne per brindare con il marito. Lui le tocca il bicchiere con il suo e dice: «Buon compleanno».

Il sorriso di Josie si raggela nel momento in cui si gira a guardare Alix Summer e il suo folto gruppo di amici, il marito dalla chioma rossa col braccio mollemente adagiato sullo schienale della sedia di lei, i grandi vassoi di carne e pane portati al tavolo e collocati davanti agli invitati come per incanto, i loro suoni, i rumori, il modo in cui riempiono ogni frammento di spazio con le loro voci, le braccia, le mani e le parole. L'energia che sprigionano ha qualcosa di effervescente, è un'aurora boreale inebriante e turbinosa, che risplende della fastidiosa certezza che a tutto questo loro hanno pieno e assoluto diritto. E in mezzo al turbinio risplende Alix Summer, con il suo ampio sorriso, i grandi denti, i capelli che catturano la luce, la classica catenina d'oro con un pendente che le sfiora le clavicole ben disegnate a ogni movimento.

«Mi chiedo se anche lei li compie proprio oggi» dice, pensosa.

«Magari sì» dice Walter, «però sai, è sabato, quindi chi lo sa».

La mano di Josie trova la catenina che porta al collo da quindici anni: il regalo di Walter per il suo trentesimo compleanno. Le viene da pensare che forse ci dovrebbe aggiungere un pendente. Qualcosa che luccichi.

È il momento che lui sceglie per porgerle un pacchettino.

«Non è niente di speciale, lo so che hai detto che non volevi regali, ma tanto io non ci ho creduto». Le sorride e lei gli restituisce il sorriso. Poi apre la confezione e ne estrae un flacone di profumo Ted Baker.

«Che meraviglia» dice. «Grazie davvero». E si protende in avanti per deporgli un lieve bacio sulla guancia.

Al tavolo accanto Alix Summer sta aprendo pacchetti e leggendo biglietti di auguri, distribuendo i suoi grazie ad amici e parenti. Ne appoggia uno aperto sul tavolo, e Josie vede che c'è stampato sopra il numero quarantacinque. Dà una gomitata a Walter. «Guarda» dice. «Compie quarantacinque anni. Siamo gemelle di compleanno».

E mentre lo dice, si sente invadere da quella sensazione dolorosa che ha continuato a tormentarla per gran parte della vita. Prima d'ora non è mai riuscita a individuare il perché di quel dolore, non ha mai capito cosa volesse dire. Adesso sì che lo ha capito.

Ha capito che vuol dire che nella vita lei ha sbagliato tutto, ma proprio tutto, e le resta pochissimo tempo per rimettersi almeno un po' in pari.

Vedendo Alix alzarsi da tavola e andare verso la toilette, si alza di scatto anche lei. «Vado un attimo in bagno».

Walter alza lo sguardo dal piatto di prosciutto crudo e melone. Ha l'aria sorpresa, ma non dice niente.

Un attimo dopo, Josie e Alix si riflettono una accanto all'altra nello specchio sopra i lavabi.

«Salve, buonasera» dice Josie, la voce un po' più acuta di quanto volesse. «Sono la sua gemella di compleanno!»

«Davvero?» dice Alix, sul viso un'espressione subito aperta e cordiale. «Anche lei compie gli anni oggi?»

«Certo, oggi ne compio quarantacinque!»

«Wow, fantastico. Io pure. Buon compleanno!»

«Anche a lei».

«A che ora è nata?» chiede Alix.

«Oddio» risponde Josie. «Sa che non ne ho idea?»

«Io nemmeno».

«È nata da queste parti?»

«Sì, al St Mary. E lei?»

Josie sente il cuore balzarle in petto. «Anch'io!»

«Incredibile» dice Alix. «Questo è veramente bizzarro!»

Le dita di Alix vanno al pendente che ha al collo, e da vicino Josie vede che è un bombo d'oro. Sta per aggiungere qualcosa a proposito della coincidenza delle loro nascite, quando la porta del bagno si apre per far entrare una delle amiche di Alix.

«Eccoti!» dice. Indossa jeans stinti in stile anni Settanta e un top senza spalline, con due grandi cerchi di metallo alle orecchie.

«Zoe, la signora è mia gemella di compleanno! Lei è Zoe, la mia sorella maggiore».

Josie sorride a Zoe e aggiunge: «Nate lo stesso giorno, nello stesso ospedale!»

«Wow, che storia» dice Zoe.

Poi Zoe e Alix lasciano perdere la Fantastica Coincidenza per mettersi a parlare d'altro, e subito Josie sente che quello strano attimo che le ha collegate è già passato, che per Alix è stato solo un dettaglio senza importanza, mentre per lei possiede un valore e un significato. Non vorrebbe lasciarlo svanire così, anzi vorrebbe ridargli vita, ma è impossibile. Deve tornare da suo marito e dal suo pane arabo, e lasciar tornare Alix alla sua festa con i suoi amici. Lancia un «Buona serata, allora» a mezza voce mentre si volta per andarsene, e Alix le risponde con un caloroso: «Buon compleanno, gemella di compleanno!»

«Anche a lei» dice Josie.

Ma Alix non la sente.

Ore 1:00

Ad Alix gira la testa. Shottini di tequila a mezzanotte. Ha esagerato. Nathan si sta versando un whisky, e l'odore dell'alcol le fa girare la testa ancora più forte. In casa c'è silenzio. A volte, quando prendono una babysitter particolarmente pimpante, i bambini sono ancora in piedi al loro rientro, agitati e fin troppo svegli per i loro gusti, con la tv accesa a tutto volume. Ma non stasera. La babysitter di turno, una signora dalla voce gentile sui cinquanta e qualcosa, se n'è andata mezz'ora fa, lasciando la casa in ordine, in sottofondo il ronzio della lavastoviglie in funzione. La gatta poi si sta avvicinando ad Alix sul lungo divano con aria eloquente, facendo le fusa prima ancora che la mano di lei abbia incontrato il pelo.

«Quella donna» dice a Nathan, staccandosi uno degli artigli della gatta dai pantaloni, «sai, quella che continuava a guardarmi. Be', l'ho incrociata alla toilette ed è saltato fuori che anche lei oggi compiva quarantacinque anni. Ecco perché mi fissava tanto».

«Ma dai» dice Nathan. «Tua gemella di compleanno, sul serio?»

«E in più anche lei è nata al St Mary. È curioso, tu sai che ho sempre pensato di non essere unica al mondo, e mi sono chiesta tante volte se mia madre non avesse lasciato l'altra gemella all'ospedale. E se fosse proprio lei?»

Nathan le si lascia cadere pesantemente accanto, roteando il whisky nel bicchiere intorno a un solitario cubetto di ghiaccio, uno di quelli grossi e cilindrici che prepara con l'acqua minerale. «Quella lì?» dice con tono sprezzante. «Mi sembra quantomeno improbabile».

«E perché?»

«Perché tu sei bellissima, lei invece...»

«Lei cosa?»

Alix si irrigidisce, ed è una cosa che le viene da dentro. Perché adora che Nathan la trovi bella, ma vorrebbe che riuscisse a vedere la bellezza anche in altre donne attraenti in modo meno convenzionale. Quando denigra l'aspetto delle altre fa la figura del superficiale, se non del misogino. E questo la spinge a chiedersi se lo ama davvero. «Io l'ho trovata molto graziosa. Ha due occhi castani così scuri che sembrano neri, e una bella chioma ondulata. Resta il fatto che è strana, non credi? L'idea di due persone nate nello stesso posto, nello stesso momento».

«Non direi. Ci saranno state almeno altre dieci nascite, quel giorno al St Mary. Probabilmente anche di più».

«Sì, ma incontrare una di queste persone? E proprio il giorno del tuo compleanno?»

La gatta è perfettamente acciambellata sulle sue ginocchia, adesso. Alix le passa le dita nel folto pelo intorno al collo e chiude gli occhi. La stanza si mette di nuovo a girare. Riapre gli occhi, fa scivolare giù la gatta e si precipita alla toilette in fondo al corridoio, dove vomita con violenti conati.

Domenica 9 giugno

Josie si risveglia di colpo da un sonno poco profondo e da un sogno così prossimo alla superficie della coscienza da poterlo quasi controllare. È al Lansdowne. Alix Summer è lì e la chiama, la invita ad andare a sedersi al suo tavolo, imbandito di bizzarre ciotole di frutta. I suoi amici se ne vanno. Il pub è vuoto. Alix e Josie siedono una di fronte all'altra, e Alix dice: «Ho bisogno di te». E Josie si sveglia.

Colpa degli autobus.

Sono loro che la svegliano ogni volta.

Vivono proprio accanto a una fermata, in una strada trafficata e lercia al confine tra Kilburn e Paddington. Secondo un sito web di storia locale, le grandi dimore vittoriane che la costeggiano furono fatte costruire nel 1876 da alcuni ricchi commercianti. Un tempo la via conduceva alle terme di Kilburn Priory e risuonava dello stridio delle ruote delle carrozze e dei tonfi degli zoccoli dei cavalli. Tutti gli edifici sono ormai stati suddivisi malamente in tanti appartamenti, e le facciate in stucco sono sbiadite e macchiate come vecchi fogli di giornale a causa del traffico incessante ad appena due passi. E poi gli autobus. Ci sono ben tre linee che transitano sulla loro strada, e ogni pochi minuti un mezzo si ferma lì sotto. Il sibilo del sistema idraulico di frenata è così forte da spingere a volte il cane di Josie ad andare a rannicchiarsi negli angoli.

Josie guarda l'ora. Sono le 8:12. Scosta le pesanti tende di tela denim e scruta la strada. I volti delle persone sedute sul bus sono a poche decine di centimetri da lei, ma sono del tutto ignari della donna che li spia dalla finestra della sua camera da letto. Arriva il cane e lei gli prende il muso tra le mani. «Buongiorno, Fred».

Josie ha i postumi di una leggera sbronza. Hanno festeggiato con una mezza bottiglia di champagne ieri sera, per finire con una sambuca. Molto più di quanto lei sia abituata a bere. Va in soggiorno, dove Walter è seduto al tavolo da pranzo, davanti alla finestra che dà sulla strada.

«Buongiorno» le dice, rivolgendole un fugace sorriso prima di riportare lo sguardo sullo schermo del computer.

«Buongiorno» risponde lei, andando verso la cucina. «Hai dato da mangiare al cane?»

«Sì. E l'ho anche portato fuori».

«Grazie» dice lei con calore. Fred è il suo cane. Walter non ha mai voluto un cane, tantomeno un esemplare da borsetta come Fred, che è un pomchi. La responsabilità quindi è solo sua. Per questo è molto grata al marito ogni volta che se ne occupa.

Si prepara una fetta di pane tostato e una tazza di tè, e va a rannicchiarsi sul divanetto nell'angolo della stanza. Quando prende in mano il telefono, si accorge che stava googlando Alix Summer prima di addormentarsi. Questo spiega perché si è ritrovata a sognarla al momento del risveglio.

Alix Summer, a quanto pare, è una podcaster e giornalista piuttosto nota. Ha ottomila follower su Instagram e altrettanti su Twitter. La sua bio recita: *Mamma, giornalista, femminista, ficcanaso di professione, praticante yoga a tempo perso, abitante entusiasta di Queen's Park.* Poi c'è un link al suo canale podcast, *Donne al centro,* dove intervista donne di successo che raccontano com'è essere donne di successo. Josie riconosce alcuni nomi: un'attrice, una giornalista, una sportiva.

Inizia ad ascoltarne uno: una certa Mari le Jeune, a capo di un colosso mondiale di prodotti di bellezza. La voce di Alix nell'introduzione è morbida come velluto, e Josie capisce perché si è dedicata proprio a questa particolare carriera.

«Cos'è che stai ascoltando?» le chiede Walter.

«Un podcast. È di quella tipa, Alix, quella che ho incontrato al pub ieri sera. La mia gemella di compleanno. Questo è il suo lavoro» risponde Josie.

Riprende ad ascoltare. La donna di nome Mari parla del suo matrimonio in giovane età con un uomo che esercitava su di lei un controllo totale. «Era lui a decidere tutto: le cose che facevo, i cibi che mangiavo, i vestiti che indossavo. Mi ha messo contro i miei figli. Mi ha messo contro i miei amici. La mia vita era ridotta al minimo, come se l'avesse presa e spremuta fino a lasciare solo qualche goccia di quello che ero. E poi, nel 2005, è morto, all'improvviso. È stato come premere il tasto "Riavvia" della mia vita. Ho scoperto che in tutti quegli anni bui con mio marito, quando pensavo di essere completamente sola al mondo, c'erano tantissime persone che mi aspettavano in silenzio, in attesa che tornassi da loro, e non si erano mai mosse. Mi hanno teso la mano e mi hanno accolta».

Poi ecco di nuovo la voce di Alix. «E se suo marito – e spero che non le sembri una cosa sgradevole o indelicata da dire – non fosse morto così giovane, come pensa che sarebbe andata la sua vita? Pensa che sarebbe riuscita ad arrivare al punto dove si trova adesso? Pensa che in qualche modo il suo successo, tutto ciò che ha ottenuto, fosse più o meno già scritto nel suo destino? O crede che sia stata solo la tragica scomparsa di suo marito a permetterle di trovare questa strada?»

«È un'ottima domanda e, in realtà, ci penso spesso. Avevo trentasei anni quando mio marito è morto. Quando gli venne diagnosticata la malattia, non ero ancora abbastanza forte per riuscire a lasciarlo. Inconsciamente, stavo aspettando che i nostri figli fossero più grandi. Ma avevo già trascorso talmente tanti anni a sognare le cose che avrei fatto dopo la separazione che avevo già pronto il mio progetto di vita senza di lui, anche se non sapevo come sarei riuscita a uscire dalla mia situazione famigliare. Quindi sì, forse avrei potuto intraprendere questo percorso anche se lui non fosse morto di cancro. Ma così è successo prima e più in fretta, credo. Il che mi ha dato più tempo per costruire l'azienda, per conoscerla, coltivarla, crescere con lei. Sarebbe stato diverso se avessi aspettato. Per quanto possa sembrare terribile, la morte è un taglio netto. Nessuna zona grigia. Nessuna ambiguità. È come una tela bianca, in un certo senso. E questo mi è stato molto utile per affrontare le infinite opportunità che mi si sono aperte nel corso di quei primi anni. Non sarei dove sono in questo momento, se lui fosse ancora vivo». Josie mette in pausa. Il respiro le si è man mano accelerato, le manca quasi il fiato. *La morte è un taglio netto.* Lancia un'occhiata a Walter dall'altra parte della stanza, per vedere se sta ascoltando, ma sembra ignaro di tutto. Preme «Play» e ascolta il resto del podcast. La donna di nome Mari ora possiede tre aziende in diversi paesi, i suoi quattro figli lavorano per lei ed è la fondatrice della più grande associazione che si batte contro le violenze domestiche nel Regno Unito. Alla fine del podcast Josie rimane immobile per un momento e lascia che tutto ciò che ha sentito sulla vita straordinaria di questa donna si depositi dentro di lei. Poi torna ai risultati di Google e scorre brevemente il profilo Instagram di Alix. Come c'era da aspettarsi, vede una grande cucina con tanto di isola, bambini dai capelli rossi su spiagge battute dal vento, viste di Londra dall'alto dei grattacieli, cocktail, gatti e vacanze dorate. I figli sembrano piccoli, devono avere al massimo dieci anni, e Josie si chiede cosa abbia fatto Alix per tutti quegli anni, prima di diventare madre; cosa fai a trent'anni, se non stai tirando su dei figli? Come lo passi il tempo?

Si sofferma su una fotografia di Alix e di suo marito. Lui è alto, anche rispetto a lei, che è più alta di quasi tutti, e la sua folta chioma rossa sembra molto più rossa sotto l'effetto di una specie di filtro di quanto non appaia nella vita reale. Dice la didascalia: *Oggi sono quindici anni che sei entrata nella mia vita. Non è sempre stato facile, ma siamo sempre stati io e te,* seguita da una serie di emoji a forma di cuore.

Josie ha degli account sui social, ma non posta mai niente. L'idea di pubblicare una foto di lei e Walter su internet, in modo che la gente possa guardarla e giudicarla, la fa sentire a disagio. Ma è felice che altri lo facciano. È una lurker fatta e finita. Non posta mai, non commenta mai, non mette mai like. Si limita a guardare.

Domenica mattina, calda e soffocante. Nathan non è accanto a lei nel letto e Alix tenta di riunire i frammenti della serata precedente in una parvenza di quadro generale. Il pub, lo champagne, la tequila, il ritorno a casa a piedi girando intorno al parco, la chiacchierata con le anatre della fattoria didattica attraverso la recinzione, *qua qua*, Nathan che si versa un whisky, la gatta acciambellata sulle ginocchia, il profumo del diffusore di essenze nel bagno del piano di sotto mescolato all'odore del vomito, sbirciare nelle stanze dei bambini, sfiorargli appena le guance, le luci notturne, i pigiami, il viso di Nathan nello specchio accanto al suo, la sua bocca sul collo, le mani sui fianchi, la voglia di sesso – no, ma sei matto? – poi a letto. Ma il cuscino dalla parte di Nathan non è stato toccato. Hanno litigato? Dov'è andato a dormire?

Scende dal letto e lancia un'occhiata in bagno. Lui non c'è. Scende le scale e sente i bambini. In cucina c'è la televisione accesa ed Eliza è sdraiata sul divano di fronte, la gatta sulla pancia. Leon è al portatile. I resti della colazione sono sparsi sul lungo bancone color crema della cucina.

«Dov'è papà?»

Eliza alza lo sguardo. Scrolla le spalle.

«Leon. Dov'è tuo padre?»

Lui si toglie le cuffie e la guarda con gli occhi socchiusi. «Cosa?»

«Dov'è papà?»

«Non lo so».

Alix esce in giardino. Le piastrelle della terrazza sul retro sono già calde sotto i piedi. Nathan non è nel capanno e nemmeno nello studio. Estrae il telefono dalla tasca del pigiama e lo chiama. Si sente squillare, ma nessuno risponde.

«Ma prima lo hai visto?» chiede a Eliza, rientrando in cucina.

«No. Mamma?»

«Sì?»

«Possiamo andare in libreria oggi?»

«Sì, certo. Ci andiamo tra un attimo».

Alix prepara il caffè, beve un bicchiere d'acqua e mangia una fetta di pane tostato. Sa cos'è successo e sa cosa aspettarsi. Era già qualche mese che non accadeva, ma ne ricorda la forma, l'incubo atroce e stridente. La gioia per la sua festa di compleanno è già andata in mille pezzi, come un lontano ricordo.

Sorseggiando il secondo caffè, le ritorna alla mente la sera prima.

La donna incontrata alla toilette, la sua gemella di compleanno. Com'è che ha detto di chiamarsi? O forse non lo ha neanche detto.

Si chiede cosa starà facendo quella donna questa mattina. Si chiede se anche suo marito è scomparso nella notte senza fare rumore, lasciandola da sola nel letto. No, pensa, certo che no. Gli altri mariti non lo fanno. Solo il suo.

Lui riappare alle quattro del pomeriggio. È vestito esattamente come la sera prima. Sfiorandola, attraversa la cucina fino al frigorifero, ne estrae una Diet Coke e la beve avidamente.

Alix lo guarda, aspettando che dica qualcosa.

«Ti sei addormentata subito» dice lui. «Io invece ero ancora... su di giri. Avevo bisogno di...»

«Continuare a bere?»

«Sì! Be', no. Cioè, potevo bere qui. Ma mi andava di uscire, sai, stare fuori».

Alix chiude gli occhi e inspira con forza. «Siamo stati fuori tutta la sera. Tutta la sera, dalle sei a mezzanotte. Abbiamo visto tutti i nostri amici. Abbiamo bevuto per sei ore. Ci siamo divertiti. Siamo tornati a casa. Hai bevuto ancora un whisky. E ancora non ti bastava?»

«Sì, non so, forse. Voglio dire... Ero molto ubriaco. Non ero lucido. Ho solo seguito l'impulso».

«Dove sei andato?»

«A Soho. C'erano Giovanni e Rob. Mi sono fatto qualche bicchiere con loro».
«Fino alle quattro di pomeriggio?»
«Ho preso una stanza in un hotel».
Alix ringhia sottovoce. «Pur di non tornare a casa hai pagato per dormire in albergo?»
«Non ero in grado di fare altro. Mi è sembrata la scelta più sensata, in quel momento».
È in uno stato spaventoso. Cerca di immaginarselo mentre si aggira per Soho nel cuore della notte, buttando giù un drink dopo l'altro. Cerca di immaginare come dev'essere apparso quando ha fatto il suo ingresso in un albergo alle quattro del mattino, i capelli rosso vivo tutti scarmigliati, alitando in faccia alla receptionist il fetore di una lunga notte di alcol e cibi grassi, prima di crollare sul letto e mettersi a russare forte nella stanza vuota.
«Non ti hanno cacciato fuori a mezzogiorno?»
Si strofina la barba brizzolata sul mento, accennando una smorfia. «Sì» dice. «A quanto pare, hanno fatto di tutto per svegliarmi. Ma alla fine si sono decisi a entrare. Giusto per controllare che non fossi... be'... morto stecchito».
E fa una smorfia. Alix si rende conto che vent'anni fa ci avrebbero scherzato sopra. Lo avrebbero trovato divertente: un uomo che va avanti a bere per quasi dodici ore, sparisce a Soho, costringe il personale di un hotel a entrargli nella stanza perché temono che possa essere morto, e lo trovano inevitabilmente disteso sul letto, seminudo, incosciente, in preda ai postumi della sbornia, rivoltante.
Lei ci avrebbe riso sopra.
Adesso non più.
Ha quarantacinque anni.
Adesso no.
Adesso è solo disgustata.

Nel corso della settimana successiva, Josie ascolta quasi una trentina di episodi del podcast di Alix. Ascolta le storie di donne che si sono riprese da una quantità di disgrazie: malattie, uomini violenti, povertà, guerre, problemi di salute mentale e tragedie. Hanno perduto figli, parti del loro corpo, autonomia; sono state picchiate, umiliate, oppresse. E poi si sono rialzate, ognuna di loro si è rimessa in piedi e ha trovato nuovi obiettivi che nemmeno sapeva di avere. La serie di podcast è stata premiata e Josie capisce bene perché. Non solo le storie di queste donne sono fonte di ispirazione, ma l'approccio di Alix è così empatico, intelligente e umano da rendere commovente qualunque intervista con chicchessia. Josie cerca di scoprire qualcosa di più su Alix da internet, ma trova ben poco. Si è fatta intervistare di rado e, anche quando si è concessa, non ha rivelato molto di sé. Josie immagina una donna che si è fatta da sola e ha il pieno controllo della sua vita. E che potrebbe raccontare una storia simile a quella delle donne che di solito intervista. Josie fantastica di imbattersi di nuovo in Alix, di condividere le loro storie, e che l'altra possa farle da mentore, mostrandole come diventare la persona che lei pensa da sempre che avrebbe dovuto essere.

Poi, un pomeriggio, sulla pagina Instagram di Alix compare una nuova foto. È la festa di compleanno di uno dei figli. Ci sono palloncini con il numero undici e la figlia con i capelli rossi è vestita da fatina punk, e il padre in piedi dietro di lei la guarda orgoglioso mentre socchiude le labbra per spegnere le candeline su un'enorme torta rosa. E intorno ci sono altre persone, le mani alzate nell'atto di applaudire, i volti sorridenti. Poi Josie fa uno zoom sullo sfondo, perché le sembra di aver visto qualcosa di familiare. Una foto scolastica sulla credenza dietro il gruppo, i due bambini che indossano le polo di cotone azzurre con un logo blu scuro. E si rende conto che i figli di Alix Summer frequentano la stessa scuola dove andavano da piccole Roxy ed Erin, e d'improvviso lo sente di nuovo, quello strano senso di comunione, la sensazione che ci sia qualcosa che unisce lei e Alix Summer come una forza cosmica. Immagina Alix Summer nello stesso parco giochi in cui lei ha trascorso tanti momenti della sua vita, nello stesso ufficio surriscaldato per pagare le gite scolastiche e le rette dei pasti, seduta, anzi schiacciata, sulle stesse panche in fondo alla stessa saletta per assistere alle assemblee e ai presepi, a stendere ad asciugare le stesse uniformi blu e azzurre.

Nate lo stesso giorno.

Nello stesso ospedale.

Hanno festeggiato il loro quarantacinquesimo compleanno nello stesso pub, alla stessa ora.

E ora questo.

Significa qualcosa, ne è sicura.

Lunedì 17 giugno

Alix osserva il marito in cucina, i capelli ancora bagnati dalla doccia, il retro della camicia appiccicato alla pelle – lei non lo ha mai capito perché non si asciughi bene, prima di vestirsi – mentre beve il caffè dalla sua tazza preferita e assilla i bambini perché si diano una mossa, mangino, si mettano le scarpe. Si comporta come se fosse un lunedì normale, ma non è un lunedì normale. È il lunedì dopo la seconda sbevazzata consecutiva. Il lunedì dopo che non è tornato a casa per l'ennesima volta ed è riapparso, stravolto e pietoso, la domenica pomeriggio, con addosso il cattivo odore della notte precedente. È un lunedì in cui Alix ha ricominciato a interrogarsi seriamente sul futuro del loro matrimonio. Se continua a interrogarsi sul futuro del loro matrimonio in questo modo, potrebbe essere il lunedì che segna l'inizio della fine. Nathan è sempre stato una lista ambulante di pro e contro, fin dalla prima volta che lo ha incontrato. Aveva persino steso una lista dopo la terza volta che erano usciti insieme, per aiutarsi a decidere se continuare a frequentarlo o meno. Il suo comportamento negli ultimi due fine settimana ha improvvisamente appesantito la colonna dei contro, il che è un male perché i pro sono sempre stati piuttosto lievi. Essere un buon ballerino, per esempio. Ottimo per un secondo appuntamento, ma non così importante quindici anni dopo, con due figli, due carriere professionali e un futuro a cui pensare.

Alle otto e un quarto Nathan se ne va. Saluta passando dal corridoio. È trascorso parecchio tempo da quando era loro abitudine darsi un bacio prima di uscire di casa. Dieci minuti dopo, Alix accompagna i bambini a scuola. Leon è scontroso. Eliza è iperattiva.

Alix cammina tra loro fissando il telefono, controllando le email, guardando i siti web per il cucciolo che ha promesso di prendere quest'anno, un pastore australiano che idealmente dovrebbe avere gli occhi spaiati e che quindi si sta rivelando impossibile da trovare, cosa di cui Alix è segretamente sollevata. In questo momento non ha spazio nella sua testa per un cucciolo, per quanto le manchi avere un cane in casa.

Ha appena finito di registrare il trentesimo episodio di *Donne al centro*, che verrà lanciato la prossima settimana, dopo il quale vuole dedicarsi a qualcosa di nuovo. L'argomento ormai è stato sviscerato e lei è pronta per una nuova sfida, ma sta ancora aspettando l'ispirazione e la sua agenda è vuota. E un'agenda vuota è stressante quanto un'agenda piena, quando si tratta di lavoro.

I bambini se ne vanno pochi minuti dopo, risucchiati nel vortice del cortile della scuola, e Alix si volta per tornare verso casa. Dopo una mattinata nuvolosa, il sole irrompe all'improvviso e la abbaglia. Fruga nella borsetta in cerca degli occhiali scuri e quando li ha trovati alza lo sguardo e vede una donna ferma quasi di fronte a lei. Una donna che le riesce subito familiare. Per un breve attimo pensa che si tratti della madre di qualche scolaro, e poi le torna in mente.

«Oh, salve» dice, ripiegando le stanghette degli occhiali. «Lei è la signora che era al pub. La mia gemella di compleanno!»

La donna sembra sorpresa, in modo quasi teatrale. «Oh, salve» ripete a pappagallo. «In effetti mi sembrava di conoscerla. Che sorpresa!»

«Lei ha... I suoi figli vanno qui?» Alix indica la scuola.

«Oh, no! Be', ecco, non più. Venivano a scuola qui, ma hanno finito da un pezzo. Adesso hanno ventuno e ventitré anni».

«Oh, sono grandi davvero!»

«Poco ma sicuro».

«Maschi o femmine?»

«Due ragazze. Roxy ed Erin».

«Abitano ancora con lei?»

«Erin, la più grande, sì. È un po' una reclusa, credo che si possa definire così. Invece Roxy... be', se n'è andata di casa che era molto giovane. Aveva sedici anni».

«Sedici. Wow! Giovanissima davvero. A proposito, io sono Alix». Le porge la mano.

«Josie» risponde la donna.

«Piacere di conoscerti, Josie. E lui chi è?» chiede, notando il cagnolino color caramello e crema al guinzaglio ai piedi di Josie.

«Lui è Fred».

«Ah, ma è adorabile! Di che razza è?»

«È un pomchi. O almeno, questo è quello che mi hanno detto. Ma non ne sono mica tanto sicura, ora che è cresciuto. Penso che potrebbe essere più un incrocio. Se ripenso adesso al posto dove lo abbiamo preso, non sono proprio certa che fossero del tutto in regola. Continuo a dirmi che dovrei fargli fare uno di quei test del Dna, sai com'è. Ma poi lo guardo e penso che non importa, va bene così».

«Sì» concorda Alix. «È bellissimo, qualunque cosa sia. Adoro i cani».

«Ne hai uno?»

«No, al momento no. Abbiamo perso la nostra cagnolina tre anni fa e non sono ancora riuscita a convincermi a sostituirla. Ma ho dato un'occhiata in giro. I ragazzi hanno un'età in cui avere un cane, secondo me, può essere davvero utile per loro: stanno entrando nell'adolescenza. Teeny era il mio cane, il cane che avevo prima di avere figli. Questo sarebbe per loro. Mah, vedremo».

Si abbassa per accarezzare il cagnetto, che però si allontana.

«Mi dispiace» dice Josie, con aria esageratamente mortificata.

«Oh» dice Alix, «è solo timido. Nessun problema».

Alix guarda Josie e vede che la sta fissando con intenzione. Per un attimo si sente a disagio, ma poi la faccia di Josie si apre in un lieve sorriso, e Alix si rende conto che, come ha pensato la sera in cui si sono incontrate al pub, è silenziosamente, segretamente bella: denti curati, labbra a petalo di rosa, un piccolo naso aquilino che conferisce al suo viso qualcosa in più. I capelli castano-nocciola e ondulati sono divisi in due da una riga e legati all'indietro. Indossa una maglietta a stampa floreale con una gonna di jeans azzurra, e anche la borsetta è in tela jeans. Alix nota che pure il collare e il guinzaglio del cane sono in denim azzurro, e intuisce che non è un caso ma una scelta. Ci sono persone così, si dice, che amano un motivo che si ripete, un tic estetico che in qualche modo le fa sentire protette. Le viene in mente la madre di una sua amica che comprava solo cose viola. Tutto immancabilmente viola. Persino il frigorifero.

«Bene» dice Alix, aprendo gli occhiali da sole e mettendoseli. «È meglio che vada, ora. È stato un piacere rivederti».

Si gira e fa per andarsene, ma Josie dice: «In realtà c'è una cosa di cui vorrei parlarti. Se hai un minuto. Niente di importante. Solo che... riguarda il fatto che siamo gemelle di compleanno. Tutto qui». Sorride con aria di scuse, e Alix ricambia il sorriso.

«Oh» risponde. «Ora?»

«Sì. Hai un minuto?»

«Mi dispiace molto, ma ora non posso. Magari un'altra volta?»

«Domani?»

«No, domani no».

«Mercoledì?»

«Santo cielo, Josie, mi dispiace, davvero. Ma a essere sincera sono impegnata per tutto il resto della settimana».

Fa di nuovo per andarsene, ma Josie le mette delicatamente una mano sul braccio. «Per favore» dice. «Significherebbe molto per me».

Gli occhi di Josie si velano di lacrime; sembra emanare una sorta di disperazione, e Alix si sente scossa da un brivido. Ma poi sospira piano e dice: «Domani pomeriggio ho un'ora libera. Forse potremmo prenderci un caffè al volo».

Josie fa la faccia triste. «Oh» dice. «Io lavoro, di pomeriggio».

Alix prova un senso di sollievo, perché forse ha evitato l'impegno. Ma poi Josie dice: «Senti. Io lavoro in quel negozio di riparazioni che sta vicino alla metropolitana di Kilburn. Perché non passi domani e ci facciamo due chiacchiere? Non ci vorrà più di qualche minuto, te lo prometto».

«Di che cosa vuoi parlarmi?»

Josie si morde il labbro, come se stesse pensando se svelare o meno un segreto. «Te lo dirò domani» risponde. «E se hai qualche vestito da rammendare, portamelo pure. Posso farti uno sconto del venti per cento».

Sorride, solo una volta, e poi se ne va.

Ore 18:00

Josie lavora part time: da mezzogiorno alle cinque e mezzo, quattro giorni alla settimana. Lavora da Stitch da quasi dieci anni, da quando ha aperto. È stato il suo primo lavoro in assoluto, iniziato a trentacinque anni. Ha sempre cucito i vestiti per le bambine quando erano piccole, e dato che ha lasciato la scuola a sedici anni senza arrivare al diploma e ha passato il decennio successivo a prendersi cura del marito e tirare su le figlie, non aveva molte competenze a cui attingere quando ha deciso che era arrivato il momento di fare qualcosa fuori casa. Avrebbe potuto lavorare con i bambini, magari in una scuola. Ma non è brava a rapportarsi alle persone, e questo lavoro non è a contatto col pubblico. Siede dietro la sua macchina da cucire accanto a un'enorme finestra a ghigliottina che si affaccia sui binari della metropolitana e vibra contro il telaio ogni volta che passa un treno. Ogni tanto chiacchiera con le altre donne che lavorano lì, ma per lo più ascolta Heart FM con gli auricolari. Ha passato l'intera giornata di oggi a cucire grandi barbe di pelliccia finta su immagini del volto di uno sposo, serigrafate su venti magliette per un addio al celibato. A quanto pare, erano tutti in partenza per Riga. Ma di solito deve occuparsi solo di orli e di ritocchi in vita.

Walter è seduto al tavolo da pranzo davanti alla finestra quando lei torna a casa, gli occhi fissi sul portatile. Quando la sente, si gira e le rivolge un accenno di sorriso. «Ciao» dice. «Com'è andata al lavoro?»

«Bene, niente di speciale». Sta per dirgli delle barbe di pelliccia finta, ma conclude che l'aneddoto non sembrerebbe poi granché, a raccontarlo.

«Come è andata la tua giornata?» dice, prendendo in braccio il cane e dandogli un bacio sulla testa.

«Tranquilla. Ho fatto qualche ricerca sul Lake District».

«Ah, che bello. Hai trovato qualcosa di interessante?»

«Mica tanto. Sembra tutto molto costoso. Ha l'aria di una grossa fregatura».

«Ricordati che c'è la mia piccola eredità. Probabilmente quest'anno potremmo spendere qualcosina in più».

«Non è questione di sapere se possiamo permettercelo» dice lui. «Non mi piace pensare che mi stiano fregando».

Josie annuisce e rimette il cane sul pavimento. In parte, il motivo per cui non è un vero pomchi è che Walter si è rifiutato di pagare il prezzo corrente per un cucciolo di razza, ben deciso a fare un affare. Lei ha solo fatto come voleva lui.

«Cosa mangiamo per cena?» gli dice. «C'è un sacco di roba in frigo. Ci sono delle polpette già pronte. Potrei preparare una pasta, che dici?»

«Sì. Sarebbe fantastico. E mettici il peperoncino. Ho voglia di qualcosa di piccante».

Josie sorride. «Prima mi cambio. Poi mi metto all'opera».

Passa davanti alla stanza di Erin per raggiungere la sua. La porta è chiusa come sempre. Dall'interno sente il cigolio della sedia da gioco di Erin, quella costosa che le hanno comprato per il suo sedicesimo compleanno e che adesso è tenuta insieme con il nastro adesivo. Walter ogni tanto applica del lubrificante WD40 sulla base, ma quando lei si muove cigola ancora. Josie sente il *clic* dei pulsanti del controller e gli effetti sonori attenuati che fuoriescono dalle cuffie. Pensa di bussare per salutare la figlia, ma non riesce ad affrontare la cosa. Proprio non ci riesce. La puzza che c'è lì dentro. Il disordine. Domani entrerà a controllare. Per ora la lascia tranquilla. Sfiora la porta con la punta delle dita e prosegue. Riconosce il senso di colpa e lo lascia passare come una nuvola.

Ma non appena svanisce il senso di colpa nei confronti di Erin, si fa strada la preoccupazione per Roxy; perché viaggiano sempre in coppia. Josie prende la foto di Erin e Roxy che tiene sopra il comò della camera da letto, scattata quando avevano una tre e l'altra cinque anni, più o meno. Guance cicciotte, ciglia lunghe, sorrisi impertinenti, vestiti colorati.

Chi l'avrebbe mai detto? pensa. Chi l'avrebbe mai detto?

E poi pensa ai figli di Alix Summer questa mattina, nelle loro uniformi della Parkside Primary: la ragazzina su un elegante monopattino, il bambino che strascicava i piedi sul marciapiede, la pelle così liscia e i capelli che profumeranno certamente di federe pulite e shampoo per bambini, non ha bisogno di annusarli da vicino per saperlo. Da piccoli i bambini non emanano cattivi odori. È dopo che cominciano. Lo shock dei capelli unti, dell'afrore delle ascelle, dei piedi che puzzano di formaggio. Ed è solo l'inizio. Lei sospira, al ricordo delle dolci bambine di un tempo, e ripone la foto sul comò.

Si cambia e si lava le mani, torna in cucina, apre il frigorifero, ne toglie le polpette, pesca una lattina di pelati e un po' di erbette aromatiche essiccate dalla credenza, trita una cipolla, guarda Walter che digita sul portatile seduto nel bovindo, vede passare un autobus, registra i volti dei passeggeri a bordo, pensa a Roxy, pensa a Erin, pensa alla piega che ha preso la sua vita.

Quando le polpette stanno sobbollendo nel sugo di pomodoro, copre la padella e apre un altro armadietto. Tira fuori sei vasetti di omogeneizzati; sono quelli più grandi, per bambini dai sette mesi in su. Per lo più mix di carne e verdure. Ma niente piselli. Erin non sopporta i piselli. Josie toglie i coperchi e mette i vasetti nel microonde. Quando sono caldi, ma non bollenti – Erin non mangia niente che scotti – li rimescola e li mette su un vassoio con un cucchiaino e un foglio di carta da cucina. Prende dal frigo una mousse di cioccolato Aero e la aggiunge al vassoio; poi porta il vassoio in corridoio e lo lascia fuori dalla stanza di Erin. Non bussa. Tanto Erin non sente. Ma a un certo punto, tra il momento in cui Josie lascia lì il vassoio e quello in cui starà per andare a letto, i vasetti di omogeneizzati riappariranno, vuoti, fuori dalla stanza di sua figlia.

Passa un altro autobus. È vuoto. Walter chiude il portatile e si alza. «Porto fuori il cane, prima di mangiare?»

«Non c'è problema, posso pensarci io».

«No, mi fa bene. Prendo una boccata d'aria. Faccio un po' di movimento».

«Ma poi devi raccogliere la popò».

«Una pedata, e la sbatto nel rigagnolo».

«Non puoi, Walter. Non si fa così».

«Certo che si fa. Tanto le sue cacchette sono come quelle dei conigli».

«Per favore, raccoglila» lo implora. «Non sta bene lasciarla in strada».

«Vediamo» dice lui, prendendo il guinzaglio che lei gli porge. «Vediamo».

Li guarda andare via dalla finestra di fronte. Fred si ferma ad annusare ai piedi di un albero e Walter se lo trascina dietro con impazienza, gli occhi puntati sul telefono. Josie vorrebbe essere lei a portare a spasso Fred. I cani hanno bisogno di annusare le cose. È importante.

Rimescola il sugo con le polpette sul fornello e ci aggiunge qualche scaglia di peperoncino secco. Riempie di acqua una pentola e la mette a bollire. Accende il telefono, apre il browser e digita «Roxy Fair». Poi va su «Strumenti» e seleziona «Ultima settimana» per la data, in modo da vedere solo i risultati più recenti. Lo fa due volte al giorno, ogni giorno. Ogni volta invano. Probabilmente Roxy ha già cambiato nome ormai, lo sa. Ma lei continua a tentare. Non può smettere. Non può arrendersi.

Alle otto Walter torna con il cane.
«Ha fatto le sue cose?»
«No».
«Sei sicuro?»
«Sicurissimo».
Sta mentendo, ma Josie preferisce non insistere.
Mangiano gli spaghetti con le polpette davanti alla tv. Walter dichiara che sono veramente piccanti e butta giù il suo bicchierone d'acqua in modo teatrale, e Josie sorride con indulgenza. Alle dieci si alzano per andare a coricarsi. Davanti alla porta di Erin ci sono i vasetti di omogeneizzati vuoti. Josie li porta in cucina e li risciacqua per il riciclaggio. Walter si sta lavando i denti in bagno, a torso nudo. Visto di spalle sembra un vecchio. È facile dimenticare com'era una volta. Josie indossa il pigiama e aspetta che Walter finisca in bagno, poi entra e si lava i denti, si spazzola i capelli, si lava il viso, si spalma la crema sulla pelle e sulle mani. A letto prende il suo libro, lo apre e legge per un po'.
Alle undici spegne la luce del comodino e dà la buonanotte a Walter. Chiude gli occhi e finge di dormire.
Walter fa lo stesso.
Dopo mezz'ora lo sente scendere dal letto. Sente il fruscio dei suoi piedi sulla moquette. Poi lo scricchiolio del parquet nel corridoio. Poi non lo sente più e si mette comoda di traverso sul letto vuoto, sapendo che sarà tutto suo per il resto della notte.

Ciao, sono la tua gemella di compleanno!
UNA SERIE ORIGINALE NETFLIX

Lo schermo mostra una poltrona a fiori vuota in un ampio studio open space.
Nell'inquadratura entra una giovane donna.
Indossa una salopette verde sopra una canottiera nera e ha gli avambracci coperti di tatuaggi.
Si siede sulla poltrona, accavalla le gambe e sorride alla telecamera.

La didascalia in basso recita:

AMY JACKSON, VICINA DI CASA DI JOSIE E WALTER FAIR

Amy, ridendo: «La chiamavamo Tutto Denim».

Intervistatore, fuori campo: «E perché?»

Amy: «Perché si metteva addosso solo cose in denim. E nient'altro, ma veramente».

Per un attimo viene inquadrata una foto di Josie Fair in giacca e gonna di jeans.

Intervistatore: «Quando vi siete trasferiti nell'appartamento accanto a quello di Josie e Walter Fair?»

Amy: «Credo sia stato alla fine del 2008. Lo stesso anno in cui ho avuto il mio primo figlio».

Intervistatore: «E cosa pensavate di Josie e Walter, come vicini di casa?»

Amy: «Pensavamo che fossero un po'... bizzarri, diciamo. Voglio dire, lui era un tipo a posto. Certo, quando ci siamo trasferiti lì abbiamo pensato che fosse suo padre. Lui salutava sempre quando lo incontravi vicino alla porta, ma lei era veramente poco cordiale, si comportava come se si sentisse superiore a chiunque altro, capisce? Io a volte mi chiedevo se magari era scostante solo perché cercava di tenere gli altri alla larga dai fatti suoi, capisce? Se magari là dentro succedevano delle cose, a porte chiuse».

Intervistatore: «Ha mai incontrato le loro figlie?»

Amy: «Sì. Dopo che siamo venuti ad abitare qui vedevamo spesso entrambe le ragazze. Credo che Erin avesse sui dodici anni, allora, e Roxy ne avrà avuti... quanti, nove, dieci? Erano una famiglia rumorosa. Tutti che strillavano, che sbattevano le porte. E poi un giorno, sarà stato cinque o sei anni fa, di colpo è sceso il silenzio. E non abbiamo mai saputo perché. Finché non è successo tutto quanto».

Intervistatore: «Tutto quanto?»

Breve pausa.

Amy: «Sì. Tutto quanto. Gli omicidi. I morti».

Dissolvenza al nero.

Martedì 18 giugno

Stitch è un bel locale luminoso, ricavato nella struttura di una vecchia merceria di epoca vittoriana. Ha ancora gli originali bovindi sporgenti sulla facciata e un'enorme finestra scorrevole sul retro, affacciata sui binari della metropolitana. In mezzo ci sono sei macchine da cucire disposte su due file. Alix individua subito Josie: è seduta in fondo, ha gli auricolari e i capelli legati in una coda bassa. Alix appoggia la borsa di tela sul bancone e sorride.

«Salve» dice, «c'è Josie oggi?»

La donna si volta e chiama Josie, che alza lo sguardo, si toglie gli auricolari e risponde con un bel sorriso quando vede Alix. Alza un dito e dice: «Dammi un minuto», e finisce quello che stava facendo.

«Ciao, Alix» dice, spazzolando via dai jeans pezzi di filo e pelucchi vari, «allora sei venuta!»

«Sì! Mi hai ricordato che avevo delle cose da far sistemare da una vita, da prima che nascessero i bambini».

Apre la borsa e fa vedere a Josie due indumenti: un maxiabito con le spalline troppo lunghe e un vestito premaman che le piacerebbe continuare a mettere perché è uno stampato veramente bello.

«Questo lo devi provare» dice Josie, porgendole il maxiabito. «Così vediamo di quanto dobbiamo riprendere le spalline. Ecco». Apre la tenda di una cabina. «Sono qui fuori, quando sei pronta».

Alix prende l'indumento che Josie le porge ed entra

nella cabina, si toglie il vestito estivo e indossa il maxiabito. Josie armeggia con le spalline, e a lei fa strano sentire le sue mani sulla pelle delle spalle e delle braccia. «Strano questo taglio» dice. «Tu sei piuttosto alta, le spalline avrebbero dovuto caderti perfettamente. Mi chiedo come avrebbe mai potuto metterlo una più bassa di te. È come se pensassero che tutte le donne devono essere lunghe come giraffe».

Infila gli spilli nel tessuto, poi fa un passo indietro e sorride. «Così va bene?» chiede, girando Alix verso lo specchio.

Alix annuisce. «Perfetto».

Poi Alix indossa l'abito premaman e si mette a chiacchierare di gravidanza, mentre Josie le appunta la vita. Le mani di Josie fluttuano intorno al ventre di Alix, e lei odora di polvere ricoperta di spray per il corpo.

Alix si riveste e aspetta, mentre Josie fa passare il lavoro alla cassa, applica lo sconto del venti per cento con un tocco elegante e le presenta il totale. «Allora» dice Alix. «Di cosa volevi parlarmi?»

Josie si guarda rapidamente intorno, controllando che nessuno stia ascoltando, e poi dice: «Ho visto che sei una podcaster. Cioè, ti ho sentito pronunciare il tuo nome al Lansdowne l'altra sera e ho pensato che mi suonava familiare, così ho cercato su Google e ho capito perché avevo sentito parlare di te. Non sono una stalker o roba del genere, ma ho ascoltato alcuni dei tuoi podcast. È stato di grande ispirazione per me. Quelle donne! Voglio dire, le cose che hanno passato. È incredibile. E io...» Fa una pausa e si guarda di nuovo intorno. «Spero che non ti sembri strano, ma mi chiedevo: hai mai pensato di fare un podcast su qualcuno che sta per cambiare vita, invece che su qualcuno che l'ha già fatto?»

«Oh!» dice Alix, sorpresa. «No, non ci ho mai pensato. Ma mi rendo conto che potrebbe essere interessante».

«Sì, è quello che pensavo anch'io. Potresti seguire i progressi di qualcuno mentre supera le sue barriere e raggiunge i suoi obiettivi. Proprio nel momento in cui lo fa».

«Sì, certo. Ma il problema, secondo me, è che spesso le persone non si rendono conto che la loro vita sta cambiando in meglio se non dopo che è successo, quando si fermano a guardare indietro».

Josie aggrotta le sopracciglia. «Non sono sicura che sia vero. Perché sai, ecco, sta succedendo a me. Sta succedendo a me, proprio adesso. Ho vissuto la stessa vita per trent'anni. Trent'anni. Sto con mio marito da quando ne avevo quindici. Non è mai cambiato niente. Ho messo gli stessi vestiti, ho portato lo stesso taglio di capelli, ho avuto le stesse conversazioni agli stessi orari, mi sono seduta dalla stessa parte dello stesso divano ogni santa sera della mia vita per trent'anni. E le cose...» Fa una pausa, e Alix vede una vampata di rosso salirle dalle clavicole al collo e alle guance. «Le cose che mi sono successe. Cose brutte, Alix. Cose davvero brutte. Il mio matrimonio...» Fa una pausa, prende fiato. «Mio marito è... è un tipo parecchio complicato. E la nostra vita famigliare è stata a volte piuttosto traumatica e io... Non so, ascoltando i tuoi podcast, quelle donne straordinarie: ho quarantacinque anni, se non mi libero del passato adesso, quando lo faccio? È il momento. È ora di cambiare tutto e non ti sto chiedendo di aiutarmi, Alix, voglio solo che tu...» Si ferma, mentre cerca di trovare le parole giuste.

«Vuoi che racconti la tua storia?»

«Sì! È esattamente quello che voglio. Perché so di sembrare piuttosto ordinaria, ma la mia storia invece è straordinaria e merita di essere ascoltata. Cosa ne pensi?»

Alix rimane in silenzio per un attimo, non sapendo bene come rispondere. Il suo istinto le suggerisce con forza di andarsene, ma è venuta qui per un motivo. È venuta qui perché la giornalista che è in lei non ha resistito alla tentazione racchiusa nelle parole «C'è una cosa di cui vorrei parlarti». Voleva sentire cosa le avrebbe detto Josie. Ora sa che Josie ha una storia straordinaria da condividere e, sebbene sia leggermente respinta dalla tensione che sente in lei, è anche stranamente attratta dall'idea di scoprire di cosa si tratta.

«Penso che sia un'idea davvero molto interessante. Cosa fai domani?»

Alix torna a casa passando dalle strade secondarie tra Kilburn High Road e Queen's Park. La brezza di giugno è fresca, e lei cammina sul lato soleggiato della strada. Ha due ore prima di andare a prendere i bambini a scuola, e non ha nessuna voglia di affrontare il montaggio dell'ultimo podcast della serie *Donne al centro*. È stufa di ascoltare donne che hanno preso le decisioni giuste e sono finite esattamente dove volevano essere, e sente con forza e determinazione che ciò che vuole in questo momento, mentre qualche nuvola scura inizia ad aleggiare sulla luce della sua vita, è testimoniare l'oscura verità del matrimonio di un'altra donna. Alix sente già crescere l'euforia dell'aspettativa. Ha fatto la stessa cosa per così tanto tempo, e il pensiero di passare a qualcosa di completamente diverso è allettante.

Fa una deviazione verso la boutique di Salusbury Road e passa un'ora a guardare vestiti di cui non ha bisogno, prima di uscire con un paio di occhiali da sole con la montatura verde bosco, di cui non ha bisogno. Va in una gastronomia e compra costosi antipasti da mangiare in giardino la sera, per non dover cucinare. Compra dei brownie da Gail's e una pianta di cactus dal fioraio alla moda. I soldi che spende sono soldi di Nathan; i soldi che Nathan guadagna vendendo contratti di locazione per uffici in grattacieli di lusso, in varie zone della città. Lavora così tanto, Nathan. Guadagna così bene. È così generoso. Non guarda mai gli estratti conto, non fa commenti acidi sui grappoli di borse firmate. I suoi soldi, le dice sempre, appartengono anche a lei. Anche i soldi che guadagna Alix appartengono a lei, ma Nathan non si aspetta che contribuisca alle spese di casa, e pensando a questo lei sente che la lista dei pro e dei contro che ha in mente si stia un tantino riequilibrando a favore dei pro. Il ricordo del letto vuoto di domenica mattina inizia a svanire. Il pensiero di lui privo di sensi sul letto di un albergo si attenua. Il ronzio della rabbia e del risentimento che cova si riduce al minimo. Alix stasera aprirà una bottiglia di vino. Mangeranno quelle costose prelibatezze sulla terrazza e si siederanno a godersi il cielo d'inizio estate ancora chiaro alle dieci, e lasceranno che i bambini rimangano svegli oltre l'ora di andare a letto e ascolteranno musica su Spotify, e passeranno una serata di quelle che la gente si aspetta da una come lei.

Mercoledì 19 giugno

Il mattino dopo Josie si guarda allo specchio. Ha una bella pelle, ma è pura genetica, niente a che fare con creme o trattamenti costosi. I capelli hanno bisogno di una spuntatina, sono troppo lunghi, pieni di doppie punte. Apre la trousse in jeans con i prodotti per il trucco e tira fuori il mascara. Di solito non si trucca mai per portare a spasso il cane, ma di solito non incontra per strada una famosa podcaster. Si applica sul viso un velo di polvere abbronzante usando un grande pennello morbido, e si spalma sulle labbra un balsamo colorato. Poi indossa il suo vestito preferito: in denim, abbottonato sul davanti fino al collo a camicia e stretto in vita da una cintura coordinata. Lo indossa con le scarpe da ginnastica in tela jeans e si guarda allo specchio a figura intera.

Walter è seduto accanto alla finestra che dà sulla strada, lo sguardo fisso sul computer portatile. Josie evita di proposito di incrociare il suo sguardo, potrebbe farsi qualche domanda notando il trucco e il vestito elegante, e non vuole dirgli dell'incontro con Alix, non prima che sia avvenuto e lei abbia avuto modo di capire cosa significa.

Si ferma in corridoio e infila la pettorina al cane. «Porto fuori Fred» dice. «Tra un'ora al massimo sono di ritorno».

Walter annuisce: «A dopo».

Lei si volta per uscire e si ferma un attimo davanti alla stanza di Erin. Erin starà dormendo; dorme fino a tardi, almeno fino all'ora di pranzo. Potrebbe socchiudere la porta, giusto il tempo di lanciare un'occhiata alla sua bambina, ma sa cosa c'è oltre quella porta e non ne ha il coraggio. Non ora. Magari più tardi.

A metà strada verso Salusbury Road, Fred comincia a farsi trascinare, così lei lo prende in braccio e lo infila nel trasportino. Le piace la sensazione di averlo lì, contro il fianco, le ricorda quando portava le sue figlie nel marsupio: Baby Björn, si chiamava. Walter pensava che fosse una cosa da hippy e la prendeva in giro quando lei ci infilava dentro le bambine. Diceva: «Cos'ha che non va il passeggino? Per i miei altri due figli andava benissimo».

Individua subito Alix, i suoi capelli biondissimi, la faccia e le spalle spigolose. La saluta agitando una mano e Alix ricambia, poi si baciano, cosa che sorprende Josie, che non bacia mai nessuno. Segue Alix in uno dei caffè alla moda di Salusbury Road, quelli davanti ai quali passa sempre senza mai fermarsi, e prova a insistere per pagare la consumazione ma Alix non glielo permette, dice che rientra nelle spese legate al lavoro, e l'idea fa venire a Josie la pelle d'oca.

«Allora» dice Alix un attimo dopo, spingendo di lato la tazza di caffè per appoggiare sul tavolino un iPad. «Ho pensato molto alla tua idea. E all'inizio non ero convinta. Tu hai ascoltato i miei podcast, quindi conosci il format. Sono vere e proprie storie, con un inizio, un centro e una fine, il che significa che ancora prima di iniziare a registrare so già quale sarà il contenuto. L'ho fatto venti, trenta volte e so il fatto mio, so come registrare la storia e come montarla per renderla avvincente per l'ascoltatore. Ma questa volta sarebbe molto diverso. Non ho idea di come andrà a finire la tua storia, però mi hai promesso che varrà la pena seguirla e io mi sono già fatta acchiappare. Ho voglia di saperlo anch'io. E se funziona con me, magari funzionerà anche con i miei ascoltatori. Insomma, penso che potremmo fare un tentativo. Non sarà per la serie *Donne al centro*, che ormai è conclusa. Sarà qualcosa di completamente nuovo e diverso, diciamo uno speciale. Le interviste le faremo in gran parte in studio, ma mi piacerebbe parlare con te anche nei vari luoghi legati alla tua storia: dove sei cresciuta, dove sei andata a scuola, dove hai conosciuto tuo marito, questo genere di cose. E poi potremmo approfondire i traumi cui hai accennato, e cosa hai intenzione di fare per sfuggire alla trappola in cui ti sei ritrovata. Ho pensato di chiamarlo *Ciao, sono la tua gemella di compleanno!* Non so se te lo ricordi, ma queste sono state le tue prime parole quando ci siamo incrociate nella toilette al Lansdowne. Mi sembra che possa rappresentare l'inizio di un viaggio in grado di andare veramente in qualsiasi direzione. Il momento del nostro primo incontro. La scintilla, potremmo dire. Che te ne pare?»

Josie si rende conto che ha smesso di respirare e di muoversi. Il cucchiaino è ancora sospeso sopra la tazza del suo caffè americano, lo zucchero che ha aggiunto è sul fondo, non ancora mescolato. Fissa Alix e annuisce. «Sì, mi piace».

Alix sorride. «Fantastico!» dice. «Significherebbe passare un po' di tempo insieme, ma tu lavori part time e le tue figlie sono grandi. Pensi di farcela? Un'ora o due, di tanto in tanto?»

«Sì» dice Josie. «Sì, certo che sì. Dove, però? Dove le fai le registrazioni?»

«A casa mia. Ho uno studio». Con la punta delle dita Alix stringe il ciondolo d'oro a forma di bombo e lo fa scorrere su e giù lungo la catenina. «Potremmo registrare una puntata di prova. Solo io e te che chiacchieriamo per un'oretta, nel mio studio. Poi preparo il montaggio e te lo faccio ascoltare, senza alcun obbligo: se non ti piace, libera di lasciar perdere, promesso».

Josie pensa agli ottomila follower di Alix su Instagram. Nella mente vede già una marea di donne alte e bionde con grandi occhiali da sole che la ascoltano attraverso costosi AirPods, intanto che preparano cene sane per i loro figli dai capelli rossi nelle loro belle cucine open space. Scuote appena la testa per cancellare la visione. È troppo. Si concentra invece sull'idea principale: stare seduta nello studio di Alix per un'ora, solo loro due, a parlare. Ne ha così tante di cose da dirle.

Prende la tazza di caffè e ne beve un sorso, poi la riappoggia con cura sul piattino. «Penso che potremmo fare un tentativo» dice. «Possiamo almeno provarci».

Quando torna dal caffè con Alix, Walter è in cucina. Sta preparando il tè e le chiede se ne vuole una tazza, ma lei risponde: «No, grazie, ho appena preso un caffè».

Lui aggrotta la fronte. «Ah, sì? Da sola?»

«No!» risponde lei, tirando fuori Fred dal trasportino e mettendolo a terra. «No. Io...» Si blocca. Non può dirglielo. Non gli piacerebbe per nulla, e la convincerebbe a lasciar perdere. «Ho incontrato una mamma della vecchia scuola elementare di Erin e Roxy. Abbiamo fatto due chiacchiere».

Gli volta le spalle, ma si riprende subito. Non è nemmeno una bugia, in fondo. Anzi, è la verità.

«È stato bello?»

«Sì, molto. Magari ci rivediamo di nuovo».

Lei sa che lui non le chiederà altro. Walter non si è mai occupato molto della scuola delle ragazze, soprattutto dopo tutta la trafila con i servizi sociali quando Erin era all'ultimo anno.

«Mi preparo per andare al lavoro» dice, attaccando la pettorina di Fred all'appendiabiti. Walter annuisce, uscendo da dietro il bancone della cucina con la sua tazza di tè, e rimane a fissarla sorpreso. «Sei tutta in tiro» le dice, indicando il vestito.

Lei abbassa lo sguardo. «Sì» dice. «Tutte le mie altre cose estive erano da lavare. E mi sono detta: perché no?»

«Sei bellissima» dice lui, annuendo con approvazione. «Molto snella».

«Grazie» dice lei, sfiorandosi il ventre. «È che mi dona questo taglio».

Lui la scruta ancora una volta e annuisce. «Adorabile».

Le sorride, ma non c'è calore nella sua voce.

Giovedì 20 giugno

Lo studio di Alix si trova in fondo al giardino. È stato il regalo di Nathan per il suo quarantesimo compleanno, come riconoscimento per il successo del suo podcast appena lanciato. L'ha mandata via per un fine settimana con le amiche, ha fatto installare tutto quanto da professionisti, poi ha avvolto il capanno in un nastro di grandi dimensioni e al suo ritorno l'ha guidata con gli occhi bendati. C'è da stupirsi che Alix sia così combattuta sul valore del suo matrimonio, quando suo marito è capace di simili atti di generosità e affetto, oltre che di farle venire voglia di morire?

Accende la macchina Nespresso alla parete e mette un vaso di fiori sulla scrivania. Alle dieci suona il campanello e Josie è sulla soglia di casa, con il suo cagnolino in una borsa a tracolla.

«Ho portato il mio Fred, spero che non sia un problema» dice Josie. «Avrei dovuto chiedertelo prima».

«Nessun problema» risponde Alix. «Io ho una gatta, ma finché lui sta in studio con noi, lei non gli darà fastidio. Vieni pure».

«Hai una casa bellissima» dice Josie, mentre segue Alix attraverso la cucina open space sul retro e poi fuori in giardino.

«Ma grazie».

«Casa mia casa probabilmente era bella, una volta. È una di quelle grandi ville decorate a stucco, hai presente? Ma il comune le ha trasformate in appartamenti negli anni Settanta, e ora sono veramente brutte».

Alix sorride e dice: «Che tristezza. Londra è piena di posti così».

Nello studio di Alix, Josie si lancia in una serie di «ooh» e «aah» di meraviglia, passa le mani sulle apparecchiature di registrazione scintillanti, accarezza la testa di gommapiuma del microfono. «Parlerò qui dentro?» dice.

«Sì».

Josie annuisce, gli occhi colmi di meraviglia.

Fa uscire il cagnolino dalla sacca e lui trotterella in giro, annusando tutto.

Alix prepara una tazza di tè per Josie e un espresso per sé. Indossano le cuffie e si siedono l'una di fronte all'altra al tavolo di registrazione. Alix fa una prova con Josie, le fa la domanda standard su cosa ha mangiato a colazione e poi iniziano.

«Josie, prima di tutto buongiorno, e grazie mille per avermi concesso il tuo tempo così generosamente. Non so dirti quanto sia entusiasta di iniziare questo progetto. Do il benvenuto al pubblico che ha seguito la mia serie di podcast, *Donne al centro*, grazie per aver scommesso su qualcosa di nuovo. E benvenuti naturalmente anche voi, ascoltatori e ascoltatrici che approdate qui per altre vie, grazie di essere con noi. Allora, Josie, iniziamo con una domanda facile. Il tuo nome. Sta per che cosa? Ammesso che sia il diminutivo di qualcosa».

Josie scuote la testa. «No» dice. «No. Josie e basta. Non è il diminutivo di niente».

«Hai preso il nome da qualcuno?»

«No. Non che io sappia, almeno. Mia madre si chiama Pat. Sua madre si chiamava Sue. Credo che volesse solo darmi un nome carino, sai, qualcosa di molto femminile».

«Chiaro. Allora, una premessa generale: la storia che sta dietro al titolo di questo podcast, *Ciao, sono la tua gemella di compleanno!*, è che queste sono state le prime parole che Josie mi ha rivolto quando ci siamo incontrate una sera, in un pub della nostra zona, nel giorno in cui entrambe abbiamo compiuto quarantacinque anni. Io e Josie non siamo solo gemelle di compleanno, ma siamo anche nate nello stesso ospedale. E ora viviamo a circa un chilometro e mezzo di distanza l'una dall'altra, nella stessa area del nordovest di Londra. Quindi, Josie, prima di addentrarci nella storia della tua vita, parliamo della tua nascita. Cosa ti ha raccontato tua madre del giorno in cui sei nata?»

Josie sbatte le palpebre. C'è un lungo silenzio, e Alix sa già che dovrà tagliarlo. «Be'» dice alla fine. «Niente di che, in realtà. Solo che ha sentito male!»

Alix ride. «Ecco» dice, «sì, questo è un dato di fatto. Ma cosa ti ha detto di quel giorno in particolare: che tempo faceva, chi era l'ostetrica, com'è stato il primo istante che ti ha visto?»

Segue un altro silenzio. «Come ho già detto, niente. Non mi ha mai detto nulla. Solo che aveva sentito così male da decidere che non avrebbe mai voluto fare un altro figlio».

«E non l'ha fatto?»

«No».

«Quindi, niente fratelli o sorelle?»

«No, solo io. E tu? Oh!» Josie si blocca e si porta una mano al petto. «Scusa. Posso farti anch'io delle domande?»

«Sì, certo! Io sono la seconda di tre sorelle».

«Oh, che fortuna. Mi sarebbe tanto piaciuto avere una sorella».

«Le sorelle sono una gioia. Sono molto fortunata. Ma dimmi di tua madre, Pat. È ancora al mondo?»

«Oh, Dio, sì, fin troppo. Vive ancora nello stesso complesso dove sono nata, gestisce il circolo ricreativo, si occupa degli anziani, critica i politici, collabora con i poliziotti dell'unità contro le gang giovanili eccetera. È una donna esuberante, una che non passa inosservata. Lì infatti la conoscono tutti, è piuttosto famosa».

«E tuo padre?»

«Mio padre non è mai stato presente nella mia vita. Mia madre rimase incinta per caso e poi partorì me, senza nemmeno dirglielo. Non l'ho mai conosciuto».

Alix chiude gli occhi e torna mentalmente all'uomo

che era al pub il giorno del suo compleanno: lei aveva pensato che fosse il padre di Josie. «Quindi, al pub, la sera in cui ci siamo incontrate, l'uomo con cui stavi cenando... era tuo...?»

«Era mio marito, sì. Non era mio padre. E comunque non sei la prima a cadere in questo equivoco. Mio marito, Walter, è molto più vecchio di me. Sto con lui da quando avevo quindici anni». Josie fa una pausa e alza lo sguardo su Alix.

Alix cerca di nascondere la sorpresa. «Quindici anni» ripete. «E lui ne aveva...?»

«Quarantadue».

Alix rimane in silenzio per un momento. «Wow. Be', è...»

«Sì, lo so. So che effetto fa. Ma a quell'epoca non sembrava quello che può sembrare oggi. È difficile da spiegare». Josie serra le labbra e alza le spalle. «Quando sei un'adolescente, hai un certo potere. E per certi versi mi manca, quel potere. Mi piacerebbe riaverlo».

«Di che tipo di potere parli?»

Josie alza di nuovo le spalle. «Solo nel senso che hai qualcosa che molte persone vogliono. Molti uomini, intendo. E molti di loro la vogliono proprio, più di ogni altra cosa».

«Vogliono che cosa? La giovinezza?»

«Sì. È esattamente quello che intendo. E quando incontri qualcuno che chiaramente la vuole, quella cosa, e sai che tra quello che lui vuole e quello che hai tu c'è in mezzo solo il tuo consenso... A volte, quando sei una ragazza molto giovane, hai un potere nel dare quel consenso. O almeno, è così che ti senti in quel momento. È così che loro ti fanno sentire. Ma in realtà è diverso, vero? Ora me ne rendo conto. Mi rendo conto che forse sono stata usata, che forse sono stata addirittura abusata. Ma quella sensazione di potere, all'inizio, quando avevo ancora io il controllo, a volte mi manca. Mi manca proprio. E quello che vorrei, più di ogni altra cosa, è riaverla».

Alix si concede un breve silenzio, per lasciare alle parole di Josie il tempo necessario a colpire gli ascoltatori. Mantiene la compostezza, ma sotto la superficie il sangue le scorre a mille. «E tu e Walter, come vi siete conosciuti?»

«Lui era un artigiano, si occupava dell'impianto elettrico del complesso dove abitavamo. Era il caposquadra e mia madre, ovviamente, non poteva fare a meno di mettersi in mezzo. Così un giorno, quando avevo tredici anni o giù di lì, ero in camera mia, sentii suonare il campanello, mi affacciai e me lo trovai sulla porta. Aveva il giubbotto da lavoro con le fasce fosforescenti e teneva in mano il casco. È stata la prima volta che l'ho visto».

Alix dice: «E cosa hai pensato?»

Josie fa una risatina. «Avevo tredici anni, e lui quaranta. Non c'era molto altro da pensare. Solo il giorno che ho compiuto quattordici anni ho capito che c'era sotto qualcosa. Lui arrivò proprio mentre stavo spegnendo le candeline sulla torta di compleanno. Ero lì con la mia migliore amica, Helen. Mia madre lo invitò a restare, offrendogli una fetta di torta, e lui si sedette accanto a me ed era...» Josie espira, con un suono come se le avessero dato un pugno in gola. «Era proprio lì. Tipo un mostro invisibile nella stanza».

«Un mostro?»

«Sì. Era così che lo sentivo. Il suo interesse per me, dico. Sembrava un mostro».

«Quindi avevi paura di lui?»

«Non di lui, no. Era gentile. Avevo paura del fatto che mi voleva. Non riuscivo a credere che nessun altro vedesse questa cosa. Solo io. Era talmente grande e reale. Ma mia madre non la vedeva. Helen non la vedeva. Io invece la vedevo. E mi faceva paura».

«Quindi, non lo sentivi come un potere in quel momento?»

«Be', no. E però un po' sì. Sembrava che fosse vera sia una cosa che l'altra, nello stesso tempo. Era tutto confuso. L'idea di lui cominciò a ossessionarmi. Ma passò un altro anno, prima che succedesse qualcosa».

Ciao, sono la tua gemella di compleanno!
UNA SERIE ORIGINALE NETFLIX

Sullo schermo appare una donna che si trascina dietro una piccola valigia in un aeroporto.

È alta e robusta, con i capelli scuri raccolti in un piccolo chignon.

L'inquadratura successiva la mostra seduta in un bar, con un cappuccino sul tavolino di fronte a lei.

La didascalia in basso recita:

HELEN LLOYD, COMPAGNA DI SCUOLA DI JOSIE FAIR

Helen inizia a parlare.

«Io e Josie eravamo molto amiche. Da quando avevamo circa cinque anni. Dai tempi delle elementari».

Helen fa una pausa.

C'è un breve silenzio.

Poi la donna aggiunge: «È sempre stata un po' particolare. Controllante, mi viene da dire. Non le piaceva che avessi altre amiche. Voleva sempre che le cose girassero intorno a lei. Oggi si dice "passiva-aggressiva". Non era mai diretta, non ti diceva esplicitamente che cosa le dava fastidio. Ti costringeva a fare mille ragionamenti, prima di arrivarci. Era anche una musona, poi. Di quelle che non ti parlano più. Avevamo già iniziato a perderci di vista, quando ha conosciuto Walter».

L'intervistatore fa una domanda a microfono spento: «Quindi com'è andata, quando ha conosciuto Walter?»

«Una roba strana. Voglio dire, lui era un vecchio, in pratica. E questo ha cambiato le cose. A partire da quando ha fatto i quattordici, lei è scomparsa, punto e basta. In *quell'altro mondo*. Con un vecchio».

L'intervistatore chiede: «Secondo lei si può dire che Walter Fair abbia abusato di Josie?»

«Be', sì. Ovviamente. Ma...»

Helen guarda l'intervistatore. Sfiora il bordo della tazza di caffè.

«So che può sembrare brutto dirlo, che può sembrare strano, ma... era una strada a doppio senso, mi capisce? Lei lo voleva. Lei lo voleva proprio, e ha fatto in modo che anche lui la volesse».

Ore 11:00

Josie si congeda da Alix per rientrare a casa sua un'ora dopo. Le gira la testa.

Pensa a dove vive Alix: vista da fuori, una linda casa a schiera con un bovindo, non diversa dalle tante altre case a schiera vittoriane sparse per Londra, ma all'interno è tutta un'altra storia. Una casa da rivista di arredamento, con pareti blu inchiostro e luci dorate e una cucina che sembra stranamente più grande dell'intera casa, con armadietti grigio pietra e banconi di marmo color crema e un rubinetto da cui esce acqua bollente premendo un pulsante. E su un lato una parete riservata esclusivamente ai lavori artistici dei figli!

Josie ricorda di aver fissato i disegni delle sue figlie al frigorifero con dei magneti, e di aver sentito Walter brontolare e poi toglierli perché facevano disordine.

Quindi il giardino con le sue luci fiabesche e il sentiero tortuoso e il magico capanno in fondo, che conteneva un altro mondo di meraviglie. Anche la gatta; una gatta diversa da tutte quelle che aveva visto prima. Una siberiana, a quanto pare. Piccola e vaporosa, con gli enormi occhi verdi di una principessa dei cartoni animati Disney.

La sua mano va alla tasca interna della borsetta, a toccare la superficie liscia della cialda Nespresso che ha preso quando Alix non guardava. Sullo scaffale dietro il banco di registrazione ce n'era un barattolo enorme, di tutti i colori, come pietre preziose in formato grande. Non ha una macchina Nespresso a casa, ma voleva solo possedere un po' del fascino di Alix, infilarlo in un cassetto del suo appartamento malandato, sapere che c'era.

Quando entra in casa Walter è al suo portatile, accanto alla finestra. La osserva con curiosità, gli occhi enormi dietro le spesse lenti degli occhiali da lettura. Lei gli ha detto che si vedeva di nuovo con quella mamma della scuola delle loro figlie. Lui era sembrato perplesso, ma non aveva fatto commenti. Ora dice: «Cosa stai combinando, si può sapere?»

Lei sente la scarica di adrenalina.

«Cosa vuoi dire?»

«Voglio dire» risponde lui «che sei stata fuori una vita. Non puoi aver bevuto caffè per tutto 'sto tempo».

«No» dice lei. «Dopo sono andata a trovare mia nonna. Al cimitero». Una frottola programmata.

«Perché?»

«Non lo so. È solo che ieri notte ho fatto un sogno molto strano su di lei e mi è venuta voglia di andare a trovarla. Comunque, ora devo prepararmi per il lavoro. Torno tra un secondo».

Si dirige verso la sua camera, sente il rumore della sedia da gioco di Erin che filtra dalla porta della sua stanza, *squick squick*, e si accorge che l'odore che emana da lì sta iniziando a diffondersi nel corridoio. Non può rimandare ancora per molto. Ma non ora. Non oggi. Domani, di sicuro.

Sfiora la porta della stanza di Erin con la punta delle dita, poi le bacia.

In camera prende la fotografia delle sue bambine dalla parte superiore della cassettiera e bacia anche quella.

Poi toglie la cialda Nespresso dalla borsetta e la infila nel cassetto della biancheria intima, proprio in fondo.

Ciao, sono la tua gemella di compleanno!
UNA SERIE ORIGINALE NETFLIX

Sullo schermo una poltrona di pelle in un pub cittadino vuoto.

Una luce tenue filtra da una finestra impolverata.

Un uomo entra e si siede. Indossa una camicia bianca e dei jeans. Sorride.

La didascalia in basso recita:

JASON FAIR, FIGLIO DI WALTER FAIR

L'uomo inizia a parlare; ha un accento canadese.

«L'ultima volta che ho visto papà? Credo quando avevo sui dieci anni».

L'intervistatore interviene a microfono spento: «E come mai?»

Jason: «Perché ha lasciato mia madre per una ragazzina, e mia madre ne fu così disgustata che ci fece trasferire all'estero».

Intervistatore: «E la ragazzina era...?»

«La ragazzina era Josie Fair, sì».

Jason scuote tristemente la testa e abbassa lo sguardo sul pavimento.

Quando alza di nuovo lo sguardo verso la telecamera, si vede che sta piangendo.

«Mi dispiace. Scusate. Possiamo...»

Dissolvenza al nero.

Ore 20:00

Stasera Nathan non tornerà a casa dal lavoro. Alix la sente di pancia, la terribile inevitabilità di questo evento, dal momento in cui l'orologio passa dalle 20:00 alle 20:01. Aveva detto che sarebbe rientrato alle sette. Anche tenendo conto dei ritardi dell'ultimo minuto, delle telefonate o dei problemi in metropolitana, le otto segnano il punto di arrivo di un ritardo spiegabile e lo trasformano in qualcosa di meno limpido. Gli manda un messaggio. Lui non risponde. Alle otto e mezzo lo chiama. C'è la segreteria telefonica. E lei lo sa. Alix lo sa.

Alle nove, quando i bambini sono a letto, Alix si porta un bicchiere di vino nello studio e riascolta l'intervista fatta a Josie quella mattina.

Hanno parlato per più di un'ora, ma ascoltandola adesso sospetta che l'intera conversazione sarà ridotta a una decina di minuti circa. E quei dieci minuti saranno quelli che Josie ha dedicato a raccontare come ha conosciuto suo marito.

Alix si è sentita mancare il fiato. Si è limitata ad annuire, con gli occhi spalancati, senza fare domande, semplicemente ascoltando e assorbendo.

Una ragazza di quattordici anni.

Un uomo di quarantuno.

Alix pensa all'uomo che ha a malapena notato al ristorante il sabato sera, l'uomo che ha scambiato per il padre di Josie: insignificante, calvo, sbiadito, occhialuto.

Hanno interrotto la registrazione prima che lei riuscisse a scoprire qualcosa di più su quello che era successo dopo il momento della torta di compleanno alla festicciola per i quattordici anni di Josie, su ciò che aveva portato Josie e Walter a diventare una coppia. Ne parleranno al prossimo incontro. Ma il piccolo brivido di eccitazione che ha avvertito fin dal primo momento in cui ha deciso di fare un podcast su Josie cresce di minuto in minuto. Riesce a percepire qualcosa di più grande di lei, qualcosa di oscuro e brillante, con ogni fibra del suo essere.

Rientrata in casa, Alix guarda il bicchiere vuoto e considera per un attimo la possibilità di berne un altro. Ma è meglio di no, sono passate le dieci, è stanca e vuole avere le idee chiare domani, quando si sveglierà in un letto vuoto, questo lo sa già, e dovrà affrontare le conseguenze della più recente sbevazzata di Nathan a così breve distanza dall'ultima, e questa volta in una serata infrasettimanale, quando il giorno dopo c'è scuola. Il messaggio che gli ha inviato non è stato letto e l'ultimo tentativo di chiamarlo si è arenato di nuovo nella segreteria telefonica. Sente l'adrenalina che le pulsa in corpo e sa che non riuscirà a dormire, ma va a coricarsi lo stesso. Cerca di leggere un libro, ma il cuore le batte forte. Scorre le notizie sul telefono, ma le nuotano davanti agli occhi e di colpo, stranamente, le viene voglia di parlare con Josie, Josie con la sua pelle di cera e la sua voce incalzante e i suoi occhi scuri

scuri, Josie che non conosce Nathan, che non ha ballato al loro matrimonio, che non ha investito niente nel miraggio mitico del loro matrimonio.

Le manda un messaggio: *È stato bello parlare con te oggi. Grazie mille per il tempo che mi hai dedicato. Ho appena ascoltato la registrazione, vedo che la storia sta prendendo forma e mi piacerebbe davvero continuare con il progetto, se a te va bene. Forse la prossima volta potremmo fare un salto nel posto dove sei cresciuta e dove hai incontrato Walter per la prima volta. Cosa ne pensi?*

Preme «Invio» e fissa per qualche minuto il telefono, aspettando un segno che Josie l'abbia visto, che stia rispondendo. Ma passano dieci minuti e non appare nulla. Alla fine spegne lo schermo e si sdraia, cercando di cullarsi in un sonno che, lei lo sa, non arriverà per parecchie ore.

Ore 22:00

Josie appoggia il libro aperto sul petto e guarda il messaggio sul display del telefono.

È di Alix. La vista delle sue parole sullo schermo le fa scattare qualcosa dentro. Una sorta di piacere infantile. Qualcosa di simile a una cotta. Lo apre e lo legge in fretta e furia, e poi lo rilegge con più calma. Si immagina nella sua casa di Kilburn con Alix e prova un brivido di piacere. Potrebbe presentarla a sua madre, osservare la faccia di sua madre mentre si rende conto che una persona come Alix si interessa a sua figlia. Riesce quasi a immaginare la sua incredulità, seguita, sì, senza dubbio, da un guizzo di gelosia. Sua madre penserebbe che Alix dovrebbe fare un podcast su di lei, la leggendaria Pat O'Neill. E senza dubbio Alix le farebbe delle domande, ma domande relative solo a Josie, domande per aiutare Alix a saperne di più su Josie, non su Pat. Sente lo stomaco piacevolmente in subbuglio. Non risponde subito, ma apre il browser e cerca Alix Summer su Google, passa mezz'ora a sfogliare le foto di Alix, guarda il suo profilo Twitter, la sua pagina

Facebook, che è impostata come privata ma ha un paio di post visibili a tutti, il suo profilo Instagram. Legge le recensioni delle ascoltatrici dei podcast di Alix e vede le foto di lei alle cerimonie di premiazione, in fluttuanti abiti di raso. Quando Josie si è saziata di Alix Summer torna al messaggio, ma si rende conto che sono passate le undici, che è troppo tardi per rispondere senza sembrare inopportuna. Sospira, spegne lo schermo e prende il libro.

Da qualche altro punto della casa le giunge il suono soffocato della voce di suo marito. Si infila i tappi nelle orecchie e gira la pagina del libro.

Venerdì 21 giugno

Nathan risponde al messaggio di Alix solo alle sei del mattino. Lei sente il ronzio che arriva dal comodino, solleva la mascherina che ha indossato per dormire, prende il telefono e legge il messaggio.

Cazzo. Mi dispiace un sacco. Non so cosa sia successo. Sono da Giovanni. Svenuto. Ti prego, non mi uccidere.

Lascia cadere il telefono sul comodino e si riabbassa la mascherina sugli occhi. Ha ancora trenta minuti prima che suoni la sveglia: non intende sprecarli. È riuscita a addormentarsi solo dopo le due e ha la testa gonfia di stanchezza e disperazione. Vorrebbe recuperare la mezz'ora rubata, ma l'adrenalina sta tornando a salire: suo marito ieri sera è andato da qualche parte, si è svegliato a casa di un amico e non sa che cosa sia successo nel frattempo. Suo marito, che ha una carriera, un mutuo e due figli a cui pensare. Suo marito, che ha quarantacinque anni.

Un attimo dopo il telefono ronza di nuovo. Lei geme e lo afferra.

Sto tornando a casa. Ti prego, non odiarmi. Ti amo. Mi dispiace. Sono uno stronzo.

Di nuovo mette giù il telefono e si tira la mascherina sugli occhi. Ma ora l'adrenalina sembra esploderle dentro. È furiosa. *Ti prego, non odiarmi.* Come un bambino piagnucoloso.

Rinuncia a recuperare l'ultima mezz'ora di sonno e si mette a sedere. Per qualche istante fissa i messaggi sul telefono, chiedendosi che cosa fare. Decide di non rispondere, non ancora, non prima di aver fatto sbollire almeno in parte la rabbia. Ma un attimo dopo il telefono vibra di nuovo ed è ancora lui, con un lamentoso: *Alix???*

Le mani le tremano leggermente di rabbia, mentre preme il tasto di chiamata.

«Ciao». Ha una vocetta da bambino che la fa arrabbiare ancora di più.

«Non sono riuscita a dormire fino alle due di notte, Nathan. Alle due di notte, in attesa di sentirti, e chiedendomi dove cazzo eri finito. E tu mi mandi un messaggio alle sei del mattino e mi svegli, e lo sai che la sveglia suona alle sei e mezzo, ma non puoi aspettare neanche mezz'ora perché sei troppo egoista, cazzo! Quindi sì, tante grazie, Nathan! Ho dormito quattro ore e ora devo far alzare i nostri figli, prepararli per andare a scuola e poi farmi un'intera giornata di lavoro, e tu non sai nemmeno dove sei stato».

«Alix, mi dispiace tanto. È solo che...»

«Vaffanculo, Nathan».

Spegne il telefono e lo butta sul letto.

Poi si alza e si concede una doccia lunghissima.

Quando porta i bambini a scuola, alle 8:50, è di nuovo calma. Nathan le ha mandato altri tre messaggi, continuando a ripeterle quanto è addolorato per il suo comportamento e a prometterle che non succederà mai più. È venerdì, il tempo è previsto bello per questo fine settimana e domenica Alix pranzerà con le sue sorelle, e non vuole crogiolarsi nei terribili pensieri neri che l'hanno tenuta stretta in una morsa da incubo per tutta la notte, vuole liberarsene.

Dopo aver salutato i bambini all'ingresso della scuola sta per voltarsi e andarsene, quando si ricorda che ha un modulo da consegnare in segreteria. Raggiunge l'ingresso laterale e suona il campanello. Le aprono subito.

«Ciao, Alix!»

È Mandy, la responsabile della segreteria.

«Ciao, Mandy. Questo modulo è per la gita al museo di

Storia naturale di domani. Mi dispiace molto, mi è rimasto in borsa per settimane, continuavo a dimenticarmi di consegnarlo. Scusa, è un tantino stropicciato».

Appoggia il pezzo di carta sgualcito sulla scrivania di Mandy, che sorride e dice: «Non c'è problema, cara, ho visto di peggio, te lo assicuro».

Mentre la ascolta, Alix la guarda e pensa: Mandy lavora lì da più di vent'anni, l'anno scorso ha festeggiato l'anniversario. È la persona con la maggior anzianità di servizio in segreteria. «Mandy, a proposito, mi è capitato di incontrare una mamma le cui figlie frequentavano questa scuola, tempo fa. Ormai sono grandi, hanno una ventina d'anni. Mi chiedevo se magari ti ricordavi di loro».

«Ah, è probabile! Mi faccio vanto di ricordarmeli tutti, i miei bambini».

«Roxy ed Erin Fair. Te le ricordi?»

Un'ombra di inquietudine passa sul volto di Mandy. «Oh» dice. «Sì, mi ricordo di Roxy ed Erin. Erano...»

Alix inspira e aspetta.

Mandy si guarda intorno e lancia un'occhiata verso la porta dell'ufficio del preside, prima di chinarsi verso Alix e abbassare la voce. «Mi sento di dire che la loro era una famiglia strana. Quello che intendo è che Roxy era una furia. Una ribelle per partito preso. Rovesciava i banchi. Buttava le cose per aria. Abbiamo dovuto sospenderla un paio di volte. Erin invece era una bambina dolcissima. L'opposto di sua sorella. Silenziosissima. Aveva qualche problema, forse, che poteva rientrare nello spettro dell'autismo. Ma non le era stato diagnosticato nulla, da quello che ricordo. Poi c'è stata una volta, credo quando Erin era all'ultimo anno, verso la fine del periodo che ha trascorso qui...» Mandy fa una pausa e si guarda di nuovo intorno, prima di continuare quasi sussurrando: «Arrivò con un braccio rotto, dicendo che era caduta dal letto, ma poi un giorno raccontò a un'amica che era stata Roxy».

«Roxy?»

«Sì, la sorella minore. Raccontò che era stata lei a romperglielo. Fummo costretti a chiamare i servizi sociali. Un vero pasticcio».

«Ed era stata veramente la sorella minore, a rompere il braccio a Erin?»

«Non credo sia mai stato provato. Ma i genitori erano furibondi. Ci furono delle scenate orribili. L'unica occasione in cui incontrai il padre. Un tipo grande e grosso, aggressivo. E la madre...»

Alix annuisce, trattenendo di nuovo il respiro.

«Era davvero molto particolare. Sembrava che avesse paura anche della sua ombra. Se ne stava lì con un'espressione vuota dipinta in faccia e non diceva niente, come se la cosa non la riguardasse, capisci? E poi hanno tolto Roxy da scuola. Ha studiato da privatista finché non è andata alle superiori, se ricordo bene».

«Quale scuola secondaria frequentavano?»

«La Queen's Park High, credo. Ma sì. Una famiglia strana. Mi sono sempre chiesta che fine avessero fatto. E ora sei diventata amica della madre?»

«Be', amica non direi. Ci conosciamo e basta».

«E le ragazze? Le hai conosciute?»

«No. Non le ho mai viste».

«Mi piacerebbe sapere che fine hanno fatto. Ho sempre avuto dei brutti presentimenti su di loro, se proprio te lo devo dire».

Alix annuisce e sorride.

Domenica 23 giugno

La domenica Josie prepara un arrosto. Lei e Walter lo mangiano in silenzio, al tavolo davanti alla finestra sulla strada. È l'unico pasto della settimana che consumano a tavola. Poi, con il frullatore a immersione, riduce gli avanzi a una pappa e la versa a cucchiaiate in una scodella per Erin. La copre con un piatto, per evitare che Fred ci ficchi il muso, e la lascia su un vassoio fuori dalla stanza della figlia, insieme a uno yogurt al cioccolato e a due cucchiaini. Non è ancora entrata. Più tempo passa e più diventa difficile. Ci entrerà. La prossima settimana. Entrerà e farà le pulizie. Walter ha detto che non va così male. Ma lei non ci crede, tenuto conto dell'odore.

Lava i piatti senza fretta e pulisce a fondo la cucina. Alle tre è immacolata, come se non fosse mai stata usata. Guarda Walter dal lunotto della cucina e dice: «Porto fuori il cane. Vuoi venire anche tu?»

Spera che lui dica di no, ed è quello che succede.

La domenica pomeriggio l'area intorno a Queen's Park si riempie di relitti e rifiuti dei giorni estivi altrui: bicchieri di plastica mezzi pieni di birra giallo oro lasciati a scaldarsi fuori dai pub, coperte da picnic appallottolate nel parco, lattine di birra e scatole di pizza che traboccano dai cestini della spazzatura, pozzanghere di gelato sciolto sul marciapiede, da cui deve trascinare via Fred. Gli altri se ne sono stati qui fuori tutto il giorno, a divertirsi, a godersi il bel tempo, in compagnia degli amici e dei figli. Gli altri hanno vissuto.

Al pensiero di quanto siano straordinarie le vite altrui, si accorge che i suoi piedi la portano inconsciamente intorno al parco e verso la strada dove abita Alix.

Si tiene a distanza. Sarebbe mortificata, veramente mortificata, se Alix la scoprisse ad aggirarsi intorno a casa sua, con quei leggings trasandati e il giubbotto di jeans, la domenica pomeriggio. Ma le basta un barlume, niente di più, dell'esistenza di Alix, e poi può tornare a casa, pronta ad affrontare la lunga serata domenicale che l'attende.

La vista dalla finestra sul davanti è oscurata da persiane di legno bianco. La porta d'ingresso è dipinta di un azzurro pallido che a Josie ricorda un particolare vestito che aveva da piccola. Ai lati della porta due piante in vasi della medesima tonalità di azzurro, potate a forma di fungo. Si chiede chi le abbia potate a quel modo, o se si possano comprare già così. Alza lo sguardo verso le due finestre del primo piano: altre persiane di legno. La casa è una faccia vuota. Non come il suo appartamento, con le grandi finestre da cui si intravedono le facce di tutti i passeggeri dell'autobus, che a loro volta possono vedere quello che lei e Walter mangiano per cena. Dopo un paio di minuti sta per andarsene, ma in quel momento scorge un gruppo di donne che avanzano verso di lei dalla direzione opposta. Sono tutte alte e spigolose, e una frazione di secondo dopo si rende conto che una di loro è Alix e che le altre due le assomigliano, e quindi devono essere le sue sorelle: una ha i capelli biondo scuro che le scendono fino alla vita; l'altra biondo fragola, raccolti in uno chignon. Sono una massa di orecchini a cerchio, grandi borse di pelle con nappe, infradito, smalto nero, gonne lunghe che ondeggiano quando si muovono, abbronzature esotiche. Sono rumorose, anche da dov'è lei; una di loro dice qualcosa e le altre due rovesciano la testa all'indietro e ridono... tutti quei denti, quelle bocche così grandi e larghe. Le osserva mentre si dirigono verso la porta d'ingresso di Alix. Riconosce quella più bassa dalla serata del compleanno al pub. Zoe. Alix estrae un mazzo di chiavi dalla borsa che porta al braccio, ne inserisce una nella serratura e poi c'è il corridoio e la gatta appena visibile, e un bambino, e sente Alix dire: «Siamo tornate!» E poi c'è il marito, Nathan, con i suoi folti capelli rossi, che la saluta distrattamente, e tutti si ammassano dentro e la porta si chiude, e Josie si immagina il vino estratto dal grande frigorifero cromato e le olive rovesciate nelle ciotole, un irrigatore che oscilla pigramente sul prato del giardino sul retro. Si immagina tutto e lo vuole. Lo vuole più di ogni altra cosa.

Più tranquilla, ora che Alix e la sua famiglia si sono tutti comodamente sistemati all'interno, attraversa la strada. Passa davanti alla casa di Alix con aria indifferente, come se fosse davanti a casa sua, ma mentre cammina lascia scorrere la punta delle dita sul rampicante che orna il muretto di cinta. Abbassa lo sguardo e vede la splendida faccia viola e verde lime di una passiflora che la fissa tra le foglie, e resta senza fiato. La tira verso di sé, la coglie e la tiene in mano per tutto il tragitto fino a casa.

Martedì 25 giugno

Alix si trova davanti al complesso residenziale in cui è cresciuta Josie. Si tratta di edifici di scarso pregio, non più alti di quattro piani, costruiti intorno a un parco giochi e a diversi sentieri tortuosi. Josie appare un attimo dopo. Indossa jeans e un top di chambray con le maniche a sbuffo. Il cane sbircia oltre la parte superiore del trasportino in tela jeans.

«Scusa il ritardo» dice Josie. «Non sono riuscita a liberarmi prima».

Alix si protende verso di lei per darle un bacio e percepisce in Josie lo stesso imbarazzo che aveva notato la prima volta che l'aveva accolta in quel modo.

«Nessun problema, figurati». Alix si volta a osservare le case e chiede: «Quindi è qui che sei cresciuta?»

«Certo. Mia madre ci raggiungerà nella sala del centro civico. Va bene? Così potrai prepararti al meglio».

«Perfetto» dice Alix.

Segue i passi di Josie nel complesso fino a un tozzo edificio sul retro.

All'interno, una donna con i capelli castani tinti e occhiali con montatura nera alla moda sta sistemando le sedie intorno a un tavolo. Indossa un vestito estivo a stampe vivaci e sandali con cinturino. Alza lo sguardo verso Alix e Josie, e sorride. «Benvenute! Benvenute! Ho portato succo di frutta e pasticcini».

Non è come Alix si aspettava. Tanto Josie è rigida e inerte, tanto sua madre è tutta gesti e chiacchiere. Emana anche un certo fascino, è evidente che si prende cura del suo aspetto, si considera una donna degna di attenzione e di rispetto. Manda Josie a preparare tè e caffè nell'angolo cottura, e invita Alix a sedersi.

«Allora» dice, guardandola con franchezza. «Sono andata ad ascoltare alcuni dei suoi podcast, quando Josie mi ha parlato di lei. È stato di grande ispirazione. Avrei voluto avere una carriera di cui parlare con lei, ma ho dedicato tutta la mia vita a questo posto. Questa casa è stata la mia professione, se così si può dire. Non che mi paghino per questo. Lo faccio per amore».

Alix si gira appena per guardare Josie. È di spalle, in attesa che si scaldi l'acqua nel bollitore.

«Naturalmente» continua Pat, «la mia prima domanda non può che essere: perché mai Josie?»

«Oh!» Alix ride nervosa. Guarda di nuovo la schiena di Josie. Le ha chiesto di non dire la verità a sua madre sul motivo per cui lei ha deciso di seguire questo progetto. «Dille solo che stai facendo una serie sulle gemelle di compleanno» le ha suggerito. «Fallo sembrare una cosuccia innocua».

«Be', perché non Josie?» risponde Alix. «Era proprio quello il mio punto di partenza. Una donna, nata lo stesso giorno e nello stesso posto in cui sono nata io. Come un caso di "bambini scambiati", ma al contrario. Noi non siamo state scambiate. Siamo state portate a casa dai genitori giusti. Ma cosa sarebbe successo se non fosse andata così? Come sarebbe stata la mia vita, se mi avesse portata a casa lei? Se fossi stata cresciuta qui, da lei? E Josie invece fosse stata cresciuta dai miei genitori a un chilometro e mezzo da qui?»

«Natura o cultura?» dice Pat.

«Be', sì, entro certi limiti».

«Sa, per un po' ho studiato antropologia sociale, alla Goldsmiths. Ma poi sono rimasta incinta». Pat sospira. «E ho dovuto lasciare l'università. Quindi sì, eccole un altro scenario del tipo "cosa sarebbe successo se". Cosa sarebbe successo se non fossi rimasta incinta? Se avessi finito l'università? Tanto per cominciare, me ne sarei andata da questo posto. E quindi qualcun altro avrebbe dovuto stare qui, a fare quello che faccio io. Solo che nessuno lo avrebbe fatto, vero? E allora questa casa sarebbe un disastro per viverci, come le altre qui intorno. Quindi sì, forse è così. Sono rimasta incinta per un motivo; sono rimasta incinta per poter sacrificare le mie ambizioni e salvare il luogo dove vivo». Pat si interrompe e per un minuto buono fissa con aria sognante qualcosa in lontananza. «Buffo, se ci pensa. Strano. Ma credo che tutti siamo al mondo per uno scopo. Anche se per alcuni è più difficile riuscire a capire quale sia». E sembra rivolgersi alla figlia, mentre Josie prende la sedia accanto ad Alix e si siede. Alix si sente a disagio. Ha il forte sospetto che questa donna detesti la propria figlia.

«Allora, parlando della gravidanza – e dato che ha partorito Josie nello stesso ospedale e nello stesso giorno in cui mia madre ha partorito me – quali sono i suoi ricordi di quel giorno?»

«Oddio, cerco di non pensarci. Avevo vent'anni. Non ero sposata. Mi ero comportata come se non fossi incinta per tutta la durata della gravidanza, bevendo e fumando. So che oggi questo è considerato orribile, ma all'epoca non ci si dava molta importanza. E poi non sembravo incinta. Almeno non fino all'ultimo. Indossavo ancora i miei jeans taglia quarantadue. Quindi sono andata avanti così. Poi sono arrivate le contrazioni e ho cercato di far finta che non stesse succedendo, perché non ero pronta. Non lo ero davvero. Avevo così tante cose da fare. Ero a metà della stesura di un saggio e volevo finirlo. E ci sono quasi riuscita, anche con le contrazioni. Ma poi le contrazioni sono diventate troppo forti e mia madre mi ha portato in taxi al St Mary, e quattro ore dopo è arrivata la bambina. Quello che è successo in quelle quattro ore non è una cosa a cui voglio pensare o di cui voglio parlare».

«A che ora è nata?»

«Oddio, non lo so. Penso verso le otto del mattino».

«E cosa ha provato quando l'ha vista per la prima volta?»

«Mi sono sentita...» Pat si blocca. I suoi occhi percorrono la sala del centro civico e per un momento sembrano fissare il vuoto. «Mi sono sentita terrorizzata».

Alix sente che Josie comincia ad agitarsi sulla sedia accanto a lei.

«Ero proprio terrorizzata. Non sapevo cosa fare. Continuavo a sproloquiare su quel maledetto saggio. L'ho finito».

«L'ha finito?»

«Be', sì. I neonati non fanno altro che dormire, no? L'ho finito. L'ho consegnato. Ho preso un voto alto. Dopodiché... credo di essermi arresa alla maternità. Ho lasciato che mi assorbisse. Ho sempre pensato che sarei tornata indietro, che mi sarei presa la mia laurea. E invece» allarga le braccia come a cingere l'intera sala «eccoci qua. E in realtà è probabile che grazie alle mie esperienze qui abbia imparato più cose sulla vita e sulle persone di quanto avrei mai potuto fare in una vita di studio. Quindi, alla fine, tutto si è risolto».

Alix stringe appena gli occhi e si schiarisce la gola. «E all'ospedale, quel giorno, quando Josie è nata, ricorda qualcuna delle altre donne presenti? Si ricorda di questa donna?» Tira fuori dalla borsa la fotografia che ci ha infilato ieri sera: sua madre, in felpa grigia e jeans, i capelli biondi tagliati a caschetto e con la permanente, che tiene in braccio una Alix neonata (o Alexis, quello era il nome che le avevano dato i suoi genitori), che sorride all'obiettivo. «Qui ho quattro giorni, sono appena tornata dall'ospedale».

Pat dà un'occhiata alla foto e fa un sorrisino asciutto. «Oddio» dice, «quel giorno avrebbe potuto esserci Elvis Presley e io non me lo ricorderei. È tutto confuso, sul serio. Quanti anni aveva sua madre?»

«Trentuno».

«Non tanto giovane».

«No. Non giovanissima. Si era dedicata alla carriera».

Alix nota la smorfia di disappunto sul volto di Pat. «Già» dice la donna. «Bello poter pianificare la propria vita così, immagino».

Alix sbatte le palpebre. Vorrebbe chiedere a Pat perché non l'ha fatto anche lei. Era intelligente, era ambiziosa. Perché è rimasta incinta a vent'anni? Perché non è tornata all'università, dopo? Ma non glielo chiede. Invece, rimette la foto nella borsetta e dice: «Le va bene se diamo un'occhiata al complesso? Così può mostrarmi dove è cresciuta Josie, i ricordi eccetera».

«Prima finisca il suo tè» dice Pat, con una punta di nervosismo nel tono di voce che lo fa sembrare più un ordine che un suggerimento. Alix beve il tè e si alza in piedi. Per mezz'ora Pat le porta in giro, ed è tutta un commento sui risultati che lei stessa ha ottenuto: cosa ha fatto, quando lo ha fatto, quanto è stato difficile e quanto gli altri le sono stati grati. È impressionante: il tipo di vita dedicata al lavoro che alla fine potrebbe sfociare in un'onorificenza conferita dalla Regina, e Alix si immagina Pat con un elegante abito a due pezzi e un cappello un po' eccentrico che si inginocchia davanti alla sovrana, un sorriso altero sul volto.

Ma le è ben chiaro che Pat in realtà è una narcisista al massimo grado, e che nessun figlio di una narcisista riesce a cavarsela indenne. Questa consapevolezza aggiunge sfumature alla sua visione di Josie, aiutandola a comprenderla meglio.

Pat le conduce al suo appartamento, dove Josie ha vissuto da piccola. È al piano terra, con un'aiuola all'esterno. Pat li fa entrare.

«Qui» dice Josie, aprendo la porta di una stanza dipinta di rosa e arredata per una bambina. «Questa era la mia stanza. E qui ho visto Walter per la prima volta, dalla finestra».

Alix si ferma per un attimo ad assorbire l'energia della stanza, immaginando una giovanissima Josie che scruta tra le stecche delle veneziane in legno che un tempo coprivano la finestra. Tornata in cucina, tocca il piano del tavolo da pranzo. «È qui che eri seduta? Quando Walter ha assaggiato la tua torta di compleanno?»

Josie sorride. «Sì, ma non era questo tavolo, questo è nuovo; comunque sì, era proprio qui».

Alix si rivolge a Pat. «Lo sapeva?» chiede. «Quel giorno. Il giorno in cui Josie ha compiuto quattordici anni. Sapeva cosa sarebbe successo?»

«Vuol dire tra Josie e Walter? No, certo che no. Ma figuriamoci. Lui era più vecchio di me! Come potevo pensarci? Come potevo saperlo?»

«E cosa ha pensato quando lo ha scoperto? Si sarà sentita scioccata, no?»

«Secondo lei?» replica Pat con una nota di oscura furia.

Alix guarda Josie, la sua faccia tirata, prende fiato e si trattiene dal fare la domanda seguente.

Ore 20:00

Nathan è stato molto carino, dopo l'episodio di giovedì sera. Non che Nathan non lo sia sempre, carino. È il suo atteggiamento di default. Ma è tornato dal lavoro abbastanza presto per passare un po' di tempo in giardino con i bambini, per aiutare a preparare la cena, per guardare un po' la tv e dare un'occhiata ai compiti e chiacchierare e far parte della famiglia. Non ha dato alcuna spiegazione per giovedì sera, se non quella di aver «perso il controllo». Ha promesso che non lo farà più e per il momento Alix, immersa nelle calde acque dell'armonia coniugale, preferisce credergli.

Ora, mentre sgombrano insieme la cucina, lui dice: «Oh, a proposito, domani lavorerò da casa».

«Ah» dice lei. «Come mai?»

«Ho una tonnellata di scartoffie da sbrigare e non ho appuntamenti in agenda, ho pensato di approfittarne. Magari posso portarti fuori per un pranzetto romantico, che dici?»

Lei rimane in silenzio. Non gli ha ancora parlato del suo nuovo progetto di podcast con Josie. Ma Josie sarà qui domani mattina alle nove e mezza e Alix dovrà spiegarglielo. Dice: «Aspetto una persona da intervistare, domattina».

«Ah, okay. Pensavo che avessi finito la serie. È una cosa nuova?»

«Lo è... È, be', una specie di esperimento, credo. È la donna del pub dell'altra sera, la mia gemella di compleanno. Sto facendo una cosa sulle persone nate lo stesso giorno, sai, sulla casualità della vita, sulla singolarità degli estranei, su natura e cultura, quel genere di cose». Arrossisce in volto per la piccola bugia e si gira in modo che Nathan non possa vederla.

Lui la guarda con scetticismo. «Sembra un po'... diverso».

«Sì. Esattamente. Diverso».

«È difficile da realizzare?»

«Forse. Ma in realtà sono già venuti fuori un paio di spunti stimolanti, riguardo a lei».

«Vale a dire?»

Lei trattiene il fiato: un marito che l'ha adescata quando aveva solo quattordici anni, una madre narcisista, due figlie problematiche e problemi con i servizi sociali. Ma gli spunti stimolanti sembrano in qualche modo incompleti da un lato e fragili e delicati dall'altro, quindi non ancora pronti per affrontare il giudizio di suo marito. «Be'» risponde, «dovrai ascoltare il podcast per scoprirlo».

Nathan fa una smorfia ironica e sorride. «Capisco» dice. «Mi sembra giusto».

Alix tira fuori dal bidone un sacchetto pieno, ci fa un nodo e lo porta in giardino. Dopo aver gettato la spazzatura nel cassonetto si ferma a fissare il cielo d'estate, per far passare un po' di tempo. Non vuole parlare di questa faccenda con Nathan. Non in questo momento. Lui non merita le sue confidenze. Non merita di sapere ogni cosa che fa.

Nathan ha le sue priorità, i suoi segreti. Anche lei dovrebbe averne.

Mercoledì 26 giugno

La mattina dopo Josie ci arriva senza fiato, alla porta di Alix. Non c'era altro che volesse fare, nessun altro posto dove volesse essere, ed è giunta fin qui praticamente di corsa. Prende un fazzoletto dalla borsa e prima di suonare il campanello si asciuga il sudore dalla fronte e dal labbro superiore.

La porta si apre, e lei si aspetta il volto rassicurante e calmo di Alix, invece appare suo marito. Lineamenti rudi, privi di finezza, è il tipo di uomo che risulta attraente solo in base a fattori elementari che hanno a che fare con la chimica e il comportamento. Josie non ci trova niente di davvero bello in quel volto, anche gli occhi sono di un colore torbido e indefinibile. Ha le ciglia folte e una barba di due giorni costellata da una varietà di sfumature, dal grigio al rosso fino al biondo. La bocca è stretta, le labbra sottili. Indossa una T-shirt sformata e pantaloni di tuta grigi. Il suo sguardo incuriosito oltrepassa gli occhiali da lettura con la montatura in corno. Schiocca le dita e dice: «Josie?»

Lei annuisce e risponde: «Buongiorno, Alix mi sta aspettando».

Lui si china di colpo verso di lei e per un terribile momento Josie pensa che stia per baciarla, ma poi si rende conto che sta puntando al muso di Fred, che spunta dal trasportino. «Ehi, ciao» dice, indietreggiando appena quando Fred comincia a ringhiargli contro. «Mi sa che hai un bel caratterino, bello. O bella?» Avvicina piano il dorso delle dita al muso di Fred, per fargliele annusare. Cosa che il cane fa, continuando a diffidare.

«Bello» dice Josie. «Si chiama Fred. È un pomchi».

«Un pomchi» ripete Nathan. «Non l'avrei detto. Comunque, si accomodi pure. Alix è in cucina».

Alix appare alle spalle del marito, sul volto un'espressione di rammarico, come se le dispiacesse non averla accolta di persona. Josie le sorride e supera Nathan, sfiorando con il braccio il cotone della T-shirt, abbastanza vicino da sentire il calore intenso che emana dal suo corpo.

Attraversano la cucina, la gatta è accovacciata sull'isola, immobile come una statua. Il cane ringhia sommessamente quando gli passano accanto.

«Ne avremo per un'ora» dice Alix a Nathan, ancora fermo sulla soglia.

«Benissimo» risponde lui, impassibile.

Questa volta Josie cerca di memorizzare ogni minimo dettaglio della cucina. Vede per esempio che il frigorifero non è affatto cromato. È nascosto all'interno di un mobile che si abbina al resto. Sul bancone c'è un'enorme impastatrice per dolci, dello stesso azzurro chiaro della porta d'ingresso. Un divanetto imbottito sotto la finestra che si affaccia sul giardino, disseminato di cuscini rivestiti di cotone in varie tonalità di azzurro oceano. Una fila di ciabatte di plastica e stivali allineati vicino alla porta sul retro. Le ciotole per il cibo della gatta sono di rame e le sedie intorno al tavolo della cucina sono tutte di forme e dimensioni diverse.

«Come stai?» le chiede Alix mentre attraversano il prato.

«Oh, direi bene».

«Mi sei sembrata un po'... stressata, ieri».

«Sì, giusto un po'. Mia madre mi fa sempre sentire così. Cioè, lo so che lei sembra molto sicura di sé e dà l'impressione di essere una persona perbene, con tutti quei discorsi sul darsi da fare e salvare il mondo e compagnia bella. Ma credimi, non è affatto quello che sembra. È stata una madre terribile, Alix. Con me è stata davvero terribile».

«In effetti me ne sono resa conto, Josie. E vorrei parlarne oggi, se per te va bene».

Josie si stringe nelle spalle. «Penso di sì. Non sono tanto sicura. Ma se credi che possa essere utile per il podcast, allora sì».

«Secondo me per il podcast andrà benissimo. Ma naturalmente avrai tu l'ultima parola, prima che vada in onda, e se ci sarà qualcosa che non ti sta bene si può sempre tagliare».

Nello studio Alix prepara un caffè Nespresso per Josie e lei la fissa da dietro. Alix indossa una lunga maglia sottile sopra i leggings. Attraverso il tessuto, Josie riesce a intuire la linea della colonna vertebrale e il profilo di un reggiseno sportivo. «Come è andato il fine settimana?» le chiede.

«Oh, santo cielo, sembra sia già passata una vita. Ma sì, è andato bene. Domenica sono stata un po' con le mie sorelle, è sempre bello rivederle».

«Come si chiamano?»

«Zoe e Maxine».

«Che bei nomi. Cos'avete fatto di bello?»

«Un lungo pranzo con tanto alcol».

Un lungo pranzo con tanto alcol. Un'immagine da sogno per Josie. Annuisce, sorride e dice: «Dev'essere stato veramente piacevole».

Alix appoggia il caffè davanti a Josie e si siede a sua volta. Si sistema i capelli dietro le orecchie e sorride. «Bene» dice. «Ci mettiamo le cuffie e cominciamo, che ne dici? Volevo riprendere da dove ci siamo fermate l'ultima volta. Da Walter, e da come vi siete messi insieme».

Ciao, sono la tua gemella di compleanno!

UNA SERIE ORIGINALE NETFLIX

Sullo schermo appare lo studio di registrazione di Alix, deserto.

La telecamera si muove indugiando sui dettagli della stanza.

Si sente la voce di Josie, a colloquio con Alix.

La didascalia in basso recita:

«Sì, allora, siamo al mio quindicesimo compleanno. Io e Walter eravamo diventati amici, se così si può dire. Si fermava sempre a fare due chiacchiere con me, se ci incontravamo vicino a casa. Mi salutava sempre, mi diceva qualcosa di carino. Cose così... Il giorno in cui ho compiuto quindici anni stavo andando a piedi a scuola, quando lo vedo arrivare di corsa: si era ricordato del mio compleanno, dall'anno prima, e mi aveva preso un regalo».

«Cosa ti ha regalato?»

«Un braccialetto. Guarda, è questo».

«Lo indossi ancora? Wow».

«Be', perché non dovrei? Stiamo ancora insieme».

Josie sospira spazientita.

«E poi quel giorno, dopo la scuola, sono andata con i miei amici al parco, al centro ricreativo, e c'era un ragazzo, mi pare che si chiamasse Troy. E Helen voleva a ogni costo che lo baciassi. Non ero mai stata con un ragazzo e lei cercava sempre di convincermi ad andare con questo o con quello, ma io non volevo uscire con nessuno perché francamente li trovavo tutti disgustosi. Lui aveva bevuto del sidro, e il suo alito rancido mi è arrivato in faccia – mi sembra di sentirne l'odore anche adesso – mentre mi veniva vicino. Allora mi sono alzata e me ne sono andata, ed è stato proprio in quel momento che ho capito che avevo chiuso. Avevo smesso di essere un'adolescente come loro. Me ne sono andata a casa.

«Mia madre mi ha detto: "Sei tornata presto". Le ho risposto che non mi sentivo bene. Mi ha chiesto se avevo bevuto. Le ho raccontato del sidro e del ragazzo, e lei mi ha detto che non erano male i miei amici e che avrei dovuto sforzarmi un po' di più di andarci d'accordo. Le ho risposto: "Ci provo. Ma poi fanno cose che io non voglio fare, e non ci posso fare niente". Lei mi ha chiesto: "Tu cosa vuoi fare, Josie?". Io ho risposto: "Non lo so. Come faccio a saperlo? Tu cosa volevi fare a quindici anni?". Lei mi ha fissato come se non riuscisse a credere che fossi proprio sua figlia e ha detto: "Volevo prendermi il mondo intero, Josie. Ecco cosa volevo fare". Io ho risposto qualcosa del tipo: "Non credo proprio di potermi prendere il mondo intero bevendo sidro al parco". E lei: "Ancora meno stando qui seduta con me il giorno del tuo compleanno". Quindi ho gridato: "Okay, d'accordo, allora me ne vado". Ho sbattuto la porta e ho attraversato di corsa il complesso, fino alla baracca dove lavorava Walter.

«Volevo solo ringraziarlo per il braccialetto, ma in fondo lo sapevo, credo, che cosa stava per succedere. E mi sentivo potente. Lui mi ha portata al pub, ed ecco che ero seduta in un pub, a quindici anni, con un uomo che di anni ne aveva quarantadue, e lui mi ha versato un bicchierino di vodka nella limonata e poi mi ha baciata, e ricordo di essermi guardata le mani, gli scarabocchi a penna che mi ero fatta a scuola, e poi di essermi guardata le scarpe, quelle vecchie Kickers malconce con le targhette di pelle che all'epoca portavano tutti, e di aver pensato: "Ci siamo. Mi butto, vado. Mollo questo mondo ed entro in un altro". Era quasi come se sapessi, già allora, che quello era un punto di non ritorno. Che una volta fatta amicizia con il mostro, era finita. Per sempre».

Mezzogiorno

«Oh, mio Dio» sussurra Alix un'ora più tardi, dopo aver chiuso la porta d'ingresso alle spalle di Josie. È in piedi, la schiena appoggiata alla porta e le braccia all'indietro. «Oh, mio Dio» sussurra ancora.

Chiude gli occhi e cerca di riprendersi, ma le gira la testa. Mentre Josie parlava ha cercato di dissimulare lo shock, annuendo più volte e incoraggiandola a continuare. È intervenuta con delle domande neutre, resistendo alla tentazione di dirle: Che cazzo, Josie, tu hai sposato un pedofilo.

Torna al capanno per riordinare lo studio, raccoglie le tazze e i piattini e chiude a chiave la porta. Arrivata in cucina infila tazze e piattini nella lavastoviglie e poi si dirige al bagno del piano terra, quello che occupa il sottoscala. Dopo aver usato la toilette, apre il rubinetto per lavarsi le mani e si blocca quando si accorge che non c'è il sapone liquido. Si guarda intorno, controlla sul ripiano che corre lungo il pavimento per coprire le tubature dell'acqua, poi cerca nell'armadietto sotto il lavabo. Si lava le mani senza sapone, torna in cucina e chiede a Nathan: «Hai per caso visto il sapone liquido che avevo messo nel bagno del sottoscala?»

«Perché dici?»

«Perché magari l'hai spostato, o l'hai buttato via. L'ho messo lì appena un paio di giorni fa».

«Ma figurati» risponde lui. «Io non l'ho neanche toccato. Magari è stata la tua amica dall'aria stramba».

Alix lo guarda storto. «Non dire scemenze. Sarà stato uno dei ragazzi. Sono sicura che salterà fuori».

Ore 13:00

Josie nasconde il sapone liquido nel cassetto della biancheria intima, accanto alla cialda Nespresso. Era un flacone così bello: grigio scuro con impressi dei fiori di ciliegio, come in una stampa giapponese. E profumava di Alix.

Trovarsi di nuovo a casa di Alix le ha infuso un'energia tutta particolare. Con in più il bonus di incontrare suo marito, anche se non ha capito che cosa ci trovi in lui. E di usare il loro bellissimo bagno, con lo specchio di vetro anticato e la bizzarra carta da parati con i pavoni. Il sapone liquido raffinato. Il morbido asciugamano nero appeso a un anello dorato. E poi l'intervista: rivivere i primi tempi della sua relazione con Walter, raccontarle della sua orribile madre, l'espressione rapita di Alix, affascinata come se Josie fosse la donna più interessante che le fosse mai capitato di incontrare in vita sua.

Rincuorata, si avvicina alla porta della stanza di Erin e vi appoggia l'orecchio. Sente il cigolio della sedia, il ticchettio dei tasti, i suoni penetranti che filtrano dalle cuffie. Annusa l'odore malsano degli strati che si sono accumulati nella sua stanza. E non può continuare a ignorarlo. Non se ne andrà da solo. Abbassa la maniglia e spinge la porta, che si socchiude di pochi centimetri prima di bloccarsi contro le pile di cose accatastate sul pavimento. Chiama Erin, ma sua figlia non la sente. Spinge un po' più forte, guadagnando sì e no dieci centimetri. Ora riesce a vederla meglio, Erin, il viso di profilo, le pantofole di montone logore, le mani bianche e ossute che stringono il joystick. Josie si dice che non ce la può fare. Non oggi.

Poi ripensa alla cucina di Alix. Alla sua luce. Al calore che vi regnava. Ai disegni dei bambini appesi alla parete dedicata solo a loro. Poi le torna in mente com'era la stanza di Erin, quando la condivideva con Roxy: due lettini rosa e un armadio bianco con appiccicati sopra dei cuori intagliati. Al posto della scrivania di Erin, c'era una cassapanca piena di bambole e giocattoli. Le risuonano in testa le voci di due bambine che ridono insieme, al momento di andare a letto.

Chiude gli occhi e richiude la porta.

Sabato 29 giugno

Alix cerca nella cassapanca accanto alla porta d'ingresso la mantellina da pioggia, quella che ha comprato qualche anno fa per andare a un festival, dov'era prevista pioggia per l'intero weekend. Il caldo è finito per il momento e i prossimi giorni si preannunciano freschi e umidi. Trova la mantellina, la indossa sopra i vestiti e chiama Eliza. La deve accompagnare a casa di un'amica per una festa di compleanno, a nemmeno un chilometro di distanza.

I marciapiedi sono pieni di pozzanghere e le macchine passano sibilando. Di primo acchito, Alix fatica a riconoscere Josie, seminascosta sotto il cappuccio della sua mantella da pioggia. Nota prima il cane, lo guarda e pensa: Oh, un pomchi come quello di Josie! Poi nota le scarpe slip-on in denim, fradicie di pioggia, la giacca in denim legata in vita con una cintura in tinta e l'ombrello stampato con un motivo effetto denim ed esclama: «Josie!»

Josie la guarda sbattendo le palpebre. «Alix, che sorpresa!»

«Non proprio il massimo questo tempo, per portare a spasso il cane» dice Alix.

«No, in effetti. Ma non potevo aspettare tutto il giorno che smettesse di piovere, Fred deve fare la sua passeggiatina. Dove stai andando?»

Alix appoggia le mani sulle spalle di Eliza e dice: «La accompagno a una festa di compleanno. A un paio di strade da qui».

Negli occhi di Josie vede affiorare un velo di invidia. «Oh, che bello» dice. «Quanti anni hai?»

«Undici».

«Be', divertiti più che puoi. Non perderti neanche un attimo».

«Sarà a casa tra un paio d'ore, su di giri per la scorpacciata di dolciumi e video su TikTok».

«Be', divertiti. E buon weekend a te, Alix. Ci vediamo la prossima settimana».

«Sì, alla prossima».

Mentre si allontanano, Eliza guarda Alix e chiede: «Chi è quella signora?»

«Oh, è la signora che sto intervistando per il mio podcast».

«Perché? Sembra piuttosto noiosa, a parte il cane».

«Be', sì, ma è proprio questo il punto: le persone che sembrano noiose a volte hanno le storie più interessanti da raccontare. Bisogna solo trovare il modo di tirargliele fuori».

Alix non si trattiene molto alla festa, giusto il tempo di bere una tazza di tè e scambiare qualche pettegolezzo sulla scuola con un paio di altre madri. Poi si incammina verso casa tra pozzanghere e ombrelli. Quando arriva nel punto dove aveva incrociato Josie, si ferma di scatto: lei è ancora lì.

«Oh» dice. «Josie, cosa ci fai ancora fuori sotto la pioggia?»

«Non lo so, in effetti. Stavo solo...»

La voce le si incrina e sembra sul punto di mettersi a piangere.

«Ti senti bene?»

«Sì, sì, sto bene. È solo che... Questa cosa che stiamo facendo mi fa risalire a galla tante sensazioni. Sensazioni che non provavo da un sacco di tempo. Capisci? Come se fossi stata addormentata, prima. E quando ti ho visto poco fa, con la tua adorabile bambina... io... a essere sincera, Alix, io non lo so. Non lo so che cosa mi ha preso. Non riuscivo più a mettere un piede davanti all'altro. Ti sembra una cosa da pazzi?»

«No, Josie, no. Non mi sembra affatto una cosa da pazzi. Può capitare. Senti, non stiamo qui sotto la pioggia. Vieni, ti offro una tazza di tè. O preferisci qualcosa di più forte?»

Alix porta Josie al bar più vicino e le dice di sedersi a un tavolo, mentre lei va al banco a ordinare due cappuccini. Aggiunge all'ordinazione due biscotti al cioccolato e torna con un vassoio.

Ma Josie è sparita.

Ore 16:00

Quando arriva a casa, Josie è inzuppata fino al midollo. Avvolge il cane in un asciugamano e lo strofina, poi si prepara una tazza di tè per riscaldarsi e raggiunge a piedi nudi il soggiorno, dove Walter è seduto sul divano a guardare una partita di calcio.

«Sei fradicia».

«Già. Non so cosa mi sia passato per la testa di uscire vestita così».

Il cane guarda bramoso il divano, e Walter capisce cosa vuole. Lo fissa e dice: «Non se ne parla neanche. Puzzi, non ti voglio qui».

Josie lo prende in braccio, stringendoselo al petto. Non le piace quando Walter gli parla in quel modo così secco.

Si siede sull'altro lato del divano, lontano dal marito, e si mette a seguire distrattamente la partita. Detesta i rumori del calcio: la monotona vibrazione bassa delle voci maschili, il continuo saliscendi dell'intonazione dei commentatori, i fischi, i tamburi; sembra il sottofondo di un incubo, con un esercito di spietati assassini pronto all'assalto. È stata la colonna sonora dei suoi weekend per ventisette anni, da quando ha messo piede per la prima volta a casa di Walter. Nei primi anni le guardava con lui, le partite, mostrando entusiasmo, gridando quando la loro squadra segnava, fingendosi devastata quando perdeva. Ma in effetti no, non fingeva. In quel momento era reale. Tutto ciò che pensava, faceva, voleva, tutto ciò di cui si preoccupava allora era condizionato da Walter. Dal primo momento in cui si erano messi insieme, non aveva desiderato altro che compiacerlo, corrispondere all'idea che lui aveva di lei, essere in tutto e per tutto il suo sogno realizzato.

Finisce il tè e porta la tazza in cucina. «Vado a letto» dice. «Sento qualche brivido».

Walter la scruta preoccupato. «Oh, amore. Spero che non ti stia venendo un malanno».

«Ma no, non è niente di che».

«Ti porto una Tachipirina?»

«No, grazie lo stesso. Ti amo».

«Ti amo anch'io» ma sull'ultima sillaba si è già distratto, gli occhi allo schermo, dove sta accadendo qualcosa di eccitante.

Josie porta il cane in camera da letto e si chiude l'uscio alle spalle. Si sente stordita, abbattuta. Non sa cosa le sia successo. L'ultima ora è avvolta in una specie di nebbia. La pioggia che le scrosciava addosso, Alix nel suo poncho di plastica, sua figlia che la guardava con curiosità da sotto il cappuccio dell'impermeabile, e... un vuoto. Poi, seduta nella caffetteria, lei che guardava Alix al bancone, le gocce di pioggia che brillavano sul poncho impermeabile; finché aveva visto qualcosa dalla vetrina... che cosa? Non lo sa. In quel momento aveva pensato che fosse Roxy. Era convinta che fosse lei. Aveva afferrato al volo il cane e la borsa, ed era corsa fuori sul marciapiede. Di Roxy nessuna traccia. Era reale o era un ricordo? Era un'ombra? O forse solamente qualcuna che le somigliava?

A letto, cerca sul telefono il canale di Alix e seleziona un podcast a caso, lasciando che il suono della sua voce spazzi via il rumoreggiare cupo dei tifosi che sbraitano in soggiorno.

Lunedì 1 luglio

Josie ascolta Heart FM in cuffia. Dietro i gloriosi crescendo di *Greatest Day* dei Take That c'è il ronzio delle macchine da cucire, c'è il rombo dei treni della metropolitana, ci sono le chiacchiere delle sue colleghe e la sonora voce del cliente del momento, ma lei si concentra sulla musica, sull'effetto che le fa, dandole la sensazione di essere nel giusto, sicura di sé. Del weekend ha un ricordo vago. L'ha trascorso quasi tutto a letto, dopo che Walter le ha diagnosticato un raffreddore e le ha portato cibo e bevande. Lui ha anche portato fuori Fred al posto suo e gli ha dato da mangiare. Ma stamattina si è svegliata sentendosi meglio, fresca e riposata, e ha deciso di andare al lavoro anche se Walter insisteva perché si prendesse un giorno e restasse a casa tranquilla.

Nella pausa delle tre si prepara una cioccolata calda istantanea con la polvere di un barattolo, e scrive un sms ad Alix.

Mi spiace per sabato. Ho beccato un raffreddore. Ho passato il fine settimana a letto coi brividi. Credo di aver anche delirato un po'! Ora però sto bene e non vedo l'ora che arrivi il prossimo incontro. Per me domattina va bene.

La risposta di Alix arriva un attimo dopo.

Oh, no! Mi dispiace tanto che tu non sia stata bene. Sembravi un po' fuori forma. Certo, vieni pure domani, se te la senti.

Josie replica all'istante.

Certo che me la sento, vengo volentieri. Ci vediamo presto!

Martedì 2 luglio

«Cosa fa Walter, ora che è in pensione?» chiede Alix mentre iniziano a registrare.

Josie sospira. «Bella domanda» dice. «Non granché. A lui va bene starsene a casa, così si legge i giornali online, guarda lo sport in tv, si tiene in contatto con i suoi famigliari via email».

«Di quali famigliari stiamo parlando?»

«Dei suoi figli. Hanno più di trent'anni e vivono in Canada».

«Tutti e due?»

«Sì, è là che si è trasferita la loro madre, quando lei e Walter si sono separati. Da allora lui non li ha più visti».

«E quanti anni avevano all'epoca?»

Josie si stringe nelle spalle. «Quando sono andati via uno ne aveva dodici e l'altro dieci».

«Quindi Walter non vede i suoi figli da quando erano bambini?»

«È così. È una cosa molto triste. Ma la sua ex non lo lasciava neanche avvicinare a loro».

«Perché?»

Josie si stringe di nuovo nelle spalle. «Credo fosse molto arrabbiata per quello che era successo tra me e lui».

Alix prende atto di questo ulteriore risvolto nella vicenda, già complessa di suo, del rapporto tra Josie e Walter.

«Ascolta, Josie» comincia in tono pacato. «Mi piacerebbe saperne di più, ma solo se te la senti di parlarne. Comunque, ricordati sempre che possiamo cancellare tutto quello che non ti va bene, prima di pubblicare il podcast».

Josie annuisce.

«Quindi Walter era sposato, quando lo hai conosciuto?»

C'è una piccola pausa, lunga abbastanza perché Alix si renda conto del disagio di Josie per la risposta che sta per dare.

«Sì» dice lei. «Era sposato. Ma io ovviamente non lo sapevo. Ovviamente, non me l'ha mica detto. Altrimenti non mi sarei mai messa con lui. Cioè, di certo non lo avrei fatto».

«Aspetta un attimo. Dopo quel giorno, quello del tuo quindicesimo compleanno, quando ti ha portata al pub, quanto tempo è passato prima che tu scoprissi che aveva una moglie?»

Questa volta il silenzio è più lungo. «Parecchio» dice Josie alla fine. «Direi qualche anno».

«Qualche anno?»

«Sì. Ho scoperto che era già sposato solo a diciotto anni».

«Quindi aveva continuato a vivere con la moglie, fino a quel momento?»

«No. Per questo non lo sapevo. Perché lui aveva un appartamento a Londra, che aveva ereditato da suo padre. La sua ex e i ragazzi vivevano fuori città, da qualche parte nell'Essex. E lui tornava a casa da loro nei fine settimana. Era tutto... abbastanza incasinato, ecco».

Alix annuisce, ma rimane in silenzio.

Quando la seduta di registrazione finisce si è messo a piovere, e Alix si offre di accompagnare Josie a casa. Dopo averla fatta scendere dall'auto rimane a guardarla mentre svolta l'angolo, per vedere dove abita. Alix conosce questa strada. L'ha percorsa migliaia di volte: una insignificante scorciatoia che collega Paddington a Kilburn. E lì, proprio come ha detto Josie, una lunga serie di ampie ville vittoriane bifamiliari, tutte costruite a ridosso del marciapiede, malandate e sbiadite, senza alberi a ripararle almeno un po' dai gas di scarico. Alix osserva Josie che apre la porta di una casa proprio accanto a una fermata dell'autobus. Vede Walter dalla finestra del bovindo e si stupisce ancora una volta di quanto sembri vecchio. Cerca di immaginare il bel quarantaduenne che Josie le ha descritto mentre la baciava in un pub quando era una ragazzina, ma è difficile. Diciamo che non ha retto bene il passare del tempo. Lo vede voltarsi quando Josie entra nella stanza e rivolgerle un breve sorriso. Le dice qualcosa, poi torna al suo computer. Josie appare un istante davanti alla finestra, con in braccio il cane, lancia un'occhiata fuori prima di sparire di nuovo. C'è un'altra finestra accanto al bovindo dov'è seduto Walter. Le tende in tela jeans sono aperte a metà. Alix scorge la sagoma di un armadio e di una porta. Da qualche parte oltre quella porta dev'esserci Erin, la figlia maggiore, quella che vive ancora con i genitori, quella a cui la sorellina che se n'è andata via di casa a sedici anni ha rotto il braccio.

Poi un autobus si ferma davanti alla casa e strappa Alix alle sue fantasticherie. Inserisce la marcia e riparte.

Apre il portatile appoggiato sul bancone della cucina e cerca su Google l'indirizzo di Josie. Aggiunge il nome «Walter Fair» ma non viene fuori nulla. Aggiunge via via i nomi «Josie Fair», «Erin Fair» e «Roxy Fair», ma continua a non trovare nulla di significativo. Come aveva sospettato. Anonimi, come il novanta per cento della popolazione mondiale. Anche in quest'epoca in cui le tracce digitali sparse in giro per i social media sembrano indelebili, la maggior parte delle persone non è rintracciabile su internet. Inserisce l'indirizzo in Google Maps e fissa la Street View per un po', scorrendo su e giù lungo la strada di Josie, alla ricerca di qualcosa, anche se non sa bene cosa.

Giovedì 4 luglio

Josie indossa il giubbotto di jeans sopra la maglietta e i pantaloni da jogging e si guarda allo specchio. È lo stesso giubbotto di jeans che possiede da quando era ragazza, quello che indossava al pub con Walter il giorno del suo quindicesimo compleanno. È logoro sui gomiti e ai polsi, ma nel corso degli anni l'ha tenuto con cura, conservandolo abbastanza bene da poterlo indossare. È il suo giubbotto portafortuna, il giubbotto che indossava quando la sua vita è cambiata, quando è passata dall'essere il tipo di ragazza che beve sidro tiepido con ragazzotti goffi al tipo di donna che ha conosciuto l'amore di un vero uomo, che ha avuto due bambine bellissime e un appartamento con due camere da letto. Ma quella ragazza... be', quella ragazza comincia a sentirsi una specie di trasformista, una truffa, una bambolina di carta unidimensionale. Nella sua mente le sembra di vederla svaporare, ridursi a una pozzanghera umana. Si strappa di dosso il giubbotto e si guarda di nuovo. Bene o male ha mantenuto la sua figura, senza neanche sforzarsi. Ha un bell'aspetto. Probabilmente potrebbe indossare abiti simili a quelli di Alix e apparire elegante come lei. Passa in rassegna il suo guardaroba, alla ricerca di qualcosa che non sia denim – perché ha così tanti capi in jeans? – e che non sia grigio. Trova una camiciona nera morbida comprata tempo fa come copricostume, quando nel Lake District faceva un caldo tremendo. La indossa sopra la maglietta e i pantaloni e si gira da una parte e dall'altra. Decide che le sta bene e riappende il giubbotto di jeans nell'armadio. Prende degli occhiali da sole dalla cassettiera e se li appoggia sulla testa, poi toglie gli orecchini pendenti con i turchesi e li sostituisce con un paio di cerchietti dorati, un vecchio regalo di Walter per un compleanno.

Walter la guarda mentre prepara il cane per la passeggiata.

«Sembri una che è in vacanza».

«Davvero?»

«Davvero».

«Be', è bello fuori. Ho pensato di fare un giro nel parco, prendermi un gelato».

Walter guarda fuori dalla finestra e poi di nuovo verso di lei. Dice: «Buona idea. Vengo con te».

Josie si irrigidisce appena. «Oh» dice. «No, è che devo vedermi con quella mia amica, sai, la mamma che aveva i figli nella stessa scuola delle nostre...»

Walter la guarda diffidente. «Non è che invece devi vederti con un papà, che aveva i figli in quella scuola?» La voce ha un tono scherzoso, ma lei percepisce la tagliente vibrazione di rabbia che c'è sotto.

Josie si adegua al tono scherzoso e risponde: «Santo cielo, Walter, è evidente che non hai mai visto nessuno dei papà, per dire una cosa del genere!»

Lui annuisce lentamente, poi si rimette gli occhiali e torna a guardare lo schermo. «Be'» dice, «divertitevi. A dopo».

Lei aggancia il guinzaglio al collare di Fred ed esce di casa.

«Ehi!» dice Alix un quarto d'ora dopo, aprendo la porta e scrutando Josie dalla testa ai piedi. «Niente jeans oggi!»

«No» risponde Josie con tono vivace. «Oggi no. Non ero dell'umore giusto».

«Mi piacerebbe parlare con te anche del denim, una volta o l'altra. Che ne dici?»

«Sì. Mi piacerebbe parlarne».

Josie dà un'occhiata alla casa di Alix, alla ricerca di

qualche segno della presenza del marito dai capelli rossi, ma oggi non c'è: la casa sembra silenziosa e immobile. Sono loro due sole.

«Tuo marito è tornato al lavoro?»

«Sì». Alix annuisce e sorride. «Non lavora quasi mai da casa».

«Che mestiere fa?»

«È un agente immobiliare, specializzato nella locazione di locali commerciali. Soprattutto nella City».

«Sembra stressante».

«Be', sì, suppongo che lo sia sotto molti aspetti. Lui lavora molto».

«Ma è chiaro che dà i suoi frutti». Josie sottolinea la frase guardandosi intorno, nella grande cucina open space.

«Sì. Sì, certo. Siamo molto fortunati. La maggior parte delle persone lavora sodo, non è vero? Ma non tutti riescono a vivere in una casa come questa».

«Adoro questa casa».

«Grazie».

«Non solo perché è bella, e in effetti lo è. Ma perché è così accogliente. Non è una casa come quelle delle riviste di arredamento. È una vera casa. È proprio... *tua*». Mentre parla, Josie passa le mani sul marmo levigato del piano di lavoro. «Casa mia» continua «non è mai stata davvero mia, è sempre stata di Walter. Era il suo appartamento, ci sono tutti i suoi mobili, le sue cose. E naturalmente sono case del comune, quindi non vale la pena di spenderci soldi. Mi guardo intorno tra quelle mura e vedo solo roba di altri. E a Walter non piacciono le cose appese. O il disordine. È fatto così. Sarebbe un sogno avere un posto come questo, da riempire con le cose che mi piacciono».

«E quali sono le cose che ti piacciono?»

«Be', ecco, in parte è anche questo il problema. Non lo so. Non lo so davvero. Ho solo... smarrito la strada. O meglio, comincio a rendermi conto che non ho mai preso una strada, fin dall'inizio. Ho consegnato la mia vita a Walter che ero bambina e non mi sono mai data la possibilità di scoprire chi ero veramente».

Josie si blocca e cerca di riprendersi, si rende conto che sta per mettersi a piangere. Alza lo sguardo verso Alix e le rivolge il sorriso più smagliante che le riesce.

«Non è mai troppo tardi per scoprirlo» dice Alix. «Vieni». La guida verso lo studio. «Cominciamo subito».

Ciao, sono la tua gemella di compleanno!
UNA SERIE ORIGINALE NETFLIX

Sullo schermo appare la ricostruzione filmata di una scena, con una giovane donna che segue un uomo più vecchio in una grande casa bianca.

Lei indossa un giubbotto di jeans.

La colonna sonora delle immagini è la voce di Josie, tratta dal podcast di Alix Summer.

La didascalia in basso recita:

REGISTRAZIONE DAL PODCAST DI ALIX SUMMER, 4 LUGLIO 2019

«Mi ha invitata per la prima volta a casa sua quando avevo sedici anni, esattamente un anno dopo il nostro primo appuntamento al pub per il mio quindicesimo compleanno. Mi ha detto che ci saremmo mangiati una pizza e mi avrebbe dato il suo regalo. Non ero mai stata lì prima. Ci vedevamo sempre in luoghi pubblici. O nella sua baracca all'interno del complesso, dopo che gli altri della squadra se n'erano andati a casa. Ci baciavamo. Parlavamo. Sapevo fin dall'inizio che a un certo punto avrebbe voluto di più da me e gli avevo detto chiaramente che, quando sarebbe successo, avrebbe dovuto essere perfetto. E così ha comprato lo champagne, ha messo della musica, ha tirato le tende, ha acceso una candela. Mi ha dato un anello di fidanzamento e mi ha chiesto di sposarlo. Ho detto di sì. Certo! Certo che gli ho detto di sì. E poi, tipo mezza giornata dopo che ho compiuto sedici anni, si è preso la mia verginità».

Venerdì 5 luglio

Sulla soglia di casa di Alix c'è un giovane. Alix ci mette qualche attimo a riconoscerlo, poi: «Oh, Harry! Ciao! Come stai?»

Harry è il figlio dei vicini di casa. Alix lo conosce da quando era bambino, ma adesso è grande, frequenta l'ultimo anno di università, e non lo vede da molto tempo.

«Sto bene, grazie. E lei come sta?»

«Non male. Tutto bene?»

«Be', non proprio. Sono appena tornato e mamma è fuori, e non rientrerà prima di stasera. Solo che io non ho le chiavi. Mi ha detto che forse lei ne ha un mazzo di riserva».

«Oh» dice Alix voltandosi a guardare la consolle dove tiene cose tipo le chiavi dei vicini. «Sì, credo proprio di averle, aspetta un attimo».

Fruga nei cassetti, ma non ci sono. «Entra» dice. «Entra, credo che siano in cucina».

Harry la segue attraverso il corridoio e rimane lì, imbarazzato, sulla soglia della cucina mentre lei fruga in altri cassetti. Alla fine le trova, in una busta con il nome della vicina scarabocchiato sopra. «Aha!» dice trionfante. «Eccole qui, le vostre chiavi. Credo che tu avessi una decina di anni o giù di lì, quando tua madre ce le ha lasciate. È stato quando siete andati a fare quel viaggio in America. Te lo ricordi?»

«Ah» dice Harry, prendendo la busta dalla sua mano tesa. «Sì, me lo ricordo. E grazie».

«Non c'è di che». Lo riaccompagna nel corridoio, ma appena prima che arrivino alla porta si ricorda di una cosa.

«Oh, Harry, a proposito. Tu e tuo fratello avete frequentato la Queen's Park High, vero?»

«Sì, certo».

«E quanti anni hai, adesso?»

«Ne ho ventuno».

«Allora ti dovresti ricordare di due sorelle che frequentavano la stessa scuola. Si chiamavano Erin e Roxy Fair».

Studia attentamente la reazione sul volto di lui, mentre la risposta prende forma. «Oh, cavolo, sì. Certo che me le ricordo» dice Harry con un sorriso che sembra più una smorfia. «Roxy era nel mio stesso anno. Era fuori di testa».

«Fuori di testa?»

«Altroché. Ti metteva paura».

«Mmm, interessante. In che senso, scusa?»

«Ti metteva paura e basta. Una tipa tosta, aggressiva». Harry scuote la testa e la guarda. «Perché» chiede, «la conosce?»

«No. No, non l'ho mai incontrata. Però ho conosciuto sua madre».

«Capisco».

«A quanto pare Roxy se n'è andata di casa quando aveva sedici anni».

Harry le lancia un'occhiata di sbieco. «Se n'è andata? Non è che è scappata?»

«Scappata? Perché dici così?»

«Non lo so. Giravano un sacco di voci su di lei. E anche su sua sorella, e su quella famiglia. Cose poco simpatiche».

«Tipo...?»

«Non lo so. Storie di abusi, credo. La più grande, Erin, era veramente strana. Era la persona più strana che abbia mai conosciuto, sul serio. Non le ho mai parlato, ma la vedevo in giro, con 'sti occhi castani scurissimi, ed era così magra. A quanto pare, non mangiava mai cibi solidi. Così ho sentito dire. Mai mangiati in vita sua. Solo cibi liquidi». Passa la busta da una mano all'altra e poi fa un sorriso ad Alix. «Grazie per le chiavi. Gliele riporto più tardi. Nel caso ci servissero di nuovo tra altri undici anni. Ci vediamo».

«Sì» dice Alix chiudendo la porta mentre Harry se ne va, «ci vediamo».

Sabato 6 luglio

Josie torna nello stesso posto in cui si era imbattuta in Alix la settimana precedente, vicino alla caffetteria da cui era corsa fuori con la certezza di aver visto Roxy per strada. Ordina un caffè e si siede all'esterno. È una giornata fresca e nuvolosa, sono i primi di luglio ma sembra più settembre, e l'aria porta con sé la malinconica sensazione che l'estate stia finendo, anche se sono ancora nel pieno della stagione. Josie sa che non era Roxy quella che ha visto la settimana scorsa. Lo sa con il novantanove per cento della sua anima. Ma rimane comunque un uno per cento che le dice: Perché no? Perché non potrebbe essere Roxy? Roxy era esistita in tre dimensioni, non c'è motivo per cui non debba esistere ancora in tre dimensioni, e non c'è motivo per cui queste tre dimensioni non debbano essere qui, in Salusbury Road, a pochi metri da dove è seduta lei.

Sorseggia il caffè e guarda dall'altra parte della strada, gli occhi che colgono la sagoma di ogni giovane donna che passa. Il suo cane vede un barboncino e inizia ad abbaiare come un ossesso. «Shhh» gli sussurra Josie all'orecchio. «Zitto, adesso».

Fa durare quella tazza di caffè il più a lungo possibile, poi sospira e si alza in piedi.

Non ha visto Roxy.

Il senso di vuoto lasciato da questa constatazione è una morsa alla bocca dello stomaco.

Che lascia ben presto il posto al sollievo.

È quasi mezzogiorno, e la casa di Alix appare deserta e senza vita. Josie si guarda intorno lungo la strada in cerca dell'auto della podcaster, ma non c'è. Già più sicura di sé, percorre il vialetto d'ingresso e sbircia tra le persiane. Scorge un soggiorno che non ha mai visto prima. Dalla porta d'ingresso Alix la conduce sempre dritta in cucina e poi in giardino. Vede la gatta-nuvola, raggomitolata su una sedia. Scruta attraverso la finestra a lato della porta azzurro pallido. Vede una pila di posta sulla scala, le scarpe ammassate più o meno in ordine sotto la consolle, una pianta grassa in un vaso di ottone. Resta lì con lo sguardo fisso ancora per qualche attimo, assaporando il lusso del tempo, del non avere fretta, del poter cogliere i dettagli. Una foto di loro quattro su una spiaggia, in impermeabile. Un cappellino nasconde la chioma di Alix, il vento le sbatacchia sulla fronte l'unica ciocca sfuggita. Nathan, con la sua faccia rubiconda, ha un'aria vagamente ridicola.

Josie si volta, sentendo un'auto che rallenta sulla strada dietro di lei. Non sono loro. Ma il fiotto di adrenalina le rammenta che potrebbero rientrare da un momento all'altro, e che lei sta indugiando sulla porta di casa loro senza alcun motivo valido. Si guarda intorno alla disperata ricerca di qualcosa da prendere, un brandello di Alix che gliela faccia sentire vicina fino a quando non si rivedranno. Solleva il coperchio del contenitore per la raccolta differenziata e fruga finché non trova una copia di una rivista che si chiama *Livingetc*. La sfoglia e vede che è piena di belle fotografie di case. La infila nella borsa a tracolla e si avvia.

Ore 16:00

«Ehi, Alix».

«Sì?» risponde a Nathan, seduto al tavolo della cucina, che guarda il telefono con aria accigliata.

«Non è la tua amica Josie, questa qui?»

Alix va verso di lui. «Come?»

Suo marito le mostra il telefono. «Sai l'app Ring, la telesorveglianza? Ha segnalato dei movimenti alla porta d'ingresso verso mezzogiorno, quando eravamo da mio padre. Così ho dato un'occhiata. Ed è proprio lei, vero?»

Alix gli si accosta e gli prende il telefono di mano. E sì, certo, è proprio lei, senza alcun dubbio. È Josie, che sbircia prima tra le persiane del soggiorno e poi dalla piccola finestra laterale dell'ingresso. Il suo volto entra ed esce dall'inquadratura della telecamera. A un certo punto Josie si gira appena e viene messo a fuoco il muso del cane, con i suoi buffi occhietti che lo fanno somigliare così tanto a un insetto.

«Sarà passata di qui per caso» dice Alix.

«Sarà» dice lui, indicando il display. «Però guarda per quanto tempo è rimasta lì. A spiare dalla finestra. Voglio dire, che cazzo sta facendo?»

Alix continua a guardare il filmato, mentre i secondi scorrono lentamente, e ancora non c'è una spiegazione ovvia per quello che Josie stava facendo lì, davanti a casa loro.

«Ah, questa poi» riprende Nathan. «Questa è la cosa più balorda! Guarda un po' cosa fa dopo».

Alix guarda, ma non riesce a dare un senso a ciò che vede. «Aspetta» dice, «fai tornare indietro il video». Nathan tocca il tasto, lei guarda di nuovo e sì, eccola lì Josie, che solleva il coperchio del loro cassonetto per la raccolta differenziata ed estrae una rivista, la infila nella borsetta e se ne va, molto, molto in fretta.

«Oddio» dice Alix sbalordita. «Oddio».

Ore 19:00

Alix quella sera è seduta accanto a Nathan sul sedile posteriore di un Uber. Stanno andando ad Acton alla cena di compleanno di un amico. Vorrebbe parlargli di Josie, ma al tempo stesso non vuole che il parere del marito offuschi la sua idea di come gestire la situazione. Il suo nuovo progetto le sembra insieme esaltante e spaventoso. Ha aperto la porta, in senso letterale e metaforico, a questa donna che è una totale sconosciuta; l'ha portata in casa propria, l'ha fatta sentire partecipe della propria vita interiore. Alix si assume la piena responsabilità delle decisioni prese fino a questo punto, e ora deve decidere se è pronta ad assumersi la piena responsabilità di qualsiasi cosa possa accadere a lei o alla sua famiglia. Se ne parla con Nathan, sa già cosa le dirà. Le dirà: «Liberati di lei. Dille che non se ne fa più nulla. Via, fuori dalle palle». E se lei lo ignorerà e il progetto si rivelerà un disastro, le rinfaccerà che glielo aveva detto, che lei si sbagliava e lui aveva ragione. E Alix non vuole prendere decisioni, né sul piano professionale né su quello personale, basandosi su ciò che penserà suo marito se lei commette un errore.

Perché se lei ha ragione e lui torto, questo nuovo podcast potrebbe rappresentare una svolta nella sua carriera.

Più tardi osserva Nathan a tavola. Gli amici sono quelli di lui: Giovanni è il migliore amico di suo marito dai tempi del college; la sua compagna è Nathalie, che Alix conosce solo perché sta con Giovanni. Quando Nathan è con i suoi amici va ampiamente sopra le righe, vertiginosamente su di giri, impegnato con ogni fibra del suo essere a creare il personaggio che gli amici si aspettano da lui, e per attingere a queste fibre beve il doppio di quando si trovano con gli amici di Alix o con la sua famiglia.

Lei avverte un senso di disagio quando vede Giovanni dirigersi verso l'armadietto dei liquori per prendere una seconda bottiglia di vodka, il movimento casuale e disinvolto con cui riempie i bicchieri degli ospiti, lo sguardo vitreo di Nathan, la sua voce troppo alta, il bla bla delle stronzate, le risate fragorose, e sa già che questa sarà una di quelle serate e lei non vuol essere quel genere di moglie, la moglie con la smorfia permanente e la scopa in culo, la moglie che non riesce a rilassarsi e a divertirsi e che rovina la serata agli altri. Lei vuole buttare giù shottini di tequila, cantare, ballare e ridere a crepapelle. Ma non può ricoprire questo ruolo perché lo ha già reclamato Nathan, e uno dei due deve rimanere cosciente e razionale; uno dei due deve comportarsi da adulto.

Alle undici Alix sussurra all'orecchio del marito: «Dobbiamo andare, la babysitter ci aspetta». Ma mentre lo dice sa che lui non la sta ascoltando, e sa che se anche l'ascoltasse non ha intenzione di tornare a casa, perché è entrato nella fase dell'ebbrezza in cui il tempo non ha più un significato, in cui le conseguenze non hanno un significato, così lei chiama un Uber e se ne va.

Un'ora dopo, a letto, guarda il telefono. Imbaldanzita dall'alcol, scrive un messaggio a Josie.

Ciao, Josie. Ti abbiamo visto a casa nostra oggi, dalla telecamera dell'ingresso. Va tutto bene?

I segni azzurri di spunta appaiono subito. Josie sta scrivendo.

Sì, tutto a posto. Ero solo di passaggio. Ho pensato di farti un saluto. Scusa se ti ho fatto preoccupare.

Alix fissa il messaggio per un attimo. C'è qualcosa di più di quello che la sua innocua risposta può far pensare. Ma è tardi, e se il singolare comportamento di Josie davanti alla sua porta di casa oggi è più grave di quanto lei stessa abbia lasciato intendere, forse è un argomento di conversazione che è meglio tenere per il prossimo incontro faccia a faccia.

Non c'è problema, risponde. *Dormi bene.*

Anche tu, Alix, risponde Josie, con l'aggiunta di una faccina che dorme e di un cuoricino.

Alix spegne il telefono e prende il libro, in attesa che il sonno la sottragga alle strane e vorticose sensazioni di paranoia indotta dall'alcol, nervosismo e lieve terrore.

Mezzanotte

Josie spegne lo schermo e mette giù il telefono. Riprende la rivista che stava leggendo prima che arrivasse il messaggio di Alix e torna al suo articolo, su una casa in riva al lago vicino a Città del Capo, abitata da un affascinante architetto, dalla sua bellissima moglie dai lunghi capelli ondulati e da un cane di nome Rafe con i dread da rasta. A portata di mano ha anche un blocco per appunti, su cui sta scrivendo le cose trovate sulla rivista che le piacerebbe comprare. A maggio, nel testamento, sua nonna le ha lasciato tremila sterline. Josie dispone inoltre di circa seimila sterline di risparmi accumulati nel corso degli anni: non spende quasi mai i soldi che guadagna, dato che vivono per lo più con la pensione di Walter. Potrebbe permettersi la lampada con la base a forma di gufo, o il tappeto blu con strisce impunturate che sembrano increspature sulla superficie del mare. Potrebbe permettersi un copriletto di velluto del colore dei lamponi troppo maturi, e gli enormi cuscini di seta stampati con strisce astratte di blu inchiostro e panna. Potrebbe permettersi anche altre cose, ma non vuole diventare matta.

Getta uno sguardo al lato del letto di Walter. Lui non c'è. Si sforza di mandare giù la sensazione di tristezza che questo le provoca e rivolge la sua attenzione alla rivista. Mentre la sfoglia, qualcosa che stava tra le pagine scivola fuori. È uno scontrino. È datato 8 giugno. Il suo compleanno. Il compleanno di Alix. Viene da Planet Organic, ore 10:48. Olio di semi di girasole. Pane alle olive con lievito madre. Latte al cioccolato Alpro. Latte d'avena. Pinot grigio biologico. Un panetto di burro non salato da 200 grammi, a 3,99 sterline.

Questo accenno a ciò che Alix ha fatto nelle ore precedenti al loro primo incontro sembra possedere una strana magia, come fosse carico di un'essenza di destino, di posterità. Lo porta alle labbra e lo bacia, poi lo fa scivolare di nuovo tra le pagine della rivista.

Lunedì 8 luglio

«Allora» dice Alix, sorridendo a Josie seduta di fronte a lei alla scrivania del suo studio. «La questione del denim: ti va di parlare di questo, oggi?»

«Sì, certo».

«Bene. Ho notato che la maggior parte delle cose che indossi è in tessuto denim e sono curiosa di saperne di più. Per esempio, oggi hai una gonna di jeans, con un top azzurro e scarpe da ginnastica in tela jeans. La borsa è in denim e anche il trasportino del tuo cane. C'è una storia, un ragionamento di qualche tipo, dietro il tuo amore per questo tessuto?»

«Sì. All'inizio non sapevo bene come risponderti, quando ne hai accennato la settimana scorsa. Non avrei saputo dirti quale fosse il motivo. Sai, credo di aver sempre pensato che mi piacesse perché è pratico. Va con tutto. Ma hai ragione. Un giubbotto jeans è una cosa, tutti hanno un giubbotto jeans. Ma gli accessori in denim sono un'altra faccenda e anche le tende della mia camera da letto sono in denim. Quindi è chiaro che c'è sotto qualcosa. E credo che abbia a che fare con i primi tempi della mia storia con Walter. Portavo un giubbotto di jeans la prima volta che sono uscita con lui. L'ho indossato spesso nei primi due anni in cui siamo stati insieme, e per me è diventato quasi parte integrante della nostra storia d'amore. Era sempre lì. Sullo schienale di una sedia, o sulle mie spalle. Lui me lo appoggiava sulle spalle appena andava via il sole e a me veniva freddo. Come se fossi una principessa, o roba del genere. E poi un giorno lo ha preso con delicatezza, lo ha annusato e mi ha detto qualcosa di molto sdolcinato, tipo: "Questo giubbotto sei tu, e solo tu". Perché c'era dentro qualcosa che ha a che fare con la mia essenza? Qualcosa che ha a che fare con il mio odore? Walter ha fatto sembrare il giubbotto così potente e importante da darmi l'impressione che fosse una specie di portafortuna? Come se fosse proprio il giubbotto che ci aveva fatto incontrare? Non lo so, quando cerco di darmi una spiegazione mi sembra tutto così stupido. Ma dopo quella volta penso di aver cercato di indossare sempre qualcosa di jeans, in modo che quello che Walter provava per me potesse durare per sempre».

Alix non interrompe il lungo momento di silenzio attonito, mentre la sua mente si riempie dell'immagine del vecchio alla finestra della casa di Josie.

«Oggi hai portato delle foto, vero, di te e Walter quando eravate entrambi più giovani? Vogliamo dargli un'occhiata ora?»

Josie annuisce e prende una busta dalla borsa a tracolla. «Non ce ne sono molte» dice. «Certo, era parecchio prima degli smartphone, quindi facevamo foto solo con le macchine fotografiche e ovviamente, a quei tempi, be', eravamo ancora un po' clandestini, quindi non è che ci scattassimo foto dappertutto, in ogni momento. Ma comunque ne ho trovate un paio. Eccole».

Le passa ad Alix da sopra la scrivania. Alix le guarda, prima l'una e poi l'altra. Spalanca gli occhi. «Wow» dice. Poi fa una risatina secca e guarda Josie: «Walter era proprio un bel fusto».

Vede Josie arrossire. «Lo era davvero» ribadisce lei.

Alix guarda di nuovo, studiando le due foto con maggiore attenzione. In una, Josie indossa un giubbotto jeans e un paio di jeans larghi. I capelli castani sono di media lunghezza e raccolti su un lato. Sembra che abbia del rossetto sulle labbra. Si trova a mezzo metro di distanza da Walter, che porta una felpa con cappuccio, i jeans e un cappellino da baseball e la guarda dall'alto, perché è veramente alto. Nell'altra foto Josie è seduta sulle sue ginocchia, con i capelli raccolti in una coda di cavallo e la testa appoggiata al petto di lui, e sorride verso l'obiettivo della macchina fotografica, che Walter tiene sollevata. Capelli folti e lucenti, pelle chiara e levigata, lui dimostra meno della sua età, sembra più un trentenne che un quarantenne. Mette in mostra avambracci grossi e muscolosi. E gli occhi sono di un azzurro pazzesco. Alix prova un accenno di nausea, nel momento in cui è costretta ad ammettere dentro di sé che se le capitasse di conoscere oggi il Walter quarantenne ne sarebbe attratta. Quindi può capire. Può capire eccome. Ma è il fatto di riuscire a capire che le genera un senso di disgusto. Perché Josie era una bambina e Walter un uomo adulto, e forse allora non sembrava un pedofilo, ma adesso sì, e in ogni caso, sta di fatto che lo era e lo è.

«Sembri così giovane» dice, restituendo le foto a Josie. «Davvero giovanissima».

«Be'» risponde lei. «Lo ero. Ero proprio giovane. Ero... È pazzesco, se ci pensi».

«Quindi, se tu potessi ritornare alla Josie tredicenne, poco prima che incontrasse Walter, cosa le diresti?»

Alix studia il volto di Josie. Vede gli occhi abbassarsi appena e poi rialzarsi, quasi a fatica. «Non lo so» dice, con la voce spezzata dall'emozione. «Non lo so davvero. Perché, in un certo senso, io sono quello che sono proprio perché sono stata con Walter per tutti questi anni. Il che ha voluto dire avere le bambine da giovane. Avere qualcosa di solido nella vita. Avere qualcosa di reale, mentre le altre ragazze della mia età correvano di qua e di là in cerca di chissà che, ed erano solo ridicole. Ma d'altra parte» Josie la guarda con gli occhi vitrei «d'altra parte mi chiedo, mi chiedo davvero, soprattutto adesso che le ragazze sono cresciute, ora che io sono arrivata alla mezza età e Walter sta invecchiando e...» Josie fa una pausa e sospira. Poi guarda Alix, mentre negli occhi quasi neri si fa strada una luce brillante e chiara, e dice: «Mi chiedo a cosa sia servito tutto questo, capisci? Mi chiedo come avrebbe potuto essere diversa la mia vita. E in realtà, in fin dei conti, probabilmente direi alla me stessa tredicenne di scappare a gambe levate senza voltarsi indietro».

Ore 11:00

«Come si chiama la tua gatta?» chiede Josie, mentre tornano in cucina un'ora dopo.

«Skye».

«Skye. È un nome bellissimo. Stai ancora cercando un cagnolino?»

«Mmm, a dire il vero no. È un po' complicato in questo momento, forse. Ho altri problemi più urgenti che non passare il mio tempo a educare un cucciolo e stare sveglia di notte».

«Che tipo di problemi?»

«No, niente...» Alix rimane in silenzio, lo sguardo rivolto al pavimento. Non ha raccontato a nessuno dei recenti exploit di Nathan, nemmeno alle sue sorelle. Giudicherebbero male lui, e giudicherebbero lei per il fatto di averlo accettato. Le direbbero di risolvere il problema, di affrontare la situazione, di fare qualcosa. Pensa a tutto ciò che Josie ha condiviso con lei negli ultimi giorni e si ritrova a dire: «Nathan, sai, è un uomo fantastico. È meraviglioso. Ma ha... ha un problema con l'alcol».

Vede Josie trasalire.

«Non sempre, eh. La maggior parte delle volte va tutto bene. Ma quando non va bene è un disastro. Si fa una sbevazzata. E non rientra a casa».

Si fa una sbevazzata.

Sembra un modo di dire così antiquato. Sarà sicuramente stato sostituito da qualche espressione più alla moda. Ma è l'unica espressione che Alix riesce a trovare per spiegare quello che fa suo marito. Quello che ha fatto sabato, dopo la cena da Giovanni. Quello che sembra intenzionato a continuare a fare d'ora in avanti, a meno che lei non cominci a lanciargli ultimatum e minacce.

Josie trattiene il fiato. «Oh» dice. «Non va bene».
«No» dice Alix. «No, non va bene».
«E ti tradisce? Quando sta fuori tutta la notte?»
Alix sussulta a questa domanda. «Oddio, no! Neanche per sogno. No. Non credo che sarebbe capace di farmi una cosa simile, anche se volesse. Non lo farebbe mai. Perché non è nel suo stile». Ma mentre pronuncia queste parole, un'immagine le balena nella mente: il suo riflesso nello specchio del bagno la notte della festa di compleanno, le braccia di Nathan intorno alla sua vita, il sorriso di lui sul suo collo, il brusco rifiuto di Alix – No, ma sei matto? – prima che lui scomparisse nella buia notte di Soho.
Si scuote via l'immagine dalla mente.
Josie la fissa con intensità. «Cosa hai intenzione di fare?» chiede.
Alix sospira. «Non ne ho idea. Lo faceva spesso prima che nascessero i bambini, e allora mi preoccupavo. Mi chiedevo se sarebbe stato il padre giusto per i miei figli. Ma poi è arrivata Eliza e lui è cambiato, da un giorno all'altro. Ho pensato che fosse finita lì. Sai... Ma poi, un paio di anni fa, ha ricominciato. Sembra quasi che lui pensi che siamo arrivati alla fine di questa fase così impegnativa del nostro ruolo di genitori, che siamo in dirittura d'arrivo, che quindi lui è, be'... di nuovo libero, ecco».
Entrambe le donne tacciono. Poi Josie sospira e dice: «Uomini».
Ed ecco il punto a cui tutto si riduce, alla fine. Il punto in cui non ci sono parole, né teorie, né spiegazioni per comportamenti che sconcertano, fanno infuriare e feriscono. Solo questo. Uomini.
«Alix» dice Josie. «Ho riflettuto sul denim. È strano. Lo so che è strano. È come se mi fossi aggrappata a qualcosa così a lungo, qualcosa che adesso però non ha più senso. Con Walter le emozioni non sono più quelle di un tempo. E ormai da tanto. Ormai è come se non mi vedesse più, sai? Quindi a che scopo continuare? Ho un po' di soldi, ho avuto un'eredità e mi sa che voglio dare una piccola svolta alla mia vita. Sai, qualche vestito, qualcosa per la casa. E

spero che non ti suoni strano, ma tu...» Agita una mano verso Alix. «Sei sempre così elegante, e mi chiedevo se un giorno ti andasse di fare shopping insieme. Insomma, di aiutarmi a...»

Alix sbatte le palpebre, fissando Josie. Poi sorride. «Certo» dice. «Mi farebbe molto piacere».

Guarda l'orologio sopra il piano cottura. «Non è ancora mezzogiorno. Hai presente la boutique all'angolo, The Cut?»

«Sì, mi sembra».

«È sulla strada per andare a casa tua. Potremmo farci un salto adesso, che ne dici?»

Josie guarda anche lei l'ora. «Okay» dice. «Ottimo».

Mezzogiorno

Josie è passata davanti a quella boutique centinaia di volte, ma non ci ha mai messo piede. Non era per lei. Si immaginava che i vestiti costassero centinaia di sterline, che le commesse fossero spocchiose e sgarbate, che le altre clienti fossero pretenziose e scortesi. Ma quando solleva il cartellino del prezzo di un abito in jersey nero per guardarlo da vicino, vede che costa solo 39,99 sterline. E poi compare una ragazza che si mette a fare versi infantili al cane dicendo: «Ommioddio, ma quanto è carina lei! Come si chiama?»

«Oh» dice Josie. «Lui. È un lui. Si chiama Fred».

«Fred! Ommioddio. Che bel nome. Sophie, guarda!» Fa cenno alla collega, un'altra ragazza molto giovane, che fa anche lei dei versetti e dice: «Quanto ha?»

«Un anno e mezzo».

«Ommioddio, ma è un cucciolotto!»

Josie spera che Fred non si metta a ringhiare o abbaiare alle ragazze, e in effetti lui non lo fa.

«Voleva provarlo?» chiede la ragazza di nome Sophie.

«Sì, sì. Certo».

«Glielo appendo in camerino. Mi faccia sapere se ha bisogno di aiuto».

«Ecco» dice Alix, dirigendosi verso Josie con qualche abito estivo, alcuni capi di maglieria e un blazer rosso. «Prova anche questi».

Josie passa Fred ad Alix e si dirige verso il camerino. Prova per primo il vestito di jersey nero, quello che ha scelto. Addosso a lei sembra largo e informe e se lo toglie subito, rimettendolo sulla gruccia. Poi prova uno degli abiti che Alix ha scelto per lei: morbido jersey floreale con scollo a V, lungo al ginocchio, controlla il cartellino del prezzo e vede che costa 49,99 sterline e può permetterselo; e prova un brivido di eccitazione perché l'abito è magnifico e la fa sembrare bella, snella e giovane, e perché non è fatto di robusto denim ma di un tessuto morbido e serico, piacevole da toccare. Lo toglie e poi ne prova un altro e un altro e un altro ancora, e tutti la fanno sembrare una donna che non ha mai incontrato prima e che vorrebbe conoscere meglio, e porta tutti e tre gli abiti, entrambi i capi di maglieria e il blazer di cotone rosso alla cassa e osserva senza fiato come tutti e sei gli articoli vengano esaminati da una commessa mentre l'altra li avvolge nella carta velina e il totale ammonta a 398,87 sterline, più di quanto Josie abbia mai speso in una sola volta per qualsiasi cosa in vita sua, ma intorno a loro sembra aleggiare un'atmosfera di festa, in un certo senso, come se Alix e le commesse fossero lì a festeggiarla, come se l'acquisto fosse una ricompensa, un premio, un riconoscimento per la sua buona condotta.

Cerca di aggrapparsi a questa sensazione mentre saluta Alix fuori dalla boutique, lasciando che la stringa in uno di quegli abbracci che a lei vengono così spontanei ma che a Josie sembrano ancora tanto strani; cerca di aggrapparsi a questa sensazione mentre cammina per i dieci minuti dalla boutique fino a casa, cerca di aggrapparsi a questa sensazione mentre entra in casa, vede gli occhi di Walter voltarsi verso di lei con aria interrogativa, sente già da lì la puzza che esce dalla stanza di Erin, vede le facce delle persone a bordo dell'autobus alla fermata lì fuori che guardano insensibili attraverso le sue finestre sudicie, si chiedono chi viva lì dentro e non si avvicinano mai alla realtà, di questo è sicura – neanche lontanamente.

Porta la borsa direttamente in camera da letto e appende i vestiti nell'armadio, ripone la maglieria avvolta nella carta velina in un cassetto e poi, dalla tasca interna della borsetta, prende il braccialetto di Alix che aveva visto sul tavolino accanto alla porta d'ingresso. Lo tiene nel palmo della mano e lo fissa. È d'oro con piccole gocce di diamante, come una piccola pozza brillante. Lo porta alle labbra e lo bacia, prima di riporlo in fondo al cassetto della biancheria.

Poi va su Pinterest, alla pagina che ha iniziato a seguire qualche giorno fa per trovare citazioni a sostegno della condizione di single. Pensa al marito di Alix che scompare per ore e addirittura giorni, lasciando la sua bella moglie sola a casa, spaventata, arrabbiata e infelice. Josie riconosce che Alix ha mostrato una certa vulnerabilità nel condividere questo fatto con lei e pensa che forse ha bisogno di questo oggi, ha bisogno di sapere che ha delle scelte davanti a sé. Josie scorre i meme, ne sceglie uno e lo invia su WhatsApp ad Alix.

UN UOMO DEBOLE NON PUÒ AMARE UNA DONNA FORTE. NON SA COME COMPORTARSI CON LEI.

Sotto l'immagine digita una serie di emoji a cuoricino, intervallate da altre a forma di braccio piegato a indicare la forza. Poi preme «Invio».

Martedì 9 luglio

Alix guarda sul display del telefono l'immagine che Josie le ha inviato ieri. Un quadrato nero con la scritta UN UOMO DEBOLE NON PUÒ AMARE UNA DONNA FORTE. NON SA COME COMPORTARSI CON LEI a lettere maiuscole bianche. Sotto ci sono alcune emoji e per qualche secondo Alix lo studia, cercando di capire cosa significhi e perché Josie glielo abbia inviato. Poi si rende conto che sta usando meme e citazioni per rafforzare la sua determinazione a cambiare vita, così digita un'emoji con il pollice in su e preme «Invio». Quindi riprende a prepararsi per uscire di casa con i bambini. «Nathan, hai visto per caso il mio braccialetto? Quello che mi hai regalato per il mio compleanno?»

Sente la voce di lui provenire da qualche altra parte della casa, disincarnata. «No. Non era lì vicino alla porta?»

«Infatti, è lì che lo cercavo». Apre i cassetti e fruga di nuovo. Chiama Eliza, ma neanche lei ha idea di dove sia. Alix sospira e richiude i cassetti. Lo cercherà di nuovo più tardi. Ora deve portare i bambini a scuola.

Josie indossa uno dei vestiti che ha comprato ieri alla boutique quando si presenta alla porta di Alix, alle nove e mezza. Sembra quasi una persona diversa e c'è un attimo di dissonanza, prima che Alix sorrida e dica: «Ciao, Josie! Non pensavo fossimo d'accordo per...»

«Ah, oggi non...?»

«Non che io...» Alix scorre mentalmente l'agenda e non riesce a trovare il momento in cui si sono accordate per un nuovo incontro oggi. «Non che io ricordi. Ma va bene così, non ho nessun impegno. Vieni, entra. A proposito, stai benissimo».

«Grazie! A Walter è quasi venuto un infarto».

«Che cosa ha detto?»

«Oh, Walter non parla molto. È un uomo riservato. Ha chiesto quanto ho speso, ovviamente. È la prima cosa che chiedono tutti, no?»

Alix ride. Nathan non le chiede mai quanto ha speso. «È proprio vero!» dice.

«Comunque sì, credo che gli sia piaciuto. Ma la cosa importante è che piaccia a me, no?»

C'è una nota di fragile incertezza nel suo tono e Alix riconosce la necessità di sostenerla.

«Assolutamente» le dice. «Hai assolutamente ragione. Vieni».

«Nathan non c'è?» chiede Josie, sbirciando nel soggiorno mentre ci passano davanti.

«No. Come ti dicevo, è raro che lavori da casa».

«E le cose come vanno? Sai, rispetto a quello che mi hai raccontato ieri».

Alix impallidisce. Comincia a desiderare di non aver fatto parola a Josie della questione. «Credo di sì» dice. «Non ne abbiamo parlato esplicitamente».

«Quella cosa lì è davvero un guaio, è uno schifo. Tu ti meriti di meglio. È questo che dobbiamo iniziare a capire entrambe. Abbiamo quarantacinque anni, Alix. Possiamo avere di meglio. Ci meritiamo di meglio».

Le parole di Josie sono una puntura di spillo. Alix lo sa di meritare di meglio che essere abbandonata dal marito due volte alla settimana, mentre lui se ne va in giro a spendere soldi in shottini di tequila e camere d'albergo; lo sa di meritare che i suoi messaggi e le sue telefonate ricevano una risposta, insieme a un'adeguata spiegazione per assenze che durano anche mezza giornata. Lei lo sa, ma in qualche modo il pendolo dei pro e dei contro continua a oscillare verso i pro.

«Lo ami?»

Alix si gira a guardare Josie.

«Nathan. Tu lo ami?»

«Oh» risponde lei. «Be', sì. Sì, certo che lo amo».

«Perché, sai, ultimamente ho pensato molto all'amore. A cosa sia, a cosa serva. E sento che forse non ne ho idea. Che sono arrivata a quarantacinque anni e davvero non lo so. E la gente ne parla in continuazione come se fosse qualcosa di reale, qualcosa che si può toccare, come se quando parliamo d'amore parlassimo tutti della stessa cosa. Ma non è così, vero? Non è reale. Non è niente. E a volte mi immagino come sarebbe se Walter morisse, per vedere se questo mi farebbe capire se lo amo o no, e penso davvero che, se lui morisse, tutto andrebbe meglio. E di sicuro, se è così che mi sento, vuol dire che non lo amo davvero. Non credi?»

Alix non dice nulla.

«E allora, alla fine della fiera, mi tocca chiedermi che senso abbia avuto tutto questo. Tutta 'sta meschinità. Tutta 'sta quiete. E tu ancora non sai cosa vuol dire, Alix. Sei a metà del guado: i tuoi figli hanno ancora bisogno di te. Ma dopo che se ne saranno andati da casa, cosa succederà? Ti andrà ancora bene così? Tutto quello che hai costruito? Vorrai ancora stare con Nathan?»

«Io non...» Alix si porta una mano alla gola e stringe il ciondolo a forma di bombo. «Non lo so, in effetti» dice. «Una volta pensavo di non poter vivere senza di lui. Ma negli ultimi tempi, con tutte le volte che, insomma, che lui si è sbronzato, ogni tanto mi chiedo se la vita non sarebbe più facile se fossi da sola».

«Ma quando pensi alla morte di Nathan, come ti fa sentire davvero? Ti fa sentire triste? Oppure ti fa sentire... libera?»

Alix cerca dentro di sé qualcosa di sincero da offrire a Josie. Immagina Nathan morto, i loro figli senza un padre, il suo futuro da sola, e dice: «No. Non mi fa sentire libera. Mi fa sentire triste».

C'è un silenzio sgradevole, dal quale Alix sente trapelare un giudizio. Josie la fissa con freddezza. «Capisco» dice, e l'atmosfera si raggela ulteriormente. «Comunque» aggiunge secca, «se hai da fare, io me ne vado».

«No!» esclama Alix, con la bizzarra sensazione di dover riconquistare l'approvazione di Josie. «Non c'è problema. Non ho niente da fare al momento. Possiamo proseguire con un'altra seduta, se ti va».

L'atteggiamento di Josie si ammorbidisce. Sorride. «Certo» dice. «Okay».

Alix la precede verso lo studio.

Ciao, sono la tua gemella di compleanno!
UNA SERIE ORIGINALE NETFLIX

Sullo schermo appare una ricostruzione filmata di una ragazza seduta al tavolo di una cucina.

Alla sua destra c'è un uomo più vecchio.

In piedi accanto al lavello c'è una donna più matura, la madre della ragazza.

La didascalia in basso recita:

REGISTRAZIONE DAL PODCAST DI ALIX SUMMER, 9 LUGLIO 2019

Parte la voce di Josie:

«Lo abbiamo detto a mia madre il giorno del mio diciottesimo compleanno. Le abbiamo detto che eravamo fidanzati. Le abbiamo detto che ci saremmo sposati. Le ho detto che sarei andata via da casa. Walter era lì. Disse che non mi avrebbe mai permesso di fare una cosa del genere senza il suo appoggio. E io non avevo proprio idea di come avrebbe reagito mia madre. Non sapevo se avrebbe riso, pianto, urlato o magari chiamato la polizia. Ma si limitò a sospirare. Mi disse: "Ora sei grande. Non posso scegliere io al posto tuo. Ma questa storia non mi piace, Josie. Non mi piace per niente". E poi mi prese il viso, così, con la mano, stringendo tanto forte da farmi quasi male, e mi fissò intensamente negli occhi e disse: "Ricordati che puoi sempre cambiare idea". Poi mi lasciò andare e uscì dalla stanza, sbattendosi la porta alle spalle. Io e Walter rimanemmo lì, a guardarci in faccia. Poi lui mi portò fuori a cena, in un ristorante italiano in West End Lane. Andammo da lui e io non tornai più a casa mia. La mia vita era davvero iniziata. O almeno, è quello che mi dissi allora. È ciò che credevo. Solo ora mi rendo conto di quanto mi sbagliavo. Mi rendo conto che stavo lasciando una persona controllante solo per consegnarmi, con le mie stesse mani, a un'altra esattamente identica».

L'inquadratura passa a una giovane coppia seduta su un divano in un appartamento vuoto, allestito con mobili vintage e riflettori.

L'uomo tiene in grembo un cagnolino. Lo solleva sulle zampe posteriori tenendogli le zampe anteriori e lo gira verso la telecamera.

«Fai ciao, Fred» *dice, agitando una zampa anteriore del cane.*

Il cane si libera dalla sua presa e salta in braccio alla donna.

Entrambi ridono.

La didascalia in basso recita:

TIM E ANGEL HIDDINGFOLD-CLARKE,
ATTUALI PROPRIETARI DI FRED, IL CANE DI JOSIE

Un intervistatore fuori campo chiede:

«Volete dirci com'è successo che avete adottato Fred?»

Tim e Angel si scambiano un'occhiata, poi è Tim a prendere la parola.

«Quella donna ci ha avvicinato un paio di anni fa. Eravamo in luna di miele nel Lake District, era l'estate del 2019, stavamo pranzando al sacco su una panchina. Ci è apparsa davanti. Sembrava molto spaventata. Anche turbata, forse. Faceva caldo, ma aveva il cappuccio della felpa tirato su, occhiali da sole scuri, un giubbotto allacciato fino al mento. Ha detto: "Per favore, per favore, aiutatemi. Non riesco più a prendermi cura del mio cane. Vi prego, portatelo in un canile. Per favore. Vi prego, aiutatemi". E poi ce lo ha consegnato, dentro questa specie di trasportino, e ci ha passato una borsa con dentro del cibo per cani. Ha aggiunto: "È adorabile, una volta che vi conosce. È il più adorabile, il più adorabile dei cuccioli". Poi lo ha baciato e se n'è andata, ed è stata davvero la cosa più strana che ci sia mai successa. E allora naturalmente non avevamo idea di chi fosse. Non ne avevamo la minima idea. Solo qualche giorno dopo abbiamo capito che era lei. Che era Josie Fair».

«Ma il cane poi lo avete tenuto?»

«Oh, santo cielo, sì. Certo che lo abbiamo tenuto. No, dico, ma lo guardi! Uno lo guarda, ed è fatta».

Ore 11:00

Josie siede a un tavolino esterno del bar di quella volta che si era convinta di aver visto Roxy. Ha preso un cappuccino, con il suo cane accucciato sulle ginocchia. Le mani le tremano leggermente, la mente pulsa e si dibatte in pensieri contraddittori. Pensa alla faccia ottusa del marito di Alix, con quegli occhi color fango, che lascia moglie e figli per andare in giro a bere fino a perdere i sensi. Pensa: Almeno Walter non lo ha mai fatto. Pensa: Walter c'è sempre stato per me e per le nostre figlie. Ma poi pensa: Walter è sempre, sempre lì. Walter non è mai da un'altra parte. Le piacerebbe che lui potesse essere da un'altra parte. Le piacerebbe poter essere lei da un'altra parte. Per sempre. Ma poi pensa: Che alternative ho? E pensa: Alix. Pensa che Alix sia la risposta a tutto, ma Alix «ama» quel suo stupido marito che la inganna, il che fa pensare a Josie che Alix forse è stupida quanto lei. Ma Josie ha bisogno che Alix sia più intelligente di lei. Josie ha sempre avuto bisogno di persone più intelligenti di lei. E non sa più bene che cosa prova per Alix. Non sa nemmeno cosa prova per Walter. Mentre gli occhi scrutano il marciapiede alla ricerca della figlia che non vede da cinque anni, i pensieri tornano al giorno in cui Roxy è scomparsa e al motivo per cui se n'è andata di casa, e si sente avvolgere da un'oscurità nauseabonda, che diventa subito soffocante. Respira con affanno, in preda a una fitta di panico, e fa cadere la tazza urtandola con la mano, che corre alla tasca del giubbotto per tirare fuori il cucchiaino che stava accanto alla sua tazza di caffè nello studio di Alix.

Lo accarezza delicatamente e piano piano riporta il respiro alla normalità. Si guarda intorno per vedere se qualcuno la sta osservando e, quando è sicura che non è così, si porta il cucchiaino alle labbra e lo bacia.

Arriva a casa un'ora dopo. Dal suo posto al tavolo accanto alla finestra, Walter si volta e le sorride.

«Non sei mai a casa» le dice.

«Non essere sciocco. Certo che ci sono».

«Cosa combinate tu e questa mamma tua amica?»

«Niente. Stiamo solo conoscendoci un po' meglio».

«E dove andate?»

«Dove capita. In un bar. A casa sua. Al parco».

«Come si chiama?»

«Alix».

«Alix? Ma non è il nome di quella donna che era al pub la sera del tuo compleanno?»

«Sì».

«E quindi è lei?»

«Sì».

Vede comparire un'espressione perplessa sulla faccia di Walter. «Perché non me lo hai detto?»

«Non lo so. Ho pensato che ti sarebbe sembrato un po' strano».

Con un cenno di rassegnazione Walter torna a dedicarsi al portatile, sospirando. «Figurati se posso mai pensare che sei un po' strana» dice con tono ironico.

Dopo l'ultimo colloquio con Alix, Josie ha i nervi a fior di pelle. Invece di ignorare Walter, come farebbe di solito, si sente di nuovo calare addosso quell'oscurità nauseabonda, così stringe le braccia al petto e dice: «Che cosa vorresti dire, scusa?»

«Oh, niente, amore. Niente, figurati».

«No, Walter, sul serio! Che cosa vuoi dire? Dillo e basta».

Walter si toglie lentamente gli occhiali da lettura e si strofina via una goccia di sudore dal naso. Poi si volta verso di lei e dice: «Josie. Lascia perdere».

«Non ho intenzione di lasciar perdere, Walter. Se hai qualcosa da dire, dillo».

«No, non dico un bel niente, Josie. Neanche per sogno».

Un attimo e lei si ritrova ad attraversare a grandi passi la stanza, spinta dall'adrenalina pura. Si ferma a mezzo metro da Walter, inspira con forza e poi lo schiaffeggia in faccia con una brutalità inaudita. «IO TI ODIO, CAZZO!» urla. «TI ODIO!» Si blocca, indietreggiando appena, come spaventata dalla sua stessa violenza.

Walter sbatte le palpebre, la guarda, si sfiora la guancia con la punta delle dita. Poi si rimette senza fretta gli occhiali e torna al computer.

Ore 14:30

«Alix? È lei, vero?»

Alix si gira per capire chi la sta salutando.

Le ci vuole un attimo per riconoscere la madre di Josie, Pat O'Neill, e poi dice: «Oh, sì, Pat, buongiorno».

Alix si trova in Kilburn High Road e sta andando in banca a versare l'assegno che la prozia le invia ogni anno per il suo compleanno. È di venticinque sterline e lei lo ha tenuto per troppo tempo, con il rischio di offendere la prozia, che controllerà il conto corrente per vedere se i soldi sono stati incassati e, in caso contrario, le manderà un messaggio tramite la madre per controllare che non siano andati persi all'ufficio postale.

Pat indossa una camicia di lino verde mela con un paio di jeans attillati e sandali con il cinturino. Ha un aspetto vivace e affascinante, un'aria impegnata e autorevole.

«Come sta?»

«Benissimo» risponde Pat. «Sto sbrigando alcune faccende burocratiche per una delle mie vicine, Sally. Ha quasi novant'anni, ma pensa ancora di poter fare tutto da sola, benedetta donna. Lei come sta?»

«Io bene, grazie. Sto andando in banca».

«Ha visto Josie ultimamente?»

«Sì. L'ho vista oggi, a dire il vero».

«Quindi state andando avanti con questa faccenda del podcast?»

«Sì. Sì, certo». Alix fa una pausa. Sente il bisogno di scavare un po'. «Lei cosa ne pensa?»

«Mi sembra un'idea un po' balorda, a essere sincera. Se lei non sembrasse una persona assolutamente normale, mi chiederei perché mai ci si è messa. Tutto sommato, ho l'impressione che sia sincera. L'ho cercata su Google e ho trovato qualche informazione. Mi sembra una persona corretta. Ma questa storia della gemella di compleanno non l'ho ancora capita».

Alix inclina la testa e lancia una rapida occhiata verso l'alto. «Sì» ammette. «Ormai non si tratta più tanto di quello. Si sta evolvendo in un'altra cosa, un progetto che riguarda più l'essere donne a un'età molto particolare, sull'orlo della menopausa, donne non più giovani ma non ancora del tutto mature, che si interrogano sulle proprie scelte, sui propri percorsi, sul proprio futuro. Guardando alle somiglianze tra noi, ma anche...» Fa una pausa, scegliendo con cura le parole successive. «Be', Josie è parecchio diversa da me».

«Questo è poco ma sicuro». Pat storce la bocca alla fine della frase. «Siete ai due poli opposti. Lei è il tipo di donna che avrei sempre voluto avere come figlia. Piena di grinta, di talento e di voglia di fare».

Alix ignora la critica a Josie e chiede: «Cosa ne pensa di Walter?»

«Glielo ha detto, vero, come si sono conosciuti?»

Alix annuisce.

Pat la guarda con aria schifata. «Bene, quindi cosa crede che pensi di Walter? Un uomo di quarantacinque anni che si mette con una ragazza di diciotto. Disgustoso. E Dio solo sa da quanto tempo la cosa andava avanti prima che me ne parlassero. Lo ha conosciuto?»

«No. L'ho solo visto da lontano. Lui... la controlla?»

Pat considera la domanda per un momento e poi dice: «Secondo me tutti e due si controllano l'un l'altra, come in uno specchio. La loro è quella che si definisce una relazione tossica. E quelle povere ragazze...»

«Ecco, sì, mi parli delle figlie. Josie non si è sbottonata

molto. Mi ha detto solo che una vive ancora a casa con loro e l'altra se n'è andata a sedici anni. Non ho potuto fare a meno di pensare che ci fosse dell'altro che non mi stava dicendo».

Alix capisce subito di aver superato il limite. Il volto di Pat si chiude, e lei si scosta. «Forse è meglio se ne parla direttamente con Josie, di queste faccende» dice. «Non spetta a me raccontargliele. Comunque, in bocca al lupo per tutto. Ne avrà bisogno».

Poi, con un accenno di sorriso, si sistema la borsa in spalla, si volta e se ne va.

Appena arriva a casa, Alix manda un messaggio a Josie: *Credo sia molto importante che io parli con Walter per ascoltare la sua versione della storia. Lui sarebbe disposto a venire in studio? Oppure potrei venire da voi e parlargli a casa vostra? Che cosa ne dici?*

La risposta arriva nel giro di pochi secondi.

Non credo che Walter abbia voglia di farlo. Lui è molto riservato.

Alix fissa il messaggio per qualche istante. Poi digita la risposta.

Walter è al corrente di questo progetto?

Più o meno. Sa che ti sto raccontando un po' di cose.

Be', allora credo proprio di dover fare due chiacchiere con lui. Potremmo anche non registrare, se preferisce. Come pensi che potremmo convincerlo?

C'è una breve pausa prima che Alix veda che Josie sta digitando la risposta. Fissa lo schermo in attesa che appaia il messaggio.

Se fosse un incontro informale, tipo una cena magari, probabilmente verrebbe. A patto che ci sia anche tuo marito. Che ne dici?

Mercoledì 10 luglio

«Avevo in mente di invitare Josie e suo marito a cena, questo fine settimana. Riguarda il mio progetto».

Dopo che lei e Nathan si sono svegliati, stamattina, ad Alix c'è voluta più di un'ora per decidersi a fare questo annuncio. È rimasta sveglia per gran parte della notte, oscillando tra l'assoluta convinzione che fosse un'ottima idea, un modo come un altro per portare avanti il suo lavoro, e la viscerale sensazione che fosse l'idea peggiore che avesse mai avuto. Fino a dieci secondi fa era ancora incerta su quale direzione prendere. Ma ormai l'ha detto, e ora si morde il labbro in attesa della risposta di Nathan.

«Oh, Gesù».

«Già» dice lei. «Lo so. Sarà di certo una serata bizzarra. Ma penso davvero che farà progredire il mio progetto».

«Ma devo proprio esserci anch'io?»

«Sì. Sì, credo che debba esserci anche tu. Da quello che ho capito, è il tipo di uomo che non ha piacere di trovarsi da solo in mezzo a due donne. Potrei intervistarlo e basta, ma ho la sensazione che da lui otterrei di più in un contesto sociale. Con l'aiuto di qualche bicchiere, sai com'è...»

Alix gli lancia uno sguardo implorante, e il volto di Nathan si addolcisce. «Va bene» dice. «Per te sono pronto a tutto, amore mio». Il tono è un po' sarcastico, certo, ma anche sincero. Suo marito è consapevole che ha parecchio da farsi perdonare, al momento. E questo Alix lo percepisce.

«Grazie» gli dice, con un bel sospiro di sollievo. Poi prende il telefono e manda un messaggio di invito a Josie.

Ore 8:30

Josie guarda il telefono e subito lo prende dal bancone della cucina. Ha visto il nome di Alix.

Che ne dite di venire a cena tu e Walter da noi, venerdì sera? Fammi sapere! E se ci vediamo domani per un'altra seduta?

Josie si immobilizza. Il suo sguardo attraversa la stanza fino a Walter, seduto sul divano in vestaglia a guardare *BBC Breakfast* mentre si mangia del pane tostato. Riporta lo sguardo sul messaggio e poi lo lascia sedimentare per qualche attimo, mentre aspetta che finisca di tostarsi anche il suo pane. Di tanto in tanto torna a guardarlo, la rada zazzera di capelli bianchi sulla nuca che cresce in orizzontale, la peluria sui lobi delle orecchie, le stoppie di barba incolta.

«Walter, devi proprio andare dal barbiere».

«Lo so» dice lui. «Pensavo di farlo sabato».

«Devi andarci prima. Venerdì sera siamo invitati a cena, a casa di Alix».

Lui si gira di scatto e la guarda storto. «Che cosa?»

«A cena da Alix. Le ho detto che ci saremo. Ti va bene?»

«La tizia che compie gli anni il tuo stesso giorno? Quella donna che continui a vedere così spesso?»

«Sì».

«Perché diavolo ci vuole invitare a cena?»

«Te l'ho detto, siamo amiche. Non c'è niente di strano, quando si è amici».

«E dove abita?»

«In una di quelle vie che collegano il parco a Salusbury Road».

Lui le scocca uno sguardo ammirato. «Ah, però!»

«Sul serio, Walter, è una cosa importante. Hai bisogno anche di qualche vestito nuovo. Quelli che hai non vanno bene. Quand'è l'ultima volta che ti sei comprato qualcosa? Eh?»

Josie parla, e a ogni parola l'atmosfera in casa si fa più tesa e rarefatta. È come se stesse sfondando a pugni una serie di muri invisibili, avvicinandosi sempre di più a qualcosa che somiglia alla verità su tutto.

Walter alza le mani in un gesto di resa. «Cristo santo, Jojo, datti una calmata. Ci penso io, okay?»
«Vai dal barbiere? Ti prendi un vestito nuovo?»
«Sì. Barbiere e vestito. Che cavolo...»
Walter spegne il televisore e porta il suo piatto in cucina. Emana un cattivo odore, probabilmente è la vestaglia che ha bisogno di essere lavata. La barba lunga e l'alito del mattino. Tutto sa di degrado. Di sconfitta. Un sentore che le si pianta in gola e la fa infuriare.
«Non so cosa ti è preso ultimamente, Jojo» dice lui, mentre va in bagno per farsi la doccia. «Davvero non lo so».

Al lavoro, quel pomeriggio, Josie passa l'orlo di un vestito nella macchina da cucire. Le mani si muovono meccanicamente, e intanto i suoi pensieri vorticano e si mescolano in maniera caotica al nuovo universo di cose su cui sta riflettendo in questi giorni. Sta ragionando in modo ossessivo su come vestirsi venerdì, mentre immagina sempre più ansiosa Walter con una serie di outfit che non gli stanno bene. Nella sua testa si proietta un film sgranato di tutti loro seduti al tavolo della cucina di Alix, con le sedie spaiate, i bambini dai capelli rossi che corrono in giro in pigiami colorati, il vino versato in grandi bicchieri dall'antipatico marito dai capelli rossi, la musica figa che esce dalle casse, la gatta-nuvola che si acciambella intorno alle loro caviglie, la luce che si spegne nel cielo mentre si accende la conversazione. E poi i suoi pensieri la riportano come in una spirale a Walter e ai suoi denti da vecchio, all'irritante voce monocorde, a quell'aria da sconfitto, ed ecco che lei ha di nuovo quattordici, sedici, diciotto anni – una mammina giovanissima che centellina con attenzione i soldi del marito da Sainsbury's, una donna di mezza età nella sua casa silenziosa – e in ogni incarnazione lei è sempre la stessa persona: una ragazza in stasi. E adesso, proprio come sperava che accadesse quando ha pensato per la prima volta di chiedere ad Alix di fare di lei la protagonista di un podcast, qualcun altro sta facendo breccia nel suo carapace. Un'altra persona.

Una persona più grande di lei, più espansiva di lei, più tosta di lei, più vecchia di lei. Una persona che finalmente è pronta a proclamare la propria verità.

Taglia le estremità del filo e rigira il vestito, pronta a fare l'orlo a macchina dall'altra parte.

Un treno transita con fragore sui binari al di là dell'ampia finestra, e Josie si vede riflessa nel vetro come un'immagine sfocata. Sembra un dipinto incompiuto, si dice, in attesa che l'artista torni per aggiungervi i dettagli.

Il suo telefono vibra: un messaggio di Alix. Sente la scarica di endorfine che sperimenta sempre quando vede il suo nome apparire sul telefono, con la sensazione che le stia succedendo qualcosa di bello.

Domani puoi portare una foto delle tue figlie? Mi piacerebbe vedere come sono. Ciao, a presto!

Josie è scossa da un brivido. *Le tue figlie.* Come fa a parlare ad Alix delle sue figlie? si chiede. Ma poi guarda di nuovo la versione sfocata di sé riflessa nel finestrone e all'improvviso si rende conto che il ritratto abbozzato a metà è quello di una donna dal portamento regale, non di una ragazzetta impacciata, e sa che finalmente, dopo tutti questi anni, è arrivato il momento di esporre la sua vita alla luce.

Giovedì 11 luglio

«Eccole qua». Josie posa sul tavolo alcune fotografie a ventaglio e le fa scivolare verso Alix. «Le mie bambine».

Alix alza lo sguardo su Josie e sorride. «Oh» dice. «Fantastico. Grazie».

La prima foto mostra due bimbette paffute, in pesanti maglioni fatti a mano e jeans, che si tengono per mano in quella che sembra la grande buca di sabbia di Queen's Park. La più grande ha i capelli dello stesso colore di Josie, ma di una tonalità più vivace. La più piccola ha una chioma bionda chiarissima, con alle estremità quel tipo di boccoli che non rispunteranno mai più dopo il primo taglio.

«Qual è l'una e quale l'altra?» chiede Alix.

«Lei» Josie indica la bimba con i boccoli «è Roxy. E lei» indica quella con i capelli castani «è Erin».

«Sono adorabili» dice Alix. «Veramente adorabili».

Josie annuisce, sorride e guarda Alix che passa alla foto successiva. Ci sono le due ragazze, l'una accanto all'altra, davanti alla scuola dove vanno i figli di Alix, con la stessa polo azzurra e gli stessi pantaloni blu che indossavano i suoi figli quando sono usciti di casa stamattina.

«Il primo giorno di scuola di Roxy» dice Josie, con una nota di dolente nostalgia nella voce. «Quel giorno avrò pianto per almeno quattro ore».

Alix la guarda. «Oh, santo cielo. Davvero?» Ripensa al primo giorno di scuola di Leon, al ritorno nella casa vuota per la prima volta dopo sette anni e all'euforia di sapere che per un po' sarebbe potuta tornare lei al centro dell'attenzione. Non le ha mai capite, le mamme in lacrime fuori dal cortile della scuola.

«Ero affranta. Non sapevo cosa avrei fatto. Tutto quel tempo, così all'improvviso. E il silenzio».

Alix pensa alla conversazione con Mandy in segreteria: «E le bambine? Come si sono trovate alla scuola elementare? Erano contente di andarci?»

Nota che Josie ha la testa incassata tra le spalle, sembra un po' tesa. «Oh, sai» dice. «Non proprio. Erin, la più grande, ha sempre avuto dei problemi. Non so bene come definirli, in realtà. Gli insegnanti lo chiamavano ritardo globale dello sviluppo, mi pare. Ma io non ero d'accordo. Era solo un po' pigra, secondo me. Anche un po' passiva, forse. Era difficile ottenere una qualche reazione da lei. Difficile capire cosa stesse pensando. E Roxy invece era l'esatto contrario. Disturbo oppositivo provocatorio, così lo chiamavano gli insegnanti. Su questo mi ero trovata d'accordo. Non si poteva mai dirle nulla, a Roxy. Non si sarebbe mai e poi mai attenuta a nessuna regola. Era sempre arrabbiata. Mi picchiava, picchiava sua sorella. Era una bambina piena di rabbia, più di chiunque altra». Josie rabbrividisce al ricordo. «Quindi tra loro due, con i problemi che avevano, no, non posso dire che sia stato un periodo felice. E alle superiori le cose non sono migliorate, naturalmente».

Alix non commenta e passa all'ultima delle tre fotografie.

«Questa è l'ultima che ho di loro due insieme» dice Josie, sfiorando con un tocco delicato il bordo della foto. «Poco prima che Roxy se ne andasse di casa».

Alix trattiene il respiro, mentre osserva l'immagine. Non è affatto quella che si aspettava. Non riesce a mettere in relazione le ragazze di questa foto con quelle delle altre. Non riesce a credere che siano le stesse persone.

La ragazzina che ieri aveva i boccoli chiarissimi è diventata una tipa tarchiata con i capelli tirati indietro a scoprire una fronte larga e lustra, con piercing in entrambe le narici e nel setto nasale. Erin, la bambina dal viso luminoso e dolce con un'aria timida e vulnerabile, ora esibisce un volto di pietra, magro al punto da sembrare emaciato, con le occhiaie scure e i capelli che le piovono flosci ai lati.

«Sembrano diverse, vero?» Josie ha una voce che pare sul punto di spezzarsi.

«Sì, sì, è vero».

C'è un silenzio pungente, poi Josie raccoglie le tre foto e le fa scivolare nella borsa a tracolla. «Per favore, non giudicarmi».

Alix la guarda stupita. «Come, scusa?»

Josie apre la bocca, le parole in attesa sulla punta della lingua che non vengono pronunciate. Poi sorride, a denti stretti, e dice: «Niente, niente». Posa la borsa sul pavimento, tira le cuffie verso di sé e fa: «Cominciamo?»

Ciao, sono la tua gemella di compleanno!
UNA SERIE ORIGINALE NETFLIX

Lo schermo mostra una sedia di legno rosa con un intaglio a forma di cuore nello schienale.

La sedia è stata modificata con l'aggiunta di cinghie di cuoio e legacci.

Si trova in una stanza vuota, illuminata dai raggi di luce che penetrano dalle finestre sporche.

La didascalia in basso recita:

REGISTRAZIONE DAL PODCAST DI ALIX SUMMER, 11 LUGLIO 2019

Parte la voce di Josie:

«Walter non sapeva come prenderle. Era spesso via da casa. Era stato licenziato dalla ditta per cui lavorava a Londra, poi aveva trovato un posto molto migliore in un'azienda elettrica che operava soprattutto in Scozia e nel Nordest. Quindi stava via per giorni interi e tornava solo nei fine settimana. Devo dire che a me andava bene. Per tanti anni ero esistita solo come metà di una coppia e come madre. Non ero mai stata sola, in realtà. Prima che nascessero le bambine, non avevo nemmeno le chiavi di casa. Dovevo solo starmene lì ad aspettare che lui tornasse dal lavoro. Aspettare e aspettare, tutto il giorno... Perciò ho un bel ricordo degli anni in cui Walter lavorava lontano da casa durante la settimana, quando eravamo solo io e le bambine. Eravamo felici. Eravamo libere. Lasciavo che fossero sé stesse, davo loro spazio per respirare. Ma poi nei fine settimana Walter tornava e, be', ecco, cambiava tutto. E non in meglio».

L'inquadratura della sedia rosa con le cinghie di cuoio sfuma. Dissolvenza.

Ore 11:00

Walter è andato dal barbiere e, con grande delusione di Josie, ha un aspetto pressoché identico a prima. Lei cerca di non dare a vedere l'imbarazzo e lo ringrazia per la gentilezza. Lui replica con un grugnito: Josie sa che lo sta spingendo molto vicino all'orlo del baratro di quanto è disposto a tollerare da lei.

Il loro matrimonio a volte sembra un'enorme nave che aveva lasciato il porto prendendo una direzione e quindi, pian piano, tristemente, aveva virato di centottanta gradi, seguendo la rotta sbagliata per poi fermarsi. Josie aveva assunto il controllo del ponte, ma era saltato fuori che non era in grado di governare la nave tanto quanto Walter, e da allora avevano continuato a girare in tondo, a cerchi concentrici, guardando sempre più sconsolati verso l'orizzonte, in attesa di essere salvati.

Fino ad Alix.

Josie prende tre vasetti di omogeneizzati dalla credenza e li riscalda per Erin. Li posa su un vassoio con un cucchiaio e una busta di purea Ella's Kitchen al gusto di mango e mela. Lascia il vassoio fuori dalla stanza di Erin. Si bacia la punta delle dita, le appoggia alla porta e poi va in camera sua, a prepararsi per andare da Stitch.

Quando Josie torna dal lavoro, Walter è già rientrato dallo shopping. Non le fa una sfilata con quello che ha comprato. Si limita ad alzare la testa accennando alle borse di Primark e a dire: «Su, avanti. Dai un'occhiata».

Ha fatto le cose per bene. Una bella camicia casual blu scuro a maniche lunghe e dei pantaloni *chino* color cammello. E anche qualche paio di calzini nuovi.

«Bene» gli fa con un cenno del capo. «Sono belli, bravo».

Lui brontola. Sta tornando a chiudersi in sé stesso, lo sente.

Josie si mette a preparare un pasticcio di carne. Nel suo modesto repertorio culinario è il piatto che Walter preferisce, e anche se in questi giorni lei sta cercando di fare qualche esperimento in più ai fornelli (ieri ha cucinato un piatto con couscous, halloumi e ceci), oggi suo marito merita qualcosa che gli piaccia davvero. Poi Josie porta il cane a fare una passeggiata intorno all'isolato. Pensa di vedere Roxy tre volte, nei dieci minuti in cui è in giro, e non appena rientra a casa apre il portatile e la cerca nei posti in cui la cerca sempre su internet. Ma, come sempre, Roxy non c'è.

Di solito Josie non parla a Walter di Roxy; non parlano mai delle figlie, e questo ha reso tutto più facile, in un certo senso. Ma più tardi, mentre siedono fianco a fianco sul divano a mangiare il pasticcio di carne, Josie si rivolge a Walter e gli dice: «Non hai mai l'impressione di vedere Roxy?»

Lui le lancia un'occhiata. Sa che era deciso a non rivolgerle neanche la parola, stasera; ancora gli brucia per quanto è stata crudele con lui, negli ultimi giorni. Ma questo non è il genere di domanda che si può ignorare perché si è arrabbiati, e lei lo vede abbassare la guardia, per poi alzarne subito un'altra. «Cosa vorresti dire?»

«Voglio dire, quando sei in giro. Non ti capita di vedere qualcuno per strada e pensare che sia lei, per un attimo? E poi di renderti conto che non è lei?»

Walter rimane muto per qualche istante, prima di annuire. «Sì... A volte sì».

«E non ti chiedi mai se per caso è morta?»

«Certo che sì. Sempre».

Riprendono a mangiare in silenzio per un po', ma l'aria è carica di cose che entrambi vorrebbero dire e Josie arriva per prima.

«Sai, mi sa che racconterò ad Alix delle ragazze».

Walter si gira di scatto a guardarla. «Cos'è che vorresti raccontarle?»

«Quello che è successo. Quello che abbiamo fatto».

Lui la fissa con rabbia. «Di' un po', sei impazzita?»

Lei arretra appena, sulla difensiva. Detesta quando lui le parla così.

«È venuto il momento, tutto qui. Alix potrà aiutarci».

«Aiutarci? Ma che cazzo, Josie. Quella lì chiamerà la polizia, altro che aiutarci».

«Bene».

«Oh, santo Dio. Oh, Cristo, Josie. Allora è così, vero? Sei veramente pazza. Ma sul serio. Con tutto quello che abbiamo passato. Pensavo fossimo d'accordo...»

«No. No che non eravamo d'accordo. Non eravamo d'accordo su un bel nulla. Dobbiamo...»

«Non dobbiamo fare niente, Josie. Non dobbiamo fare niente. Ma porca puttana...» Walter si batte la mano sulla fronte e sposta il vassoio della cena dalle ginocchia per potersi alzare.

Fa per staccarsi ma lei lo trattiene per un braccio, per poi ritrarsi di colpo nell'istante in cui Walter alza una mano su di lei. Mano che abbassa prontamente, per avviarsi al suo solito posto nel bovindo.

«Le cose cambiano, Walter. Che ti piaccia o meno. Io ho intenzione di dire tutto ad Alix. Non posso più vivere così. Dobbiamo andare avanti».

«Non posso ragionare con te. Tu sei pazza. Sei una pazza furiosa. Ho una moglie che è fuori di testa, cazzo».

«E io ho un marito che è un pedofilo schifoso!»

L'aria nella stanza si blocca. Per qualche istante, Josie e Walter non fiatano nemmeno. Sono il ritratto dell'immobilità.

Finché Walter riapre bocca: «Che cos'hai detto?»

Lei vorrebbe dirlo di nuovo. E poi continuare a ripeterlo, ancora e ancora. Vorrebbe battergli i pugni sul petto e sputargli in faccia quella parola fino a farlo soffocare. Ma non può. Se n'è andata.

Raccoglie i piatti lasciati a metà, ne riversa un po' nel bicchiere del frullatore, per Erin, e butta il resto nella spazzatura.

Riduce in purea il pasticcio e versa il tutto in una scodella. La mette su un vassoio, con un vasetto di Müller light alla fragola. Lascia il vassoio davanti alla stanza della figlia, coprendosi la bocca e il naso con l'altra mano per non sentire l'odore. Sta per toccare la porta e poi baciarsi le dita, ma si ferma.

Comincia ad avere la sensazione che Erin forse è parte del problema. Comincia ad avere la sensazione che Erin non sia più al suo fianco.

Venerdì 12 luglio

Nathan manda un messaggio ad Alix alle 18:30.

Mi sto bevendo una cosa veloce con Gio. Dovrei tornare prima delle 19:30. Hai bisogno che prenda qualcosa?

Alix sospira stancamente, passa il pollice sulla tastiera mentre pensa e scarta una decina di risposte taglienti, prima di digitare un semplice «Okay», spegnere lo schermo e mettere giù il telefono. Torna alla cipolla che affetta per il piatto che sta cucinando per Josie e Walter, la gira per tagliarla a dadini, poi la fa scivolare nella casseruola, dove sfrigola in una pozza di burro fuso.

Eliza è a casa di una sua amica per un pigiama party. Leon sta guardando la tv in soggiorno. Alix pensa alla bottiglia di vino semiaperta in frigorifero, pensa di versarsene subito un bel bicchiere e di buttarlo giù al volo. Ma non deve. Deve tenere duro. Taglia i petti di pollo a strisce e li aggiunge alle cipolle in padella.

Alle sette e mezza Nathan non è ancora a casa. Lei fissa disperata il telefono, anche se sa che non ci sarà nulla. Prega le divinità dell'universo che Josie e Walter arrivino in ritardo, ma alle sette e trentadue suona il campanello. Lei si asciuga le mani, si sistema i capelli e va verso l'ingresso.

«Ciao!»

Josie è in piedi sul gradino più alto, con uno dei vestiti che hanno scelto insieme alla boutique e i capelli raccolti in una treccia alla francese su un lato della testa. Ha un mazzo di rose rosa e una bottiglia di champagne costoso. Sorride ad Alix in modo vivace e anche un po' inquietante: Josie di solito non sorride. Si protende verso di lei e la bacia con decisione su entrambe le guance. «Ciao! Sei bellissima!»

Poi Josie si gira e tira Walter verso di sé, stringendogli appena il gomito. «Alix, ti presento Walter. Walter, ti presento Alix».

Walter sorride timido ad Alix e le porge la mano. Si è fatto un taglio di capelli radicale dall'ultima volta che lo ha visto e indossa abiti nuovi di zecca, ancora con i segni netti delle pieghe lungo le gambe e le maniche. Alix prova un moto di tenerezza nei suoi confronti, ma poi si ricorda che non è il vecchietto innocuo che può sembrare a prima vista.

«Entrate, accomodatevi! Mi spiace che Nathan non sia ancora rientrato dal lavoro, ma dovrebbe essere qui a momenti».

Prende le rose rosa da Josie e si profonde in ringraziamenti. Poi mette in frigo lo champagne a temperatura ambiente e li fa accomodare sugli sgabelli dell'isola della cucina, offre loro da bere e dispone ciotole di patatine, arachidi e salatini, mentre controlla il sugo della pasta.

«Casa sua è molto bella» dice Walter, stringendo la bottiglia di Peroni che Alix gli ha appena passato.

«Grazie!»

«Da quanto tempo ci abitate?»

Walter ha un tono di voce monotono che lo fa sembrare sarcastico.

«Oh» risponde lei. «Una decina d'anni. Prima stavamo in un appartamento a Kensal Rise».

«È da lì che venite? Da Kensal Rise?»

«No. Io sono cresciuta a Paddington. Nathan e io ci siamo trasferiti qui dopo il matrimonio. E a proposito di Nathan» trova il telefono e tocca lo schermo, «fatemi vedere se mi ha mandato un aggiornamento».

Non c'è nessun aggiornamento da parte di suo marito e sono quasi le otto meno un quarto. Lo chiama, e subito scatta la segreteria. Si sforza di sorridere. «È partita subito la segreteria. Sarà in metropolitana».

«Un drink dopo il lavoro?» dice Walter.

«Immagino di sì».

«Cosa fa suo marito?»

«Affitta spazi commerciali di fascia alta a grandi aziende».

Walter annuisce pensoso, come se stesse soppesando la validità di questa affermazione, poi afferra una manciata di arachidi da una ciotola e se le mette in bocca direttamente dal palmo della mano.

«Come stai, Josie?» chiede Alix, con la voce che le risuona troppo acuta nelle orecchie.

«Benissimo, grazie».

«Mi piace molto la tua pettinatura». Accenna alla treccia alla francese, molto professionale. «Te la sei fatta tu?»

«Sì. Pettinavo le mie figlie in questo modo. Sono sempre stata abbastanza brava, come parrucchiera».

«Io proprio non ci riesco» dice Alix. «Mi viene mal di testa solo a cercare di capire come si fa!»

«Credo di possedere quella che si definisce manualità. Cucito, sartoria, maglia, uncinetto, cose di questo genere».

Alix vede Josie lanciare una rapida occhiata a Walter, che sta fissando con aria infelice l'etichetta della sua birra.

«Sono sempre stata brava in queste cose» ribadisce Josie, lanciando un'altra occhiata al marito. «Non è vero?»

Lui annuisce, tirando con la punta delle dita l'etichetta. «Sì, è vero».

Alix si rivolge a Walter. «Dimmi di te, Walter. Sei di queste parti?»

«No. Sono cresciuto nell'Essex, poi i miei genitori si sono separati quando avevo quindici anni, e sono venuto a stare a Kilburn con mio padre».

«Nell'appartamento dove abitate ora?»

«Sì, esatto».

«E avete messo su famiglia lì?»

«Sì. Abbiamo due figlie, Erin e Roxy».

«E cosa fa di bello Erin stasera?»

«Oh, se ne sta in casa. Con i suoi videogiochi».

«Ma dai, è una che gioca online?»

«Sì. Una vera e propria fanatica». Lui fa una risatina

ironica e Alix coglie una strana espressione sul volto di Josie. Si chiede perché non le abbia mai parlato di questo aspetto della vita della figlia. Guarda l'orologio della cucina e vede che sono quasi le otto. Si scusa con Josie e Walter e chiama di nuovo Nathan. Questa volta non scatta la segreteria ma suona libero, e lei sente un'ondata di speranza: forse è già a metà strada, con la cravatta allentata e l'umore addolcito da un paio di pinte, pronto a dare nuova energia a questa bizzarra serata. Vorrebbe più di ogni altra cosa al mondo che Nathan fosse lì, Nathan con la sua voce squillante e la sua allegria sopra le righe. Non le importa quanto possa essere ubriaco, vuole solo averlo lì.

«Allora» attacca Walter. «Dimmi di te e Josie. Non è un po' strana, questa cosa?»

«Vuoi dire...?» Muove il dito, indicando sé stessa e poi Josie.

«Sì, l'amicizia tra voi due».

«Amicizia?» risponde Alix. «Scusa, pensavo ti riferissi al podcast».

«Al podcast?» replica lui. «Quale podcast?»

«Dai, Walter» interviene Josie. «Te l'ho detto. Te l'ho detto del podcast».

«A me non sembra proprio».

«Ti ho detto che Alix è un'autrice di podcast».

«Può essere che tu me l'abbia accennato, ma non mi hai detto che ne stava facendo uno su di te».

«Ma non è su di me. È la storia di noi due che siamo gemelle di compleanno. Io e Alix».

Alix sente un'imbarazzante aura di falsità attraversare la stanza. Era rimasta sorpresa dal fatto che Walter avesse accettato di venire da loro e partecipare al progetto, e aveva pensato che forse era meno retrogrado di quanto Josie lo dipingesse. Invece no, questa, si rende conto Alix, è una classica manovra alla Josie, come comprare un pomchi senza controllare che fosse davvero un pomchi, o lasciarsi adescare in una relazione che sarebbe durata tutta la vita da un uomo abbastanza vecchio da poter essere suo padre: un approccio che appare sbadato, sconsiderato e gratuito, del tipo «prima lo faccio e poi me ne preoccupo». E così ora Alix deve accettare il sotterfugio.

Si schiarisce la gola e sorride. «Posso offrirvi altro?» chiede in tono vivace, prima di allontanarsi per prendere qualcosa dalla dispensa. Quando torna, Walter e Josie sono seduti in silenzio a masticare patatine. Alix guarda l'ora. Sono passati dieci minuti da quando ha provato a chiamare Nathan, che dovrebbe essere già a casa. Lo chiama di nuovo. C'è la segreteria telefonica. Sospira e chiama il numero di Giovanni. Di norma non lo farebbe, ma non può affrontare la serata da sola. Proprio non può.

«Ehi, Gio, ciao! Sono Alix. Scusa se ti disturbo, ma sei ancora con Nathan?»

Il sottofondo della telefonata è caotico, con suoni di risate e musica.

«Oh, ciao, Al! Sì, aspetta. Eccolo qui».

Un attimo dopo Nathan è in linea. «Oh, cazzo» dice, già col tono di voce strascicato, e non sono nemmeno le otto e mezza. «Cazzo, Alix. Cazzo. Ora vado. Adesso. Subito. Tra un secondo. Prendo un taxi, okay? Mi dispiace tanto. Ci vediamo tra... mezz'ora al massimo. Iniziate pure a mangiare senza di me, comunque, se preferisci».

Alix si costringe a un sorriso artefatto e chiude la telefonata.

«Tutto bene?» chiede Josie.

«Sì, sta arrivando. Ha perso la cognizione del tempo. Ha detto di cominciare senza di lui. Quindi adesso metto su la pasta, che ne dite?»

«Perdonami, Alix, ma mi sembra una cosa vergognosa».

Alix, diretta al rubinetto con la pentola per la pasta tra le mani, si ferma a metà strada e si volta verso Josie. «Io non...»

«Dico sul serio. Mi dispiace, ma ho sentito come farfugliava al telefono. E tu sei qui che ti dai da fare per preparargli una bella cenetta, per intrattenere gli ospiti, tutta carina e gentile. Ma chi si crede di essere?»

Alix ha il fiato sospeso. All'improvviso si sente minacciata. È il tono spietato della voce di Josie, la sua alterità, e Walter accanto che respira così forte dal naso che Alix lo sente. Pensa a Leon, nella stanza accanto, con le sue grandi cuffie, rannicchiato sul divano che lo fa sembrare ancora piccolino, anche se sta diventando grande, e si chiede cosa le è venuto in mente. Pensa a Josie sulla soglia di casa, che fruga nel bidone della raccolta differenziata e si porta via quella vecchia rivista. Pensa a Walter che teneva chiusa in casa la giovane Josie senza darle le chiavi, in attesa che lui rientrasse dal lavoro. E poi pensa alle figlie di Josie con gli occhi spenti, e all'improvviso l'assale la voglia di annullare tutto; di prendere lo champagne dal frigo e di ridarglielo, di accompagnarli subito alla porta e farli uscire e dimenticare di aver permesso a Josie Fair di entrare nella sua vita.

Ma ormai è troppo tardi. Sono lì entrambi sugli sgabelli della sua cucina, a mangiarsi Kettle Chips al peperoncino, mentre aspettano il suo pollo alla Alfredo con bacon e spinaci, e a insultare suo marito. Sente gli occhi di Josie che la fissano, ritrova il suo sorriso sostenuto e dice: «Oh, non è un gran problema. È venerdì sera, sai com'è. Scommetto che non è l'unico uomo in giro che ha perso la cognizione del tempo. Comunque, cos'altro posso offrirvi? Un'altra birra, Walter?»

Lui annuisce e la ringrazia, e lei gli passa una birra gelata. Poi Josie dice: «Perché non fai vedere a Walter il tuo fantastico studio di registrazione, Alix? Lui ha una passione per questo genere di cose».

Alix lancia a Walter uno sguardo incerto. Ma lui annuisce: «Sì, mi piacerebbe. Se a te non dispiace».

«No, figurati. Volentieri. Vieni anche tu, Josie?»

Josie sorride. «No. No, grazie. Andateci voi, io l'ho già visto».

Alix conduce Walter nel giardino, bene illuminato da lampade solari e luci da fiaba. Apre la porta dello studio e accende gli interruttori.

«Perbacco» dice Walter. «Che forte». Osserva ogni dettaglio della stanza e le fa domande sull'impianto elettrico, a cui lei non è in grado di rispondere.

«Dovresti chiederlo a Nathan» dice. «È lui che ha fatto fare tutto».

Si scambiano qualche battutina sul fatto che Nathan è ancora latitante, poi Alix finalmente trova lo slancio per fare a Walter la domanda che ha in testa dal giorno in cui ha conosciuto Josie.

«Posso chiederti di te e Josie? Di come vi siete conosciuti?»

Vede Walter sbattere appena le palpebre, prima di riprendersi e bere lentamente un sorso di birra. «Dipende da quello che ti ha detto lei, in realtà».

«Certo, ma mi piacerebbe molto sentire la tua versione».

Lui alza le spalle e sospira. «Conosco Jojo da quando era bambina. All'inizio ero amico di sua madre. Poi io e Jojo cominciammo a frequentarci un po'. Era troppo matura per quelli della sua età, capisci? Li trovava noiosi. Credo sia dovuto al fatto di essere figlia unica. Anch'io ero così. Ho sempre preferito la compagnia dei grandi. E sì, poi una cosa tira l'altra, e a un certo punto è finita che ci siamo innamorati. E immagino che a qualcuno possa sembrare una cosa strana, col fatto che io sono molto più grande di lei. Ma a noi non è mai sembrato strano. Mai, neanche per un attimo».

Alix annuisce, pensosa, vagamente ipnotizzata dal basso monocorde della voce di Walter, da come presenta le opinioni come fatti, dalla mancanza nel suo modo di parlare di qualunque sfumatura, di qualunque spazio, di qualunque margine di dubbio. Sì, pensa, sì. Mi rendo conto. Riesco a capire come questo possa succedere tra due persone. Ma poi si riprende, ricordandosi che quest'uomo ha comprato un braccialetto d'oro come regalo di compleanno a una quindicenne, l'ha portata al pub e le ha versato della vodka nella limonata. Il tutto mentre era regolarmente coniugato.

«E la tua ex moglie?» chiede Alix. «Era molto più giovane di te?»

«No, non così tanto. Aveva dieci anni meno di me».

«E quanti anni avevi quando l'hai conosciuta?»

«Oddio». Lui si gratta la nuca e alza gli occhi al cielo. «Boh, poco meno di trenta, mi pare».

Alix lascia che i numeri e ciò che implicano fluttuino tra loro, senza fare commenti.

«Sai» dice Walter, scrutando Alix con fare pensieroso, «è una tipa difficile, la mia Jojo. Ti dà questa impressione di essere... una tipa alla buona, vero?»

«Una tipa alla buona?»

«Sì. Sai, una sempliciotta, una a cui non passa chissà che per la testa. Ma se c'è una cosa che ho imparato nel corso degli anni, è che in realtà è fin troppo quello che le passa per la testa. Lei non è chi vuol far credere di essere. Non lo è proprio per niente».

Le sue parole rimangono lì, come bombe a orologeria.

Alix annuisce e replica: «Sì, credo che in lei ci sia molto più di quel che appare».

«A dir poco» fa lui.

«Ti andrebbe...» Alix si blocca, incerta. «Cosa ne diresti di fare due chiacchiere con me? Per il mio podcast?»

«Per la storia delle gemelle di compleanno?»

«Sì». Alix si pizzica il labbro tra pollice e indice e lo guarda, con una certa ansia.

«Ma io cosa c'entro? Non sono mica tuo gemello di compleanno, io».

«Be', no. Certo. Ma sei il marito di una delle gemelle. E hai condiviso con lei gran parte del suo percorso di vita. Sarebbe bello ricevere da te qualche spunto di riflessione. Solo per avere un po' di contesto».

Lei lo osserva, in attesa di una reazione. Che ci mette un po' ad arrivare, ed è un cenno del capo. «No» dice. «Meglio di no. Ma per quello che posso dirti io, sappi che Jojo ha un rapporto che potremmo definire "elastico" con la verità».

«Elastico, eh?»

«Eh, sì. Lei, ehm... come posso dire? Quando non le piace la realtà delle cose, ne trova una che le piace di più».

«Vuoi dire che tutto quello che mi ha raccontato di sé, della sua vita, è falso?»

«Be'... No, non arriverei a tanto. Ma non puoi credere a tutto quello che dice. Usa il buon senso».

Alix osserva Walter, valutando se e quanto stia cercando di manipolarla. Dice: «Okay, ho capito. Lo terrò a mente».

«Forse è meglio non dire nulla a Jojo di quello che ci siamo detti qui. Capisci?»

«Perché non dovremmo dirglielo?»

«Perché...» Lui fa una pausa. «A Josie piace controllare le cose. Capisci? Se sapesse che ti ho parlato, avrebbe la sensazione che sta perdendo il controllo su di te».

«Su di me?»

«Sì. Su di te e su tutta questa situazione». Walter sospira. «Credimi, conosco Josie meglio di chiunque altro, ed è una maniaca del controllo. E uno non si rende neanche conto di essere controllato, finché non è troppo tardi».

Alix si sofferma a fissare Walter. Ancora una volta, è colpita da quanto appaia scialbo, dall'impenetrabile muro di nulla che separa il suo essere fisico dal resto del mondo. Eppure, è chiaramente un abile manipolatore. Dietro quegli occhi morti si nasconde l'anima di un adescatore, bugiardo e abusante. Alix sente una fitta di gelo nel cuore e ha un lieve brivido.

Mezz'ora dopo serve la pasta al tavolo della cucina. Nathan non è ancora tornato. La conversazione procede a rilento. Parlano della scuola elementare che accomuna figli e figlie, cercando di capire quali insegnanti ci sono ancora e quali se ne sono andati. Discutono dello stato del mondo, inanellando luoghi comuni triti e ritriti. A un certo punto entra Leon e Alix riesce a lasciare il tavolo per un paio di minuti, per portargli uno spuntino e una bibita e trovargli un cavo di ricarica. Discutono di quanto sia delizioso il cibo e Alix riesce ad allungare la descrizione della ricetta in una tiritera di cinque minuti.

«Comunque» dice Josie, dopo un silenzio un po' penoso, «dov'è finito il tuo consorte? Forse dovresti chiamarlo di nuovo».

«Sì» dice Alix. «Forse. Gli darò altri dieci minuti».

«Ormai non vale neanche la pena che arrivi» dice Josie. «Tanto la cena è finita». Scuote la testa con tristezza e dice sottovoce: «Terribile. Mi dispiace tanto, Alix. Poveretta».

Alix si sente irrigidire, messa sulla difensiva da una strana rabbia. «Non sono una poveretta» risponde secca. «Proprio per niente». Si alza da tavola, la sedia che raschia rumorosamente le piastrelle del pavimento, poi sparecchia con piglio energico. Deposita le stoviglie sul bancone sopra la lavastoviglie con più forza del necessario, quindi va in corridoio e grida: «A letto subito! Ora!» a un Leon dall'aria sbigottita.

Quando torna in cucina, Josie e Walter si stanno alzando e l'atmosfera tra loro è mefitica.

«Be'» dice Josie. «Grazie mille per la bella serata. La cena era deliziosa. Ma credo sia meglio se ora ce ne andiamo».

Alix abbassa la testa sul petto. Sospira. «Mi dispiace tanto. Mi dispiace davvero. Ma direi che è il caso, sì. E grazie ancora di essere venuti».

Walter posa delicatamente la sua bottiglia di birra vuota sul bancone. Sembra che stia per dire qualcosa, ma il momento passa e si volta per andarsene. Alix li accompagna alla porta, dove Josie le dà una pacca sul braccio e la abbraccia con un gesto bizzarro.

«Gli uomini» le sussurra all'orecchio. «Grandissimi stronzi».

Dopo che se ne sono andati, Alix rassetta la cucina. Poi si siede, e finisce quel che resta della bottiglia di vino che ha condiviso con Josie. Quando la cucina è buia, la lavastoviglie in funzione e lei abbastanza sbronza, si alza e va in soggiorno dove Leon è ancora seduto al buio, rannicchiato sul grande divano con la gatta al suo fianco, a fissare lo schermo della tv a occhi spalancati e ormai stanchi.

Gli si siede accanto e gli sfila le cuffie con delicatezza. «È tardi, tesoro. Dobbiamo andare a nanna, tutti e due».

«Posso avere altri cinque minuti?» chiede lui dolcemente.

Il divano è così comodo. La gatta fa le fusa. Lei annuisce e dice: «Okay, metto il timer». Imposta il timer del telefono a cinque minuti e si appoggia al divano, tirandosi i piedi del figlio sulle ginocchia.

«Perché quelle persone sono venute qui?» chiede Leon dopo un attimo.

«Oh» risponde lei, massaggiandogli distrattamente le dita dei piedi. «Li sto intervistando. Per uno dei miei podcast».

Lui annuisce. Poi si volta a guardarla e le chiede: «Perché la signora stava lì davanti al tuo studio?»

«La signora che era qui?»

«Sì, era in piedi davanti al tuo studio quando tu eri dentro con quel vecchio, come se stesse origliando. L'ho vista dalla porta. Sembrava arrabbiata, sai? Molto arrabbiata».

Ore 22:00

Josie e Walter tornano a casa in silenzio. Josie si sente male. Tutto quel cibo sostanzioso (da Alix si aspettava qualcosa di più raffinato di una pasta stopposa, e non può fare a meno di sentirsi un po' appesantita) e tutto quel vino. È arrabbiata perché il suo costoso champagne non è mai uscito dal frigorifero, e per come Alix ha gettato le sue rose in un vaso qualunque, senza tagliare gli steli né disporli con un po' di cura. Non erano quelle da poco, le sono costate dodici sterline. Meritavano di meglio.

E l'intera serata, ovviamente, è andata all'aria per colpa di Nathan, che si è comportato a quel modo. Alix era distratta e anche un po' brusca, scarsa come padrona di casa. È stata tutt'altro che una bella serata.

Una volta a casa, Josie apre la porta d'ingresso e grida nell'oscurità dell'interno: «Fred! È arrivata la mammina!»

Il cane si precipita da lei e le salta in braccio.

Lo porta fuori a fare i bisogni e poi lo riporta dentro.

Vede che Walter ha già tolto la sua nuova tenuta di Primark ed è tornato a indossare joggers e una maglietta larga, mentre camicia e pantaloni eleganti sono ammucchiati sul pavimento vicino al cesto della biancheria, una specie di silenzioso dito medio alzato verso di lei.

Josie passa davanti alla stanza di Erin e appoggia l'orecchio alla porta, ascolta il cigolio della sedia da gioco. Pensa al ragazzino in pigiama sul divano a casa di Alix, con quelle enormi cuffie audio, a fissare lo schermo per ore e ore, totalmente ignorato e trascurato, e pensa: Che differenza c'è? È davvero una madre tanto cattiva? Chi può sapere che ne sarà del ragazzino tra dieci o vent'anni?

Guarda Walter che prende una birra dal frigo, la stappa e va al tavolo nel bovindo. Si schiarisce la gola e alza il coperchio del portatile. Non si sono ancora parlati. L'atmosfera tra loro è peggiore di quanto sia mai stata da che stanno insieme.

«Stasera sei stato imbarazzante» dice.

Lui la ignora. Lei lo sente sospirare forte dal naso.

«Tutta la sera, Walter. Volevo morire».

Lui risponde con un *mm-mm*, gli occhi rivolti allo schermo del portatile e i polpastrelli che corrono sui tasti.

«Walter» grida, «sto parlando con te».

«Sì, ti sento».

«E allora parlami!»

«Parlarti di cosa, di preciso?»

«Di stasera. Di come mi hai messa in imbarazzo».

Finalmente i polpastrelli smettono di battere sui tasti, e lui si gira a guardarla. Ha un'aria così vecchia e così affaticata che per un attimo la spaventa. «Sentiamo. In che modo ti avrei messo in imbarazzo?»

«Perché... per come sei, per quello che sei tu».

«Gentile da parte tua, Jojo».

«Non sto cercando di essere gentile. L'intera serata è stata un disastro. Non vedevo l'ora che arrivasse e invece è stata orribile. E tu, tu te ne stavi seduto lì con la tua stupida birra come se non te ne importasse un accidente. Non hai fatto il minimo sforzo. Ho dovuto fare tutto io, tutto quanto».

«Tutto quanto? Tutto quanto cosa? Stammi a sentire, io

non ho idea di come stiano le cose tra te e quella donna, ma posso dirti una cosa con certezza. Non è una tua amica. Non le piaci nemmeno».

Josie sente il respiro fermarsi nei polmoni, come se fosse congelato. «Certo che le piaccio».

«No, Josie. Non è vero. Sta solo cercando di entrare in quel tuo cervellino balordo, per capire come funziona».

Per un attimo Josie ha la sensazione di trovarsi nell'occhio del ciclone, che l'universo si sia frammentato in un milione di minuscoli pezzi e stia vorticando intorno a lei, lei che è tutto ciò che esiste ancora al mondo. Chiude gli occhi, ma la sensazione si fa sempre più intensa.

«Smettila di darmi della balorda. Smettila».

«E tu smettila di fare cose balorde».

«Ti ho detto di smetterla!»

«Ormai non ci riesco più, mi sa».

«A fare cosa?»

«A capirti, Jojo. A capire una come te».

«E come pensi che mi senta io, invece? Eh, Walter? A vivere con te. A vivere così». Indica la stanza con un gesto circolare. «Mi sa che neanch'io ci riesco più, sai? Sono al limite della sopportazione. Non posso tenermi tutto dentro. Tutto questo mi sta uccidendo, Walter. Mi sta uccidendo. Ho bisogno che qualcuno lo sappia. Devo dirlo ad Alix!»

Walter la fissa, e nel suo sguardo ci sono stanchezza e delusione. Poi dice, lentamente e con freddezza: «Sei davvero stupida, lo sai? Più stupidi di così si muore».

Nell'udire quelle parole, Josie sente i frammenti vorticosi dell'universo rallentare e addensarsi per poi svanire, e tutto ciò che rimane è una furia ardente, che sembra bruciarla dall'interno. Pensa a quello che ha sentito dire da Walter ad Alix nello studio di registrazione, a come lui l'ha ingannata con le sue ignobili bugie, e si rende conto che è arrivato, una volta per tutte, il momento che aspettava; ne ha la certezza, si fa strada in lei con la violenza di un ciclone.

SECONDA PARTE

Sabato 13 luglio

Il familiare trillo del citofono irrompe nel sogno di Alix. All'inizio pensa che sia la sveglia, che siano le sei e mezza e sia già ora di alzarsi, per preparare i bambini e portarli a scuola. Poi vede che sono le 3:02 e si ricorda che ieri sera era venerdì e oggi è sabato. Allora, solo allora, si rende conto che sull'altro lato del letto non ha dormito nessuno.

«Ma che cazzo» mormora a bassa voce, tirando indietro il piumone e strappandosi a forza dal tepore. «Ma che cazzo!»

Scende le scale in punta di piedi, sente il campanello suonare di nuovo e le ribolle il sangue per la rabbia. Nathan, brutto stronzo, come ti salta in mente di svegliare i bambini? Cazzo! Apre di scatto la porta, pronta a tornarsene a letto con slancio furioso, senza una parola, ma poi si blocca e sussulta quando vede che non è Nathan.

È Josie.

Josie è lì in piedi, l'aria sfatta, le spalle incurvate e le lacrime che le rigano la faccia, ridotta a una maschera di escoriazioni e sangue secco. Il cane scruta oltre l'orlo del marsupio in tela jeans.

«Oh, mio Dio, Josie! Oh, mio Dio! Che cos'è successo?»

Come unica risposta un singhiozzo soffocato, senza parole.

Alix spalanca la porta e dice: «Santo cielo, entra!»

Aiuta Josie a varcare la soglia e a entrare in cucina, dove la fa sedere premurosamente sul divano. «Cosa è successo, Josie? Ti prego, devi dirmelo».

«È stato Walter» dice lei tra i singhiozzi che la scuotono con violenza. «Mi ha aggredita».

«Walter ti ha fatto questo?»

«Sì! E non è la prima volta. Capita quando beve, diventa una furia».

«Aspetta» dice Alix. «Prendo un panno umido, ti pulisco la faccia e vediamo se ci sono tagli».

Josie si limita ad annuire.

Alix prende uno strofinaccio pulito da un cassetto e lo mette sotto il rubinetto. Lo passa con delicatezza sul viso di Josie, rivelando un labbro orribilmente gonfio e spaccato, e tracce di abrasioni su entrambi gli zigomi.

«Anche dietro la testa, mi pare».

Si volta e Alix vede che ha del sangue incrostato sulla nuca, e sotto c'è una piccola ferita nel cuoio capelluto. «Ti gira la testa?» chiede.

Josie fa cenno di no. «No, mi sento bene. Solo un po' sotto shock».

«Devo chiamare un'ambulanza?»

«No! No, ti prego, non farlo. Metterebbe in moto una catena di cose che non sono in grado di affrontare in questo momento. E poi sto bene. Sul serio».

Alix prende lo strofinaccio insanguinato, lo sciacqua sotto il rubinetto, lo strizza e glielo porge. Poi riempie il bollitore e lo accende. «Cosa è successo, Josie?» chiede. «Sembrava tutto a posto quando siete andati via, o no?»

«Be', sì e no. Cioè, Walter era arrabbiato, ovviamente, perché Nathan non è arrivato. Ha pensato che fosse stato proprio scortese, e non si può dargli torto. Non mi ha rivolto la parola per tutto il tragitto. Poi, arrivati a casa, ha bevuto un'altra birra e le cose sono degenerate. Me ne ha dette di tutti i colori. Mi ha dato della stupida. E io non ci ho visto più e lo volevo picchiare».

«Vuoi dire che sei stata tu ad aggredirlo?»

«Sì... be', no. Volevo farlo, e so che può sembrare un vecchio, ma è ancora molto forte. È grande e grosso. E mi ha sopraffatta. Ha cominciato a picchiarmi, a picchiarmi, e non la smetteva. Poi...»

«Poi?» Alix ha il cuore in gola.

«Poi è arrivata Erin. Erin è entrata, ha visto cosa stava facendo e ha cercato di togliermelo di dosso, ma lui ha picchiato anche lei».

«Oh, mio Dio, ma è orribile. Lei sta bene?»

«Sì, sta bene. È andata a casa di un'amica».

«E Walter dov'è?»

«Non lo so! È ancora là, credo». Josie ricomincia a piangere e si tampona le lacrime con lo strofinaccio umido.

Alix inspira, poi appoggia una mano su quella di Josie. «Lo sai, vero, che dovremmo chiamare la polizia?»

Josie la fissa. «No!» dice. «No, ti prego, no!»

«Ma Josie, guarda come ti ha ridotta. È terribile quello che ti ha fatto, e dici che non è la prima volta. Ha fatto del male anche a tua figlia!»

«No! Non voglio coinvolgere la polizia. Assolutamente no».

«Ma che cosa vuoi fare? Non avrai mica intenzione di tornare a casa?»

«No».

«E tua madre? Gliel'hai detto?»

Josie sbarra gli occhi e geme, mentre nuove lacrime le rigano le guance. «Non posso dirlo a mia madre! Lei direbbe che è tutta colpa mia. Starebbe dalla parte di Walter».

«Dalla parte di Walter? Con quello che ti ha fatto! Ma certo che no».

«Hai conosciuto mia madre, hai visto che tipo è. Di me pensa il peggio del peggio».

«Non è vero, non...»

«Invece sì, è vero. Non posso dirlo a mia madre. Non posso dirle nulla».

«Ma devi dirlo a qualcuno, questo è poco ma sicuro».

«Lo sto dicendo a te! Per l'amor di Dio, lo sto dicendo a te».

«Sì. E sono contenta che tu l'abbia fatto. Ma...»

«Ma cosa?»

«Penso che tu debba dirlo anche a qualcuno che fa parte della tua cerchia più intima».

«Non ce l'ho una cerchia intima» si lamenta Josie. «Ho Walter, ho le ragazze, ho Fred e ho te».

Il tono stranamente possessivo con cui Josie ha pronunciato quella parolina – *te* – ha fatto scendere un brivido lungo la schiena di Alix. No, vorrebbe dirle. No, tu non hai me. Invece le mette un braccio intorno alle spalle tremanti e la stringe per rassicurarla. «Ti porto una tazza di tè. A meno che tu non preferisca qualcosa di più forte».

Josie guarda Alix con gli occhi rossi e vitrei e chiede: «Hai del brandy?»

Alix sorride e si alza in piedi. «Certo».

Josie sospira a fondo, mentre lei va a prendere il brandy. «Nessuna notizia di Nathan?»

«No. Sembra che abbia deciso di restare a dormire fuori».

Josie fa un piccolo verso stringendo le labbra. «Uomini» ripete. «Uomini».

Alix non reagisce, evita di darle la risposta che ha in mente. Non dice: Per favore, non provarci neanche a paragonare tuo marito, quel vecchio pedofilo e manipolatore con gli occhi da pesce morto, al mio, che avrà anche qualche problema con l'alcol ma è in tutto e per tutto un uomo rispettabile. Si limita a rimettere delicatamente il tappo alla bottiglia di brandy e a portare il bicchiere a Josie, che lo afferra con mano tremante.

«Cos'hai intenzione di fare?» chiede, sapendo bene che Josie dà per scontato di rimanere lì, ma sperando disperatamente in una risposta diversa.

«Non lo so».

«Potrei parlare con la mia amica Mari, è molto impegnata in un'associazione che si occupa di violenza domestica e potrebbe suggerirti un posto sicuro dove stare. Posso chiamarla anche subito».

«No, non disturbarla. Va tutto bene. Sto bene. Se per te non è un problema, Alix, mi sentirei più sicura a restare qui con te stanotte».

Alix sente un nodo alle viscere. «Oh» dice. «Ecco, non saprei, è un po'...»

Josie spalanca gli occhi e sembra farsi più piccina, come per indietreggiare e allontanarsi da quelle parole. Sembra che stia per piangere e Alix dice: «Certo, figurati. Ti preparerò la stanza degli ospiti. Andrà tutto bene».

Vede il corpo di Josie sciogliersi all'istante, le spalle che si arrotondano. Sente un sospiro tremulo uscirle di bocca e poi le parole: «Grazie. Grazie mille davvero».

Ore 10:00

Sono veramente la persona peggiore del mondo. Posso tornare a casa e prostrarmi ai tuoi piedi, oppure uccidermi. A te la scelta.

Dopo le stranezze della notte precedente, Alix è troppo sollevata di sentire Nathan per essere ancora arrabbiata. Risponde subito. *Ti prego, non ucciderti, ho bisogno di te. Abbiamo un problema, torna appena puoi!*

Lui risponde con la gif di un uomo che corre e Alix sorride, suo malgrado.

Josie è nella camera degli ospiti al piano di sopra. Alix è già andata a sbirciare da una fessura della porta e il cane, appollaiato ai piedi del letto, ha alzato appena un po' il muso e si è messo a ringhiare, così si è ritirata in silenzio. Ma nel frattempo sono passate due ore e di Josie ancora nessuna traccia. Alix risale le scale in punta di piedi e scruta di nuovo dalla fessura. Un odore la assale con violenza, un odore che ricorda fin troppo bene dai tempi in cui aveva un cane in casa. Nell'angolo della stanza, per fortuna sulle assi di legno, ci sono dei piccoli escrementi disposti ad arco e una pozza di urina. Fred le mostra di nuovo i denti, ma questa volta lei lo lascia abbaiare.

Il rumore desta Josie dal sonno profondo in cui era immersa. Si mette a sedere sul letto. Alix rimane sbigottita vedendo in che condizioni è la sua faccia. Stamattina ha un aspetto peggiore di ieri sera, con i lividi trasformati in vivide macchie color senape e malva. «Oh» dice sbattendo le palpebre nella penombra. «Oddio! Ciao».

«Ciao» risponde Alix. «Come stai?»

«Oddio» ripete Josie. «Scusa, ero fuori di me. Che ora è?»

«Sono le dieci e qualcosa».

«Mi dispiace, non avevo idea che fosse così tardi». Gira la testa e annusa l'aria, vede il mucchietto di escrementi e geme. «Oh, no! Mi dispiace davvero tanto. Io dormivo, ma lui aveva bisogno di uscire. Povero piccolo. Dammi qualcosa per pulire e me ne occupo io».

Josie si alza a fatica dal letto. Indossa l'elegante pigiama che Alix le ha prestato ieri sera.

«Non ti preoccupare, ci penso io. Torna a letto, ti porto un po' di caffè».

Josie annuisce con gratitudine e si rimette giù. «Grazie mille, Alix. Sarebbe fantastico».

Alix incrocia Leon sulle scale mentre scende.

«Che ci fa ancora qui?» le sussurra il figlio.

«Ha avuto un incidente» risponde Alix. «Mentre tornava a casa. Rimarrà qui, giusto per oggi».

«Fa davvero spavento» sussurra lui.

«L'hai vista?»

Il bambino annuisce. «Ho solo messo dentro la testa. Il suo cane mi ha ringhiato contro».

«Comunque se ne andrà prima di sera, quindi cerchiamo di essere gentili con lei nel frattempo. D'accordo?»

Leon annuisce di nuovo.

Alix prepara un cappuccino per Josie e lo porta nella stanza degli ospiti, insieme a un rotolo di carta da cucina e a un detergente spray. Mette la tazza sul comodino e raccoglie gli escrementi di Fred in un foglio di carta, li getta nel water del bagno adiacente, poi spruzza il detergente e pulisce il pavimento. Apre la finestra scorrevole e dice: «Facciamo entrare un po' d'aria fresca, che ne dici? Posso portare fuori il cane, se vuoi».

«Oh, sì. Sono sicura che gli farebbe piacere. La pettorina è nel trasportino. Lì».

Alix le passa la pettorina e Josie gliela allaccia, poi gli mette il guinzaglio. Nel momento in cui vede il guinzaglio, l'atteggiamento del cane cambia e si allontana felice con Alix, senza più degnare la sua padrona di uno sguardo.

Alix lo porta al parco. È una mattina grigia, ma con una promessa di sole. Mentre cammina, cerca di chiarirsi le idee. Ripensa all'incontro con Walter della sera precedente, quando lo ha portato a vedere lo studio di registrazione. Ripensa a quello che le ha detto a proposito di Josie.

Non è chi fa credere di essere. Non lo è proprio per niente... A Josie piace controllare le cose.

Gliel'ha descritta come una persona che vuole apparire semplice, che si comporta come se avesse la testa vuota, quando in realtà è fin troppo piena. Gliel'ha descritta come una persona con un rapporto elastico con la verità. E come tutto ciò che ha detto, lo si può interpretare in più di un modo. Magari ne dava un ritratto negativo per mettersi a sua volta in una luce migliore, oppure diceva la verità. E se diceva la verità, cosa intendeva? Cosa c'è davvero nella mente di Josie? Cose buone o cattive? Fin dall'inizio del progetto, Alix si è lasciata attrarre dal leggero tocco di stranezza di Josie: la mania del jeans, il marito tanto più anziano di lei, il modo brusco e distaccato con cui dice le cose. Era più che ragionevole supporre che tutte le sue stranezze fossero il risultato dell'aver trascorso l'infanzia con una madre narcisista e la vita adulta accanto a un uomo come Walter. Ma se quella stranezza fosse invece innata? Se fosse stata proprio quella a spingerla a un matrimonio così particolare? E se Josie fosse davvero una squinternata fuori di testa?

E a questo pensiero, Alix immagina il suo bambino solo in casa con un'estranea. Prende il cane, lo infila nel marsupio di denim e torna verso casa il più in fretta possibile.

Ore 10:30

Josie sente la porta d'ingresso aprirsi e poi chiudersi di scatto. Pensa che possa essere Alix, tornata dal parco con il cane, e si affaccia sulle scale. Ma non è Alix. È lui, il suo stupido marito. Sembra conciato persino peggio di lei. I capelli rossi appiccicati a ciocche, la giacca del vestito appesa alla spalla e gli occhiali da sole anche se il cielo è nuvoloso. Vede Leon correre in corridoio e lanciarsi tra le braccia del padre.

«Puzzi» esclama il bambino.

«Grazie, amico mio» risponde Nathan. Poi alza lo sguardo verso le scale e vede Josie. Sobbalza appena, un'espressione inorridita gli attraversa il volto. «Oddio» dice, portandosi una mano al cuore. «Scusa. Mi hai fatto prendere un colpo. Josie, giusto?»

Lei annuisce.

«È stato il... il pigiama. È quello di Alix, vero? Ho avuto un momento di... dissonanza cognitiva. Come stai?»

«Be'» dice Josie, indicandosi la faccia massacrata, «non proprio benissimo».

«Mio Dio, spero che non sia successo qui».

Josie fa una smorfia. Pensa davvero che sia il caso di scherzare? «No» risponde lei. «Certo che no».

Nathan la guarda e poi si volta verso il soggiorno. «Hai idea di dove sia Alix?» chiede.

«Ha portato Fred al parco. Dovrebbe essere qui a momenti».

«Fred?»

«Il mio cane».

«Ah» dice lui. «Certo. Be', allora... A tra poco».

Poi lascia cadere la giacca sulla ringhiera in fondo alle scale ed entra in cucina.

Josie torna in camera e si cambia, indossando i capi che Alix le ha dato stamattina: una maglietta bianca e un paio di pantaloni blu scampanati. Si scioglie i capelli e li spazzola con le dita, osservando le scaglie di sangue secco che cadono sul pavimento, li raccoglie in una coda di cavallo e li lega con un nastro. Si lava i denti nella stanza da bagno, ammirando le belle piastrelle disposte a spina di pesce: così semplici, eppure così eleganti.

Dopodiché si guarda allo specchio. Ha un aspetto orribile. I lividi si sono estesi e hanno cambiato colore durante la notte. Il labbro inferiore sembra un pomodoro spaccato e il sangue si è seccato fino a diventare una crosta nera.

Sorride e la crosta si screpola rilasciando una piccola goccia scarlatta. La tampona con la punta della lingua e poi scende al piano di sotto.

«Allora» dice Nathan, mentre lei entra in cucina. «Che cosa ti è successo alla...?» Le indica la faccia con un gesto della mano.

«Un uomo arrabbiato» risponde lei.

«Davvero?» La fissa attraverso le ciglia chiare, le labbra tirate in una smorfia di inquietudine.

«Sì, è stato mio marito».

«Oh, cavoli, è orribile».

«Sì, è orribile. Giusto un poco più orribile di un marito che non torna a casa per la cena che la moglie ha cucinato per lui, e passa l'intera notte in giro senza neanche togliersi l'abito che usa in ufficio».

Josie assapora la sinfonia di espressioni che si susseguono sul volto flaccido di Nathan, appesantito dall'alcol. Lo fissa e aspetta che lui trovi una risposta.

«Be', sì» dice infine. «Non avrei dovuto, è...»

«È un bel problema».

Lui alza appena il sopracciglio sinistro. «Sì» replica in tono brusco. «Ma direi che il problema riguarda solo me e Alix».

«Be', ieri sera non è stato così. È stato spiacevole per tutti e tre. E guarda un po' come è andata a finire».

Nathan sembra sconvolto. «Scusa, in che senso?»

Josie sospira. «L'unico modo per convincere mio marito a venire qui ieri sera era stato dirgli che ci saresti stato anche tu. Perché Walter è uno di quegli uomini che vogliono stare in compagnia di altri uomini. Ed è venuto perché l'ho costretto. E tu non ti sei presentato, così si è sentito un idiota fatto e finito. È stata una serata orribile e lui se l'è presa con me».

Sulla faccia di Nathan si disegna un'espressione sbigottita. «Mi dispiace molto sentire questa cosa» dice, arrossendo leggermente. «Mi dispiace davvero».

Josie storce la bocca. «Dovresti essere un marito migliore».

Nathan la guarda sbattendo le palpebre. «Wow» dice dopo un attimo. «Wow».

La porta d'ingresso scatta di nuovo ed entrambi si voltano e vedono Alix entrare in casa, con l'aria leggermente trafelata e nervosa. Il viso le si addolcisce quando vede Nathan, il che fa provare a Josie una strana rabbia.

«Ciao» dice Nathan.

«Ciao» risponde Alix, prendendo il cane dal trasportino e passandolo a Josie. «Vedo che tu e Josie vi siete già trovati».

«Direi proprio di sì» risponde Nathan asciutto.

Josie lo vede lanciare una lunga occhiata ad Alix, come se cercasse di trasmetterle qualcosa con la forza dello sguardo. Vede lei aggrottare appena la fronte, mentre cerca di capire quale possa essere il messaggio.

«Comunque» dice Josie. «Forse dovrei andare a stendermi di nuovo, Alix, se non ti dispiace. Mi sento ancora a pezzi».

«Sì» replica lei. «Certo. Posso portarti qualcosa? Un po' di colazione?»

«Oh, no, grazie, non ho molto appetito».

«No, certo. Allora, se hai bisogno di qualcosa mandami un messaggio oppure chiama, okay?»

Josie risponde con un sorriso mesto e annuisce. Uscendo dalla cucina passa accanto a Nathan e lo vede indietreggiare appena, sente l'odore acre che emana e si sente pervasa da un'ondata di oscura furia. In cima alle scale si ferma e aspetta, cercando di ascoltare quello che si stanno dicendo in cucina. C'è un lungo silenzio eloquente, e Josie immagina che Alix e Nathan si stiano semplicemente guardando. Poi sente un sussurro sommesso e pressante, un sussurro che diventa sempre più forte, finché non riesce a distinguere le parole «Be', cosa avrei dovuto fare?» di Alix e il «Che roba ridicola, cazzo» di Nathan. Poi sente Leon che entra in cucina e chiede qualcosa da mangiare, e subito la conversazione cambia argomento e prosegue su un altro tono.

Josie torna nella camera degli ospiti e chiude la porta. Apre la borsetta sul letto e fruga in una delle tasche interne, finché non sente i bordi duri della chiave che si è portata via da casa la sera prima. Quando le sue dita la trovano, rivive una sequenza di flashback: il peso della carne e delle ossa, gli schizzi e le macchie di sangue, la luce elettrica che viene e va tra le dita protese, il gusto metallico del sangue, quello salato delle mani sudate, i suoni di un pianto soffocato. Vede sé stessa come dall'alto, rannicchiata sul pavimento, il cane che le annusa la testa, e poi sente il silenzio che segue, rotto solo dal sibilo di un autobus che apre le portiere alla fermata davanti alla finestra, dal mugolio del cane, dal rombo del bus che riparte.

Josie prende la chiave e la fa scivolare sotto il materasso.

Domenica 14 luglio

«Hai parlato con Erin?» chiede Alix a Josie il mattino dopo, in cucina.

Josie annuisce. «Le ho appena mandato un messaggio. Sta bene».

«E, se posso chiedere, cosa mi dici di Walter? Hai parlato almeno con lui?»

«No, non ci ho parlato. E non intendo farlo».

«E quindi, cosa pensi di fare adesso?»

Alix avverte una lieve esitazione nella sua stessa voce mentre formula l'ultima domanda.

Josie è qui solo da un giorno o poco più, ma Nathan la odia, i bambini sono straniti dalla sua faccia e la gatta non è contenta di avere in casa un cane che continua a ringhiarle contro.

«Non lo so proprio, Alix. Sento di avere un mucchio di cose da elaborare».

«Forse tua madre potrebbe...»

«No!» Josie la interrompe ben prima che sia riuscita a finire la frase. «Non coinvolgerò mia madre. No. Ho intenzione di arrangiarmi da sola, con le mie forze».

«Sì, Josie, ma devi risolvere la faccenda con Walter. Non capisci? È necessario che tu gli parli».

Alix vede un'ombra scura attraversare il volto di Josie, mentre scuote appena la testa.

«Non ancora. Non sono ancora pronta a parlargli».

«Vuoi che gli parli io?»

«No, per l'amor di Dio, certo che no. Voglio solo... Ho

solo bisogno di... Alix, ho bisogno di stare qui. Solo per un po'. Ti va bene?»

Alix sente di nuovo quel nodo alle viscere. «Io... be', sì, certo, per un po'. Ma tra qualche giorno viene a trovarmi mia sorella, e temo che avremo bisogno della stanza degli ospiti».

«Oh». Josie sbatte le palpebre. «Giusto. Quando arriva?»

«Sabato».

«Ah, capisco, va bene, be', per allora mi toglierò dai piedi. Te lo prometto».

Alix inghiotte la biliosa consapevolezza di ciò che ha appena permesso che accadesse – Josie pensa di essere la benvenuta qui per tutta la settimana – e sorride. «Grazie. E scusami».

«Non hai nulla di cui scusarti, Alix, davvero. Sei fantastica».

Alix aspetta un attimo prima di porle la domanda seguente. «Ascolta, Josie, conosco alcune persone che possono aiutarti, donne che possono aiutarti. La mia amica Mari le Jeune, di cui ti ho parlato. L'ho intervistata per il mio podcast. È la cofondatrice di un'associazione contro gli abusi domestici, la più grande del Paese. Sarebbe in grado di aiutarti. Se vuoi, posso metterti in contatto con lei. Se non ti senti al sicuro».

Trattiene il fiato in attesa della reazione di Josie, ma lei si limita ad annuire e a dire: «Okay, grazie, ma mi sento al sicuro. Te lo garantisco».

«Oh» dice Alix. «Bene».

«Cosa fai oggi?» chiede Josie.

«Be', niente di che. Nathan lavora, quindi volevo portare i bambini fuori a pranzo».

«Allora lasciamo stare».

«Ma no, dimmi».

«Stavo pensando, visto che sono qui, che forse potremmo passare un po' di tempo a lavorare al podcast. Vorrei proprio parlare delle ragazze».

Alix annuisce, controllando la sua reazione. «Certo, sì. Va bene. Lascia che dica ai bambini dove sono e possiamo procedere».

Ciao, sono la tua gemella di compleanno!
UNA SERIE ORIGINALE NETFLIX

Una donna siede al tavolino di un caffè, accanto a un'ampia finestra in vetroresina, inondata di vapore.

Dietro di lei, fuori fuoco, un uomo sta pulendo una grande macchina del caffè cromata con uno strofinaccio bianco.

La donna sorride incerta all'intervistatore e si schiarisce la voce.

La didascalia in basso recita:

MANDY REDWOOD, RESPONSABILE DELLA SEGRETERIA,
SCUOLA PRIMARIA PARKSIDE, 1998-OGGI

«I figli di Alix Summer frequentavano entrambi la Parkside. Bambini adorabili. Ci sono famiglie che danno lustro a una scuola come la nostra, e i Summer sono tra quelle. Perciò sono rimasta sorpresa quel giorno, nel 2019, quando Alix è venuta da me a chiedermi delle sorelle Fair. Non si potrebbero immaginare due famiglie più diverse, due madri più diverse. Ovviamente, all'epoca non avevo idea che Alix stesse lavorando a un podcast sulla famiglia Fair. Così le ho detto quello che ricordavo. Ma è stato solo in seguito, dopo che è successo tutto, che ho riesaminato i registri, ed è stato allora che ho ricordato anche altre cose. Come il giorno in cui Roxy ruppe un dito a un bambino nell'angolo della lettura, quando erano ancora in prima. Lo aveva calpestato. Era rimasta lì, a schiacciargli il dito sotto la suola della scarpa. Mentre il bambino urlava».

Mandy rabbrividisce e fa un sorrisetto ironico.

«Naturalmente, dopo abbiamo dovuto far chiamare i genitori e loro erano...»

Mandy abbassa lo sguardo sul tavolino, mentre cerca la parola giusta.

«Senza emozioni. Completamente privi di emozioni. È stata una cosa stranissima. All'epoca lo avevo attribuito allo shock, ma ora... ora so cosa stava succedendo davvero in quella casa. Be', tutto è più chiaro».

Rabbrividisce di nuovo.

Poi scuote piano la testa e sospira.

Dissolvenza al nero. Quindi si passa alle immagini di uno studio di registrazione vuoto.

La telecamera si sposta nella stanza.

La didascalia in basso recita:

REGISTRAZIONE DAL PODCAST DI ALIX SUMMER, 14 LUGLIO 2019

Alix: «Come ha reagito Walter, quando gli hai detto del bambino col dito rotto?»

Josie: «Be', non gliel'ho detto. A quei tempi andava a lavorare presto, usciva di casa alle sette quasi tutte le mattine e non tornava prima delle cinque o delle sei; quello che succedeva durante il giorno a scuola era un mistero per lui. Credo che abbia messo piede alla Parkside sì e no cinque volte, negli anni in cui le ragazze la frequentavano. Quindi non gli ho detto niente, e basta».

«E Roxy non gliel'ha detto?»

«No, neanche Roxy gliel'ha detto. Sai, con il suo caratterino... Avevamo tutte un po' paura di lui».

«Era violento con le ragazze?»

«No, allora no. Ma era rude, le comandava a bacchetta, soprattutto Roxy. Però non era violento. Quello è successo dopo».

Josie sospira forte.

«Non sono stata una buona madre. Non sono stata una buona madre».

«Cosa vuoi dire?»

«Solo che...»

Josie sospira di nuovo.

«Sono successe delle cose brutte. E io non le ho impedite. Ho lasciato fare, ho lasciato che succedesse tutto quello che è successo».

Ore 14:00

Il telefono di Alix squilla per la terza volta di seguito. Alza il dito in aria e preme il tasto «Pausa» nella registrazione, si toglie le cuffie e dice: «Scusa, Josie, devo rispondere. È Eliza. Ciao, piccola».

«Mamma. Puoi venire in casa adesso? Leon sta diventando insopportabile e io ho fame».

Alix guarda l'ora. Sono quasi le due. «Sì, scusami. Sì, arrivo subito».

Lancia a Josie un'occhiata contrita. «Mi dispiace tanto, ma li ho lasciati soli già fin troppo».

Josie annuisce. «Sì» dice. «Certo, scusami, sono stata egoista. È solo che mi sono tenuta questa roba chiusa dentro per così tanto tempo che ho paura di non farcela a liberarmene, se non la tiro fuori tutta in un colpo solo».

Alix sorride. «Non permetteremo che accada, Josie. Okay? Per oggi facciamo una pausa, tanto domani avremo a disposizione tutta la giornata. Immagino che non andrai al lavoro».

Josie annuisce.

«Domani tutto il giorno, allora. Va bene?»

«Sì» dice Josie. «Va bene».

Lunedì 15 luglio

Josie si sveglia al suono della famiglia di Alix che si prepara per la scuola. Per un attimo è rassicurante, come l'eco di un giorno felice in spiaggia o di un Natale quando era bambina. Per un attimo le sembra di essere tornata ai primi giorni da mamma, quando le sue piccoline erano adorabili e suo marito era bello e forte. Si rende conto che forse non è mai stato così, che sta guardando il passato attraverso una lente sfocata. Ma all'inizio era stato meglio, doveva essere stato meglio. Altrimenti, che diavolo di senso aveva avuto tutto questo?

Si alza dal letto e indossa la vestaglia di lino che Alix le ha lasciato. Prende con sé il cane, infila le pantofole e scende al piano di sotto. «Buongiorno» dice, entrando in cucina.

Vede i bambini che si girano e la guardano con stupore. La vista delle uniformi della Parkside la innervosisce e ricambia lo sguardo perplesso. Il cane ringhia quando vede la gatta-nuvola seduta sul bancone della cucina.

«Buongiorno, Josie!» dice Alix, che indossa una casacca bianca ricamata sui leggings e si è tirata indietro i capelli con una fascia. A piedi nudi, sta tagliando a fette una banana direttamente su un bagel tostato, e somiglia a uno dei suoi post su Instagram che abbia preso vita. «Vieni pure. Vuoi qualcosa da mangiare?»

Josie scuote la testa. «No, grazie, prendo solo un caffè. Posso usare la macchina?»

«Oh, non ti preoccupare. Te lo fa Nathan, il caffè. Nathan!»

Nathan appare dal terrazzo, con in mano una ciotola di cereali vuota e una tazza.

«Puoi fare un cappuccino a Josie?»

Josie vede passargli sul volto un'ombra di antipatia, mascherata da un sorriso torvo. «Certo» risponde lui. «Zucchero?»

Josie annuisce. «Un cucchiaino per favore, grazie».

Prende posto su una delle sedie spaiate intorno al tavolo, di fronte a Leon, che la guarda con sospetto. «Le mie figlie frequentavano la tua scuola, sai?» dice. «Quando erano piccole. Ma ora sono cresciute».

«Dove sono adesso?»

«Allora, Erin è a casa di una sua amica e Roxy è in giro per il mondo».

«Quindi sono grandi?»

«Sì, sono grandi». Josie sente la voce incrinarsi pericolosamente sull'ultima sillaba e si schiarisce la gola. «Ho sentito dire che c'è ancora Mandy in segreteria, vero?»

Leon annuisce serio. Josie lascia che i suoi occhi si soffermino sulle mani di lui, ancora gonfie di qualsiasi cosa viva sotto la pelle dei bambini piccoli. Ha una crosticina sulla nocca del pollice e lei ricorda le croste. Ricorda le verruche e i pidocchi e le unghie incarnite e i denti da latte appesi a un filo, e tutti gli altri piccoli, perfetti difetti dei bambini. Resiste all'impulso di toccare la crosta, di darle un bacio magico. Resiste all'impulso di dire: «Oh, no, hai una bua». La sensazione di aver perso le sue figlie è talmente viscerale e orribile che potrebbe urlare per il dolore.

Riesce a sorridere e dice: «Mandy era già lì quando c'erano le mie bambine».

Leon fa scorrere le mani avanti e indietro lungo il bordo del tavolo, poi alza lo sguardo verso Josie e dice: «Come mai hai la stessa età della mia mamma, ma le tue figlie sono già grandi e noi siamo ancora piccoli?»

«Be', è solo questione di fare i conti, no?»

Leon la guarda con aria interrogativa.

«Se io ho quarantacinque anni e la mia figlia più

grande ne ha ventitré, quanti anni avevo quando l'ho avuta?»

Leon abbozza una smorfia e dice: «Bisogna fare quarantacinque meno ventitré?»

«Sì, esatto, proprio così. Che giovanotto intelligente!»

«Quindi...» Stacca le dita dal pugno, appoggiandole una per una sul ripiano del tavolo come un fiore che si schiude, mentre le conta. «Ventidue?»

«Oh, santo cielo! E tu quanti anni hai?»

«Sei».

«Sei! E sai già fare dei calcoli così complicati! È incredibile, davvero. Quarantacinque meno ventitré fa ventidue. Ed è l'età che avevo io quando ho avuto la mia prima figlia. E quanto fa quarantacinque meno sei?»

«È facile: trentanove».

«Bravo! Quindi tua madre aveva trentanove anni quando ha avuto te. Ecco perché le mie figlie sono già grandi e tu invece hai solo sei anni. Perché ognuno fa le cose in tempi diversi».

Josie si gira e guarda Alix, che le sorride. «È molto bravo in matematica, il tuo ragazzo».

«Sì» conferma Alix. «Lo è. Leon è bravo in tutto, non è vero, tesoro? Tranne a essere pronto per uscire quando è ora di andare a scuola. Quindi andiamo, forza. Ce le vogliamo mettere le scarpe, che ne dici?»

Di lì a poco la casa si svuota. Nathan è andato in ufficio, Alix sta accompagnando i bambini a scuola e starà via per almeno mezz'ora. Josie è sola. Attraversa la cucina e guarda i disegni sulla bacheca che è stata installata apposta per i bambini. Cerca soprattutto tracce di stress o di oscurità, ricordando i disegni inquietanti che Erin e Roxy erano solite produrre, gli sguardi preoccupati degli insegnanti durante le riunioni con i genitori quando passavano davanti a opere che mostravano quelli che i docenti descrivevano come «segnali di stress emotivo». Ma qui ci sono soltanto soli gialli e fiori arancioni, mamme felici e papà sorridenti. Queste sono espressioni artistiche di bambini sani che vivono in una casa felice. Stacca un piccolo frammento di disegno: è una bambina, disegnata nei minimi dettagli, con un enorme fiocco sui capelli e un cagnolino al guinzaglio che somiglia un po' a Fred. Sotto c'è scritto «Teeny».

Josie non sa chi sia la ragazza né di chi sia il cane, ma l'immagine è così pura e perfetta che sa di averne bisogno. La infila nella tasca della vestaglia di lino e riordina un po' gli altri disegni, per nascondere lo spazio vuoto.

Poi nota un calendario. È stampato con fotografie di famiglia. Lo sguardo va a sabato prossimo. Eccolo: «Zoe e Petal». Zoe è il nome della sorella di Alix. Prova un rassicurante senso di calma. Alix non le ha mentito. Sua sorella è davvero in arrivo sabato. Sorride appena e sfiora il calendario con la punta delle dita.

Apre il frigorifero, lascia che gli occhi vaghino sul contenuto, si stupisce scorgendo il formaggio a filetti e i mini Peperami, non si stupisce di vedere una vaschetta di una sostanza ignota che si chiama skyr e una di un'altra sostanza ignota che si chiama baba ganush.

Pensa che sia meglio se si fa trovare già vestita e lavata quando Alix tornerà dopo aver accompagnato i bambini, quindi sale al piano di sopra. Lì ci sono tre stanze. Una camera da letto per Alix e Nathan. Una per Leon. E sul retro della casa, con vista sul giardino, uno studiolo. Josie si avvicina alla porta e sbircia all'interno. Una scrivania alla finestra, una libreria a muro e lì, contro la parete di fondo, quello che sembra un divano-letto. Solleva il cuscino inferiore e vede il meccanismo metallico, poi lo lascia ricadere. Quindi c'è un'altra stanza libera in casa, non deve andarsene sabato. Sorride e prosegue verso l'ultima rampa di scale per raggiungere la sua stanza, accanto a quella di Eliza, al piano di sopra.

Non è pronta ad andarsene. Neanche un po'.

Ciao, sono la tua gemella di compleanno!
UNA SERIE ORIGINALE NETFLIX

Sullo schermo appaiono tre giovani seduti su sgabelli alti in un bar poco illuminato. Due ragazze e un ragazzo.

Sono abbigliati in stile casual con jeans e T-shirt; hanno tutti qualche tatuaggio e una delle ragazze porta una cuffia di lana.

La didascalia in basso recita:

ARI, JUNO E DAN: ABBONATI ALLA PIATTAFORMA DI GIOCO GLITCH

Il ragazzo parla per primo. Ha un accento americano:

«Allora, sì, credo che quella sera stessimo tutti facendo un po' di casino. Avevamo un paio di amici a casa, avevamo bevuto qualche birra, era una calda notte di luglio. Tutte le finestre erano spalancate. Quindi non stavamo prestando attenzione come al solito. Insomma, non eravamo in quello stato un po' tipo *rapito*».

Intervistatore, fuori campo: «Quindi di solito eravate rapiti?»

«Sì, direi di sì. Cioè... lei era fantastica. La conoscevamo solo con il suo nickname nel gioco. *Erased,* Cancellata».

Intervistatore, fuori campo: «Il suo nickname da giocatrice era Erased?»

«Sì. Adesso mi rendo conto che era una specie di gioco di parole, una combinazione tra il suo vero nome, Erin, e un commento sulla sua vita reale. Ma noi non sapevamo niente della sua vita reale. Per noi era solo Erased. Giocava con un fondale tipo green screen, quindi non potevamo vedere la sua stanza vera e propria; sembrava che fosse in un magazzino vuoto. Era molto silenziosa. In pratica sussurrava. È una cosa insolita in questo mondo. Ma questo faceva parte di ciò che la rendeva affascinante. Quindi è stato il casino a farci capire che stava succedendo qualcosa di anormale».

«Lo avete sentito dal computer?»

«Sì. L'abbiamo vista alzarsi dalla sedia, e non era mai successo. Non si era mai mossa. È scomparsa ed è rimasto tutto un po' sfocato, per via dello schermo verde. Avete idea di come si incasina col movimento? Insomma, urla, grida, rumori. E poi tutto spento. Letteralmente, come morto. La sua sedia è rimasta lì vuota. Siamo rimasti a guardare per un bel po'. Guardavamo e aspettavamo, ma lei non è più tornata. Così abbiamo cominciato a mandarci messaggi tra di noi, in tutto il mondo. Ma nessuno sapeva dove vivesse. Nessuno sapeva il suo vero nome. Nessuno sapeva un accidente di lei».

Parla la ragazza con la cuffia di lana.

«Avevamo un filmato della scena. Chiamo la polizia, e loro mi dicono: "Cosa vuole che facciamo? È dall'altra parte del mondo". Abbiamo mandato il filmato a quelli di Glitch. Non avevano un suo recapito fisico. Solo un indirizzo IP e i dati dell'email. Ci hanno detto che si trovava nel Nord di Londra. Così abbiamo iniziato a mandare messaggi a chiunque conoscessimo nel Nord di Londra. Siamo diventati ossessionati da questa cosa. È diventata virale, nella comunità. Non si parlava d'altro. E poi, all'improvviso, proprio quando stavamo per scoprire chi era e dove viveva, è venuto fuori tutto. E siamo rimasti fulminati, porca di quella miseria. È come se ci fossimo fulminati il cervello».

Ore 9:30

Josie è già pronta, vestita e seduta al tavolo della cucina quando Alix torna. Il cane è nel giardino sul retro e annusa le aiuole. Alix vede che Josie ha tentato di coprire alcuni danni al viso con il trucco e si chiede per un attimo dove l'abbia trovato. È arrivata da loro sabato sera solo con il cane e una borsetta.

«Hai un aspetto migliore» dice, indicando il viso di Josie.

«Sì, ero stufa di vedere questo orrore allo specchio. Ho trovato un tubetto di qualcosa nell'armadietto del bagno. Spero non ti dispiaccia se l'ho usato».

Alix scuote distrattamente la testa. È sicura al novantanove per cento che non ci fossero fondotinta o altri cosmetici nell'armadietto del bagno di quella stanza, ma forse qualche ospite li ha lasciati lì senza che lei se ne accorgesse.

«Ho solo un paio di faccende da sbrigare e poi possiamo andare in studio. Va bene?»

«Benissimo» dice Josie. «Sono felice di stare qui, nella tua bella cucina».

Alix le rivolge il sorriso più caloroso che può e poi va verso le camere da letto. Tira via le lenzuola sporche dal letto di Leon e le appallottola. Rifà il letto con le lenzuola pulite e svuota il cestino della carta straccia in un sacco nero. Ripete la manovra nella sua stanza e nel bagno. Mentre passa da un lavoro all'altro, è perseguitata da un senso di disagio. Cerca di toglierselo dalla mente, ma non ci riesce.

Sembra tutto sbagliato, tutto fuori posto. Sente il cane guaire nel giardino sul retro, sbircia fuori e lo vede fissare bramoso uno scoiattolo sopra un albero. Immagina Josie seduta al tavolo della cucina, la sua curiosa benevolenza, il suo sorriso mansueto. Non sembra una persona aggredita dal marito sabato sera, costretta a scappare nel cuore della notte e da allora mai più tornata a casa. Non sembra una nell'occhio del ciclone di un terribile trauma personale e famigliare. Sembra quasi... felice?

Alix porta la biancheria sporca e il sacco nero della spazzatura al piano di sotto ed eccola lì, esattamente come l'aveva lasciata. «Ci metto ancora due minuti» dice a Josie, prima di portare la biancheria nel ripostiglio.

«Non c'è fretta!»

Ed eccola di nuovo, quella strana, snervante nota di allegria.

Un attimo dopo sono nello studio di registrazione, entrambe con una tazza di caffè davanti e le cuffie in testa. Sono quasi le dieci del mattino quando Alix preme il tasto di registrazione.

Ciao, sono la tua gemella di compleanno!
UNA SERIE ORIGINALE NETFLIX

Sullo schermo va in scena una ricostruzione filmata che vede una ragazza seduta su uno sgabello, accanto alla cucina a vista nell'appartamento di Josie.

La ragazza ride ad alta voce per qualcosa che un'altra giovane donna, un'attrice che interpreta Roxy, la figlia minore di Josie, ha appena detto.

L'attrice che interpreta Josie siede sul divano, sfoglia una rivista e sorride con aria serena.

La didascalia in basso recita:

REGISTRAZIONE DI JOSIE FAIR DAL PODCAST DI ALIX SUMMER, 14 LUGLIO 2019

«Devo parlarti di Brooke».

«Brooke?»

«Sì, era un'amica di Roxy, una sua compagna delle superiori. Roxy non aveva mai avuto un'amica prima di Brooke, ma quando è arrivata, all'inizio del penultimo anno, sono diventate subito inseparabili».

Sullo schermo le due ragazze sedute su un letto, a gambe incrociate, giocano con i telefoni e ridono insieme.

«Brooke era audace, come Roxy, e sboccata. Ed era impavida: non aveva paura di niente e di nessuno. Ma mi piaceva, perché aveva un'influenza positiva su Roxy. Quell'anno riuscì a farla studiare. La convinse che i diplomi erano utili, e poi era una tipa allegra. Noi non eravamo una famiglia allegra. Non così. Ma Brooke era allegra e passò la sua allegria anche a noi, diventò quasi parte della famiglia. Viveva in un appartamentino minuscolo con due fratellastri piccoli e non andava d'accordo con il patrigno; aveva molti problemi, quindi credo che vedesse casa nostra come una specie di rifugio. È stato un periodo bellissimo, col senno di poi. E poi siamo arrivati alla fine dell'ultimo anno, gli esami del diploma si avvicinavano e Brooke era spesso da noi, a ripassare le varie materie insieme a Roxy».

Lo schermo mostra le due ragazze sedute sul pavimento, chine sui quaderni.

«Ma un giorno, poco prima dell'inizio degli esami, tutto finì di colpo. Roxy tornò a casa da scuola e disse che avevano litigato di brutto. Disse che aveva dato un pugno a Brooke, un pugno sul labbro. Ci chiamarono dalla scuola per chiederci di presentarci in segreteria. Ma poi Roxy scomparve. Proprio nel bel mezzo degli esami. Sparì per tre giorni di fila. Alla fine ricomparve, tutta trasandata, come sotto shock, disse che aveva dormito all'addiaccio, che era stata portata in un ostello, che non aveva riposato per tre notti. Le feci fare un bagno; ci rimase dentro per più di un'ora».

Lo schermo mostra l'attrice che interpreta Roxy immersa in una vasca da bagno, in penombra.

«Poi è uscita e mi ha detto cos'era successo. Mi ha detto di Brooke... e di Walter».

C'è un silenzio prolungato.

Sullo schermo la finta Roxy scompare sotto la superficie dell'acqua, con i capelli che fluttuano intorno alla testa.

«Walter?»

«L'aveva insidiata. Fin dall'inizio. Proprio come aveva fatto con me. Tutte le volte che lei era da noi, quando sembrava che facesse parte della famiglia, c'era stato qualcosa di più. E poi, proprio come aveva fatto con me, le aveva comprato una collanina, l'aveva portata al pub, le aveva versato un bicchierino di vodka nella limonata e, il giorno del suo sedicesimo compleanno, aveva fatto sesso con lei».

Dissolvenza incrociata, da cui emerge lentamente la figura di una giovane donna, seduta nell'ombra in uno studio.

La voce di Josie continua in sottofondo:

«Mentre io ero al lavoro e Roxy era a scuola per un esame, lui l'ha invitata a casa nostra ed è stato con lei nel nostro letto. Nel *mio* letto».

«Roxy come l'ha scoperto?»

«Glielo ha detto Erin. Pensavano che Erin non se ne sarebbe accorta, visto che era così presa a giocare e tutto il resto. Ma lei se n'è accorta. Li ha sentiti. E poi dalla fessura della porta della sua camera da letto ha visto Brooke che se ne andava, e l'ha detto a Roxy quando è tornata a casa dopo l'esame, e il giorno dopo Roxy è andata a scuola e ha picchiato Brooke. L'ha picchiata di brutto».

Sullo schermo si alternano le immagini delle scene ricostruite di due ragazze che litigano nel cortile di una scuola e della ragazza seduta nell'ombra.

«Poco dopo che è tornata dall'ostello per i senzatetto, Roxy se n'è andata per davvero. Da allora, non l'abbiamo più vista».

Una luce lampeggia per un istante sul volto della ragazza sullo sgabello, illuminando una piccola parte dei suoi tratti.

Scorrono i titoli di coda.

Ore 11:00

Josie fissa Alix negli occhi. Sembra sconvolta, inorridita.

«Lo so» dice. «Mi dispiace, è una cosa disgustosa, ma è così che è andata. Questa è la verità sull'uomo che ho sposato».

«L'hai affrontato?»

«No. All'epoca no, ho fatto finta di non saperlo».

Eccolo di nuovo, sulla superficie levigata del viso di Alix, quel sussulto, come un pizzicotto.

Josie sente che Alix deglutisce a vuoto. Si avvicina per dare il colpo di grazia. «L'altra sera» dice, «venerdì. Quando siamo tornati a casa, dopo aver cenato qui da te, è stata la prima volta. La prima volta che ho preso di petto Walter su quello che era successo con Brooke».

«Ed è per questo che...?» Alix fa un gesto per indicare il suo viso devastato.

Josie annuisce. «Sì, esatto, proprio per questo».

Fanno una pausa per il pranzo. Alix tosta un po' di fette di pane al lievito madre e le serve con hummus e baba ganush.

Lancia un'occhiata a Josie dall'altra parte del tavolo della cucina e chiede: «Notizie da Walter?»

«No, nessuna».

«Di solito si fa sentire, dopo un episodio del genere?»

«Non l'ho mai piantato in asso, prima d'ora».

«Quindi, di solito tu continuavi a stare lì e a tener duro?»

«Mmm, sì».

«Cosa c'era di diverso, questa volta?»

«Tutto, credo. Da quando ho compiuto quarantacinque anni, anche prima che iniziassimo a fare questo podcast, mi sono sentita diversa in tutto. Voglio dire, è il motivo per cui ero in quel pub, quella sera. Di solito non andiamo mai a mangiare fuori. Almeno, non in posti così. E poi ho incontrato te e...»

Alix fissa Josie, per evitare che un tic o un battito di ciglia possa tradire i suoi turbamenti.

«Mi è sembrato un segno del destino, un intervento del fato. Era un punto di svolta per me, il momento di prendere il controllo della mia storia, di liberarmi, di condividere la mia verità... di cambiare, insomma. E così venerdì sera, nel momento stesso in cui ha cominciato a darmele, sapevo già che stavolta sarebbe andata diversamente. Sapevo già che me ne sarei andata e che non sarei più tornata».

Alix deglutisce. «Quando ti ha picchiata per la prima volta?»

«Oh, sai com'è. Difficile dirlo con precisione. È successo poco alla volta. Sai... una spintarella ogni tanto. Più o meno nello stesso periodo ha cominciato anche a essere manesco con le ragazze. In un certo senso lo preferivo, capisci, preferivo che se la prendesse con me piuttosto che con loro. È scioccante, se ci pensi. Un uomo come lui. Un uomo grande e grosso. Che mena le ragazze, le donne, che gli fa del male. Voglio dire, è impossibile anche solo da immaginare. Come quelli che fanno del male agli animali». Gli occhi le cadono su Fred, accucciato ai suoi piedi e intento a osservarla con attenzione. Lei strappa un pezzetto di pane intinto nel baba ganush e glielo passa. Lui lo mastica eccitato.

«Ha mai picchiato Fred?»

«No, non ancora. Però è solo questione di tempo, mi sa». Passa un altro pezzo di pane e salsa al cane e poi alza lo sguardo verso Alix. «E tu?» chiede. «Nathan ti ha mai fatto del male?»

«Oddio, no». Mentre lo dice, Alix si rende conto di come suona la frase: compiaciuta e accondiscendente, come se la sua vita si svolgesse su un piano diverso rispetto a quello di Josie, come se solo una donna come Josie potesse avere un marito che la picchia, come se solo le persone cresciute nei quartieri popolari e sposate con un elettricista potessero sperimentare la violenza domestica, quando invece, ovviamente, nulla è più lontano dalla verità. «No» dice di nuovo, smorzando l'incredulità. «Mai».

«E i bambini?»

«No, nessuno di noi ha mai picchiato i bambini».

Josie allontana il piatto e fissa Alix negli occhi. «Ma comunque hai altri problemi. Quello dell'alcol per esempio».

«Sì» dice Alix. «Anche se spero che la cosa si chiuda qui, dopo quel che è successo venerdì sera».

«Be', staremo a vedere, no?»

E c'è una sfumatura nella sua voce che fa pensare ad Alix che Josie voglia a tutti i costi che Nathan si faccia un'altra sbevazzata, che commetta un altro peccato capitale, che mandi tutto all'aria in qualche modo. Perché Josie desidera che Nathan non sia affatto migliore di Walter, questo è chiaro.

Martedì 16 luglio

«Quando si leva dai piedi?» sussurra seccamente Nathan all'orecchio di Alix, la mattina dopo.

Sono l'uno accanto all'altra nel bagno adiacente alla loro stanza, davanti ai rispettivi lavabi. Nathan si abbottona la camicia. Alix si spalma una crema sul viso.

«Non lo so, cazzo! Le ho detto chiaro e tondo che sabato arriva Zoe, così sa che fra tre giorni al massimo deve andarsene».

«No, aspetta un attimo. Zoe viene qui? Me lo avevi detto?»

Alix sospira e alza gli occhi al cielo. «Sì, Nathan, lo sapevi. È segnato sull'agenda da un mese. Ne abbiamo parlato. Zoe e Petal dormiranno da noi. E verranno anche Maxine e i ragazzi, mangeremo pizza e ci scoleremo qualche margarita».

«Tipo una specie di serata per sole donne? Niente uomini?»

Lei sospira di nuovo. «No, non devi esserci per forza. Ma per favore, Nathan, torna a casa a un'ora decente. Non posso permettermi che anche le mie sorelle giudichino i tuoi comportamenti. È già abbastanza insopportabile avere *lei*» e fa un cenno verso il soffitto, per indicare Josie nella stanza di sopra «che ti giudica. Quindi, per favore, passa una bella serata normale e torna a casa, vieni a letto e vedi di essere qui quando mia sorella si sveglierà, domenica mattina».

Nathan fa una smorfia al suo riflesso nello specchio. È la sua espressione più dolce. Lei non può fare a meno di intenerirsi per lui. «Bene» gli dice con un sorrisetto. «Bravo».

«Ma se sabato sera 'sta tizia è ancora qui, mi rimangio tutto».

«Non ci sarà» risponde Alix. «Te lo prometto. Per sabato sarà già sparita».

Josie entra in cucina alle otto e mezza reggendo una pila di lenzuola.

«Alix» dice. «Mi dispiace tanto, ma Fred ha combinato un pasticcio stanotte. Anzi, un grosso pasticcio. Credo sia stata quella roba che abbiamo mangiato ieri. Quella roba marrone. Il baba...?»

«Il baba ganush?»

«Sì, credo che gli abbia fatto male alla pancia. Mi dispiace molto, è un casino anche sul pavimento. Ma ci penso io a sistemare tutto, dimmi solo dove sono le cose per pulire e faccio io».

Mentre lei parla, Alix osserva con orrore Fred che sgocciola diarrea sul pavimento della cucina. «Oh» dice, prendendo la biancheria da letto dalle mani di Josie. «Mamma mia! Senti, portalo fuori in giardino, ci penso io a pulire tutto quanto».

«Mi dispiace tanto, Alix, mi dispiace davvero. Non l'ha mai fatto prima».

«No, no, certo, non ti preoccupare».

Josie le lancia un'occhiata di scuse, solleva il cane e si dirige in giardino, dove Fred si accovaccia immediatamente per svuotarsi di altro liquido. Nathan, che sta bevendo il caffè in terrazza, guarda prima il cane e poi Josie, e si volta infine a incrociare lo sguardo di Alix attraverso le porte a soffietto, con un'occhiata inorridita. Alix si stringe nelle spalle e recupera detergenti e strofinacci da sotto il lavandino. Pensa a sabato, a quando dirà addio a Josie, all'arrivo delle sue sorelle, al momento in cui apriranno la bottiglia di tequila e spremeranno i lime, e tutti si metteranno a gridare che pizza vogliono, mentre qualcuno cercherà di inserire l'ordinazione sull'app di Deliveroo e i bambini correranno impazziti da una stanza all'altra, e lo desidera così tanto da sentirne quasi il sapore. Ma in questo momento ha la merda liquida di un pomchi da pulire e lenzuola sporche da lavare, e naturalmente un letto da rifare. Rantola quasi, mentre raccoglie lo schifo lasciato da Fred armata di asciugatutto da cucina superassorbente e spray antibatterico, e getta tutto nel bidone.

«Ragazzi» dice a denti stretti. «Datevi una mossa, che se no facciamo tardi».

Esce di casa cinque minuti dopo, con le narici ancora impregnate dell'odore di merda di cane.

Quando rientra, una mezz'ora più tardi, vede Harry, il figlio dei vicini, diretto a casa propria.

«Ciao!» lo saluta.

Lui si gira al suono della sua voce e la guarda con aria cordiale. «Salve».

«Come stai?»

«Bene, grazie. E lei?»

«Tutto a posto, grazie». Alix dà un'occhiata alla porta di casa, poi raggiunge Harry sul vialetto del suo giardino. «A proposito di Roxy Fair» dice a bassa voce. «Ti ricordi di una sua amica di nome Brooke?»

«Ehm, sì, me la ricordo. Era un po'...»

Lei studia l'espressione del giovane mentre si sforza di trovare le parole che sta cercando.

«Un po' una... manipolatrice, ecco» dice Harry.

Alix gli lancia uno sguardo poco convinto. «È solo una tua opinione oppure...?»

«Sì, scusi, non è che voglio spettegolare. Era solo molto matura per la sua età, ecco, ci andava giù piatta con i ragazzi. Non ho idea se poi se li portasse davvero a letto, ma l'impressione che dava era quella».

«E che ne è stato di lei, dopo le superiori? Ne hai idea?»

Lui sbuffa e dice: «È sparita, da quel che mi ricordo. Scappata di casa, forse... Non sono sicuro. Di sicuro c'era stata una specie di litigata tra Roxy e Brooke, poco tempo prima».

«Ah, e a proposito di cosa?»

«Non lo so, ma è stata una roba brutta. Davvero brutta. Se le sono date. Tipo due gatte selvatiche. Non ricordo quale, ma una delle due finì con un labbro spaccato».

«E ti ricordi il cognome di Brooke, per caso?»

«Sì, me lo ricordo. Ripley».

«E Brooke si scrive...»

«B-r-o-o-k-e, mi pare».

«Ottimo». Alix gli scocca un sorriso. «Grazie. E saluta mamma e papà da parte mia, okay?»

Josie non c'è quando Alix rientra in casa. In cucina aleggia ancora un leggero olezzo di disinfettante e di merda, quindi apre le porte scorrevoli per far entrare aria pulita. Poi si prepara un caffè, apre il portatile e cerca su Google «Brooke Ripley».

Ce ne sono molte, la maggior parte troppo vecchie per essere la Brooke di Roxy. Apre Instagram e la cerca anche lì. Ce ne sono cinque. Nessuna ha l'aspetto giusto, ma apre i loro profili. Vivono in posti in cui una persona cresciuta a Kilburn non sarebbe finita a vivere, almeno non all'età di ventun anni. Nessuna di loro ha l'aspetto giusto. Poi va su Facebook e continua la ricerca. Clicca prima su Persone, ma si imbatte ancora una volta in una serie di candidate improbabili, prima di cliccare su Post. E lì – il cuore prima sembra fermarsi, poi attacca a correre all'impazzata – c'è il suo nome, Brooke Ripley, evidenziato in una sequenza di post riguardanti una ragazza scomparsa.

Alix clicca sul primo. Legge l'inizio: *Per favore, aiutatemi! Mi rivolgo a chiunque si trovi nelle zone di Kilburn / Paddington / Queen's Park / Cricklewood. La mia bellissima nipote, Brooke...*

E poi sussulta.

Josie è lì davanti a lei, con Fred in braccio.

«Oh!» dice Alix. «Mi hai spaventato».

«Ho pulito il pavimento di sopra» dice Josie. «E ho aperto la finestra per cambiare un po' l'aria. Se mi dai la biancheria pulita, rifaccio il letto».

«Perfetto, te la porto poi, quando salgo».

«Ti chiedo ancora scusa. Sembra che ora stia bene, probabilmente aveva solo bisogno di liberarsi. Non gli ho mai dato da mangiare niente del genere, prima d'ora. È chiaro che lo disturba».

«L'importante è che stia bene» dice Alix. «Povero piccolo. Te la senti di continuare con la registrazione stamattina?»

Josie annuisce. «Certo. Lasciami solo prendere un caffè».

«Perfetto, faccio un salto in bagno, a tra poco».

Alix chiude il portatile e sale al piano di sopra per prendere delle lenzuola pulite per Josie dall'armadio sul pianerottolo. Pensa di appoggiarle ai piedi delle scale, con l'intenzione di lasciar fare a lei, ma qualcosa la spinge a portarle su di persona. La porta della stanza degli ospiti è socchiusa. Una brezza scompiglia le tende attraverso la finestra aperta. I vestiti che Josie indossava quando è arrivata nelle prime ore di sabato mattina sono appesi, freschi di bucato, alla ringhiera esterna. Il pigiama che le ha prestato è piegato ordinatamente sul letto nudo. Nella stanza da bagno un asciugamano umido è appeso alla ringhiera e sulla mensola di vetro sopra il lavandino c'è un tubetto di fondotinta di Alix che lei non ricorda di aver mai messo lì, e anche un tubetto del suo mascara. Li prende e li guarda con curiosità, come se potessero fornirle una spiegazione.

Poi si mette a rifare il letto con la biancheria pulita. Infila i cuscini nelle federe, scuote il piumone per farlo entrare nel copripiumone e infila i lembi del lenzuolo sotto il materasso... e nel farlo sente qualcosa di duro e freddo. Lo individua e lo tira fuori.

È una chiave. Attaccata a una targhetta portachiavi, con il numero 6 scritto sull'etichetta interna di carta. La targhetta è striata di sangue secco. Alix lascia cadere la chiave come se fosse incandescente, poi la fa scivolare svelta, con urgenza, sotto il materasso e si chiude la porta della camera alle spalle.

Josie la sta aspettando in cucina. Le sorride. «Sei pronta?» dice.

Alix annuisce.

Ciao, sono la tua gemella di compleanno!
UNA SERIE ORIGINALE NETFLIX

Sullo schermo appare una donna che cammina in un parco con un Labrador color cacao. Il sole al tramonto nel cielo alle sue spalle è di un rosso intenso e sanguigno.

Nell'inquadratura successiva la donna è seduta su una poltroncina, accanto a un fuoco di legna acceso dietro una griglia, mentre il cane dorme ai suoi piedi.

La donna ha un bicchiere di vino rosso davanti e le gambe raccolte sotto di sé.

La didascalia in basso recita:

FFION ROBERTS, ZIA DI BROOKE RIPLEY

La donna di nome Ffion apre il computer portatile che viene inquadrato per qualche istante, mostrando un post di Facebook.

La telecamera torna su Ffion, inquadrata mentre legge il post:

«Per favore, aiutatemi! Mi rivolgo a chiunque si trovi nelle zone di Kilburn / Paddington / Queen's Park / Cricklewood. La mia bellissima nipote, Brooke, è andata al ballo di fine anno della scuola. Ha detto agli amici che dopo si sarebbe vista con "un'amica" e i suoi compagni di classe l'hanno salutata alla fermata dell'autobus davanti alla sala delle feste a Shoot Up Hill, a Cricklewood, poco dopo le nove di sera. Abbiamo un filmato delle telecamere di sorveglianza che la mostra mentre sale sull'autobus 28 alle nove e undici, e poi scende quasi in cima a Maida Vale alle nove e ventidue. Dopodiché non sappiamo dove sia andata, ma non risponde al telefono e sua madre e tutta la sua famiglia sono molto preoccupati per lei. Se avete idea di chi possa aver incontrato mercoledì alle ventuno e trenta, vi prego, fatecelo sapere. E per favore, condividete questo post il più possibile. La polizia è stata informata, ma non può fare più di tanto».

La donna chiude il portatile e guarda l'intervistatore. Ha gli occhi pieni di lacrime. La sua faccia si contrae in una smorfia, è chiaro che sta per mettersi a piangere.

«Scusate».

Volge le spalle alla telecamera.

«Mi dispiace tanto, scusate. Me lo date un minuto?»

Mercoledì 17 luglio

Nel post su Facebook, Brooke Ripley indossa un abito bianco aderente lungo fino alle caviglie e scarpe da ginnastica argentate. Nella foto appare assorta, fragile e insicura. È solo perché sa che questa ragazza, appena un mese e mezzo prima, era stata sedotta e abusata da Walter Fair che Alix riesce a vedere così a fondo nella sua anima, a leggere così tanto nel modo incerto in cui inclina la testa, nell'esitazione del suo vago sorriso. La lascia stupefatta, in effetti, l'idea che Brooke Ripley sia andata al ballo della scuola, visto l'orribile retroscena della situazione.

Il post su Facebook, che è stato condiviso una ventina di volte, è un appello della zia di Brooke, Ffion, che scrive a nome della mamma della ragazza.

Alix legge i commenti. Sono tutti del genere «la penso e prego per lei». Nessuno che abbia uno straccio di indizio da dare. Una ragazza di nome Mia, che era insieme a Brooke nella foto del ballo, risponde: «Sono io quella nella foto. L'ho vista proprio pochi minuti prima che sparisse. Aveva detto che andava a casa. Vorrei sapere dov'è», accompagnata da un'emoji con la faccia triste e un cuoricino.

Alix clicca sul profilo di Mia e scopre che le impostazioni della privacy sono molto alte, fino a bloccare l'accesso alla lista dei suoi amici. Clicca su Messenger e fissa per un attimo lo spazio vuoto. Cosa potrebbe mai dirle? E in che modo?

E perché, si chiede Alix, non ha mai sentito parlare di

Brooke Ripley? Perché il suo nome e la sua foto con il bel vestito bianco non le ricordano affatto l'estate del 2014? E poi si rende conto che nel giugno 2014 era alle prese con un neonato insonne e una bambina esuberante di sei anni. In fondo al pozzo della seconda maternità, magari all'epoca ne aveva sentito parlare da qualcuno, di questa storia, e se l'era del tutto scordata. O forse era stata rapidamente sovrastata da qualcosa di più grande?

Cambia subito schermata sentendo un rumore di passi sulle scale. È Josie, ancora con gli stessi indumenti che Alix le ha prestato sabato. Ma oggi è mercoledì. I suoi panni sono appesi in camera, puliti e pronti per essere indossati. Eppure porta ancora le cose di Alix.

«Stavo pensando...» dice. «Se resti qui ancora un paio di giorni, ti va se passo a casa tua a prenderti qualche vestito?»

Vede una sorta di lampo sfrecciare sul viso di Josie. «No» dice a denti stretti. «No, grazie».

«Il tempo sta cambiando, però, nei prossimi giorni farà molto caldo. Arriveremo sui trenta gradi. Non vuoi qualche capo estivo?»

«Sul serio». La bocca di Josie si ammorbidisce. «Davvero, sto bene così».

«Se cambi idea, dimmelo».

«Sì» dice Josie. «Certo».

«E sabato cosa pensi di fare? Dove pensi di andare?»

Cerca di non fissare troppo Josie mentre la vede annaspare in cerca di una risposta, perché ha già capito che fa fatica a progettare qualcosa che vada oltre la giornata in corso.

«Pensavo che...» Josie si interrompe un attimo. «Non saprei, però cosa ne diresti se...?»

Alix si sente irrigidire.

«Sai, ho visto che c'è un letto pieghevole, nello studio. Potrei magari dormire lì, mentre tua sorella è qui... Immagino che nessuno userà lo studio di sabato sera. E naturalmente non vi starei in alcun modo tra i piedi, in modo che tu e tua sorella possiate farvi tranquille le vostre cose».

La bocca di Alix si è inaridita. Eccole al punto. Eccole giunte alla linea che lei aveva tracciato metaforicamente nel quadro del suo rapporto con Josie fin dal primo giorno, e ogni giorno ci si sono avvicinate un po' di più e poi ancora un altro po' e ora la stanno toccando con la punta dei piedi, e una volta che quella linea sarà superata Alix non ha idea di come potrà riprendere il controllo della situazione. Sa, con una certezza che la fa star male, che deve far sparire Josie da casa sua entro sabato pomeriggio. Ma sa, con uguale certezza che la fa stare altrettanto male, che Josie in questo momento la sta controllando, e che farla uscire di casa prima che sia pronta a farlo metterebbe la parola fine al progetto del podcast proprio quando si sta avviando a diventare avvincente e imperdibile. Tutto questo lo pensa nei pochi secondi che le servono per dire: «Non so, devo chiedere a Nathan. Gli ho detto che sabato sera non lo vogliamo nel gineceo, quindi potrebbe decidere di mettersi a lavorare nello studio».

Lancia una rapida occhiata a Josie, notando che inclina un po' la testa all'indietro con aria minacciosa, come se stesse freddamente soppesando la situazione.

«Certo» dice Josie. «Come vuoi, ma fammi sapere il prima possibile».

«Sì» risponde Alix con calore. «Sì, certo».

Quando Josie accenna al fatto che quel pomeriggio non andrà al lavoro, Alix si inventa una ragione per uscire di casa. È stato tutto così intenso, dal momento in cui Josie e Walter hanno messo piede in casa sua venerdì sera. Ogni minuto di ogni giorno è trascorso all'ombra dell'esistenza di queste persone e delle loro vite orribilmente sconclusionate, e della presenza fisica di Josie e del cane a casa sua. Il tempo ha perso forma e significato. Un altro fine settimana si avvicina, e appena dopo incombe già la fine del trimestre scolastico e poi ci sarà un lungo mese e mezzo di tempo non organizzato e di giornate più rilassate, e Alix ha davvero bisogno di qualcosa che sembri normale e appartenga solo a lei. Racconta a Josie che sta andando a restituire alcuni libri in biblioteca e si dirige verso il parco, per pranzare al bar.

Il bar del Queen's Park è alla base di gran parte della vita di Alix da quando lei e Nathan si sono trasferiti in questa zona, dieci anni fa. Vede fantasmi e sente echi di sé stessa in tutte le diverse fasi della sua vita: incinta di Leon, poi seduta lì con un neonato e una bambina di cinque anni, con le mamme dell'asilo, con le mamme della scuola, con Nathan e i figli nei fine settimana. Il chiosco dei gelati le fa venire in mente Leon ed Eliza con le labbra tutte azzurre, dopo aver mangiato coni al gusto bubblegum. Le birre nella vetrina frigo le fanno pensare alla sensazione di leggero stordimento che si prova bevendo nei caldi pomeriggi estivi. In momenti diversi si è seduta a ogni tavolo, vivendo diverse versioni di sé in molteplici frammenti che rifrangono la luce. Così oggi si siederà al bar, mangerà un panino e vivrà un altro frammento della sua vita e cercherà di sentirsi normale, di sentirsi come la Alix di un mese e mezzo fa, la Alix che non aveva ancora conosciuto Josie Fair.

Ordina il panino, quello solito, formaggio di capra e prosciutto, insieme a un tè freddo, e si siede con la sua paletta di legno numerata sul tavolo di fronte, in attesa che arrivi la sua ordinazione, in attesa di sentirsi normale. Ma la normalità non arriva. Forse la normalità è laggiù, riflette, all'estremità opposta del parco, da qualche parte; forse è nella buca della sabbia dove a volte porta ancora i bambini quando hanno bisogno di sentirsi piccoli. O forse è sulla teleferica del parco dei giochi avventurosi. O nella fattoria didattica con i piccoli animali, lei e Nathan ci sono passati accanto un po' brilli la sera del suo quarantacinquesimo compleanno, con l'aria scura della notte ancora calda sulla pelle nuda.

Arriva il panino ed è lo stesso panino di sempre, ma non la fa sentire normale. È come se Josie si fosse presa la normalità di Alix e l'avesse inghiottita, e ora si trovasse da qualche parte nel profondo della sua oscurità. Alix pensa alla chiave sporca di sangue sotto il materasso, con il numero 6 scarabocchiato sopra. Pensa a Josie che rovista nel bidone della raccolta differenziata, mentre lei è fuori con la famiglia. Pensa a Josie a casa sua, in questo momento, vestita con gli abiti che Alix le ha dato, truccata con i cosmetici che Josie si è presa, Josie che sparge in giro i suoi capelli e le sue cellule morte ovunque vada. La immagina che entra nel loro studio, scopre il divano-letto, entra nel bagno di Alix, si prende il suo fondotinta. Poi vede Walter che fa sesso con Brooke, Erin con l'orecchio contro la parete, Josie che fa come se niente fosse e va avanti con la sua solita vita.

Alix allontana il panino e si alza in piedi. Deve finire il podcast. Deve farlo, immergersi in questo schifo, arrivare alla fine di questa storia miserabile, far uscire Josie da casa e riprendersi la propria vita. Ma prima deve passare davanti a casa di Josie, sbirciare dalla finestra, vedere se riesce a capire cosa sta facendo o meditando Walter.

Ore 12:30

Alix ha detto che sarebbe stata via un'ora. Ha detto che al suo ritorno avrebbero registrato qualcosa, se Josie era nello stato d'animo giusto. Un'ora è un sacco di tempo, pensa Josie. Un tempo lungo per stare da soli in casa di qualcuno. Alix le ha detto di servirsi da sola per il pranzo. «Guarda cosa c'è in frigo e prendi pure quello che ti va».

Così Josie sbircia nel frigorifero. Vede il resto del baba-qualcosa, quella robaccia marrone che ha fatto stare male Fred. Rabbrividisce. Poi vede un pezzo di cheddar, e pensa che un po' di formaggio con una fetta di pane imburrato le basta e avanza. Mangia lo spuntino al tavolo della cucina, con lo sguardo fisso nel vuoto. Fred si aggira per la stanza a caccia di briciole. Josie ha notato che il pavimento non è ben tenuto. Sono tre giorni che per terra c'è una fascetta di plastica per chiudere una confezione di pane, ma nessuno sembra accorgersene. Non è in linea con l'immagine che Alix ama presentare su Instagram. Niente di tutto questo lo è, in realtà, se si guarda da vicino. Ma non importa. Josie non è mai stata ordinata di suo, lo è solo perché a Walter piace così, e quindi è contenta per Alix, che ha potuto lasciare quel pezzetto di plastica sul pavimento per tre giorni senza per questo dover essere sgridata.

Un attimo dopo, Josie si ritrova ad attraversare la cucina, a raccogliere la fascetta e a infilarla nella tasca dei pantaloni.

Apre e chiude i cassetti che scorrono come seta fino a trovare quello dove si butta dentro di tutto. Rovista tra menu da asporto e biro, pacchetti di fazzoletti di carta e fermagli, carnet di francobolli, tappi di bottiglia ed elastici. Tutto è stato ficcato dentro alla rinfusa. Le dita incontrano la superficie lucida di una fotografia, anzi di un'intera striscia di fototessere. Sono di Leon, con un'espressione cupa e seriosa, il colletto azzurro chiaro della camicia scolastica appena visibile. Josie fa scivolare in tasca anche le foto.

Pensa al suo cassetto della biancheria intima, a casa, ai trofei e ai gingilli nascosti dietro le mutande. Non solo le cose di Alix. Anche le altre. Sente il desiderio di tornare a casa, solo per un momento, per mettere al sicuro nel cassetto il disegno infantile, la fascetta del pane e le foto di Leon. Potrebbe farcela, ne è sicura. Potrebbe entrare e uscire nel giro di pochi secondi. Nessuno la vedrebbe. Ci andrà domani, decide, dopo il lavoro.

E poi dal cassetto salta fuori un biglietto da visita nero e lucido con i dati di Nathan. Il nome della sua azienda, Condor & Bright, Commercial Property Consultants, EC, e i suoi numeri di telefono, il cellulare e il fisso dell'ufficio. Josie se lo intasca prontamente.

Ciao, sono la tua gemella di compleanno!
UNA SERIE ORIGINALE NETFLIX

Sullo schermo appare una donna giovane e molto esuberante. Ha una massa di riccioli biondi legati all'indietro in una coda di cavallo, porta un paio di grandi orecchini a cerchio d'oro e indossa un cardigan nero aderente.

Seduta su un divanetto rosso in un locale semibuio, viene mostrata mentre si risistema un paio di volte in cerca della posa ideale.

«Mi si vede il reggiseno da questa angolazione?» *chiede all'intervistatore.*

La voce dell'intervistatore fuori campo: «No, non si vede niente».

Lei ride, poi dice: «Bene, allora. Cominciamo».

La didascalia in basso recita:

KATELYN RAND

«Non posso dire che ero amica di Josie. Però sapevo chi era, e lei sapeva chi ero io. Da piccola abitavo nello stesso quartiere dove stava lei, e mi ricordo di lei e di sua madre. Soprattutto di sua madre. Pat O'Neill la conoscevano tutti, era una con un carattere molto forte, ed era meglio non prenderla dal verso sbagliato».

Katelyn fa una risatina forzata.

«Ricordo che la mamma mi raccontò che Josie se n'era andata di casa all'improvviso a diciotto anni, e all'epoca girava voce che si era messa con un uomo molto più grande di lei. L'ultima volta che l'ho vista avrò avuto, boh, dieci anni? E poi non l'ho più vista per un sacco di tempo. Finché non ho portato dei vestiti nel posto dove lavorava, cioè da Stitch, il negozio di riparazioni a Kilburn. Be', l'ho riconosciuta al volo. Stranamente, non era cambiata per nulla. Sono quasi sicura che portava ancora gli stessi vestiti di quando era ragazza! Abbiamo fatto due chiacchiere, lei mi ha chiesto cosa facevo e io le ho raccontato che recitavo. Le ho detto che era dura. Ha presente, no? Come facciamo noi attori, senza prendere la cosa troppo sul serio. E lei mi ha detto – e queste sono state le sue esatte parole – "Potrei avere un lavoretto per te. Dammi il tuo numero". Così le ho dato il mio numero, e qualche giorno dopo Josie mi chiama. E questo è quanto. Così ci sono finita dentro fino al collo. Fino al collo, cazzo».

Ore 12:40

Dal verde lussureggiante di Queen's Park al grigio sporco della strada di Josie ci vogliono solo dodici minuti a piedi. Anche in una giornata di sole, le case di stucco paiono mortificate dalle loro pessime condizioni. Alix le scruta con attenzione prima dall'altro lato della strada e poi dall'esterno, direttamente dalle finestre. Vede un tavolo nel bovindo. È di legno scuro, di quelli ormai fuori moda. Intorno, tre sedie di legno altrettanto scure, con gli schienali torniti. Riesce a intravedere un divano rivolto verso un televisore vecchio modello. Le pareti spoglie. Un cucinotto affacciato sul soggiorno occupa una rientranza sul retro. Gli armadietti in legno di pino hanno maniglie di plastica bianca. C'è anche un disimpegno quasi buio che conduce a una porta. Le tende in denim della finestra più piccola sono tirate a metà. In quel varco Alix scorge un letto appena rifatto con un piumino a motivi floreali chiari e due cuscini anch'essi a fiori, un altro paio di cuscini rivestiti in denim e una cassettiera di formica bianca.

Sembra un appartamento appena liberato dai precedenti inquilini, già ripulito, riordinato e agghindato per i prossimi affittuari. Quello che invece non sembra è un appartamento abitato. Alix torna all'ampia finestra a bovindo e scruta di nuovo nella stanza. Difficile credere che qui, nelle prime ore di sabato, si sia verificato un episodio di violenza domestica, in cui un uomo grande e grosso ha picchiato la ben più minuta moglie provocandole lividi e ferite.

E tra l'altro dov'è, quell'uomo grande e grosso? si chiede Alix. Sul tavolo da pranzo c'è un computer portatile chiuso. Nient'altro. Josie lo ha descritto come uno che non esce mai. Uno che se ne sta sempre in casa. Ma adesso in casa non c'è. Allora dov'è finito?

Guarda ancora una volta il divano. Immagina Walter e Josie seduti fianco a fianco in silenzio, a guardare la tv, il giorno dopo che lui si è approfittato di Brooke. Poi immagina Walter cinque anni dopo, che sbatte la testa della moglie contro il muro, in preda alla rabbia perché dopo tutto quel tempo adesso lei lo accusa.

Quando fa dietrofront per andarsene, guarda alla sua sinistra. Vede un autobus a due piani sfrecciare in Kilburn High Road a un centinaio di metri, diretto a sud verso Maida Vale. E mentre lo vede, pensa a Brooke Ripley che è scesa da un autobus con il suo bianco vestito attillato cinque anni fa, proprio lì.

Proprio lì, a dire il vero, nel punto in cui Kilburn High Road incrocia Maida Vale.

Proprio lì, a due passi dalla casa di Josie e Walter.

Ore 14:00

Alix tiene gli occhi fissi su Josie. Cerca di assumere un'espressione dolce, ma le riesce difficile perché si sente dentro spigoli duri, spuntoni e oscurità. Josie ha le cuffie e sta bevendo il tè nella tazza preferita di Alix. (Alix sospetta che Josie sappia che quella è la sua tazza preferita, e che per questo la usa sempre). Alix regola i comandi del volume e poi si schiarisce la gola, osservando le onde dell'audio che sobbalzano sullo schermo del portatile. Alla domanda successiva le sembra di avere sulla lingua qualcosa di solido, che potrebbe mandare giù per sbaglio con il rischio di soffocare. Si schiarisce di nuovo la voce e chiede: «Dunque, veniamo a noi: cos'è successo a Brooke?»

«A Brooke?»

Alix sorride e annuisce. «Sì, a Brooke».

«Non ne ho idea, non ho più avuto sue notizie».

«Proprio nessuna?»

«Nessuna».

«Non hai mai provato a cercarla?»

Josie la fissa con aria interrogativa. «No, perché mai avrei dovuto cercarla, dopo quello che ha fatto?»

«Be', forse lei poteva avere un'idea di dove fosse Roxy».

Alix osserva il volto di Josie mentre cerca di rispondere.

«No» dice, dopo una pausa. «No, non poteva saperlo.

Avevano avuto quella brutta lite. Tra loro era tutto finito. Sul serio».

Alix inarca un sopracciglio con freddezza, poiché le riesce quasi impossibile nascondere le sue sensazioni.

«Che ne diresti se mi mettessi in contatto con Brooke? Per conoscere la sua versione dei fatti e parlarne nel podcast?»

«Non sono d'accordo».

Una replica immediata e decisa come una porta sbattuta.

«Perché no?»

«Perché... perché no, e basta. Questo è troppo. Io ti sto dicendo quello che voglio dirti. Quello che ho bisogno di dirti. A parte questo podcast, io devo vivere la mia vita. Capisci? Mostrare la mia faccia al mondo. E se coinvolgi lei...» Josie fa una pausa e inspira.

Alix aspetta.

«Non mi posso fidare di lei. Tutto qui».

«Però ti sarai chiesta cosa ne è stato di lei, no?»

«Cosa ne è stato di lei? Certo che sì, me lo chiedo di continuo. Me lo chiedo per Roxy. E per Brooke. Me lo chiedo sempre. È come se la mia vita... fosse finita quel giorno. Sai... come se tutte le cose belle avessero avuto fine».

«Ma c'è Erin» dice Alix. «Cosa mi dici di Erin?»

«Erin?»

«È tua figlia, farà del suo meglio per renderti felice. Non è così? Lei come ha reagito quando Roxy se n'è andata di casa? Non parli quasi mai di Erin».

Josie alza le spalle. «Non c'è molto da dire».

«Be', vogliamo provarci?»

Josie annuisce.

Ciao, sono la tua gemella di compleanno!
UNA SERIE ORIGINALE NETFLIX

Lo schermo mostra una ricostruzione filmata dell'interno di un appartamento, con una donna seduta sul divano che guarda dalla finestra mentre passa un autobus.

La didascalia in basso recita:

REGISTRAZIONE DAL PODCAST DI ALIX SUMMER, 17 LUGLIO 2019

«Dopo la storia di Brooke, il mio rapporto con Walter è diventato una partita a scacchi. Io ero come una pedina, spostata da una casella all'altra da un enorme dito invisibile, senza tener conto dei miei bisogni e dei miei desideri. Walter era il re, ovviamente, e a casa si faceva di tutto per salvaguardare lui. Dietro la porta di casa, io avevo costruito una specie di barriera invisibile intorno alla mia famiglia. Ho continuato a tenerla in piedi per anni, naturalmente, per tutti i quattordici anni in cui le nostre figlie sono andate a scuola, rispetto alle mamme e agli insegnanti, alle assistenti sociali e alle mie colleghe di lavoro, rispetto ai vicini della porta accanto e a quelli del piano di sopra; ho tenuto lontana la gente. Ma questo era quando nessuno aveva fatto nulla di male. Quando l'unica cosa di cui mi preoccupavo era il giudizio degli altri perché avevo due figlie che si comportavano male, e un marito violento. Ma ora rischiavo di essere giudicata male perché avevo un marito che seduceva le ragazzine e andava a letto con loro a casa sua e sì, ho ficcato il naso nel suo portatile, e sì, aveva guardato cose illegali e disgustose e anche molto scioccanti, a dirla tutta, perché Walter è un pervertito e un criminale, un uomo disgustoso, un uomo ripugnante, un uomo che non avrei mai più toccato, non in quel modo. E io gliel'ho detto. Gli ho detto che da quel lato il nostro matrimonio era finito. Così ho cucinato e pulito e lavorato e sorriso alle persone di cui mi fidavo, e ho tenuto la testa bassa con quelle di cui non mi fidavo, e poi due anni fa ho detto a Walter che volevo un cane perché ero stufa di non avere nulla a cui voler bene, e lui mi ha detto che se dovevamo prendere un cane doveva essere un akita o un dobermann o comunque uno di cui sentirsi fieri quando lo portavi a passeggio, e io gli ho detto: "No, questo cane è per me e voglio un cane da poter portare in braccio come un bambino, perché tu hai rovinato le mie bambine, le hai rovinate". Perché, a quel punto, non solo Roxy se n'era andata, ma Walter aveva cominciato ad abusare di Erin».

Dissolvenza al nero. Scorrono i titoli di coda.

14:30

«Cosa intendi esattamente per abusare?»

Josie inclina appena la testa all'indietro e alza gli occhi al cielo. Alix aspetta col fiato sospeso. Le sembra di averlo sempre saputo, in qualche modo, come se questo fosse stato un terribile brusio di sottofondo a tutto, fin dall'inizio.

«Voglio dire che quasi ogni sera, quando mi addormento, Walter si alza dal letto e va nella stanza di Erin. E poi, quando mi alzo io, lui è seduto al tavolo del soggiorno e fa finta di niente».

«Sì, ma tu come fai a saperlo?»

«Lo so e basta. Quell'uomo si crede il re, capisci? Mi lascia fare a modo mio per qualcosina, come per il cane, o per venire a cena da te. Ma lo fa nel modo in cui lo farebbe un re: ti getta una caramella». Mima il gesto col braccio. «E tu devi correre a raccoglierla. Capisci? Perché per quanto lo riguarda, tutto quello che c'è in quell'appartamento è suo. Appartiene tutto a lui, e così, nel momento in cui gli ho detto che non ero più sua, che non poteva più toccarmi, si è preso la cosa più a portata di mano. Si è preso Erin».

«Hai mai visto o sentito qualcosa?»

Josie scuote la testa. «Mi metto i tappi alle orecchie. E rimango nella mia stanza, a letto, fino al mattino dopo».

«Cazzo, Josie!» Alix non riesce a trattenersi. Non riesce a contenere lo shock e lo sgomento che prova. Il suo ruolo è quello di essere imparziale. Il suo ruolo non è giudicare o reagire, ma semplicemente chiedere e ascoltare. E questa sua reazione, questa la cancellerà dalla registrazione, lo sa: è qualcosa di troppo istintivo e viscerale per conservare un certo distacco, soprattutto – certo, lo sa che è il più terribile dei cliché – soprattutto in quanto madre.

«Cosa avrei dovuto fare?» Josie scatta. «È stato così graduale. All'inizio non mi sono resa conto di quello che stava succedendo. Mi è capitato di svegliarmi un paio di volte e vedere il letto vuoto. Gli chiedevo dov'era andato, e lui mi rispondeva che stava chattando online con i suoi figli in Canada. E io ho pensato: Perché deve farlo proprio nel cuore della notte? Perché non di sera? E poi, una volta capito cosa stava succedendo, ho pensato che lei sarebbe venuta a dirmelo. Erin, intendo. Ho continuato ad aspettare. E lei invece si è chiusa sempre di più in sé stessa. Ha smesso di mangiare tutto quello che le davo. Era sempre stata capricciosa, ma lo è diventata sempre di più e ha iniziato a chiedere la pappa come i bambini piccoli».

«Intendi gli omogeneizzati?»

«Sì. Ha detto: "Voglio quella roba che mangiavo da piccola. Quella che mi davi nei vasetti di vetro. Quando mi davi la pappa con il cucchiaino". Insomma, ho pensato che fosse una specie di... come si dice?... Regressione, se non sbaglio. Voleva tornare bambina. Per sentirsi al sicuro».

«Scusa, Josie» interviene Alix, intuendo che Josie sta solo sfiorando varie parti importanti dei retroscena. «Walter che reazione ha avuto, su questo? Voglio dire, devi avergliene parlato per forza, non è così?»

Josie scuote la testa e Alix sospira così forte che il display dell'audio del pc portatile mostra una brusca oscillazione. «Mi dispiace molto, Josie, sul serio. Ma devo chiarire questo punto. Mi stai dicendo che, in seguito a ciò che è accaduto tra Walter e Brooke, la vostra figlia più giovane è scappata di casa e tu hai negato ogni rapporto intimo a tuo marito. E che il risultato è stato che tuo marito ha cominciato a recarsi ogni notte nella stanza di vostra figlia maggiore, poco più che adolescente, si presume per abusare sessualmente di lei. Vostra figlia ha cominciato a regredire al punto di voler mangiare solo cibo per bambini piccoli e di non mettere più piede fuori dalla sua stanza. E tutta questa situazione si trascina così da cinque anni?»

«Più o meno, sì». La voce di Josie è tagliente. Le labbra serrate.

«E tu non ne hai mai parlato, né con tua figlia né con tuo marito?»

Lei annuisce. «Esatto».

«Succede e... si fa finta di niente?»

«Succede e si fa finta di niente, sì».

«Ma Erin, vostra figlia... tua figlia. È stata trattenuta in casa in qualche modo? Cioè, volendo era libera di andarsene?»

«Sì, era libera di andarsene».

«E non se n'è andata?»

«No, non se n'è andata».

«E perché, secondo te?»

«Probabilmente lui l'ha condizionata. È riuscito a farle credere che andava bene così. Come fa lui. Capisci?»

Alix lascia un momento di silenzio. I suoi ascoltatori ne avranno bisogno, a questo punto. Ma anche lei ne ha bisogno. Poi pone la domanda di cui teme la risposta.

«Prima di venerdì sera, Josie, quando tu e Walter avete litigato, prima della sera in cui Walter ti ha picchiata, quando è stata l'ultima volta che hai visto Erin?»

Josie fa spallucce. Inspira con forza, e si contorce come se fosse a disagio sulla sedia. «Diciamo sei mesi? No, forse un anno. Più o meno».

«Mai? Neanche una volta? Non l'hai vista neanche andare in bagno?»

«Lei ci va quando non sono in casa. Non vuole vedermi».

«Ma tu come fai a saperlo?»

«Be', se volesse potrebbe benissimo uscire per parlare con me, no? Sa quando ci sono. Le do io da mangiare. Le lascio io il cibo davanti alla porta, e poi lei mette fuori i vuoti. E non devi pensare, nemmeno per un istante, che io non voglia vederla, perché volevo e voglio vederla più di ogni altra cosa, ma quando una situazione va avanti per così tanto tempo, be', sai, diventa sempre più difficile, capisci? Diventa più difficile tornare indietro e fare la cosa giusta. Mi sono fermata davanti alla sua porta ogni giorno, due, tre volte al giorno. Mi sono fermata lì. Ho toccato la porta e ho fatto così con la mano». Stringe il pugno. «Come se stessi per bussare. E non ho mai bussato, Alix. Non ho mai bussato. E non pensare che non ce l'abbia con me stessa, perché ce l'ho tantissimo. Tantissimo. Odio il fatto che mi ci sia voluto così tanto tempo per spezzare questa catena. Per fermare tutto questo».

«E c'è voluta una cena a casa mia...»

«Sì, come ti ho detto quando ci siamo incontrate la prima volta, si trattava di rompere gli schemi. Andare in quel locale elegante quella sera. Liberarsi dei jeans. Conoscerti meglio. Fare... fare questa cosa». Accenna allo spazio tra loro. «Era come se dovessi fare a pezzi i miei piccoli schemi di comportamento, prima di essere pronta a fare a pezzi quelli grandi».

Alix annuisce piano e guarda Josie con due fessure al posto degli occhi. «Capisco» dice. Anche se in realtà non è così. «Capisco. Ma se Erin negli ultimi mesi ha vissuto in pratica come una reclusa, senza mai uscire dalla sua stanza né tantomeno di casa, dov'è andata venerdì sera? Da quale amica si è fatta ospitare?»

Josie si rimette ben dritta. «Non ne ho idea».

«Qualcuna con cui andava a scuola?»

«Mah, ne dubito. No, probabilmente è solo una che ha conosciuto grazie ai videogiochi. Un'amica che ha trovato in rete».

«Sarai molto in pensiero per lei».

«Sì, lo sono. Sono terribilmente in pensiero per lei. Sono in pensiero per lei e per Roxy».

«E che mi dici di Walter? Sei in pensiero anche per Walter?»

«Oddio, no. Perché dovrei essere in pensiero per lui? È un porco, uno che ha picchiato sua moglie. È un mostro. Io lo disprezzo. Lo disprezzo con tutta me stessa. Sono contenta...» Si interrompe di colpo.

«Sei contenta di cosa?»

«Sono contenta che mi abbia picchiata. Sono contenta che mi abbia fatto del male. Perché così mi ha fatto uscire da lì. Mi ha fatto uscire da quella prigione malsana. Mi farei picchiare di nuovo, pur di essere libera».

Si è indurita in volto. Alix vorrebbe che questo fosse un documentario e non un podcast. Vorrebbe che i suoi ascoltatori potessero vedere di persona la faccia di Josie che si è raggelata in una maschera, e quell'unica lacrima di glicerina che compare in quegli occhi nerissimi e scende lungo la guancia in linea retta.

«Che ne sarà di lui? Che ne sarà di Walter? Dirai alla polizia quello che ha fatto a Erin?»

Josie si terge la lacrima con il dorso della mano e tira su col naso. «No» dice. «Non è una decisione che spetta a me. È una decisione che spetta a Erin».

«Ne hai parlato con lei?»

«No, non ho potuto dirle niente. Non risponde alle mie chiamate, né ai messaggi».

Alix lascia andare un sospiro. Tutta questa storia non ha senso. Tutta quanta, da cima a fondo. «Hai pensato di passare da casa e fare una ricerca sul computer di Erin, per vedere cosa riesci a trovare?»

«Non ci capisco nulla di computer».

«Be', tu no, ma io sì. Potrei venire con te».

«No. No, grazie. Sarà Erin a venire da me, quando si sentirà pronta».

«Rifletti, Josie. Erin ha subito abusi sotto il tuo stesso tetto per anni e tu non hai fatto niente per proteggerla. Aspetta che tu esca di casa prima di andare in bagno. Cosa ti fa pensare che si metterà in contatto con te?»

Josie sospira e alza le spalle. «Probabilmente hai ragione» dice. «Sono sicura che hai ragione, ma qualunque cosa accada, per lei è sempre meglio che stare in quella casa con lui. Qualunque cosa accada, almeno è libera».

Ore 15:30

Alix è davanti ai cancelli della scuola. Ha portato con sé il cane di Josie, che oggi non ha ancora fatto il suo giretto. Voleva una scusa per uscire un po' prima, per stare fuori un po' di più. Le scoppia la testa. Si sente male. Le altre mamme chiacchierano con lei e lei con loro, ben contenta di avere l'opportunità di uscire in tutti i sensi dal posto dove ha trascorso le ultime ore. Il cane vede un altro cane e gli ringhia contro, e Alix si scusa con il padrone. I bambini si agitano intorno al pomchi e Alix dice: «State attenti, a volte è un po' aggressivo». Qualcuno le chiede se il cane è suo e lei: «No, è di un'amica», poi si corregge e aggiunge: «Cioè, di una conoscente».

Porta i bambini al parco e li guarda dondolarsi sulle altalene, con il cagnetto rannicchiato sotto il braccio. Vorrebbe che il cane potesse parlare. Il cane sa, pensa, il cane deve sapere tutto. Vorrebbe parlare con la mamma di Josie, ma ha promesso a Josie di non farlo.

Intanto continua a pensare a Walter, a come si è comportato venerdì sera quando sono venuti a cena da lei. Quello che aveva indosso, nuovo fiammante, ancora con i segni delle pieghe. La moderazione nel bere (solo due birre in tutta la serata). Il modo tranquillo in cui le aveva parlato, a quattr'occhi nello studio di registrazione, della sua «Jojo», delle bugie che diceva e delle storie che si inventava per far tornare quello che raccontava agli altri. Lei l'aveva messo sul conto del classico comportamento di un manipolatore; aveva pensato che facesse tutto parte della messinscena. E forse era così. Ma non riesce a scacciare l'inquietante sensazione che ci sia qualcos'altro. Qualcosa che si nasconde dietro questa storia oscura, ma in qualche modo emblematica, di una famiglia resa disfunzionale da un uomo dominante e dispotico.

Lei non è chi vuol far credere di essere. Non lo è proprio per niente. È così che ha detto Walter. E per quanto l'istinto di Alix le suggerisca di credere a una donna che sostiene di essere stata abusata, le suggerisce anche che di Josie non ci si può fidare.

Giovedì 18 luglio

Alix e i bambini sono già usciti per andare a scuola, ma Nathan è in ritardo per il lavoro. Josie lo ha sentito accennare ad Alix di una riunione a Bishopsgate alle dieci, per cui era inutile che passasse in ufficio prima.

Proprio come Alix aveva previsto, il clima è passato da piacevole, per essere metà luglio, a caldo fino a un livello insopportabile. Nathan è seduto in giardino con il suo portatile e una tazza di caffè, e anche dall'interno Josie riesce a scorgere il velo lucido di sudore che gli imperla la fronte. Le viene da pensare che la mattina lui si sieda in giardino apposta per evitare di dover condividere lo spazio di casa con lei. Josie si costringe a sorridere e si infila nella fessura tra le porte scorrevoli di vetro. Indossa ancora i vestiti che Alix le ha prestato sabato. Ha i suoi abiti appesi in camera, ma non vuole più indossarli, anche se sono puliti. Sperava che Alix si impietosisse vedendola scendere le scale ogni mattina con lo stesso top e gli stessi pantaloni, che si offrisse di prestarle qualcosa d'altro. Ma non si è impietosita.

«Mio Dio» esclama Josie, arrivata a pochi metri da Nathan. «Fa caldissimo e non sono nemmeno le nove!»

«Prevedono trentadue gradi, per l'ora di pranzo».

«Porca miseria».

Lascia passare qualche istante in silenzio prima di voltarsi verso di lui e dire: «Oh, a proposito, Alix ti ha chiesto se hai intenzione di usare lo studio sabato sera, quando arriva sua sorella?»

«Ah, giusto» risponde lui, con aria un po' confusa, e Josie capisce subito che lui e Alix ne hanno parlato di nascosto in privato, alle sue spalle. «Be', sì, la mia idea era questa. Ma pare di no, in effetti, perché dormiranno tutti da noi. Pensavo che Alix te lo avesse detto: ci saranno entrambe le sorelle e tutti e tre i loro figli, e dovranno usare il divano letto. Quindi...» Si schiarisce la voce e si interrompe.

Bugie. Nient'altro che bugie.

«Va bene» dice Josie. «In qualche modo mi arrangerò. E tu? Dove andrai a nasconderti?»

«Oh, mi sa che resterò qui in giro per un po' e poi verso le sette andrò a bere qualcosa con qualche amico».

«Gli stessi amici con cui eri quando non sei tornato per cena venerdì scorso?» dice Josie, cercando di infondere un pizzico di ironia nella voce, ma senza riuscirci. È così arrabbiata che le verrebbe da urlare.

Lui le lancia uno sguardo incerto e alza le spalle. «Non so ancora» risponde. «Non lo so». Poi finisce quel che resta del caffè, si batte le mani sulle cosce e dice: «Bene, è ora che vada in ufficio. Tu cosa fai oggi?»

«Niente di particolare. Registreremo ancora qualcosa per il podcast, poi andrò al lavoro anch'io. Tutto qui».

«Ma in generale, Josie, che programmi hai? A partire da sabato dovrai comunque avere un'idea sul da farsi, non credi?»

Josie lo guarda con freddezza. Si vede che è uscito dal copione. Non è quello che Alix gli ha detto di dire. Questi, pensa furiosa, non sono per niente affari suoi. Ma riesce a sembrare cortese quando dice: «Sì, certo che devo pensare al da farsi, ma quello che ho scoperto, Nathan, è che ci pensa la vita a mostrarti la strada, quando tu dimentichi di costruirtene una. Quindi, io direi di stare a vedere che succede». Si stringe nelle spalle e torna in cucina, prende il cane e lo porta in camera sua, dove aspetta fino a quando sente il tonfo della porta d'ingresso sbattuta da Nathan, di lì a qualche minuto. Lo osserva dalla finestrella della camera da letto mentre si butta la giacca del completo su una spalla, fa scivolare i suoi stupidi occhiali da sole sul suo stupido naso e si incammina lungo la strada neanche fosse il re dell'universo.

Alix ha detto che sarebbe andata a fare la spesa dopo la scuola e che sarebbe tornata a casa verso le nove e mezza. Sono le 9:10. Josie chiude il cane in camera sua e scende in punta di piedi al piano di sotto. La porta della camera da letto di Alix e Nathan è spalancata, il che le sembra un segno che lei non si preoccupa che la gente veda cosa c'è dentro. Non ha ancora indagato a fondo nella loro stanza. Le sembrava troppo. Davvero troppo. Ma Nathan l'ha messa di cattivo umore con tutte quelle chiacchiere sui suoi «programmi».

Se Nathan ritiene che lei debba pensare al da farsi, si dice, vuol dire che ci penserà, al da farsi.

Il letto di Alix e Nathan è molto ampio, con una testiera in rattan e velluto verde chiaro. È sfatto: enormi e voluminose nuvole di piumone color crema sono appallottolate ai piedi del materasso, senza dubbio scalciate via per il caldo opprimente della notte appena passata, con due grassi cuscini schiacciati come biscotti della fortuna all'estremità superiore e altri due finiti sul pavimento ai lati. Alle pareti è appeso un miscuglio di stampe, dipinti e fotografie. Dal soffitto pendono un paio di luci bianche lattiginose, una per ogni lato del letto, al posto delle lampade da comodino, suppone Josie. C'è un bovindo quadrato con una piccola seduta incorporata, che si affaccia sul giardino posteriore. La stanza è disseminata di panni sporchi, per lo più di Nathan, tra cui un paio di calzini logori dall'aspetto sgradevole (eppure si presume che possa permetterselo, di comprarne di nuovi).

Tra la camera da letto e il bagno privato c'è una specie di anticamera, o zona spogliatoio, con vestiti appesi su entrambi i lati: da una parte quelli di Alix, dall'altra quelli di Nathan. Per qualche minuto Josie passa in rassegna i vestiti di lei. Strofina i tessuti tra le dita, le sete, i lini e i morbidi filati di bambù. Apre i cassetti delle scarpe e osserva le file ordinate di sandali dorati con il cinturino, gli stivali alti in camoscio, le scarpe di seta con i tacchi a spillo e il cinturino alla caviglia. Vorrebbe tirarle fuori tutte e provarle, rimirarsi nello specchio a figura intera. Ma i minuti passano, così si concentra sul lato di Nathan e si mette a frugare nelle sue tasche. Non sa di preciso cosa sta cercando, ma ha la netta sensazione che lui sia abbastanza stupido e lei abbastanza ingenua da permetterle di scovare qualcosa di utile.

Tira fuori ricevute accartocciate, biglietti da visita e pacchetti di gomme da masticare vuoti. Tira fuori graffette e bustine di zucchero e i tubicini di carta stropicciati delle cannucce; le carte d'imbarco di voli per Bruxelles e Dublino; un pettine; mezza mentina Polo. E poi, eccolo. Proprio lì, nel taschino interno della giacca di un completo blu, proprio quello che stava cercando. Un sacchettino trasparente, con un residuo di polvere bianca all'interno. Si immagina Nathan in un bar, la cravatta buttata su una spalla, circondato da bicchierini di tequila e da uomini che sbraitano, mentre sniffa cocaina da un tavolo di vetro. È spregevole, pensa. Semplicemente spregevole. Con una moglie e i figli che lo aspettano a casa. In un'altra tasca trova un tovagliolo di carta con scarabocchiato sopra un numero illeggibile. E in un'altra, una custodia di cartoncino per la chiave magnetica di una stanza d'albergo: la numero 23, di un hotel che si chiama Railings.

Prende tutti e tre gli oggetti e se li infila in tasca, torna nella sua stanza e aspetta che Alix torni a casa.

Nathan voleva sapere che programmi ha, voleva che lei pensasse al da farsi.

E lei adesso ci ha pensato, al da farsi. E ce l'ha eccome, un programma.

Alix rientra pochi minuti dopo. È carica di borse del supermercato e Josie la guarda mentre le deposita sull'isola della cucina. Una vaschetta di macedonia di melone e fragole. Cornflakes croccanti alle noci. Una bistecca enorme. Un sacchetto di cipolle. Buste di cibo per gatti con sopra le immagini di un gatto identico alla gatta-nuvola, come se la gatta di Alix avesse diritto a una cena personalizzata.

«Andrò da mia madre» dice Josie ad Alix. «Sabato, quando arrivano le tue sorelle».

Alix smette di fare quello che stava facendo, un pacchetto di biscotti al cioccolato ancora in mano. «Oh!» dice. «Bene, è fantastico. Cos'è che ti ha convinto a metterti in contatto con lei?»

Josie alza le spalle e accarezza Fred, si ritrova del pelo sulle dita e lo lascia fluttuare pigramente verso il pavimento. «Sai, non è che avessi molta scelta. Nathan mi ha detto che anche l'altra tua sorella verrà a stare qui, quindi il letto pieghevole sarà occupato. Anche se mi sembrava di aver capito che l'altra sorella abita a Londra».

«Sì, certo, è così. Ma i suoi figli non volevano perdersi il divertimento e hanno deciso di dormire qui anche loro. Quindi è così, mi dispiace, è stata una cosa decisa un po' all'ultimo. Ma sono molto contenta che tu vada a trovare tua madre. Credo proprio che sia venuto il momento».

Josie annuisce, come se davvero avesse seriamente riflettuto sulle parole di Alix e ora si fosse convinta. «Proprio così» dice. «Ma adesso sono qui e abbiamo ancora due giorni, quindi dovremmo sfruttarli al massimo».

«Intendi per il podcast?»

«Sì, dovremmo cercare di registrare il più possibile».

Al pensiero della prossima settimana, Josie sente il cuore accelerare sotto il cotone della costosa maglietta di Alix. Sente l'aria calda, il sole che già brucia, pur avendo appena iniziato a tracciare il suo arco nel cielo vuoto, e sfavilla attraverso il tetto di vetro della veranda della cucina di Alix. E potrà solo diventare ancora più caldo.

Entro domenica il termometro toccherà i trentacinque gradi.

Pensava di avere più tempo. Invece non ce l'ha.

Alza lo sguardo e vede Alix che la fissa pensierosa. «Non so bene di cos'altro ci sia ancora da parlare, ormai. Voglio dire, siamo arrivate alla fine, mi sembra. Siamo arrivate all'oggi. A parte gli eventi di venerdì sera, naturalmente. Ti va di parlarne?»

Josie annuisce, a labbra strette.

«Ci mettiamo all'opera, allora?» Alix fa un cenno in direzione dello studio.

«Sì» dice Josie. «Andiamo».

Ciao, sono la tua gemella di compleanno!
UNA SERIE ORIGINALE NETFLIX

Sullo schermo appare la ricostruzione filmata di una coppia che cammina in una strada buia.

La didascalia in basso recita:

REGISTRAZIONE DAL PODCAST DI ALIX SUMMER, 18 LUGLIO 2019

«Prima di tutto non ci voleva venire, a nessun costo. Ha fatto un sacco di storie. Gli ho comprato dei bei vestiti nuovi, ma si è rifiutato di indossarli e ha insistito per mettersi quegli stracci da quattro soldi presi da Primark, e i capelli se li è fatti tagliare male, apposta per farmi dispetto. E poi, naturalmente, quando Nathan non è tornato per cena...»

Josie sospira.

«Be', si vedeva che era proprio seccato. E infatti me ne ha dette di tutti i colori per tutta la strada, fino a casa. Io lo sentivo che gli stava salendo la rabbia, una furia che cresceva sempre di più. Tempo di arrivare a casa...»

Lo schermo mostra una coppia che entra a casa dei Fair.

«... e tra noi c'era una tensione spaventosa. A quel punto, neanch'io riuscivo più a controllare la rabbia. Me la sentivo rigirare e ribollire dentro, come una tempesta, e alla fine, dopo tutti quegli anni, ho trovato la forza di farla schizzare fuori dalla pancia e di sbattergliela in faccia, proprio in mezzo agli occhi. Gli ho urlato: "Pedofilo! Sei un pedofilo! Mi hai sedotta, e mi hai presa quando ero troppo giovane per rendermi conto di cosa volevo davvero. E poi hai sedotto Brooke, e l'hai presa quando era troppo giovane per sapere cosa voleva. E poi hai abusato di tua figlia. L'unica figlia che ti è rimasta, dopo quello che hai fatto a Roxy. Hai abusato di tua figlia così tante volte, e io te l'ho lasciato fare, perché mi avevi plasmata in modo da farmi credere che tu sei Dio e puoi avere tutto quello che vuoi.

Ma tu non sei Dio, Walter, e non puoi avere tutto quello che vuoi. Non puoi. E con stasera basta. Quello che stai facendo a Erin finisce *stasera*. Basta! Basta!".

«Poi sono corsa alla porta di Erin, l'ho aperta e c'era la mia bambina, la mia Erin, che mi fissava con gli occhi sbarrati e vitrei. Le ho detto: "Fai le valigie, tesoro, sbrigati. Ti porto via da qui, ce ne andiamo". Le ho detto: "So cosa sta facendo papà e mi dispiace tantissimo, tesoro. Mi dispiace tantissimo di averti abbandonata a te stessa". È stato in quel momento che l'ho sentita, una botta sulla nuca, poi una specie di calore profondo che si irradiava, una fitta di dolore, una sensazione di umido. Mi sono girata e ho visto il braccio di Walter che mi calava addosso di nuovo, con in mano il telecomando che aveva appena usato per colpirmi, e ha continuato a picchiarmi con quello, in faccia e sulla testa. Erin è rimasta lì immobile, così sottile. Così fragile. Mi sono lanciata verso Walter e gli ho dato uno spintone con le mani aperte, dicendo: "Basta, smettila". L'ho visto alzare la mano per colpire mia figlia e mi sono messa in mezzo; poi ha smesso, all'istante, così come aveva cominciato».

Sullo schermo l'attore che interpreta il ruolo di Walter è fermo sulla soglia della stanza, con il respiro affannoso e il telecomando ancora in mano. Le attrici che interpretano Erin e Josie, in piedi nella stanza di Erin, si tengono strette in un abbraccio. Poi Walter gira i tacchi ed esce.

«Un momento dopo ho sbirciato nel soggiorno. Walter era seduto davanti al computer. Il telecomando era sul tavolino. Come se cercasse di far sembrare che non era successo niente, come se io non avessi un labbro spaccato e il sangue che mi colava dalla nuca. Forse pensava che avremmo continuato ad andare avanti così, come avevamo sempre fatto. Ma stavolta si sbagliava. Ho preso la borsa, ho preso il mio Fred, ho preso Erin e ce ne siamo andate via. Senza neanche dire ciao».

Lo schermo mostra Erin e Josie che si chiudono alle spalle la porta di casa; l'attrice che interpreta Josie si gira appena a guardare Walter dal bovindo.

Dissolvenza al nero.

Ore 11:00

Finalmente Alix può respirare, dopo aver trattenuto il fiato per un tempo che le è parso infinito. La scena descritta da Josie ha avuto su di lei un effetto claustrofobico: si è sentita intrappolata in quel vetusto appartamento privo di luce insieme ai Fair. Ne percepisce l'odore nelle narici: l'odore della paura, l'odore del sangue. Si immagina Josie ed Erin per strada, hanno con sé solo quel poco che hanno arraffato al volo quando se ne sono andate, mentre il sangue sul viso di Josie si rapprende. Immagina Walter ancora nel bovindo, immobile e privo di rimorsi per ciò che ha fatto.

Ma è a questo punto che il quadro comincia a incrinarsi. A piedi, Josie avrebbe dovuto metterci sedici minuti per arrivare da casa sua, nei pressi di Kilburn, all'indirizzo di Alix a Queen's Park. Ma erano le tre di notte quando ha suonato alla sua porta. E faceva freddo. Che cosa è successo tra le ventidue, quando lei e Walter sono arrivati a casa, e le tre di notte, quando Josie si è presentata da loro?

Alza lo sguardo su di lei e chiede: «Dove sei andata, dopo che sei uscita di casa?»

Lei reagisce con una risatina. «Be', sono venuta qui, no?»

«Ma prima di venire qui?»

«Da nessuna parte».

«Ma... hai detto che avete litigato appena siete arrivati a casa, e che tutta la scena è durata solo pochi minuti. Io non...»

Josie la interrompe. «No, non è successo appena arrivati a casa. Non è quello che ho detto. È successo quando Walter si è alzato dal letto, come fa quasi ogni notte. È questo che ti ho detto. Siamo andati a letto ma io non riuscivo a prendere sonno, ci ho messo un'eternità. Poi, quando finalmente stavo per addormentarmi, l'ho sentito, l'ho sentito che tirava indietro le coperte. Lo sapevo, sapevo cosa stava facendo, dove stava andando. È stato allora che l'ho affrontato».

«Quindi eri a letto, in camicia da notte?»

«Sì».

«E ti sei alzata e lo hai seguito?»

«Sì, l'ho visto andare verso la stanza di Erin, e allora mi sono messa a urlare».

«Ma non eri in camicia da notte quando sei arrivata da me, portavi un vestito. Il tuo bel vestito».

«Mi sono vestita perché non volevo attraversare mezza Kilburn in camicia da notte».

«Ma il tuo vestito era sporco di sangue! Come ha fatto a sporcarsi, se non ce l'avevi addosso quando lui ti ha aggredita?»

«Alix, non capisco cosa stai cercando di dire. Stai forse dicendo che non mi credi?»

«Ma no, figurati! Certo che no. Ma gli ascoltatori seguiranno questa storia come se fosse un romanzo, e si accorgeranno dei buchi di trama. Io e te ne abbiamo parlato per un mese, ma gli ascoltatori la divoreranno tutta intera in un solo giorno, una volta montata e pubblicata. Deve essere credibile per chi ascolta. Lo capisci questo?»

Josie tira un profondo sospiro. «Be', sì, penso di sì. Ma mi immagino anche che quelli che ascoltano le tue storie siano persone capaci di provare un po' di compassione, di empatia. Mi immagino che possano capire che quando succede una cosa come quella che è successa a me, quando una donna è vittima di abusi, violenze, manipolazioni, è anche normale che sia un po' confusa».

«Sì, Josie, certo, è verissimo. Infatti voglio solo aiutarti a esaminare tutto nei dettagli, per poi ricostruire per bene il racconto. In modo che sia credibile, tutto qui. Quindi Walter si è alzato dal letto nelle prime ore del mattino, tu lo hai seguito, lui ti ha aggredita. E ha cercato di aggredire anche Erin. Poi tu ed Erin avete preso giusto un paio di cose, vi siete vestite e siete andate via insieme. Giusto?»

Josie annuisce con decisione. «Giusto».

«E tu sei venuta fin qui a piedi... Erin invece? Da che parte è andata Erin?»

«Dalla parte opposta».

«Alle tre di notte?»

«Sì».

«Aveva qualcosa con sé?»

«Mi pare di sì, una borsa non molto grande».

Alix sorride a Josie, ma il suo sguardo è raggelato. Vorrebbe insistere, vorrebbe capire com'è possibile che una madre abbia permesso a sua figlia, così vulnerabile, di andarsene tutta sola da qualche parte, Dio solo sa dove, nel cuore della notte. Vorrebbe sapere. Ma si rende conto che Josie si sta chiudendo a riccio, sta alzando il ponte levatoio. Sospira. «Speriamo che Erin stia bene. Mi spaventa, pensarla tutta sola nella notte».

«Capisco» replica Josie con fermezza. «Ma corre meno rischi in giro, ovunque sia, che a casa sua. Ovunque sia, Erin è al sicuro».

Lo proclama con una sicurezza sconcertante, come se il mondo non fosse infestato da individui pericolosi pronti ad azzannare chi è più vulnerabile, come se fosse impossibile che a sua figlia sia capitato qualcosa di brutto fra le tre di sabato mattina e adesso.

«Credo proprio che dovremmo cercare di rintracciarla, Josie. Sono passati quasi sei giorni e lei non ti ha chiamato, non ti ha mandato neanche un messaggio. Ho capito che adesso è al sicuro da Walter, ma se fosse caduta dalla padella nella brace? Se il suo contatto in rete non fosse chi diceva di essere? Voglio dire, sono cose che si sentono fin troppo spesso, no? Persone con identità online che si rivelano false. Vorrei solo...»

«Erin sta bene, Alix, sta bene! È una che sa badare a sé stessa».

«Ma se mi hai detto il contrario, che le dai da mangiare gli omogeneizzati per bambini. Mi hai detto tu che...»

Alix sobbalza quando Josie si toglie le cuffie e le sbatte sul tavolo. «Io sto cercando di raccontarti la mia storia, Alix, la mia verità! E sembra che tu stia cercando di trasformarla in qualcosa di diverso. O vuoi la mia storia o non la vuoi. Deciditi! O una cosa, o l'altra».

Poi afferra il cane che teneva in grembo e abbandona furiosa lo studio di registrazione, lasciando Alix di sasso.

Sabato 20 luglio

Josie si sveglia presto. Questa è l'ultima mattina che si sveglia a casa di Alix. L'ultima mattina in cui apre le tende e dalla piccola finestra vede il verde di Queen's Park, invece delle facce grigie sull'autobus dalla sua vecchia camera da letto. È l'ultima mattina in cui indossa i pigiami di Alix, fa la doccia nel bagno di design di Alix e beve il caffè fatto con la lucente macchina di Alix. La sera prima hanno ordinato un takeaway di piatti al curry per cena e Josie ha cercato di pagare la sua parte, ma Alix non ha voluto i suoi soldi. «È la tua ultima serata da noi» ha detto, sfiorandole piano la mano, «quindi offriamo noi». Hanno bevuto vino in enormi bicchieri e guardato un programma televisivo che rimbombava per casa grazie all'audio surround, con Leon rannicchiato in modo da avere le dita dei piedi appena sepolte sotto la gamba di Josie. Poi gli scricchiolii e i tonfi e i borbottii di una famiglia che va a coricarsi: sussurri sommessi, lo scatto degli interruttori della luce, la gatta-nuvola che miagola piano nel corridoio buio come per chiedere dove sono finiti tutti.

Per certi versi, la notte più perfetta della vita di Josie.

Josie fa un sospiro stanco. L'aria è limpida e vischiosa. Il telefono le dice che ci sono già ventuno gradi, e sono appena le sette e mezza. Per una volta in cui le sarebbe bastata una deludente estate inglese, pensa Josie, guarda che ondata di caldo immane hanno inviato gli dèi del tempo.

Esamina il vestito e il cardigan che indossava quando è arrivata, una settimana fa. Si porta il vestito alle narici e lo annusa. Odora del detersivo di Alix. Odora della casa di Alix. Josie si fa la doccia, usando il bagnoschiuma dall'aroma speziato di Alix, si lava i capelli con lo shampoo alle erbe di Alix, si avvolge nella spugna folta delle salviette di Alix, si siede sul bordo del confortevole letto di Alix, e per un attimo si sente sommergere da un'ondata di tristezza. Ma poi pensa a quello che sta per fare e la tristezza svanisce in fretta.

«Ehi!» dice Alix quando Josie entra in cucina qualche minuto dopo. «Ti sei rimessa le tue cose».

«Sì, certo». Porta con una mano il cagnetto e nell'altra tiene il pigiama e i panni sporchi. «Dove li metto?»

«Dalli pure a me».

Josie li porge ad Alix, che li porta nella lavanderia.

«Grazie!» Josie la segue. «Grazie mille». Poi: «A che ora arrivano le tue sorelle?»

«Oh, verso le cinque, credo. Quindi non c'è nessuna fretta. Fai con calma». Scocca a Josie uno dei suoi sorrisi radiosi e apre una confezione di croissant. «Ne vuoi uno?» chiede, e Josie annuisce.

Nathan scende di sotto un'ora dopo, con Leon che lo segue ancora in pigiama. Squadra Josie e dice: «Ma che bel vestito».

«Grazie» risponde lei, sentendosi lusingata e respinta insieme.

Eliza arriva qualche minuto dopo e inizia a piangere per una cattiveria che qualcuno le ha detto su Snapchat, e in quel momento Josie capisce che è ora di andare. Infila Fred nel marsupio e si appende la borsa alla spalla.

Vede che Alix la guarda un po' preoccupata. «Vuoi che ti porti in macchina?» dice. «È una bella camminata, soprattutto con questo caldo».

Josie scuote la testa. «Non c'è problema» risponde. «Vedrò di stare all'ombra. Non ho nessuna fretta».

«Tua madre lo sa che stai andando da lei?»

«Sì, sì, lo sa».

Alix la abbraccia e per una volta Josie non si sottrae.

Quando si sciolgono dall'abbraccio, Alix la guarda dritto negli occhi. «Ti prego, Josie, restiamo in contatto. Me lo prometti? Fatti aiutare, ne hai bisogno, e teniamoci in contatto».

E poi tra loro si frappone la porta azzurro chiaro: Alix e il suo mondo da una parte, Josie dall'altra.

Appena girato l'angolo, Josie apre la borsa per controllare di nuovo di avere con sé il denaro che ha prelevato durante tutta la settimana dai vari bancomat tra la casa di Alix e il lavoro: il peso e la forma spessi e rassicuranti, tenuti insieme da uno degli elastici rosa glitterati di Eliza, che ha trovato poco prima sulle scale. Poi estrae gli occhiali da sole che ha trovato stamattina sotto una sedia in giardino – un paio di occhiali grandi, con la montatura verde bosco – li indossa e riprende a camminare.

Il sole batte da un cielo implacabile, mentre lei avanza verso la sua prossima meta.

TERZA PARTE

Sabato 20 luglio

La casa appare diversa da subito. È più luminosa e accogliente, e sembra finalmente di nuovo normale. Alix si ferma per un attimo nel corridoio e assorbe il cambiamento nell'energia intorno a lei. La gatta arriva felpata dall'ingresso e le si getta sulle gambe come a voler festeggiare qualcosa, come se anche lei sapesse che il suo territorio le è stato restituito. Alix la prende in braccio, la porta in cucina e la deposita sul piano di lavoro, vicino alla ciotola del cibo.

«Se n'è andata?» dice Nathan, scrutandola da sopra gli occhiali da lettura.

«Se n'è andata».

«Sei sicura? Hai controllato?»

«Non ce n'è bisogno. Lo so».

«Se la caverà?» chiede Leon.

Alix gli sorride. «Io dico di sì. La sua mamma penserà a lei».

Ma sono parole che suonano vuote, prive di significato. Non perché creda che la madre di Josie non aiuterebbe la figlia, ma perché non è così sicura che stia andando da lei. È una sensazione inquietante, ma decide di ignorarla, perché oggi è il giorno che ha aspettato con ansia per tutta la settimana e ha tante cose da fare, fra l'altro preparare la camera degli ospiti per Maxine e i ragazzi e lo studio per Zoe e Petal.

Sale le scale con passo leggero, ora che sa che al piano di sopra non c'è nessuno e che il suo ruolo nel dramma di Josie è concluso. Ma una lieve ombra rimane.

Josie non ha tolto le lenzuola, ma ha rifatto il letto, sprimacciando i cuscini rigonfi e vaporosi e lisciando la superficie del copripiumone. Alix lo disfa e tira via le lenzuola.

Josie ha lasciato il bagno perfettamente pulito, con gli asciugamani appesi ben dritti e simmetrici alla rastrelliera riscaldata. Alix li tira giù e li aggiunge alla pila della biancheria sporca.

Apre la finestra e chiude le tende per tenere fuori il sole cocente, che entro l'ora di pranzo batterà direttamente nella stanza.

Osserva la camera e le sembra quasi che Josie non sia mai stata lì, come se nulla di tutto ciò fosse accaduto davvero. Si mette in ginocchio e guarda sotto il letto. Qualche faloppa di polvere, ma niente di più. Poi si raddrizza e passa la punta delle dita sotto il materasso.

La chiave – quella con il numero 6 sulla targhetta – è ancora lì. Per un attimo pensa di scendere di corsa, correre all'ingresso e vedere se riesce a raggiungere Josie per restituirgliela. Ma capisce subito che non deve farlo: sa che questa chiave significa qualcosa, che forse è stata lasciata lì per un motivo. La estrae con cautela afferrandola per l'estremità di metallo e la fissa per un attimo, prima di mettersela in tasca.

Rifà il letto, cambia gli asciugamani e si chiude la porta alle spalle.

Zoe è la prima ad arrivare. È la maggiore delle sorelle di Alix, la più piccola di statura, la più silenziosa. Petal è la più giovane delle cugine, l'unica figlia di Zoe, nata dopo una lunga attesa e concepita grazie all'inseminazione artificiale quando sua madre aveva già quarantun anni. Maxine arriva mezz'ora dopo Zoe. È la più giovane delle sorelle di Alix e ha due figli, Billy e Jonny, uno della stessa età di Leon e Petal, l'altro coetaneo di Eliza. Maxine è la più alta e vistosa delle sorelle e i suoi figli si comportano malissimo, ma nella loro famiglia non ci si fa molto caso e, a dirla tutta, dopo che Alix ha ascoltato per settimane quello che Josie le ha raccontato a proposito delle sue figlie, Billy e Jonny adesso le sembrano due angeli, al confronto.

Alix ha allestito due piscine per bambini in giardino, e ha piazzato un enorme secchio di ghiaccio all'ombra per raffreddare il vino per i grandi e le bevande dei ragazzi. Tutte e tre le sorelle indossano vaporosi abiti di cotone e l'aria profuma della crema solare che si sono spalmate sul collo e sulle spalle. Verso le sei Nathan torna da una rapida incursione al più vicino negozio di giardinaggio con un nuovo irrigatore, dopo aver scoperto che quello vecchio è morto. Lo mette in funzione e i bambini passano tra i getti strillando di gioia. Si siede per un po' in compagnia delle tre sorelle e sorseggia una birra lentamente, in modo quasi innaturale, preparandosi, suppone Alix, alla vera bevuta che si farà più tardi con i suoi amici. Lei ricaccia in un angolo della mente il disagio che la pervade quando pensa ai piani di Nathan per la serata, ricordandosi la promessa che le ha fatto. È sicura al novantanove per cento che questa volta lui non la deluderà. Nathan vuole bene alle cognate e ci ha sempre tenuto molto ad avere la loro approvazione, e sa bene che, se stasera pianterà in asso Alix, sia Zoe che Maxine saranno molto severe nei suoi confronti. Non solo, lei gli ha promesso che faranno l'amore se lui sarà a casa prima di mezzanotte. A un certo punto Alix allunga una mano e gli stringe il polso, un gesto affettuoso ma anche un ammonimento. Lui le sorride e a lei sembra di vederla, la sua determinazione a comportarsi meglio, a essere un marito migliore. Gli stringe di nuovo il polso, poi torna a dedicarsi alle sorelle.

Alle sette ordinano le pizze e iniziano a preparare i margarita. Se ne incarica Maxine, che ha lavorato per tre anni in un cocktail bar quando era poco più che ventenne. Alle sette e mezza Nathan esce. Alix lo segue fino alla porta d'ingresso, gli appoggia le labbra sul collo e gli sfiora l'inguine con la gamba. «Fai il bravo, ti prego» gli dice.

«Giuro» risponde lui. «Lo giuro».

La bacia dolcemente sulle labbra e poi sul collo, ed è così insolito per loro comportarsi così in questi giorni, così giocosi, così sensuali, che Alix si sente attraversare da una vampata di calore. Lo guarda dalla finestra dell'ingresso, con i bermuda blu, la camicia a fiori, i capelli rossi tirati indietro con gli occhiali da sole neri, e pensa che ha sentito la sua mancanza e lo rivuole indietro. E non vede l'ora che lui rientri a casa. Poi torna al caos delle sorelle e dei loro figli e alle grida tipo: «Chi vuole il sale sul bordo?» e al sole caldo, caldo, caldo, che martella dal soffitto di vetro della cucina fino a colpire il pavimento piastrellato.

Ore 19:30

Nathan parla al telefono mentre cammina verso la stazione della metropolitana di Kilburn. Parla a voce alta, come fanno alcuni, convinti che tutti al mondo abbiano voglia di sentire i fatti loro. La sua voce rimbomba nella testa di Josie, anche da lontano. C'è stato un cambio di programma, stando alla parte di conversazione che Josie è in grado di sentire. Non si incontreranno nel posto in cui si erano dati appuntamento, ma al Lamb & Flag. «Sì, ma ricordati che non posso fare lo stronzo stavolta. Ho detto ad Alix che torno a casa prima di mezzanotte. C'è in ballo una promessa. Sììì!» Ride. «Proprio così!»

Riattacca e Josie gli fissa la nuca con disgusto. Come ha potuto Alix anche solo pensare di farlo? si chiede. Come ha potuto pensare di dovergli promettere qualcosa, solo per convincerlo a comportarsi da essere umano civile? Quest'uomo non è alla sua altezza, da tutti i punti di vista. Josie sente il suo rispetto per Alix vacillare, registra un altro piccolo deterioramento nei sentimenti che prova per lei, ma poi si ricorda quel che sta facendo e perché e si sente di nuovo bene.

Josie segue Nathan nella stazione della metropolitana. Indossa un vestito nuovo che ha comprato stamattina da Sainsbury's. Non è bello come le cose che aveva comprato quando era con Alix, ma va bene per il caldo e, soprattutto, Nathan non lo ha mai visto. Ha raccolto i capelli sotto un cappello di paglia, altro acquisto da Sainsbury's, e per la prima volta in vita sua si è messa un rossetto scarlatto che la fa sembrare ancora più diversa dal suo solito look.

Ha cercato su Google il pub dove Nathan ha appuntamento con gli amici, nel caso lo perdesse in metropolitana. È in una traversa di Oxford Street, sul retro di Selfridges; la stazione della metropolitana più vicina è Bond Street, a sei fermate.

Kilburn è situata in superficie, e lei è contenta di non essere sottoterra con questo caldo. Una brezza improvvisa le scompiglia l'orlo della gonna e le rinfresca il collo sudato. Nathan, all'altro capo della banchina, armeggia col telefono. Indossa pantaloni corti e ha le gambe magre e bianche, come quelle di un bambino. Ancora una volta Josie si chiede cosa ci abbia mai visto Alix in quell'uomo. Almeno Walter da giovane era bello, pensa. Era forte, alto, attraente.

La metropolitana arriva e venti minuti dopo Josie sta seguendo Nathan nel caos del sabato sera in Oxford Street, dove i negozi sono ancora tutti aperti e i marciapiedi affollati di gente ancora alle prese con lo shopping, o che si sta già sedendo in qualche ristorante per la cena. Che strano popolo siamo, pensa dei suoi connazionali: mentre gli altri si rifugiano all'ombra, con l'aria condizionata, restano in casa e chiudono le tende per tenere fuori il caldo, gli inglesi ci si buttano a capofitto, come maiali in un forno.

A uno dei tavoli davanti al pub ci sono tre uomini, che si alzano e si mettono a fare versi animaleschi quando vedono comparire Nathan. Gli danno pacche sulla schiena e gli mettono in mano una pinta di birra, poi si stringono sulla panca per farlo sedere, e si somigliano tutti, come tante diverse versioni di un unico modello. Uno è asiatico, uno è nero, uno è bianco con i capelli scuri, ma sono tutti vestiti allo stesso modo, parlano nello stesso modo, ridono allo stesso modo. Sono un branco, pensa Josie, un branco di uomini. Uomini che dovrebbero essere a casa con le loro famiglie, non seduti qui a comportarsi come una manica di scolaretti troppo cresciuti.

Accanto al pub c'è un ristorante italiano con i tavoli sul marciapiede. Lei si siede, e ordina una Coca e un piatto di pasta con pomodoro fresco e basilico. Nathan e i suoi amici scoppiano in una risata assordante ogni quarantacinque secondi circa. Vengono portate al tavolo altre pinte di birra insieme a un giro di shottini. Lei sente Nathan dire ai suoi amici che sta festeggiando perché si sono appena liberati dell'«ospite infernale».

«Ma dai, di chi parli?» chiede l'asiatico.

«Un'amica di mia moglie, o meglio non proprio un'amica, una tipa su cui ha fatto un podcast. Ha litigato con il marito e si è presentata alla porta di casa nostra lo scorso fine settimana, con la faccia distrutta. Alix l'ha fatta entrare, ovvio. Cazzo, è così gentile, la mia dolce metà! E 'sta tipa si è rifiutata di tornare a casa, di andare alla polizia, di andare da sua madre, ed è rimasta da noi per tutta la settimana con addosso i vestiti di Alix, sempre col muso di una che ti ha appena sentito scoreggiare. Ma oggi, finalmente, se n'è andata fuori dai piedi! Quindi, brindiamo! Brindiamo alla mia casa riconquistata!»

Josie si gira e scocca un'occhiata acida ai quattro, mentre brindano facendo tintinnare i boccali di birra.

«Dove è andata?» chiede il tipo dai capelli scuri.

«Non ne ho la più pallida idea e non me ne frega niente. Ti dico solo che non mi sono mai sentito così a disagio in casa mia. Quella donna era un mostro».

Qualcuno emette un altro verso animalesco e il gruppo fa tintinnare i bicchieri in un nuovo brindisi.

Josie allontana il piatto di pasta ancora pieno a metà. Quello che Nathan sta dicendo è sgradevole, ma per lei non è certo una sorpresa. Sa che a Nathan dava fastidio la sua presenza in casa loro. Ma va bene così, questo non fa altro che rafforzare la sua determinazione.

Prende il telefono e riapre il thread che ha iniziato poco prima. Scrive un nuovo messaggio.

Sta a un tavolo fuori dal Lamb & Flag. Quello con la camicia a fiori e i capelli rossi con altri tre uomini. Ce la fai a essere qui tra dieci minuti?

La risposta arriva subito.

Sto uscendo dalla metropolitana. Sono lì tra poco.

Josie invia un'emoji con il pollice in su e chiude il telefono, con un sorrisetto agli angoli della bocca.

Ore 21:00

Josie registra il breve shock di piacevole sorpresa sul volto di Nathan, quando la ragazza gli si para davanti e gli chiede: «Posso sedermi qui, mentre aspetto la mia amica?»

«Oh, sì. Certo, naturalmente». Nathan si stringe sulla panca avvicinandosi al suo amico e la donna si siede all'estremità, le loro braccia si sfiorano. Lei appoggia il suo drink sul tavolo e fruga in una minuscola borsetta, tira fuori un pacchetto di tabacco e qualche cartina Rizla e si rolla una sigaretta. Josie la guarda voltarsi verso Nathan e dire: «Vuoi?»

«Ah» dice Nathan. «No, grazie, non ho mai...»

«Ti dà fastidio se...?»

«Per niente, fai pure. Nessun problema».

Josie vede la faccia di Nathan imporporarsi. La donna indossa un morbido top nero che le lascia scoperte le spalle e la schiena, e jeans bianchi attillati. I capelli biondi ricci sono legati e le lasciano scoperto il viso bellissimo, che dà l'impressione di essere privo di trucco ma in realtà deve aver richiesto una lunga e sapiente operazione di make-up. Nathan riesce a reinserirsi nella conversazione con i suoi tre amici, ma Josie si accorge che fa fatica, che è fin troppo consapevole della splendida ragazza seduta accanto a lui, il cui braccio nudo sfiora di continuo il suo. La bionda armeggia col telefono per qualche minuto, poi impreca sottovoce e lo sbatte sul tavolo.

Nathan si gira verso di lei e le chiede: «Tutto bene?»

La donna sospira. «Sono appena stata bidonata» dice. «Dalla mia amica. Fa sempre così, ogni volta, giuro. Questa è la terza di fila, Cristo!»

«Che brutta cosa» dice Nathan. «Odio quando la gente fa così».

«Già. È una mancanza di rispetto, non ti pare?» Non dicono nulla per un momento. Lei fa un tiro dalla sigaretta e soffia il fumo dal lato della bocca. Nathan si beve un sorso della sua birra. «Magari posso restare un po' qui con voi?» aggiunge la ragazza. «Così almeno finisco il mio drink. Mi sembra un peccato buttarlo via».

«Oddio, sì, certo, resta pure».

«Wow, grazie mille, sei il mio salvatore. A proposito, io sono Katelyn».

Gli porge la mano e lui la stringe. «Nathan» dice. «Piacere di conoscerti, Katelyn».

Poi la presenta al resto del gruppo, lei stringe la mano a tutti, loro sorridono, lei sorride, tutti sono felici che una bella e giovane donna si sia unita al loro gruppo, tirano indietro la pancia flaccida e cercano di giocare le loro carte migliori.

Josie osserva soddisfatta e poi invia a Katelyn un altro messaggio.

Bravissima. Fammi sapere quando hai fatto. Aspetto notizie.

Poi paga la pasta non consumata e la Coca-Cola sgasata e si allontana dal pub, nel vortice della calda notte estiva.

Ore 22:30

Alix scrive a Nathan.

Ciao! Qui siamo messe molto male. Tu come va, ti diverti?

Fissa per un po' i segni di spunta del messaggio, ma rimangono grigi. Cerca di ignorare il disagio e mette via il telefono. Nutriva la segreta speranza che lui a quest'ora sarebbe già stato a casa. Più fa tardi, più alta è la probabilità che si perda nella notte.

Zoe si sta preparando un tè alla menta. Ha un modo di bere tutto suo, per cui sa benissimo quando è ora di smettere: infatti è sempre la prima a farlo. Maxine e Alix stanno finendo quello che resta di una bottiglia di prosecco ormai calda che hanno aperto poco fa, dopo averla trovata che galleggiava nel ghiaccio sciolto in giardino.

Petal è a letto, perché Zoe è molto rigida sull'orario in cui la figlia deve coricarsi. Gli altri bambini stanno giocando a un videogame in salotto e strillano a un volume incredibile. Alix sta per entrare per dire loro di fare silenzio, perché dall'altra parte del muro del soggiorno c'è una camera da letto da quando la casa accanto è stata suddivisa in appartamenti, e lei non vuole disturbare i vicini, ma per il momento si gode ancora i contorni morbidi della sera, l'aria notturna che attenua col fresco l'intensa calura del giorno, ma è ancora abbastanza tiepida per le braccia nude. Alix si gode la conversazione; discutono delle vacanze estive in arrivo, una grande villa in Croazia, tutte e tre, con i figli, i mariti, la madre, una piscina, dieci giorni di felicità. La villa l'hanno prenotata a gennaio e all'inizio sembrava così vicina da poterla toccare, e poi, man mano che l'inverno cedeva lentamente il passo alla primavera, incredibilmente lontana, e ora mancano solo ventidue giorni, e Zoe mostra loro il nuovo bikini che ha appena ordinato sul telefono da John Lewis, e discutono delle loro tette e delle pance e degli ormoni e dei loro stati d'animo e poi, all'improvviso, sono quasi le undici e mezza e Zoe sbadiglia e si incammina verso il letto.

Alix controlla il telefono per vedere se Nathan le ha mandato un messaggio che le faccia pensare che sta tornando a casa. Ma non c'è nulla. Si sforza di sorridere a qualcosa che sua sorella ha appena detto. Non vuole dover rispondere a nessuna domanda. Le sue sorelle sono consapevoli che Nathan ha ricominciato a bere, ma Alix non ha detto loro quanto sia grave e quanto ci sia in gioco, il fragile, delicato equilibrio sul quale poggia il suo matrimonio.

Quando tutti i bambini sono stati distribuiti nei vari letti e le sorelle si preparano a mettersi nei loro è già mezzanotte. Alix siede con la schiena dritta e tesa sul bordo del letto. Aspetterà fino a mezzanotte e cinque e poi lo chiamerà. Per ora va verso il bagno, e appende i vestiti nella cabina armadio mentre passa. Si sfila i sandali e si china per riporli, e nota qualcosa nella scarpiera. Un sacchettino di plastica trasparente. Un pezzo di un tovagliolino di carta, con scarabocchiati sopra un numero illeggibile e il nome «Daisy». Una custodia di cartoncino per una chiave magnetica di una stanza d'albergo. Il nome dell'albergo è Railings. Alix sa dov'è, è vicino all'ufficio di suo marito a Farringdon: un posto chic e modaiolo, con tutte le finestre e i mattoni dipinti di nero effetto lavagna. I colleghi di Nathan vanno spesso lì a bere qualcosa dopo il lavoro, e per intrattenere i clienti. Nathan ci ha portato anche Alix qualche volta, hanno bevuto qualcosa, ma non hanno mai preso una stanza. Solleva la bustina di plastica verso la luce e vede che dentro c'è un residuo di polvere bianca.

Sente una nube scura di nausea che risale dal fondo dell'intestino dritta in gola. Guarda di nuovo gli oggetti, non c'è alcuna data, da nessuna parte. Potrebbero provenire da qualsiasi luogo in qualsiasi momento, ma lei lo sa che non è così. Sa che arrivano da una delle tante notti che negli ultimi tempi suo marito ha trascorso lontano da casa sua, dal suo letto, dentro un buco nero di cui sostiene di non ricordare nulla.

Alix si lava furiosamente i denti in bagno, fissando il volto deformato di una moglie tradita che la guarda dallo specchio. Non è mai stata una moglie tradita, prima d'ora. Non aveva mai sospettato, in tutti gli anni trascorsi insieme, che suo marito potesse essere il tipo di uomo che rimorchia altre donne nei pub e se le porta in albergo per poi tornare a casa ventiquattr'ore dopo e fingere di non ricordare nulla. Non aveva mai dovuto affrontare questa sensazione prima d'ora, ed è nauseante.

Pensa alle sue sorelle, che sono già arrabbiate con Nathan perché non è tornato a casa a mezzanotte, immagina cosa penserebbero se vedessero quello che ha appena trovato sul fondo della scarpiera, immagina le cose che le direbbero di fare, le punizioni che dovrebbe infliggere, le azioni che dovrebbe intraprendere, e pensa, no, per carità, questa cosa la vuole affrontare a modo suo. Con calma, razionalmente. Alix non è una persona impulsiva o che tende a drammatizzare. Lei preferisce distanziarsi dalle situazioni che la fanno stare male, preferisce guardarle con obiettività, come se stessero accadendo a qualcun altro, e poi prendere una decisione basata sul modo migliore per mantenere la pace e lo status quo, perché Alix, per quanto le dispiaccia ammetterlo con sé stessa, ha bisogno di mantenere lo status quo, per il bene dei bambini, per il bene del suo stile di vita, per il bene di tutti quanti. Ha troppo da perdere se reagisce sotto l'impulso della rabbia, davvero troppo. Deve dare a Nathan la possibilità di dimostrare che le sue paure sono infondate e poi potranno ricominciare.

A mezzanotte e sette minuti torna a sedersi sull'orlo del letto e digita il suo numero.

Il telefono squilla.

Ore 00:30

È mezzanotte passata e Josie si figura Alix nella sua camera da letto, che si chiede come mai il suo stupido marito non sia ancora tornato a casa. Se la immagina mentre si china nello spogliatoio e trova gli indizi che lei stessa ha lasciato nella scarpiera stamattina, prima di uscire: la custodia della chiave, la bustina, il numero di telefono illeggibile accanto a un nome di donna che lei stessa ha aggiunto. Daisy. Era soddisfatta della sua scelta. Il tipo di nome molto femminile e con un che di giovanile che in Alix avrebbe fatto scattare un campanello d'allarme.

Se la immagina che chiama il suo stupido marito, e il telefono di lui che squilla a vuoto senza risposta.

Si immagina lo stupido marito di Alix a tracannare shottini in un affollato bar di Soho, dove è tutto preso a scambiare battute con l'attraente Katelyn.

Il suo telefono squilla e lei guarda chi è. È Katelyn, appunto.

Stiamo entrando. Quando arrivi?

Adesso, risponde lei. *Esco subito.*

Domenica 21 luglio

Alix non riesce a dormire. Sono quasi le tre di notte e lei giace sveglia, supina, lo sguardo rivolto al soffitto. L'aria è calda e appiccicosa, un ventilatore elettrico fa frusciare le pagine del libro in brossura sul comodino. È scioccata, e allo stesso tempo non è affatto sorpresa di essere stata bidonata da Nathan. Si sente umiliata per aver pensato che promettergli di fare l'amore con lui fosse sufficiente a invogliarlo a tornare a casa entro mezzanotte: con tutta evidenza, suo marito non ha bisogno di tornare a casa per trovare qualcuno che voglia andare a letto con lui.

Ripassa col pensiero le tante volte in cui lui ha espresso il suo fastidio per gli uomini che tradiscono le mogli. I suoi amici sono tutti «bravi ragazzi», dice, e non lo farebbero mai. Le tante volte che lui ha detto e ripetuto che non potrebbe mai essere davvero amico di uomini che con le mogli si comportano così. E adesso, invece... Daisy, cocaina, stanza numero 23.

Alix ha mandato un messaggio a Giovanni verso l'una di notte, e lui le ha detto di aver lasciato Nathan in un bar di Soho poco prima di mezzanotte.

Da solo? ha chiesto lei.

Per quanto ne so sì, ha risposto lui, e in quel momento Alix ha capito che le stava mentendo.

Vorrebbe essere il tipo di donna che tiene una scorta di sonniferi nell'armadietto del bagno, come nei telefilm americani. Vorrebbe poter fare qualcosa per staccare il cervello. Alla fine decide di alzarsi e scendere al piano di sotto. La gatta è felice di avere un'inattesa compagnia notturna e Alix si accovaccia per accarezzarla. Dal tetto trasparente della veranda vede una luna enorme. E si mette a fantasticare che la stessa luna color arancio incomba su Nathan, ovunque si trovi, qualunque cosa stia facendo, e che magari stia brillando sulla pelle morbida dell'incavo della sua schiena, mentre si muove dentro e fuori una donna senza volto di nome Daisy, nella stanza di un boutique hotel, chissà dove.

Alix si sveglia alle cinque. La prima cosa che fa è prendere il telefono e controllare se c'è qualche chiamata o un messaggio, un qualunque indizio che possa far pensare che suo marito stia tornando a casa. Ma non c'è nulla, zero. Appoggia il telefono sul comodino e si sdraia di nuovo. Il sole sta sorgendo e le tende brillano di un rosa pesca, mentre la casa scricchiola e sospira come se stesse riprendendo le sue normali dimensioni. Dà da mangiare alla gatta e beve un bicchierone d'acqua; un attimo dopo sente dei passi nel corridoio e vede comparire Petal.

La vista della nipote, esile e fresca nella sua camiciola da notte in cotone azzurro, in contrasto con l'oscuro grigiore dei pensieri che ha ruminato per tutta la notte, le toglie quasi il fiato. «Buongiorno, tesoro» dice. «Ti sei alzata presto».

«Mi piace alzarmi presto sempre» dice la bambina. «Mi piace stare un po' da sola».

Alix annuisce e le sorride, poi le dà qualcosa da mangiare e un bicchiere di succo di frutta. Spalanca le porte sul retro per far uscire l'aria stantia della notte. Svuota la lavastoviglie e di tanto in tanto guarda Petal, che mangia lentamente una ciotola di cereali Special K appoggiata al tavolo della cucina. Non le parla, lascia che si goda la sua solitudine mattutina. Chiama Nathan. Prepara un caffè. Chiama di nuovo Nathan. Non ha idea, neanche la più pallida idea di cosa fare.

Ad Alix non era mai capitato che il tempo passasse così lento, non come quel giorno. Alle sette è tornata a letto, ha dormito per un'oretta, ma ora è di nuovo sveglia, il sole del mattino che filtra caldo dalle tende e brucia la pelle, la testa piena di aghi pungenti di ansia e schegge di pensieri frammentati. Si costringe a mangiare un po' di pane tostato e trangugia tre caffè di fila, senza alleviare minimamente l'immensa stanchezza che la schiaccia. Per quanto tempo, si chiede, può limitarsi a stare seduta ad aspettare?

Alle nove ritiene che chiamare Giovanni non sia inopportuno. Lui risponde subito. «Gio» esordisce, «Nathan non è ancora tornato a casa. Ti prego, se c'è qualcosa che non mi stai dicendo, è il momento di parlare!»

Il silenzio denso e putrido all'altro capo del filo dice ad Alix più di quello che vorrebbe. «No, niente» dice lui, sulla difensiva. «No, l'abbiamo lasciato in un bar, come sempre. Non c'era niente di strano».

«Be'» dice Zoe, quando Alix glielo riferisce un attimo dopo. «Codice d'onore tra maschi. Che cosa ti aspettavi che ti dicesse?»

Alix sospira. Sa che Zoe ha ragione.

«A che ora rientra di solito dopo una sbronza?» chiede la sorella.

«Al pomeriggio».

«Be', allora non preoccupiamoci fino al pomeriggio» dice Zoe e Alix annuisce, ma poi le viene in mente una cosa, tira fuori il telefono e apre l'applicazione della banca. Lei e Nathan hanno un conto corrente in comune. L'hanno sempre avuto, da quando è diventato evidente che Alix non sarebbe mai arrivata a guadagnare molto e in compenso Nathan sì. Nathan non lo guarda mai. Non guarda mai gli estratti conto, né i conti dei ristoranti, né conserva le ricevute. Spende presumendo di bilanciare suppergiù le uscite con le entrate, e in generale ha ragione.

Alix scorre l'elenco degli addebiti in sospeso sul suo estratto conto online, alla ricerca di qualcosa che indichi dove potrebbe essere finito, ma non trova nulla. Non c'è nulla dopo il pagamento di 25,60 sterline al bar del West End in cui, stando a Giovanni, si sono salutati. Nessun pagamento a Uber. Nessun addebito in un hotel. Niente. Suo marito è scomparso senza lasciare tracce.

Arriva il pomeriggio. Nuvole scure si addensano sopra le teste e la temperatura finalmente scende di un paio di gradi. Zoe e Maxine sono rimaste più a lungo del previsto e nell'aria c'è una strana inquietudine, come se fossero in una sala d'attesa ad aspettare un annuncio di qualche tipo.

Alix passa un'ora nella cabina armadio a rovistare nelle tasche dei vestiti di Nathan, alla ricerca di qualche altro indizio che spieghi il suo comportamento, ma non trova nulla. Le sorelle le dicono che dovrebbe mangiare qualcosa, ma lei non ci riesce. Non riesce a pensare. Riesce a malapena a respirare.

Le nuvole scure si addensano sempre più e, appena dopo le quattro, comincia un brontolio di tuoni; alle quattro e mezza la pioggia scroscia, l'aria si satura del tipico odore di terra bagnata e il caldo finalmente cala. Corrono a chiudere le finestre di tutta la casa. Alix chiama di nuovo Giovanni, ma lui non risponde. Le sue sorelle le dicono che nel giro di un'ora devono andare, che i figli devono fare i compiti, i gatti hanno bisogno di mangiare, domani c'è scuola, e Alix si rende conto che nel momento in cui se ne andranno lei sarà intrappolata in casa, non potrà uscire lasciando i bambini da soli; allora si toglie in fretta il vestito estivo, indossa i leggings e le scarpe da ginnastica e a passo veloce si dirige verso la casa di Giovanni, che dista meno di un chilometro. Lui le sta mentendo, lo sa che le sta mentendo. Ha bisogno di vederlo in faccia, di guardarlo negli occhi, di guardare negli occhi la sua compagna e scoprire la verità su quello che è successo ieri sera.

Lui sembra sorpreso quando la vede sulla porta. Prima la socchiude appena, poi la spalanca con un sospiro come di resa. «Non si è ancora fatto vivo?» chiede remissivo.

«No. Ancora niente. E per favore, Gio, non trattarmi come un'idiota. So che è successo qualcosa ieri sera. Guarda!» E tira fuori dalle tasche le cose che ha trovato nella scarpiera. «Guarda» ripete. «Sono di Nathan queste cose, le ho trovate ieri sera. Lui dice sempre che è candido come un giglio, e poi scopro numeri di telefono di ragazze scarabocchiati su tovagliolini di carta e bustine di cocaina. Quindi per favore, e lo dico sul serio, sii sincero con me: c'era una ragazza con voi ieri sera? Dimmelo e basta!»

A quel punto Giovanni sembra sgonfiarsi, la invita a entrare e la fa sedere al tavolo della cucina, ricoperto da ciò che resta di un pranzo in famiglia, piatti e stoviglie portati in salvo dalla pioggia improvvisa ancora con gli schizzi di acqua piovana sui bordi. Vede Giovanni e la sua compagna scambiarsi un'occhiata, poi lui si volta verso di lei e dice: «C'era una ragazza, ma davvero, Alix, in tutta sincerità, non vuol dire niente. Ti giuro che Nathan non è mai uscito con una ragazza prima d'ora. Non so chi sia questa Daisy del tovagliolino. Forse una che voleva un lavoro o cercava un ufficio, qualcosa del genere. Capita di parlare con un sacco di gente quando siamo fuori a bere, ma lui non è mai andato via con una donna, te lo giuro. Ieri sera questa tipa è venuta a sedersi con noi, ha detto di chiamarsi Katelyn e che la sua amica le aveva dato buca. Ci ha chiesto se poteva stare lì per un po' ed è rimasta a bere con noi. Quando abbiamo lasciato il pub per andare al bar di Soho è venuta anche lei, ma ti giuro, Alix, che tra loro non è successo niente. Nathan continuava a parlare di te, a dire che era sposato e quanto eri bella».

Alix sbatte lentamente le palpebre, fissa la fede nuziale e la fa girare una volta intorno al dito prima di alzare di nuovo gli occhi su Giovanni. «E poi cosa è successo?»

«Cosa vuoi dire?»

«Mi hai detto di aver lasciato Nathan al bar a mezzanotte. Se n'è andata anche lei?»

Giovanni abbassa lo sguardo sul piano del tavolo. Scuote piano la testa. Ma poi alza subito gli occhi verso di lei e risponde: «Ci ha detto che lo avrebbe riaccompagnato a casa lei. Nathan le aveva accennato che c'era in ballo una promessa, e ci avrebbe pensato lei a farlo tornare a casa in tempo per... be', lo sai, no?»

Alix sbuffa e lascia cadere la testa all'indietro. «Ha raccontato a una perfetta sconosciuta della nostra vita sessuale?»

Giovanni annuisce di nuovo. «Ma credimi, era giusto così, per divertimento. Tanto per fare qualche battuta. Sembrava una di noi, sai, non aveva l'aria di...»

«Di che cosa?»

«Non lo so, non aveva l'aria di una che voleva rimorchiarlo. Sembrava solo una di quelle serate in cui Nathan non è capace di fermarsi. Lo sai com'è. Una di quelle serate in cui va a finire che si perde e... se devo dirti la verità, credo che siamo stati contenti che non rimanesse da solo, in modo da potercene tornare a casa senza patemi». Alza lo sguardo verso di lei con aria afflitta. «Sono sicuro che tornerà presto» dice. «Sai com'è fatto, probabilmente è già a casa, o starà entrando adesso». Le sorride, ma lei non ricambia.

«Che aspetto aveva questa Katelyn?»

«Be', era molto carina» dice, con il tono di volersi scusare.

«Quanti anni aveva?»

«Più giovane di noi, sicuramente. Tra i venticinque e i trenta, o giù di lì.»

Lei sospira e alza gli occhi al cielo. «Vorrei che me lo avessi detto prima» dice. «Vorrei che non mi avessi mentito».

«Mi dispiace, Alix» dice lui, raccattando un pezzetto di carta con le unghie. «Mi dispiace davvero».

Lunedì 22 luglio

Accompagnare i bambini a scuola la mattina dopo ha qualcosa di surreale. L'aria è fresca e verde, e lei ha indossato una giacca sopra gli abiti estivi. Le strade brulicano di bambini vestiti di azzurro e di blu. Alix li scruta. Nessuno di loro ha un padre scomparso durante il fine settimana.

Dieci minuti dopo essere tornata a casa, si accorge di avere una chiamata persa da un numero che non riconosce. Lo cerca su Google e sente una scossa di energia nervosa quando vede che è quello di un hotel vicino a Tottenham Court Road, e un'ondata di sollievo la attraversa. Immagina Nathan che si sveglia dopo la più grande ciucca di sempre, si strofina gli occhi, guarda l'ora, si rende conto che è stato in coma per quarantotto ore, cerca il suo telefono, scopre che è scarico, usa la linea fissa dell'hotel per chiamarla e tutto ritorna a posto. Lei richiama subito, con le mani che le tremano appena.

«Salve!» dice in tono vivace alla donna dalla voce giovane che risponde al telefono. «Presumo che mio marito abbia appena chiamato da questo numero. Nathan Summer. È lì da voi?»

Una breve pausa di silenzio, poi la giovane donna dice: «Oh, salve. Parlo con Alix Summer?»

«Sì, sì, sono... Scusi, come fa a sapere il mio nome?»

«Be', in realtà sono io che l'ho appena chiamata, signora Summer. Mi dispiace molto, non sapevo cos'altro fare. Ma il signor Summer è stato qui da noi questo fine settimana e purtroppo, quando stamattina ci siamo resi conto che non aveva fatto il check-out, abbiamo usato il passepartout per entrare nella sua stanza e abbiamo riscontrato parecchi danni. Abbiamo trovato il suo biglietto da visita nella stanza e abbiamo provato a chiamarlo un paio di volte sul cellulare, ma c'era sempre la segreteria telefonica, così ho chiamato il numero dell'ufficio per vedere se riuscivo a contattarlo in quel modo, ma mi hanno detto che oggi non era al lavoro e mi hanno dato il suo numero, signora, e spero che non le dispiaccia se l'ho chiamata».

Alix è raggelata, mentre diversi scenari le si affollano nella testa. Alla fine dice: «No, certo che no».

«Temo che dovremo addebitare al signor Summer i danni alla stanza».

«Scusi, può spiegarmi meglio cosa è successo? Un passo alla volta, perché temo di non capire bene».

«Oh, sì, certo!» risponde vivacemente la donna. «Il signor Summer è arrivato qui sabato sera, un po' sul tardi. La sua compagna ci ha detto di aver pagato online per due notti».

«Compagna?»

«Sì, la persona che era con lui».

«E chi era?»

«Mi spiace, non glielo so dire, sabato sera non ero di turno, ma la stanza in effetti era stata prenotata e già pagata per due notti. Sembra che il signor Summer se ne sia andato a un certo punto della domenica senza fare il check-out, nessuno lo ha visto uscire e non c'è nessuna registrazione, e quando stamattina siamo andati nella sua stanza per chiedergli di liberarla, l'abbiamo trovata vuota. Nessuna traccia di lui o della sua accompagnatrice. E la stanza, mi spiace dirlo, era devastata».

«Devastata?»

«Sì, e temo che dovremo richiedere una certa somma per coprire i costi. E poiché la carta della sua accompagnatrice è stata rifiutata e non riusciamo a contattare il signor Summer, le saremmo molto grati se potesse aiutarci a risolvere il problema».

«La stanza» dice Alix. «La stanza di mio marito è già stata riordinata? È stata pulita?»

«No, stiamo aspettando che la direzione mandi qualcuno di una ditta di pulizie specializzata. Non è stata toccata».

«Okay, allora vorrei vederla, per favore. Perché mio marito non è tornato a casa, è scomparso, e forse nella stanza potrebbe esserci qualcosa in grado di spiegare dove si trova, dove è andato. La prego, posso essere lì tra mezz'ora al massimo».

C'è un breve silenzio, mentre la donna va a chiedere al responsabile e poi riprende la linea. «D'accordo, va bene. Ci vediamo tra mezz'ora».

La receptionist consegna ad Alix la tessera magnetica. «È la stanza 18» dice. «Al primo piano. Laggiù e poi salga le scale».

Alix percorre il corridoio e sale una stretta scala.

La stanza 18 è la seconda a sinistra. Appoggia la tessera sul pannello e la porta si apre con uno scatto.

Le tende sono tirate e gli occhi ci mettono qualche istante ad abituarsi all'oscurità, prima di trovare la fessura per la chiave magnetica e attivare l'illuminazione. La visione è sconvolgente.

La stanza è stata messa a soqquadro. Le lenzuola sono state pressoché tolte dal letto, lasciando scoperto il materasso, e il piumone è per metà sul pavimento. Il minibar è stato saccheggiato; ci sono i vuoti sparsi per tutto il pavimento. I resti di un takeaway di McDonald's sono sparsi ovunque: confezioni di carta sporche di ketchup e sacchetti unti di patatine fredde. Alix si fa strada nel caos e va verso il bagno. Qui ci sono asciugamani bagnati sul pavimento, lattine di cocktail vuote nel lavandino, e lì – lo stomaco di Alix si rivolta con violenza – biancheria intima femminile, un perizoma di pizzo a buon mercato abbandonato sul pavimento, capelli biondi e ricci nel lavandino, una sbavatura di lucidalabbra colorato sull'orlo di un bicchiere e l'odore, l'inconfondibile odore di donna ovunque nell'aria.

Alix si siede sul bordo della vasca e si guarda intorno. Si alza lentamente e scruta il cestino, in cerca di indizi. Tornata in camera da letto, comincia a vedere qualcosa di più di un interludio sessuale tra due ubriachi. Vede un quadro appeso storto alla parete, con una crepa nel vetro. Vede una lampada da tavolo rovesciata. Il comodino è ruotato di novanta gradi. E lì, mentre si accovaccia sempre più in basso sul pavimento di legno, vede una macchiolina che all'inizio sembra una crema spalmabile tipo *marmite*, o forse ketchup del McDonald's, ma che sulla punta del dito appare come sangue, scarlatto e brillante.

Trasalisce alla vista e si alza così di scatto che il *suo* sangue le va alla testa. Sta girando in tondo, cercando altre risposte alle mille domande che le vengono in mente osservando i dettagli della stanza, ma non trova nulla. Una lotta. Una ragazza. Roba da mangiare. Alcol. Un perizoma abbandonato.

Alix si siede sul bordo del letto buttato all'aria e tira fuori il telefono. Chiama Nathan e parte la segreteria telefonica. Torna alla reception e, quando parla con la giovane donna al banco, si rende conto che sta piangendo. «Per favore» dice, «per favore, ho bisogno di vedere i vostri registri, ho bisogno di vedere i filmati delle telecamere di sorveglianza. Mio marito è scomparso, non so dove sia e non posso sopportare un altro giorno come questo. Non posso sopportare un altro giorno senza sapere nulla, la prego».

La receptionist sorride nervosa e dice: «Mi lasci chiedere alla responsabile, mi dia un minuto».

Un attimo dopo, una donna affascinante con i capelli neri tinti esce dall'ufficio dietro la reception. Il cartellino al bavero recita «Astrid Pagano» e ha intricati tatuaggi neri su entrambi gli avambracci.

«Per favore» dice con voce dolce, «venga con me». Le fa cenno di entrare nell'ufficio sul retro e Alix la segue.

È una stanzetta minuscola, in cui si ritrovano schiacciate una contro l'altra davanti ai monitor della sicurezza, gomito a gomito. «Mi dispiace» dice Astrid. «Mi dispiace molto che stia passando un momento difficile. Vediamo se riusciamo a trovare delle risposte».

Ci vogliono alcuni minuti per trovare quello che stanno cercando. Sullo schermo appare il timecode «DOMENICA 01:41». Per prima cosa si vedono Nathan e una bella donna bionda entrare nell'hotel. Alix suppone che si tratti di Katelyn, la ragazza di cui le ha parlato Giovanni. Sembra meno giovane di quanto avesse immaginato; ha una massa di capelli ricci biondi legati in una coda di cavallo e lineamenti molto delicati. Indossa jeans bianchi, scarpe da ginnastica bianche, un morbido top nero che le lascia scoperte le spalle e la schiena, grandi orecchini d'oro, e sembra una dea. Al confronto Nathan, che la segue, appare ridicolo. Riesce a malapena a mettere un piede davanti all'altro e deve appoggiarsi al muro quando raggiunge la porta d'ingresso, per evitare di cadere. Il video si sposta su un altro schermo e Alix osserva Nathan che incespica dietro Katelyn mentre lei provvede al check-in. Ha visto Nathan sbronzo molte volte, ma mai così ubriaco come in questo filmato. Poi scompaiono dallo schermo per andare verso le scale sul retro dell'hotel. Astrid va avanti veloce per le due ore successive, poi mette in pausa e rallenta di nuovo il filmato intorno alle tre di notte. Ecco Nathan, è vestito e ancora vacillante. Sbatte contro il tavolo della consolle di fronte alla reception, poi si ferma un attimo e prende il telefono dalla tasca. Lo accende e lo guarda accigliato, ondeggiando appena sul posto mentre cerca di mettere a fuoco lo schermo. Poi rimette il telefono in tasca e si dirige verso la porta d'ingresso. Adesso è la volta del secondo monitor ed eccolo lì, Nathan, fuori nella strada buia, illuminato per un istante dalla luce diretta di un lampione, e poi di nuovo in ombra mentre si allontana. Viene illuminato dai fari di un'auto che si sta avvicinando e si gira, quasi perdendo l'equilibrio. Per un attimo si fa schermo agli occhi col dorso della mano, poi sorride e abbozza un cenno di saluto.

L'auto accosta e si ferma sulla sinistra dell'hotel, a malapena visibile nell'inquadratura. Nathan si allontana dall'ingresso, percorre il marciapiede e si avvicina all'auto dal lato del passeggero. Alix lo guarda mentre va ad aprire la portiera, poi si blocca e fissa la persona al volante, sembra cambiare idea, poi però torna indietro, forse perché quella persona gli dice qualcosa, e un attimo dopo lui sale. Infine l'auto si allontana lentamente e la strada è di nuovo immersa nell'oscurità.

«Riconosce quella macchina?» chiede Astrid.

Alix scuote la testa. «Possiamo riavvolgere un po' il video, fino al momento in cui arriva? Lì» dice. «Metta in pausa proprio lì, per favore».

Astrid tocca il pulsante «Pausa» sullo schermo ed ecco la targa, perfettamente leggibile. Astrid passa ad Alix un foglio di carta e una penna e lei la trascrive.

«Forse è un Uber» dice Astrid.

Alix scuote la testa. «No. Nathan non salirebbe mai davanti su un Uber, si siede sempre dietro. Sembra che si aspettasse che l'autista fosse una faccia nota, e poi invece scopre che non è così, non lo conosce. Ma sale lo stesso...» La sua voce si spegne. Niente di tutto ciò ha senso. Di chi pensava che fosse la macchina? Chi si aspettava di vedere suo marito, lì, alle tre di notte? Di chi era il messaggio che aveva letto sul telefono prima di uscire?

Astrid sta per interrompere il video, ma Alix la ferma. «Posso vederla uscire, per favore? La donna, intendo. Le spiace?»

«No, si figuri».

Ed ecco Katelyn, pochi secondi dopo, con un'aria disinvolta e in perfetto ordine. Non mostra alcun segno visibile di qualunque cosa possa essere successa tra lei e Nathan nella stanza d'albergo messa a soqquadro: non un capello fuori posto, i jeans ancora di un bianco immacolato. Ma proprio mentre la bionda supera la reception, Alix lo nota: un graffio rosso e fresco su una guancia. Katelyn si gira di nuovo e sparisce, ma Alix non chiede ad Astrid di mettere in pausa, questa volta. Non vuole vederlo di nuovo. Non vuole sapere.

«Ha il nome della donna che ha prenotato la stanza? Sa chi era? Era lei? Si chiama Katelyn, per caso?»

Astrid cambia schermo per entrare nel sistema di prenotazione dell'hotel e clicca più volte. «Vediamo» dice, «allora... la prenotazione è stata effettuata tramite un sito, all'inizio della giornata. E no, non è stata fatta a nome di Katelyn». Si ferma e inspira forte. «E non dovrei proprio dirglielo, come di certo saprà, ma oggi qui il capo sono io e capisco quanto è importante. Quindi...» Si volta verso lo schermo e clicca su un altro pulsante. «Vedo che la prenotazione è stata fatta a nome di suo marito, ma pagata con una carta di credito intestata a qualcun altro. Il nome che risulta sulla carta» si volta verso Alix e annuisce solo una volta, come se sapesse già qualcosa «è Erin Jade Fair».

Ciao, sono la tua gemella di compleanno!
UNA SERIE ORIGINALE NETFLIX

Lo schermo mostra di nuovo Katelyn Rand, seduta sul divano rosso. Sospira e dice:

«Allora, poco dopo le due chiacchiere da Stitch, dopo che le ho lasciato il mio numero e lei mi ha detto che forse aveva una cosetta per me, Josie mi ha chiamato. Il punto, almeno così pareva, era beccare sul fatto il marito della sua amica mentre la tradiva. Stando a Josie, erano anni che 'sto tizio andava a letto con questa e con quella – già, gli uomini, eh? – ma la moglie si rifiutava di credere ai suoi stessi occhi, alle sue stesse orecchie. Josie voleva solo che la sua amica sapesse, vedesse, cominciasse a capire di cos'era capace suo marito. Io le ho detto che non mi andava, perché io sono un'attrice, mica una squillo».

Katelyn ride e scuote la testa.

«E lei mi fa: "Non devi mica andare a letto con lui. Devi solo portarlo in una stanza d'albergo. E fare in modo che *sembri* che sei andata a letto con lui. Al resto provvedo io". Allora, io ho subito pensato che era una stronzata. Mi sembrava una follia. Ma poi Josie ha aggiunto... mi ha detto che mi avrebbe pagato mille sterline. E io ho pensato: Ma sì, perché no? Mille sterline per neanche una notte di lavoro. Così ho detto di sì, in attesa di ulteriori istruzioni».

L'intervistatore interviene fuori campo. «E quali sono state queste istruzioni?»

«Mi ha detto di andare in un certo pub dalle parti di Oxford Street e di attaccare bottone con lui. Era quel fine settimana di metà luglio in cui faceva un caldo tremendo, se lo ricorda? Quando c'erano tipo trentacinque gradi o anche di più. Comunque io arrivo lì e mi metto a parlare con lui. Ed è davvero un bel tipo, simpatico. Lui e i suoi amici, ragazzi adorabili. Lui continua a dire che deve tornare a casa perché sua moglie gli ha promesso una scopata, più che una battuta era diventato un ritornello, e io mi sentivo molto a disagio, sa? Veramente tanto. Pensavo: Be', farò del mio meglio, ma non posso mica fare miracoli. È chiaro che sulla mia scelta hanno influito anche le mille sterline, non lo nego. Ma poi, dopo il quinto shot di tequila, gli ho visto gli occhi che ormai erano persi, e ho capito che non sarebbe andato a casa a scoparsi sua moglie. Povera donna».

Alza lo sguardo verso l'intervistatore e gli rivolge un sorriso mesto.

«Poveri entrambi, in effetti, certo».

Mezzogiorno

Alix rimane davanti alla casa di Pat per quasi dieci minuti continuando a suonare il campanello, finché non appare una vicina alla porta dell'appartamento accanto e le dice che Pat non c'è, è uscita sabato mattina per andare all'aeroporto, a Stansted, stava partendo per le vacanze e no, lei non ha proprio idea di dove sia andata. Forse da qualche parte in Spagna, ma chi lo sa?

«Ma ci è andata con sua figlia?»

«Con Josie?»

«Sì, è venuta a stare qui con la madre, o almeno così mi ha detto».

«Io non l'ho vista Josie che andava via con lei» dice la vicina. «Non vedo Josie da mesi, anzi. Quando Pat è uscita di casa sabato, era da sola. Ma se vedo Josie le dico che la sta cercando, va bene?»

«Sì» risponde lei poco convinta. «Sì, grazie».

Da lì Alix va dritto a casa di Josie, in Manor Park Road. Sbircia dalla finestra ma non vede alcun segno di vita. È esattamente come l'ultima volta che è stata qui. Il computer portatile, chiuso, è ancora appoggiato sul tavolo marrone nel bovindo. In camera il letto è ancora fatto. Si accorge che c'è una rientranza laterale sulla sinistra dell'edificio in cui abita Josie, ostruita da una schiera di cassonetti della spazzatura. Ne sposta un paio e poi si alza in punta di piedi per sbirciare dalla finestrella sporca che affaccia sul cortile. Le tende sono tirate, ma c'è una piccola fessura dalla quale Alix intravede uno scorcio che dà un'impressione di disordine e squallore, pile di vestiti e scatole e l'angolo di un letto sfatto, la gamba di una poltrona da gioco nera e rossa.

Deve essere la stanza di Erin, pensa.

Nella rientranza c'è puzza. I cassonetti sono traboccanti ed è l'ultimo colpo di coda di un'ondata di caldo. Si copre la bocca con la mano e torna sul marciapiede. Suona il campanello, anche se sa già che nessuno verrà ad aprire. E poi, dato che nessuno risponde, prende la via di casa.

Un aspetto molto positivo dell'avere intervistato nel corso degli anni una così vasta gamma di donne è che Alix ha accesso a vari tipi di competenze. A volte ha approfittato del fatto di avere certi indirizzi email nella sua rubrica, come adesso che si siede al suo portatile e cerca Joanna Dafoe, vicecommissario della Polizia metropolitana di Londra, che ha avuto come ospite nel suo podcast qualche anno prima e con la quale aveva legato, grazie al comune amore per i gatti siberiani e all'abitudine di mangiare quattro Weetabix alla volta.

> Scusami, Joanna, so di essere sfacciata, ma mio marito è scomparso e sono abbastanza sicura che stia solo dormendo da qualche parte dopo essersi fatto la peggior sbevazzata di sempre, però ho visto un filmato delle telecamere a cir-

cuito chiuso in cui veniva prelevato da un'auto sconosciuta nel cuore della notte e non sembrava un Uber. Ho la targa, pensi che sia possibile scoprire a chi è intestata l'auto?

Poco dopo va a prendere Leon ed Eliza a scuola. Il sole splende, c'è una brezza fresca e l'atmosfera è calma perché si va verso la fine dell'anno scolastico, con la promessa delle lunghe vacanze estive ormai imminenti, tra appena tre giorni. Per un momento Alix ha la sensazione che tutto possa ancora essere normale, che tornerà a casa e troverà Nathan che l'aspetta in cucina, con l'aria imbarazzata, ma pochi minuti dopo controlla la posta elettronica e trova una risposta di Joanna Dafoe, vicecommissario della Met.

Ciao, Alix,

lieta di sentirti. Mi dispiace che tu stia passando un brutto momento. La targa risulta registrata presso una società di noleggio. L'auto è stata noleggiata sabato da una certa Erin Jade Fair. Spero che questo ti sia d'aiuto! E per favore, fai una coccola da parte mia a Skye.

Alix legge l'email due, tre volte. Poi spinge il portatile lontano da sé e sussulta, mettendosi le mani sulla bocca. I suoi pensieri si agitano e si scontrano brutalmente l'uno con l'altro, poi si fa strada la chiarezza e lei prende il telefono e chiama la polizia.

«So che può sembrare folle» esordisce, «ma credo che mio marito sia stato rapito».

Ciao, sono la tua gemella di compleanno!
UNA SERIE ORIGINALE NETFLIX

Sullo schermo appare una donna dall'aspetto compunto, seduta su un lungo divano di pelle davanti a un'alta finestra con le tende di velluto. Indossa un tailleur pantalone e stivaletti con tacco.

La didascalia in basso recita:

DETECTIVE SABRINA ALBRIGHT, POLIZIA METROPOLITANA DI LONDRA

«All'inizio non l'abbiamo presa sul serio. Un agente immobiliare di Queen's Park, col vizio di sparire per notti intere quando si dava all'alcol, rapito da una casalinga su un'auto a noleggio nel cuore della notte? Ci era sembrata un'assurdità, abbiamo pensato che i due avessero una relazione. Gente confusa, vite confuse. Non era tra le nostre priorità. Ma poi, qualche ora dopo, abbiamo ricevuto la telefonata».

Intervistatore, fuori campo: «La telefonata?»

«Sì, una chiamata anonima, da un telefono pubblico di Bristol».

L'audio riproduce la registrazione di una chiamata alla polizia.

«Salve, ehm, devo denunciare la scomparsa di una persona. È una mia... amica, si chiama Erin Fair. E anche di suo padre, Walter Fair. Vivono al 43A di Manor Park Road, NW6. Non li sento da un bel po', da più di una settimana. Erin ha delle esigenze speciali e suo padre è parecchio anziano, di solito non escono mai di casa e mi chiedevo se qualcuno potesse andare a controllare. Per favore, sono molto preoccupata per loro».

La telecamera torna sulla detective Albright.

«Ci abbiamo messo qualche ora per collegare i due rapporti, le due menzioni dello stesso nome nello stesso giorno. Erin Fair. E poi, quando abbiamo fatto due più due, è stato come un fulmine».

La detective Albright traccia a gesti l'immagine di una testa che esplode.

«Abbiamo mandato un'autopattuglia a Manor Park Road e, be', quel che è successo dopo è di pubblico dominio».

Evening Standard, martedì 23 luglio

Una macabra scoperta è stata fatta lunedì sera in una strada secondaria di Kilburn. Agenti e investigatori della stazione di polizia di Kentish Town si sono recati in un appartamento al piano terra di una casa in Manor Park Road, dopo aver ricevuto una telefonata anonima da una donna di Bristol, preoccupata di non avere notizie di un'amica da qualche tempo. Non riuscendo a stabilire dove si trovassero Erin Fair e suo padre, e dopo aver parlato con i vicini, che hanno riferito di aver sentito forti urla e grida nella tarda serata di venerdì, oltre una settimana prima, la polizia è entrata con la forza nell'appartamento. Immediatamente gli agenti hanno avvertito un terribile odore che proveniva dall'interno dell'abitazione e pochi minuti dopo hanno scoperto i resti in via di decomposizione di Walter Fair, settantadue anni, nella vasca da bagno. Era stato picchiato brutalmente e lasciato con le braccia e le gambe legate. La polizia ha poi trovato la figlia del signor Fair, Erin Fair, ventitré anni, legata a una sedia di legno rosa in uno sgabuzzino del corridoio. La sedia era stata personalizzata con cinghie di cuoio e legacci per le gambe. Anche lei era stata picchiata e in un primo momento si è pensato che fosse morta, ma dopo aver dato segni di vita è stata ricoverata d'urgenza in ospedale, dove ora si trova nel reparto terapia intensiva, in stato di coma.

Secondo i vicini, la famiglia Fair non si vedeva da tempo e la signora Josie Fair, moglie di Walter, risulta irreperibile da quando è stata fatta la scoperta. La polizia sta attualmente indagando sulla sua scomparsa e su quella del signor Nathan Summer, un residente della zona che conosceva da poco la famiglia Fair. Il signor Summer è stato visto per l'ultima volta fuori da un hotel del centro di Londra, nelle prime ore di domenica mattina, mentre saliva su un'auto noleggiata tramite una carta di credito intestata alla figlia della signora Fair, Erin. La moglie del signor Summer, la popolare podcaster Alix Summer, ha registrato di recente un podcast con Josie Fair, che era stata ospite a casa loro nella settimana precedente la scomparsa del signor Summer, sostenendo di essere stata vittima di violenze domestiche da parte del marito.

I vicini sostengono che la famiglia Fair conduceva una vita appartata ed era di solito «molto discreta e tranquilla».

Mercoledì 24 luglio

Alix va a prendere i figli a scuola. Domani è l'ultimo giorno del trimestre e loro si presentano fuori dal cortile carichi di quaderni, vecchi progetti di sculture e altri lavori artistici, che affidano alla madre mentre chiacchierano e giocano tra loro. Le altre madri si avvicinano e le sfiorano il braccio, chiedendole se sta bene. Lei fa un sorriso forzato e annuisce. Ma non sta bene. Non sta bene per niente.

Non c'è stato alcun riscontro utile alle notizie riportate dai giornali. Nessuno pare avere avvistato l'auto a noleggio. Nessuno pare aver visto Nathan. Nessuno pare aver visto Josie. La carta di credito di Erin non è più stata utilizzata. Katelyn non si è fatta avanti. Nessuno che conosca Katelyn si è fatto avanti, anche se la sua immagine ripresa dalle telecamere di sicurezza dell'hotel con un vistoso graffio sulla guancia è stata ampiamente diffusa. Le gocce di sangue trovate sul pavimento dell'hotel di Tottenham Court Road sono state inviate al laboratorio per essere analizzate, e la polizia al momento sta cercando di rintracciare il mittente di alcuni messaggi trovati sul portatile di Erin. È stato lanciato un appello ai proprietari di cani e ai rifugi per cani, chiedendo loro di tenere gli occhi aperti nel caso vedano arrivare un pomchi. Si stanno esaminando i filmati delle telecamere di sicurezza degli sportelli bancomat utilizzati da chiunque abbia usato il bancomat di Erin per alleggerire il suo conto di quasi diecimila sterline in contanti, la scorsa settimana. Si stanno esaminando anche i filmati delle telecamere che coprono Manor Park Road, per capire se Josie sia stata vista in zona da quando se n'è andata nel cuore della notte, quasi due settimane fa, e sono stati rintracciati i passeggeri dei sei autobus transitati davanti alla casa dei Fair tra le undici e le tre della notte in cui Josie sostiene di essere stata picchiata da Walter, per verificare se qualcuno di loro possa aver visto qualcosa dal finestrino. Sono state rintracciate le persone con cui Erin aveva scambiato messaggi nei giorni e nelle settimane precedenti la sua scomparsa. Sono stati contattati i due figli di Walter nati dal primo matrimonio, che vivono in Canada, nonché i datori di lavoro e i colleghi di Josie.

Ma ormai sono passati quasi quattro giorni da quando Josie ha rapito Nathan davanti all'hotel di Tottenham Court Road e non è saltato fuori niente. Niente di niente.

Finora. Mentre Alix infila la chiave nella serratura della porta di casa, le squilla il telefono. È la detective Sabrina Albright. «Le volevo chiedere se riesce a passare in centrale uno di questi giorni per parlare con me e il mio collega, il detective Bryant. Può venire quando vuole. Abbiamo trovato alcuni oggetti a casa dei Fair, una strana sfilza di cose, tra cui la copia della rivista di arredamento che lei ha detto di aver visto prendere dalla signora Fair nel bidone per la carta mentre voi eravate fuori. E anche qualche altra cosa, oggetti che, be'... se potesse venire a dare un'occhiata, per vedere se ne riconosce qualcuno...»

«Posso venire anche subito. O meglio» si guarda intorno e lancia un'occhiata ai suoi due figli, ancora con la divisa della scuola, che si stanno togliendo le scarpe in corridoio, e calcola quanto tempo può metterci sua madre ad arrivare lì da Harrow, poi si corregge: «Mi dia un'ora. Posso essere lì tra un'ora».

Sul tavolo di fronte ad Alix ci sono una cialda Nespresso, un flacone del costoso sapone per le mani per il bagno degli ospiti, il braccialetto con i piccoli cristalli pendenti che Nathan le aveva regalato per il suo compleanno, uno scontrino del supermercato bio con la data del compleanno di Alix, la rivista di interni, un cucchiaino lucente, un disegno che Eliza aveva fatto per lei tre anni fa, quando era morto il loro cane Teeny, e che da allora stava sulla parete della cucina, e una striscia di fototessere di Leon. Lei sente un gusto acido in bocca alla vista di questi frammenti effimeri, piccoli e vitali, così intensamente privati, della sua famiglia sciorinati su un freddo e impersonale ripiano.

Ma ci sono anche altre cose su quel tavolo di fronte ad Alix. Una fotografia di due bimbi piccoli, seduti sulle ginocchia di una ragazzina, tutti e tre che guardano sorridenti verso la macchina fotografica. Un elastico per capelli in satin rosa. Una custodia per telefono di gomma con gemme disposte a fiore incollate sul retro. Una confezione vuota di Hubba Bubba. Un orecchino d'argento con appeso un crocifisso. Un tovagliolo di carta stropicciato con delle macchie rosa e un grande fiore di seta attaccato a una fettuccia elastica. Alix scuote la testa e dice: «Queste cose non sono nostre. Non so, potrebbero essere delle sue figlie... Lei però...» Lo sguardo le cade sulla foto della ragazza con i due bambini sulle ginocchia. «Questa ragazza non è né Erin né Roxy. Ma mi sembra un viso familiare. Mi sembra...» Alix cerca di ricordare dove potrebbe aver visto il suo volto. Quando infine lo capisce, indica la foto con il cuore che le batte all'impazzata e dice: «Brooke Ripley. È Brooke Ripley, vero? Guardatela! Ricordo che Josie ha detto che Brooke aveva due fratelli piccoli, un fratellastro e una sorellastra, mi sembra. E poi... un attimo...» Prende il telefono dalla borsa e cerca Brooke Ripley su Facebook. «Ecco». Mostra il telefono ai detective Bryant e Albright. «Guardate, è lei. E...» Lo sguardo le cade su un dettaglio della foto di Brooke la sera del ballo, un dettaglio che non aveva notato prima: un grande fiore bianco attaccato al polso. Sente un bruciore in gola e d'istinto, senza rendersene conto, si stringe lo stomaco con la sinistra. «Guardate» dice, gli occhi che passano dalla foto al fiore, per tornare poi sui due poliziotti. «Guardate».

I detective fissano gli oggetti e la foto sul telefono di Alix e una corrente di aria gelida sembra irrompere nel calore dell'ufficio.

«Ho anche trovato una chiave» aggiunge Alix col cuore in gola, rivolta a Sabrina. «Josie l'ha lasciata sotto il materasso nella mia stanza degli ospiti. È sporca di sangue».

«Ce la può descrivere?» chiede Sabrina.

«È piccola, dorata, o forse di ottone. Una chiave sola attaccata a una targhetta di plastica, di quelle che fanno parte di una confezione multipla, con la finestrella di plastica trasparente. Questa ha il numero 6 scritto sopra. Nient'altro. Ce l'ho a casa, ve la posso dare subito. Mi dispiace, avrei dovuto darvela prima, non mi è proprio venuto in mente».

«Non si preoccupi, lei ci è stata utilissima. E questo» Sabrina accenna al fiore di seta da polso, alla foto di Brooke Ripley con i suoi due fratellini «potrebbe essere molto importante. Faremo tutto il possibile per rintracciare i famigliari di Brooke. Nel frattempo faccia attenzione a sé e ai suoi figli, per favore. La chiameremo non appena avremo qualche novità».

Alix si alza per andarsene ma poi si ferma, le è tornato in mente un dettaglio che la assilla da giorni. «È tutto qui?» chiede agli agenti. «Non c'era una collana, con un pendente d'oro a forma di bombo?»

«No» dice Sabrina. «Non che io sappia, ma se salta fuori glielo farò sapere».

«Grazie» dice Alix, e le sue dita salgono d'istinto alla clavicola dove poggiava il pendente. «Ne sarei felice».

La madre di Alix alza lo sguardo dal tavolo della cucina dove è seduta con Leon quando, mezz'ora dopo, sente Alix chiudere la porta d'ingresso alle sue spalle. Un'occhiata silenziosa, per dire: Allora?

Alix scuote la testa, in modo appena percettibile, e dedica qualche minuto a riempire la lavastoviglie, collegare il telefono al caricabatteria, togliere i peli di gatto dal piano cottura. Quando ha finito, fa cenno alla madre di raggiungerla in giardino. Si siedono l'una accanto all'altra e guardano verso il muro sul retro. La luce brillante della sera risplende dorata sulle finestre dello studio di registrazione di Alix, che per un attimo si chiede se sarà mai di nuovo in grado di sedersi al sound desk, se sarà mai di nuovo in grado di interessarsi e concentrarsi sulla vita di qualcun altro con la mente sgombra da retropensieri.

«Dunque?» chiede la madre, dopo una breve pausa.

«Zero» risponde Alix. «Non hanno nessuna traccia. Ma...» Prova un leggero brivido ripensando a quanto è stato sgradevole vedere quei piccoli pezzi della sua vita, della sua casa, della sua famiglia sparpagliati su un tavolo, dopo essere stati estratti – pare – dalle profondità del cassetto della biancheria intima di Josie. Il pensiero del prezioso disegno di Eliza che ritrae Alix con Teeny, il suo cane all'epoca appena scomparso, e del viso un po' sbigottito di Leon, un bambino di quattro anni, entrambi annidati tra l'intimo triste e liso di Josie le suscita la nausea.

«Hanno trovato alcuni oggetti in uno dei suoi cassetti: cose che appartengono a me, che aveva rubato in casa. Niente di valore, solo cosette». La sua voce si incrina e stringe la mano della madre tra le sue, e sente che lei la stringe forte a sua volta.

Non le parla del braccialetto a fiore, di Brooke Ripley, della chiave sporca di sangue nascosta sotto il materasso di Josie. Si limita a tenerle la mano e a fissare il vuoto, trattenendo le lacrime che minacciano di sommergerla.

«Tornerà» dice sua madre a bassa voce. «So che tornerà, lo sento. È là da qualche parte, ma sarà a casa per il fine settimana, ne sono sicura».

Ed è proprio quello che Alix vuole sentirsi dire. Vuole pensare anche lei di riuscire a cogliere la sua presenza là fuori; vuole sentirsi certa che lui entrerà dalla porta questo fine settimana e avrà una storia da raccontarle davanti a un bicchiere di vino, e si rannicchieranno insieme nel letto, e lui sarà forse più esile, più magro, e la stringerà disperatamente tra le braccia per il sollievo di essere a casa. E non avranno fretta. Aspetteranno, prima di parlare di Katelyn e della stanza d'albergo; prima cercheranno di guarire, di riavvicinarsi, di ridare smalto al loro amore, e poi rimetteranno insieme i cocci di tutto ciò che si è rotto, talmente rotto da far finire Nathan in una stanza d'albergo con una ragazza di nome Katelyn. Alix desidera questo finale per la sua storia e dà un bacio leggero a sua madre su una guancia, dicendole: «Grazie, sì, hai ragione. Grazie davvero».

Ciao, sono la tua gemella di compleanno!
UNA SERIE ORIGINALE NETFLIX

Lo schermo mostra Katelyn Rand seduta sul divanetto di velluto rosso.

«Nathan continuava a ripetere che voleva andare a casa a fare sesso con sua moglie, anche se quasi non riusciva neanche a camminare diritto. Siamo finiti in un bar di Soho e mi sono accorta che i suoi amici ne avevano ormai abbastanza, e stavano diventando irrequieti. Faceva così caldo quella sera, e loro non erano mica dei giovincelli! Ma lui voleva continuare a bere, solo un bicchiere, ancora uno e poi basta. Così ho detto ai suoi amici: "Ehi, se volete potete anche andare, sapete? Lasciatelo a me, lo posso accompagnare io a casa". Così loro se ne sono andati e io ho detto a Nathan che lo avrei riaccompagnato, ma prima era meglio mangiare qualcosa per smaltire la sbornia, e l'ho portato all'hotel dove Josie mi aveva detto di portarlo. Mi aveva detto che c'era una stanza lì, prenotata a nome di Nathan e già pagata. Io dovevo solo fare il check-in. Più facile a dirsi che a farsi: riuscivo a malapena a farlo stare in piedi. Ho dovuto proprio sorreggerlo, mentre facevo tutto quanto il lavoro. Lui continuava a dire: "Dov'è Alix? È qui? È qui?"

«E io rispondevo: "Sì, è su di sopra che ti aspetta. Vieni, tesoro, ti accompagno su". Poi siamo entrati nella stanza e lui ha detto che aveva fame, così ho ordinato un takeaway da McDonald's; la cena è arrivata, abbiamo mangiato e lui si è scolato tutte le mignon del minibar. E per tutto il tempo ha continuato a chiedere: "Ma Alix dov'è, eh? Sta arrivando? Sta arrivando?"

«Gli ho detto sì, sì, sta arrivando, ha preso un Uber. Sarà qui a momenti. E poi... Be', lui ha cercato di andarsene. Già».

Katelyn si porta la mano alla nuca e se la massaggia, con un sorriso di scuse all'intervistatore fuori campo.

«Poi la cosa è degenerata. Io ero lì che guardavo il telefono in attesa di un messaggio di Josie che mi dicesse che stava arrivando, e continuavo a chiamarla. Avevo chiuso la porta e mi ci ero messa davanti. E lui stava dando di matto. "Lasciami andare. Lasciami andare!" E poi ha cominciato a lanciare roba in giro, a rovesciare le cose. Non mi ha toccata, però mi ha graffiato sulla guancia con il bordo di qualcosa di appuntito... un piccolo incidente, niente di che. Ero intrappolata in quella stanza con questo che non capiva più un tubo, sempre più fuori di testa, e Josie non mi rispondeva, non mi rispondeva più. Si è decisa finalmente a chiamarmi solo alle tre di notte. Mi ha detto di farlo uscire dall'hotel. Digli che Alix è fuori, in una Kia nera, targata... boh, quello che era. Così ho aperto la porta e l'ho lasciato andare. Ho mollato qualche capo intimo sul pavimento del bagno, ho spruzzato il mio profumo dappertutto, ho disfatto il letto. E me ne sono andata. Dieci minuti dopo, sul mio conto PayPal sono arrivate mille sterline. E con questo pensavo che fosse finita. Cristo santo».

Katelyn sospira e si passa di nuovo la mano sulla nuca.

«Ma mi sono sbagliata di grosso, vero?»

Giovedì 25 luglio

La madre di Alix rimane da lei per la notte. Il giorno dopo la accompagna alla cerimonia di fine anno nell'aula magna della scuola: le porte sono spalancate, ma di aria fresca non ne entra. Siedono fianco a fianco su una panca, le ginocchia piegate ad angolo acuto, e Alix sa che la madre, per quanto in gran forma per la sua età, sarà ben contenta quando sarà finita e potrà di nuovo sgranchirsi le gambe. Per Eliza è la fine delle elementari. Nell'universo in cui viveva prima di sabato sera, era questo il giorno che Alix aspettava con più ansia: la fine di un'epoca, la fine della rete di sicurezza rappresentata da una scuola elementare ordinata e accogliente. Niente più magliette polo azzurre per Eliza, niente più cartelle per i libri con la chiusura in velcro, niente più cerimonie a cui Alix possa partecipare, niente più gite al museo a cui accompagnarla.

E poi basta, la scuola è finita, il sole splende, l'estate è cominciata, un mese e mezzo di innocenza e libertà, e l'inizio di una nuova fase nella vita di sua figlia. E Alix non sente nulla, è come sotto shock. Vanno al parco e fanno la fila per il gelato. I bambini giocano con i loro amichetti. Alix rimane seduta vicino a sua madre, un po' a distanza dagli altri genitori. Tornano a casa e Alix mette in lavatrice le uniformi dei bambini per l'ultima volta. Se ne riparlerà a settembre. Aspetta più che può, fino alle 16:58, prima di versare un goccio di vino per sé e per sua madre.

Poi, mentre guarda il bicchiere vuoto e valuta la possibilità di versarsene un altro, anche se non sono ancora le

17:30, squilla il telefono: a chiamarla è la detective Sabrina Albright.

«Alix, indovini un po' chi si è appena presentato qui nei nostri uffici? Una persona che vuole parlare con lei».

Ciao, sono la tua gemella di compleanno!

UNA SERIE ORIGINALE NETFLIX

Sullo schermo appare una giovane donna seduta su una poltrona d'epoca al centro di una stanza vuota, rischiarata da una luce soffusa.

Ha i capelli biondi, interamente rasati su un lato e lunghi fino alle spalle sull'altro. Indossa una camicia azzurra abbottonata fino al collo e jeans neri. Entrambe le orecchie sono bardate da vari orecchini.

La ragazza sorride nervosa.

La didascalia in basso recita:

ROXY FAIR, FIGLIA DI JOSIE E WALTER FAIR

Sullo schermo appaiono le immagini dei titoli di coda e l'episodio si conclude.

Ore 14:50

Roxy si tormenta le pellicine delle unghie e fissa l'orologio alla parete. Sta per scoprire cosa diavolo sta succedendo, se mai qualcuno arriverà. Pochi minuti dopo la porta si apre ed entrano due sbirri, un uomo e una donna, si presentano come Chris e Sabrina, sorridono cortesi e le porgono le condoglianze per suo padre, poi si schiariscono la gola e aprono i taccuini. È la donna a esordire: «Roxy, lei sa dov'è sua madre?»

Roxy scuote la testa. «Non la vedo da quando avevo sedici anni».

«Siamo riusciti a contattare sua nonna, Pat O'Neill».

Roxy annuisce.

«Si trova a Minorca, ma tornerà domani. Dice che potrà stare da lei, se lo ritiene».

«Non posso restare, devo tornare a casa mia perché devo lavorare».

«D'accordo, va bene, ma è opportuno che sappia, se non l'ha già visto al telegiornale, che stiamo ricercando sua madre in relazione all'omicidio di suo padre, e al tentato omicidio di sua sorella Erin».

Roxy lancia uno sguardo attonito ai detective, prima alla donna e poi all'uomo. «Dite sul serio?»

«Sì. Al momento stanno succedendo diverse cose di cui dobbiamo parlare con lei, Roxy, e crediamo che sarebbe meglio affrontarle un passo alla volta, in modo da non creare confusione. Le va bene?»

Roxy annuisce con decisione.

«Allora, pare che sua madre e suo padre abbiano avuto un litigio la sera dello scorso venerdì 12 luglio. Erano stati a cena a casa di un'amica...»

Roxy interviene con una risatina. «Sì, come no».

«Una donna di nome Alix Summer aveva da poco fatto amicizia con sua madre. Da qualche settimana stavano lavorando a una specie di progetto comune. Ne è scaturito un invito a cena per quel venerdì sera. Sua madre e suo padre se ne sono andati dalla casa della signora Summer, ma poche ore dopo sua madre si è ripresentata dai Summer con vistosi lividi e ferite, sostenendo di essere stata picchiata dal marito».

«Cioè da mio padre?»

«Esatto. È quello che la signora Fair ha detto alla signora Summer. Le ha detto che nelle prime ore della notte lei ed Erin se n'erano andate insieme da casa loro dov'era rimasto invece suo padre, Roxy, si presume vivo e vegeto. La signora Fair ha poi trascorso una settimana ospite della signora Summer, prima di andarsene il sabato mattina, dicendo alla signora che sarebbe andata a stare dalla madre, ovvero da sua nonna Pat. La stessa sera, dopo qualche ora in compagnia di alcuni amici, è scomparso il marito della signora Summer. I due eventi non sembrerebbero collegati tra loro, salvo il fatto che sia la camera d'albergo in cui alloggiava il marito della signora Summer quando è scomparso, sia il noleggio dell'auto ripresa dalle telecamere mentre lo prelevava davanti al suddetto albergo, sono stati pagati con un bancomat intestato a...»

La detective fa una pausa e Roxy la fissa, come per dire: Avanti, sentiamo.

«A Erin Fair».

«Cosa? No, scusate un attimo: mia sorella, che al momento è in coma, avrebbe pagato una stanza d'albergo per uno sconosciuto?»

«Non crediamo sia stata sua sorella, Roxy. Crediamo che vostra madre abbia usato la carta di sua sorella. Ed ecco il punto: abbiamo fatto un controllo sul conto corrente di Erin e, ecco, c'era depositata una somma notevole. Più di quarantamila sterline. Poi, negli ultimi quindici giorni, tramite vari bancomat nella zona di Queen's Park, da quel conto sono state prelevate più di diecimila sterline. Stando a quello che ha detto sua madre alla signora Summer, sua sorella Erin aveva esigenze particolari. Mangiava solo cibo frullato, tipo omogeneizzati, e non usciva mai di casa, eppure ogni giorno riceveva regolarmente denaro sul suo conto corrente. Il tutto grazie a una società di livestreaming di nome Glitch. Lei sa qualcosa di questo aspetto della vita di sua sorella?»

«Sì, Erin è una star».

«Di che cosa, esattamente?»

«Dei videogame. La gente paga un abbonamento a Glitch per guardare i giocatori online. E mia sorella è fra i più bravi».

«Quindi sua sorella guadagna soldi giocando ai videogiochi?»

Roxy non riesce a credere a quanto sembrino vetuste certe persone, come se vivessero in un mondo diverso dal suo, ma controlla l'impulso di alzare gli occhi al cielo e risponde: «Sì, esatto».

«Quindi...» Entrambi i detective si agitano sulle sedie. L'uomo fissa le sue scartoffie; la donna alza lo sguardo su Roxy: «Dove pensa che potrebbe essere sua madre?»

Roxy emette una risata rauca. «A me lo chiede?»

«Be', sì, a chi se no?»

«Mi dispiace, ma non credo di potervi aiutare. Mia madre...» Roxy si blocca, la sua maschera spigolosa sembra incrinarsi per un attimo. «Mia madre mi odiava. Mia madre odiava mio padre. Mia madre odia mia sorella. Mi pare evidente che si è presa i soldi di Erin per rifarsi una nuova vita, dove non c'è spazio per nessuno di noi».

«Ma non c'è qualche posto in particolare? Un posto che significava qualcosa per lei? La signora Summer ci ha detto che sua madre nutriva molta nostalgia per i primi tempi della vostra vita famigliare, quando voi due eravate piccole. Forse fin troppa. C'era magari qualche località dove andavate tutti insieme?»

Roxy alza le spalle, la sua infanzia non l'ha mai vista sotto questa luce. Da qualunque parte guardi, non c'è la minima traccia di bagliori dorati. «D'estate passavamo una settimana nel Lake District. Io lo odiavo, tutti stipati in una roulotte o in un bungalow pieno di ragni, ma a lei piaceva un sacco. Beveva vino tutte le sere e continuava a menarla col panorama».

«Riesce a ricordare dove, nel Lake District?»

«Sì, a Ambleside. Proprio in riva al lago».

Roxy li osserva mentre prendono nota della località. Poi li fissa e dice: «Sapete che è impossibile che mio padre abbia alzato anche solo un dito su mia madre, vero?»

«Abbiamo prove fotografiche che mostrano le ferite di sua madre».

«Come?»

«La signora Summer le ha scattate la settimana scorsa».

Roxy sospira e fa una smorfia. «Scusate, ma questa signora Summer che continuate a tirare in ballo... chi cavolo è?»

«È un'amica di sua madre».

«Ma mia madre non ha neanche uno straccio di amica».

«È un'amica, ma stava anche facendo un podcast con lei».

«Un podcast? Che genere di podcast?»

«La signora Summer stava intervistando sua madre sulla sua vita».

Roxy non può trattenersi dal ridere. «Sul serio?»

«Sì, e noi abbiamo ascoltato le registrazioni. Sono... sconvolgenti, direi».

«In che senso?»

«Parlano della vostra infanzia, degli abusi, di quello che è successo alla sua amica Brooke».

«A Brooke?» Per un attimo Roxy si sente stringere il cuore, e avverte un senso oscuro di nausea.

I detective si scambiano uno sguardo. «Sì, Brooke Ripley. Era una sua compagna di scuola che... aveva una relazione con suo padre, non è così?»

«Che cosa? Una relazione con mio...?»

«Brooke è scomparsa, come lei sa, Roxy, più o meno nello stesso periodo in cui lei se n'è andata di casa, e ora stiamo indagando sulla possibilità che la scomparsa di Brooke possa essere collegata ai suoi genitori».

«State scherzando, vero?»

«No, proprio per niente. Stiamo agendo sulla base della testimonianza affidata da sua madre alla registrazione per il podcast della signora Summer».

Roxy scuote la testa e chiude gli occhi. «Sentite, io non ce la posso fare, okay? Cos'altro ha detto mia madre a questa donna?»

«Ha condiviso con lei ore di testimonianze, e tutto fa pensare a una situazione gravemente disfunzionale in casa vostra, alla possibilità di abusi all'interno della famiglia, compresi presunti abusi sessuali su sua sorella». La poliziotta si blocca, stringe le labbra, sfiora i documenti con la punta delle dita color pesca. «Abusi commessi da suo padre».

«Da mio padre?» Roxy sbatte le mani sul piano del tavolo, e i due detective sobbalzano appena. «Davvero? Da mio padre? Dunque è questo che ha raccontato mia madre alla vostra signora Summer?»

«La signora Fair ha detto che suo marito ogni notte lasciava il letto coniugale per andare nella camera di Erin, e che lei non lo rivedeva più fino al mattino dopo».

«Sì, certo che ci andava. Ma per giocare insieme a lei».

«Prego?»

«Sì, era tutto parte dello spettacolo, diciamo così. Agli abbonati a Glitch piaceva molto che ci fosse anche nostro padre. Lui si sedeva dietro a Erin e snocciolava un po' di battute. Aveva anche un nickname, che era Pa'. Erased e il suo Pa'. Anche per questo lo streaming di Erin era così popolare, grazie a nostro padre».

«Perché, secondo lei, non ne ha parlato con vostra madre?»

«Per lei era intollerabile che lui avesse a che fare con noi due. Era così gelosa di lui, del fatto che gli volevamo un sacco di bene. Mia madre era proprio malata. Malata nella testa, intendo. Quindi adesso per favore ditemi, io lo voglio sapere: ditemi che cosa gli ha fatto. Ditemi cosa ha fatto mia madre a mio padre».

Roxy è seduta nel dehors del bar chic di Salusbury Road. Ha il cervello in fiamme. Troppo affollato di cose, di pensieri che si muovono e si confondono, di immagini che si susseguono come in una successione di lampi, e lei si comporta come se non le importasse niente, come se avesse già visto tutto quanto, ma non è vero, e suo padre è morto, cazzo, ed Erin è ancora in prognosi riservata, attaccata a mille tubi e cavi in una stanza d'ospedale. Per la tensione Roxy straccia un tovagliolo di carta, poi si rende conto di quello che ha fatto e appallottola i brandelli, stringendoli forte nel pugno. Alza lo sguardo e dalla vetrata scorge una donna che viene a passo rapido verso il dehors. È alta e ha i capelli biondissimi, sembrano naturali, ma Roxy vede il colore della ricrescita dalla scriminatura. La biondissima indossa jeans svasati e una felpa, porta sneakers rialzate e non è truccata. Ha la faccia di una che non dorme da giorni. Vede Roxy mentre entra nel locale e la guarda con aria interrogativa. Roxy annuisce.

«Ciao, Roxy». Si siede. «Oddio, questo è...» Sembra che non trovi le parole e i suoi occhi scrutano il viso della ragazza come se cercasse di fissarlo nella memoria. «Non riesco a credere che sia tu. Mi sento come se...» Le sue mani si alzano e si agitano vagamente prima di riappoggiarsi in grembo. «Stai bene?»

Roxy annuisce. Roxy sta sempre bene, e non vorrebbe mai che qualcuno pensasse il contrario.

«Mi dispiace veramente tanto per tuo padre».

Roxy annuisce di nuovo. Poi guarda Alix e chiede: «Cosa ti ha detto mia madre di papà?»

Alix la guarda incerta, poi dice: «Temo che molte cose non fossero vere».

«Dimmelo e basta».

E Alix glielo dice.

Ore 15:00

«Tutto a posto?»

Alix guarda Roxy che si sta aggiustando le cuffie, seduta di fronte a lei nello studio di registrazione. Roxy annuisce e alza il pollice.

«Alla grande».

Roxy è alta un metro e cinquanta e mette paura. La sua mascella sporge con aria di sfida, anche quando si sforza di essere gradevole.

«È un mucchio di stronzate» aveva detto poco prima al bar, a voce abbastanza alta perché le due giovani mamme sedute dietro di loro interrompessero la conversazione e si girassero leggermente. «Non posso credere che ti abbia detto queste cose, è davvero...» E stava per lanciarsi nel racconto della sua infanzia, quando Alix l'ha bloccata con un gesto della mano. «Ti andrebbe di contribuire al podcast, raccontando la tua versione della storia?»

«Quando?» ha chiesto Roxy.

«Anche adesso, se vuoi. Abito qui vicino, ci mettiamo due minuti al massimo».

Si aspettava che Roxy dicesse di no, che fosse schiva, riservata e pungente, ma lei ha subito afferrato lo zainetto e ha cominciato ad alzarsi. «Quindi sarà una specie di podcast di true crime?» ha chiesto, e Alix si è sentita scossa da un brivido quando si è resa conto che, in qualche modo, complice l'ottusità indotta dalla paura e dal terrore, le era sfuggito che era esattamente quello che stava facendo. Stava realizzando un podcast di true crime, basato sugli eventi della sua stessa vita.

Ora fa sentire a Roxy un segmento di una delle registrazioni di sua madre. Risale al giorno in cui Josie le ha raccontato di Brooke. Osserva il volto di Roxy mentre ascolta, le espressioni di confusione e incredulità che attraversano i suoi bei lineamenti. La ragazza scuote la testa di tanto in tanto, come se cercasse di togliersi qualcosa dall'orecchio. Alix mette in pausa e aspetta che lei cominci a parlare.

Ciao, sono la tua gemella di compleanno!

UNA SERIE ORIGINALE NETFLIX

Sullo schermo appare una ricostruzione filmata, con la ripresa ravvicinata di un'attrice che preme il tasto «Registra» su un mixer.

La didascalia in basso recita:

NELLE VENTIQUATTR'ORE SUCCESSIVE, ALIX SUMMER HA REGISTRATO QUASI QUATTRO ORE DI TESTIMONIANZE DI ROXY FAIR.

Una ricostruzione sfocata dell'interno di casa Fair fa da sfondo visivo alla voce di Roxy.

Si vede una adolescente di spalle, che chiacchiera con un uomo anziano in cucina.

«Brooke Ripley è arrivata nella mia scuola dopo che l'anno era già cominciato. Tutti la odiavano. Ricordo che ne fui felice perché mi tolse i riflettori di dosso per un momento. Era tanto carina, sembrava più grande dei suoi quattordici anni, aveva le tette grosse. Legammo subito proprio perché tutti gli altri ci odiavano. E sì, io e lei ci siamo avvicinate molto. Ma veramente molto. In effetti, io e Brooke abbiamo finito, ecco, per stare insieme, capisci? Io l'ho sempre saputo che ero lesbica, fin da piccola. Ma Brooke è stata la mia prima ragazza, e per un po' la cosa è stata davvero intensa. Eravamo proprio innamorate pazze. Non l'ho detto a nessuno, solo a Erin. Ma non a mamma, né a papà. E ricordo quella volta a Natale, mio padre era a casa. Sì, ora me lo ricordo. Stava preparando dei biscotti e si era messo un grembiule natalizio. Ascoltavamo i canti di Natale. Ed era bello, per una volta ci sentivamo una famiglia normale».

Alix interviene: «Non eravate una famiglia normale?»

«No, non eravamo una famiglia normale, da nessun punto di vista. Ma allora, in quel momento, sembrava tutto normale. Mio padre rideva e scherzava, e io ho guardato Brooke e ho pensato: Scommetto che vorresti avere un padre come il mio. Ricordo proprio di averlo pensato. Lo ricordo molto chiaramente. Mi sono sentita orgogliosa. Capisci? E sì, ovviamente mia madre odiava tutto questo. Odiava vederci ridere insieme, il fatto che fossimo tutti felici. Dopo, Brooke mi disse qualcosa del tipo: "Secondo me tua madre mi odia". Io le chiesi: "Perché dici così?" E lei: "Non lo so, per certe vibrazioni che ho sentito". Credo che la mamma ce l'avesse con lei perché capiva quanto mi piaceva. Quanto piaceva a noi tutti. Capiva che Brooke per me era più importante di lei, che le volevo bene, e questo non riusciva ad accettarlo. Non riusciva ad accettare di essere tagliata fuori da niente. Era gelosa in modo patologico».

La scena cambia e appare il cortile di una scuola, affollato di adolescenti in uniforme.

Alix chiede: «E poi c'è stato il litigio? Secondo le testimonianze, tu e Brooke avete avuto uno scontro fisico a scuola, verso la fine dell'ultimo trimestre».

«Sì. Lei aveva... cioè, io pensavo che lei avesse detto qualcosa su Erin. Qualcuno mi aveva detto che aveva parlato di Erin usando una parola offensiva. E io senza neanche controllare se fosse vero sono arrivata lì e l'ho colpita, da stupida, come al mio solito. La scuola mi ha sospeso, anche se stavano per cominciare gli esami».

L'immagine sullo schermo cambia e mostra Roxy seduta su uno sgabello in un bar vuoto.

Sorride imperturbabile.

Nella registrazione la si sente sospirare.

«Ero un po' impetuosa, da ragazzina, una roba da incubo, a dire il vero. E per me la scuola era finita. Avevo chiuso con la scuola, avevo chiuso con tutto, ma soprattutto avevo chiuso con mia madre. Così sono scappata di casa. Volevo che Brooke venisse con me, ma lei mi disse che non era pronta, voleva prendere il diploma, voleva andare a quella stupida festa di fine anno, voleva fare tutto per benino. Così sono andata via senza di lei, sperando che rinsavisse, che venisse a cercarmi. Invece chissà poi dov'è andata, è sparita nel nulla. E questo è quanto».

Alix chiede: «Quindi il fatto che sei scappata di casa non aveva nulla a che vedere con tuo padre e Brooke? Non c'era niente di poco chiaro? Erin non ti ha detto di averli sentiti mentre facevano sesso? Non è successo nulla di tutto ciò?»

Roxy alza lo sguardo verso la telecamera e scuote la testa.

«Giuro che non ho mai sentito in vita mia un simile cumulo di stronzate».

Ore 23:00

La notte Roxy dorme nella camera degli ospiti di Alix. Nonostante la sua ruvida spavalderia, Alix percepisce che sotto c'è una ragazzina vulnerabile, la sedicenne di ieri che viveva in un ambiente tossico e che aveva solo bisogno di qualcuno che si prendesse cura di lei. Mentre le mostra la stanza, Alix le spiega che è qui che sua madre ha dormito per una settimana, poco prima di scomparire. «Aveva una chiave, che ha nascosto sotto il materasso. C'era una targhetta con il numero 6. L'ho consegnata alla polizia, ma non funziona con nessuna delle serrature nella casa dei tuoi genitori. Ti dice qualcosa?»

Roxy si stringe nelle spalle. «No».

«Non avevate accesso a una dependance, a un capanno o, che ne so, a un qualche magazzino?»

«Non mi pare, anche se mio padre aveva un garage, credo. Suo padre ci teneva un vecchio trabiccolo, mi pare. Ricordo di esserci entrata una o due volte, quando eravamo piccole. Era un casino, tutto impolverato e pieno di ragnatele».

«Ti ricordi dov'era?»

«Sì. Sul retro».

«Sul retro di cosa?»

«Della casa. C'è una specie di... come si chiama? Un vicolo, con due file di garage una di fronte all'altra, sette o otto, mi pare».

«E come si arrivava a questo vicolo da casa tua?»

«Si usciva dal davanti e poi si girava l'angolo e si attraversava un cancello. Ma c'era anche una finestra del bagno che dava sul vicolo».

Alix e Roxy si scambiano uno sguardo, ma nessuna delle due dà voce ai propri pensieri.

Ciao, sono la tua gemella di compleanno!
UNA SERIE ORIGINALE NETFLIX

Sullo schermo appaiono una donna e un'adolescente sedute su un divano in un pub del XVI secolo, con un cagnolino marrone che dorme in mezzo a loro. Le due sono madre e figlia.

La madre ha i capelli bianchi tagliati corti e porta occhiali da lettura con la montatura rossa.

La figlia ha lunghi capelli biondi che le ricadono in pesanti boccoli fino alla vita.

La didascalia in basso recita:

CLARE E GEORGIE SMALL, VILLEGGIANTI AL MANOR LODGE PARK DI AMBLESIDE

Parla per prima Georgie, la figlia.

«Siamo stati lì nel luglio 2019. Io, mia madre, mio padre e i miei fratelli. Eravamo arrivati solo da due giorni. È stato durante l'ondata di caldo che c'è stata quell'anno. Faceva caldissimo, anche lassù ai laghi. No, lei non l'abbiamo vista arrivare. Ci siamo svegliati la mattina dopo ed era lì, nel parco, e l'abbiamo salutata. Aveva un cagnolino e ha ricambiato il saluto, ma si vedeva che non aveva voglia di socializzare. Ma andava bene così, non eravamo lì per fare amicizia».

Parla Clare, la madre.

«I lodge sono costruiti per garantire la privacy. Non è come un normale villaggio vacanze dove si sta tutti ammassati. Le casette sono nuove, costruite solo un paio di anni fa, e si affacciano tutte sul lago e hanno uno spazio intorno in modo che non si possa vedere nelle case degli altri. Quindi sì, sapevamo che c'era ma non l'abbiamo vista molto in giro. La sera se ne stava seduta sul suo terrazzo con un bicchiere di vino, a guardare il tramonto sul lago. Una volta ho alzato un bicchiere verso di lei, e lei ha alzato il suo verso di me, ma questo è stato il massimo dei rapporti tra noi. Poi d'un tratto, saranno stati tre o quattro giorni dopo che era arrivata, non c'era più. Se n'era andata e basta. Ma la macchina era rimasta lì. Mi è sembrato strano, ma poi non ci ho badato molto. In tutto noi siamo rimasti lì dieci giorni. E poi, l'ultimo, ad Ambleside è arrivata la polizia».

Georgie interviene: «È incredibile, siamo stati lì tutti quei giorni a passeggiare, a bere, a fare sport acquatici, ad ammirare il panorama, a divertirci e a vivere la nostra vita belli tranquilli, mentre per tutto il tempo...»

Clare sfiora il braccio di Georgie, che si asciuga una lacrima.

«Voglio dire, che cos'ha nella testa la gente? Dico sul serio, che razza di roba ha nella testa certa gente?»

Domenica 28 luglio

La casa – senza Roxy, senza Nathan, senza sua madre – è silenziosa. Solo lei e i bambini, in una lunga domenica nuvolosa. Roxy le ha mandato un messaggio dall'ospedale per informarla che Erin è ancora priva di sensi, ancora collegata ai macchinari, ancora in prognosi riservata. E intorno a lei le notizie si susseguono come un lento e spaventoso tsunami. L'orrore è troppo grande perché Alix possa arrivare a elaborarlo completamente. Le sue sorelle continuano a scriverle su WhatsApp. In questo momento dovrebbero scambiarsi solo messaggi sulle vacanze ormai imminenti. Dovrebbero condividere le foto dei vestiti appena comprati o chiedere consigli per libri da leggere in viaggio, chiedere se la villa è dotata di asciugacapelli, prenotare cene perché è impossibile trovare posto in così tanti in un qualunque ristorante senza aver riservato un tavolo in anticipo. Alix dovrebbe provarsi i costumi da bagno davanti agli specchi della sua stanza che offrono una visuale completa e chiedersi se si può ancora permettere un bikini a quarantacinque anni, e poi pensare che santo cielo, sì, certo che può, e se non potesse ora, allora quando? E poi dovrebbe tirare in dentro gli addominali e girarsi da una parte e dall'altra e pensare: Niente male, niente male davvero per una donna di mezza età con due figli.

È quello che dovrebbe fare adesso, in questo momento.

Invece è intrappolata in un incubo ossessivo, cupo, che col passare dei minuti e delle ore la sta consumando a fuoco lento. Perciò è molto contenta della distrazione verso le quattordici di quella lunga, interminabile domenica, quando Pat O'Neill la chiama dall'ospedale: «Ascolta, Roxy mi ha parlato del tuo podcast, delle cose che ti ha raccontato Josie. E credo proprio, Alix, che per rispetto della giustizia e della verità dovrei venire a parlare con te e far conoscere la mia versione della storia. Perché so che pensi che probabilmente sono stata una cattiva madre, e per molti versi lo sono stata. Ma in tutta sincerità devi capire bene chi è Josie, com'è veramente, prima di poter anche solo sperare di capire quello che sta succedendo».

«Puoi venire qui subito?» dice Alix. Poi dà a Pat il suo indirizzo e si siede in cucina, in attesa del suo arrivo.

Ciao, sono la tua gemella di compleanno!
UNA SERIE ORIGINALE NETFLIX

Sullo schermo appare una ricostruzione filmata, con una bambina seduta in un appartamento moderno e luminoso. Le immagini sono volutamente fuori fuoco.

La bambina ha i capelli castani tagliati a caschetto e sta giocando con una bambola sul pavimento.

L'attrice che interpreta una giovane Pat O'Neill si trova nella cucina dell'appartamento e parla con un uomo. Ride per qualcosa che lui ha appena detto.

L'attrice che interpreta la piccola Josie li osserva con curiosità.

La didascalia in basso recita:

QUESTA È LA VOCE DI PAT O'NEILL A COLLOQUIO CON ALIX SUMMER, IL 28 LUGLIO 2019

«È vero che non ero pronta a diventare la madre di Josie. Non ero pronta per niente. Stavo per finire il secondo anno del corso di laurea in antropologia sociale. Stavo benissimo. Mi sentivo viva, vibrante di energia. Volevo solo continuare così. Continuare ad andare avanti, vedere fino a dove riuscivo ad arrivare. Poi sono rimasta incinta, ma dal momento che all'inizio non si vedeva niente, l'ho scoperto solo quando è stato troppo tardi per intervenire. Il padre di Josie era già sparito da tempo. Oggi non ricordo neanche come faceva di cognome. Non è terribile? Mi pare che iniziasse con la K. Kelly, forse? Chissà... comunque, Josie arrivò e io non ero pronta. Non ero pronta a diventare madre, ma soprattutto non ero pronta per Josie».

L'attrice che interpreta la piccola Josie nella ricostruzione si gira e guarda in camera.

«Era una bambina cupa. E forse sì, almeno in parte questo è dipeso da me, dal mio modo di essere madre. Volevo che fosse indipendente. Volevo che fosse forte e che non si facesse schiacciare da nessuno. Probabilmente l'ho lasciata troppo abbandonata a sé stessa. È importante, però, che i bambini facciano i loro errori e imparino da essi. Non va bene impedire ai figli di commettere sbagli. Ma lei aveva sempre bisogno di qualcosa, sempre. Le davo tutto quello che potevo, ma non era mai abbastanza. E non ero solo io il problema. Lo faceva anche con le sue amiche; l'ho visto accadere molte volte. Nei rapporti con gli altri era una presenza opprimente; era quasi come se passasse la vita ad aspettare che qualcuno le dimostrasse che non la voleva. Ha allontanato un sacco di amiche per cose da niente. E quanto al fatto che io potessi avere un ragazzo era un problema, un grosso problema. Dava di matto ogni volta che pensava che un uomo stesse entrando nelle nostre vite. Cominciava subito a fargli scherzi crudeli, li insultava, fingeva di essere malata se dovevo uscire con qualcuno. Una volta ha persino creato una bambolina vudù, non scherzo. Da dove le sarà venuta anche solo l'idea? Ma lo ha fatto: era la bambolina di un uomo che frequentavo, e quando lui è passato da me lei l'ha lasciata bene in vista, con gli spilli che spuntavano. Così se la filavano tutti, naturalmente. E poi ho cominciato a uscire con Walter...»

La voce di Alix interviene. «Come, scusa?»

«Ho cominciato a frequentare Walter. Quando Josie aveva circa tredici anni».

Silenzio prolungato.

«Josie questo non me l'ha detto».

«Eh, già, certo che non te l'ha detto, perché ti ha detto solo quello che voleva che tu sapessi, quello che si adattava alla sua versione della storia. Ed è proprio per questo che sono qui a parlare con te, sai. Perché Josie non ti ha detto un sacco di cose, e adesso è scomparsa facendo in modo che il mondo intero pensi che suo marito era un mostro, che l'aveva adescata e aveva abusato delle sue figlie... Ma il mondo deve sapere che sono tutte fandonie. *Tu* devi sapere che sono fandonie. Walter Fair era tutt'altro che perfetto. Era un tipo dispotico, voleva che le cose fossero fatte a modo suo, era piuttosto pieno di sé, questo è vero. E ovviamente io lo sapevo che era sbagliato che avessimo una relazione di nascosto da sua moglie. Ovvio che lo sapevo. Ma era un uomo amorevole, un uomo vero, che voleva solo amare ed essere amato. Voleva una vita tranquilla. Quello che c'era tra noi era molto reale, molto intenso, e io ero pronta ad aspettarlo finché non avesse trovato il momento giusto per lasciare la moglie. All'inizio Josie era diffidente nei suoi confronti, come lo era con tutti i miei fidanzati. Ma poi, man mano che cresceva, sembrava avere una fissazione per lui. Cercava di distogliere la sua attenzione da me per concentrarla su di sé. Si truccava quando lui veniva a trovarci e diceva cose denigratorie su di me, su quanto ero vecchia e grassa. All'inizio io e Walter ci scherzavamo su, ma poi abbiamo smesso con le battute, più o meno quando Josie aveva sedici anni, finché, appena lei ha compiuto i diciotto, me lo hanno detto».

Un altro silenzio prolungato. Poi parla Alix.

«Quindi non lo sapevi? Non sapevi che stavano insieme già da prima?»

Pat sospira. «Certo, avrei dovuto saperlo. Come madre di Josie, *avrei dovuto saperlo*. E mi assumo la piena responsabilità di aver chiuso tutti e due gli occhi. Volevo disperatamente che Josie fosse indipendente, che avesse una sua vita. Volevo soltanto – e lo so che suona male – volevo che lei se ne stesse fuori casa, il più possibile. Non mi piaceva per niente quando lei era in casa, proiettava intorno a sé questo suo stato d'animo, creava un'atmosfera cupa. Non avevo voglia di parlare con lei. Non ne avevo nessuna voglia... Che Dio mi perdoni, ma lei non mi piaceva. Così non le chiedevo mai dov'era stata, che cosa aveva fatto. Non lo volevo sapere. Ero felice di non dovermi occupare di lei. Ma santo Dio, che shock è stato, quando l'ho scoperto! Mi ha fatto veramente orrore. E il bello è che, quando io e Walter stavamo insieme, Josie mi diceva sempre che le facevo schifo, perché stavo con un uomo sposato. E poi si è messa in mezzo lei e lo ha strappato sia a sua moglie che a me».

«Quindi, secondo te, non è vero che Walter ha sedotto Josie?»

«Se per sedurla intendi manipolarla per spingerla ad avere una relazione con lui, no, penso proprio di no. Credo che lei lo abbia visto, lo abbia voluto e lo abbia avuto. Non le importava di ferire qualcuno. Non le è mai importato di ferire gli altri. Lei ha... e questa è una cosa tremenda da dire di tua figlia, e ovviamente io stessa sono stata tutt'altro che perfetta, ma credo davvero che Josie abbia un cuore di pietra. Un cuore veramente di pietra».

Dissolvenza incrociata, da cui ricompare Pat O'Neill seduta in un centro civico.

Pat scuote piano la testa.

Ha gli occhi pieni di lacrime.

Ore 18:00

Dopo che Pat se n'è andata, Alix rimane per un po' come intorpidita. Arriva sua madre che cucina qualcosa per i bambini, li mette a tavola, siede con loro mentre mangiano e ascolta le loro chiacchiere, creando un'atmosfera di calma e di pace che Alix al momento non è in grado di creare.

«Secondo me è morto» dice a sua madre, quando più tardi sono sole in giardino.

La madre la guarda preoccupata e dice: «No, certo che no».

«È morto, lo sento. Per tutto questo tempo ho pensato che Josie fosse strana perché aveva subito un danno. Per tutto questo tempo ho pensato che stesse chiedendo aiuto, che avesse bisogno di me. Ma ora mi rendo conto che non ha mai chiesto aiuto, non ha mai avuto bisogno di me. Però aveva un piano, ce l'aveva fin dall'inizio, e io ero solo un ingranaggio del suo piano. E anche Nathan lo era».

«Ma perché? Perché mai avrebbe dovuto fare del male a Nathan? Lo conosceva a malapena».

«Me lo ha detto chiaro e tondo che di Nathan non pensava niente di buono, che secondo lei io sarei stata meglio senza di lui. Una volta mi ha persino chiesto come mi sarei sentita se lui fosse morto, e mi è sembrata molto delusa quando le ho detto che sarei stata triste. E quando mi ha proposto di fare un podcast su di lei, mi ha detto che stava intraprendendo un progetto di cambiamento e che voleva che io lo documentassi».

«Pensi che sia stato tutto premeditato?»

«Non so di preciso in che modo, ma sì, penso proprio di sì. Voglio dire, ovviamente sapeva che Erin aveva quella somma sul suo conto in banca e in qualche modo è riuscita ad avere il pin, per poter prelevare i soldi e pagare qualcuno che attirasse Nathan in quell'hotel. Che Nathan sarebbe stato fuori con i suoi amici quella sera lo sapeva, glielo aveva detto lui stesso. E poi, il giorno che se n'è andata da qui lo ha fatto con una facilità e una tranquillità che mi hanno sorpreso, senza fare storie e senza nessun sotterfugio per cercare di rimanere ancora un po'... Ecco, ora mi rendo conto che faceva tutto parte del piano. E credo davvero che lo abbia rapito per ucciderlo, mamma, ne sono convinta. Ogni secondo in cui stiamo seduti qui è un secondo perso per Nathan, ma io non so cosa fare, mamma. Non so proprio cosa fare».

Ciao, sono la tua gemella di compleanno!
UNA SERIE ORIGINALE NETFLIX

Sullo schermo appaiono Tim, Angel e Fred.
La didascalia in basso recita:

TIM E ANGEL HIDDINGFOLD-CLARKE,
ATTUALI PROPRIETARI DI FRED, IL CANE DI JOSIE

Angel sta dando a Fred un bocconcino.

La telecamera fa una zumata su Fred che mangia, poi si allontana.

Tim inizia a parlare.

«Non avevamo la minima idea che Josie fosse una ricercata. Ci stavamo godendo la nostra luna di miele, non avevamo guardato la tv né letto le notizie. Solo quando abbiamo iniziato a mandare messaggi ai nostri amici su questa cosa assurda che era appena successa, la donna che ci aveva dato il suo cane, abbiamo iniziato a ricevere risposte che dicevano: "Sapete che potrebbe essere la donna che la polizia sta cercando?" E noi pensavamo: Quale donna? Poi siamo andati su internet e abbiamo visto le sue foto, le foto di Josie, e sì, accidenti, era proprio lei. Ovviamente siamo corsi subito alla polizia. All'istante».

Sullo schermo compare la detective Sabrina Albright.

«Sabato 27 luglio abbiamo ricevuto una chiamata dai colleghi del commissariato della Cumbria. Erano stati contattati da una coppia di turisti, i quali un paio di giorni prima avevano incontrato una donna che aveva affidato loro un cagnolino, pregandoli di prendersene cura. Secondo loro, le foto di Josie Fair che avevano visto in rete corrispondevano alla donna del cane. Dicevano che il tutto era avvenuto in pieno giorno, in una zona frequentata da turisti; che era stata veramente questione di un attimo. Erano stati in grado di darci solo un'idea vaga di quel che indossava Josie, ma sembrava che stesse cercando di dissimulare il suo aspetto con il cappuccio della felpa tirato su e gli occhiali da sole. Stando alla loro testimonianza, si era diretta verso il centro di Ambleside e aveva con sé una piccola borsa.

«Abbiamo subito avviato un'operazione di ricerca strada per strada, e anche casa per casa, ma solo nella tarda serata di domenica c'è stata una svolta. Una famiglia che stava cenando in un ristorante del paese ci ha detto che una donna che corrispondeva all'aspetto di Josie e aveva un cane di piccola taglia aveva soggiornato nel loro stesso lodge park. Hanno detto che era arrivata la domenica precedente a metà giornata e se n'era andata il giovedì mattina. Abbiamo contattato la direzione e ci hanno confermato che sì, la signora Fair aveva prenotato online un bungalow due settimane prima. Ci hanno detto che agli alloggi si accedeva tramite un codice, quindi non avevano avuto modo di incontrare la signora Fair di persona, e non erano a conoscenza del fatto che avesse lasciato la struttura giovedì. La sua prenotazione comprendeva il fine settimana successivo, e non avevano ricevuto alcuna comunicazione da parte sua che avesse intenzione di andarsene in anticipo. Abbiamo inviato subito una squadra sul posto e siamo entrati nel lodge poco prima della mezzanotte di domenica».

Lo schermo mostra un filmato di repertorio con le auto della polizia che arrivano al parco sul lago di notte, i lampeggianti blu che si riflettono sulla superficie scura dell'acqua. L'audio è una registrazione delle comunicazioni della polizia di quella notte.

«La squadra di soccorso acquatico sta entrando in azione. Ripeto, squadra soccorso acquatico in azione. Tenetevi pronti».

Poi l'immagine sullo schermo svanisce in dissolvenza incrociata, lasciando il posto a un'inquadratura artistica del lago, con una dolce musica di sottofondo.

È pieno giorno, la luce del sole scintilla sulla superficie dell'acqua.

Uno stormo di uccelli in volo vortica sopra il lago.

La telecamera segue l'arco del sole finché l'intero schermo non passa a un bianco abbagliante.

Ore 23:00

Alix si è appena coricata, quando Roxy la chiama.

«Erin come sta?»

«Il solito» risponde Roxy. «Ma dicono che i parametri vitali sono in continuo miglioramento, pensano che si sveglierà nelle prossime ore. E tu? Hai saputo qualcosa?»

«Non ancora, immagino che ormai sia un po' tardi,

speriamo domani». Alix fa una pausa. «Tua nonna oggi mi ha parlato di lei e di tuo padre, mi ha detto che Walter era il suo fidanzato».

«Già, lo so. Che schifo, vero, tutta 'sta faccenda... la mia famiglia. Mi dispiace».

«Ti dispiace? Per cosa?»

«Mi dispiace che tu sia stata coinvolta, mi dispiace che lei ti ci abbia trascinato dentro. Mi dispiace che tu abbia dovuto scoprire tutta questa storia».

«È stata una mia scelta, Roxy, sono io che ho cercato lei, ricordi? Nessuno mi ha obbligata ad andare al negozio di riparazioni quel giorno, ad accettare la sua proposta di fare un podcast insieme, a lasciarla stare da noi dopo che aveva detto che tuo padre l'aveva picchiata. Avrei potuto staccare la spina in qualsiasi momento, invece mi sono lasciata manipolare da lei. È stata tutta colpa mia, alla fine. Per tutto quanto».

Rimangono in silenzio, come assorte, poi Roxy dice: «Cosa ci hai trovato in mia madre? Perché hai sentito il bisogno di darle corda?»

Alix si ferma e riflette sulla domanda, prima di rispondere: «Se devo essere sincera, Roxy, forse è solo che mi annoiavo. Mi annoiavo e avevo problemi con mio marito, ero piena di rabbia e di risentimento, come un rancore sordo, e quando tua madre è arrivata con i suoi disastri che facevano impallidire i miei casini, credo di aver pensato che mi avrebbe distratto dai problemi della mia vita. Tutto qui: mi è sembrata una distrazione. Ho ignorato ciò che mi diceva il mio istinto, quando le ho detto di sì. E credo di averlo fatto deliberatamente, perché ho seguito l'istinto per così tanto tempo e ho preso decisioni giuste per così tanto tempo che una parte di me voleva solo vedere cosa sarebbe successo se lo avessi ignorato, e fossi stata per una volta un po' avventata. Sai, come quando guidi su una strada tortuosa e chiudi gli occhi per un istante solo per vedere cosa succede. È quello che ho fatto. Ed ecco dove siamo arrivati».

Entrambe riagganciano, poi Alix appoggia il telefono sul comodino. Sta per prendere il suo libro quando il verso di una volpe la disturba. Si alza dal letto e va alla finestra che dà sul giardino. Qui si accovaccia e rimane per un po' a guardare due volpi che giocano sul prato, nel caldo chiarore della luna. Lei e Nathan si sedevano lì ogni tanto, a guardare le volpi dalla finestra, e sente l'eco di quei momenti attraversarla come una scossa, dalla testa ai piedi. Nathan in boxer, con lo spazzolino in bocca, che veniva a sedersi accanto a lei, il suo odore... di cos'è che sapeva? Odore di qualcosa di concreto, come le auto, i libri, gli alberi. E la pelle lucida della sua schiena. E la sensazione rassicurante del peso di lui accanto al suo nel letto, che aveva sempre apprezzato, anche se non aveva mai smesso di fantasticare di avere una stanza tutta sua. E poi ricorda un momento di qualche settimana fa, nello studio di registrazione, quando Josie le aveva raccontato la storia rivelatasi poi falsa di come lei e Walter si erano messi insieme, e ricorda che Josie aveva detto: «Be', visto che siamo gemelle di compleanno, è giusto che tu mi racconti di quando hai conosciuto Nathan. Com'è successo? Dove l'hai incontrato?»

Alix indossa in fretta la vestaglia e attraversa in silenzio la casa e il giardino, dove le volpi rimangono per un momento a fissarla spavalde, prima di scomparire tra il fogliame. Apre la porta dello studio di registrazione, entra e indossa le cuffie, e si mette a frugare tra le registrazioni finché non trova quella che sta cercando. Ed ecco la voce di Josie, quella voce strana, vuota, priva di inflessioni e di emozioni, che chiede ad Alix: «Dove l'hai conosciuto?»

E Alix risponde.

Ciao, sono la tua gemella di compleanno!
UNA SERIE ORIGINALE NETFLIX

La telecamera passa dalla luce bianca e abbagliante del sole alle riprese di un drone sulle acque calme, appena increspate, del lago Windermere.

Il drone sorvola lentamente la superficie, mentre parte la voce di Alix.

La didascalia in basso recita:

REGISTRAZIONE DAL PODCAST DI ALIX SUMMER, GIUGNO 2019

«Avevo quasi trent'anni quando ci siamo conosciuti. Iniziavo a temere che non avrei mai incontrato un uomo che facesse per me. All'epoca lavoravo in editoria, un settore notoriamente molto femminile, e le possibilità di conoscere qualcuno erano prossime allo zero. Vivevo con mia sorella Zoe, eravamo perennemente single. Zoe aveva due anni più di me e si era già arresa. Io invece ci credevo che lui era là fuori da qualche parte, capisci? Percepivo il suo odore, era come se sentissi che stava arrivando. Così continuavo a mettermi in gioco. Una volta, un'altra, un'altra ancora, ma niente, non arrivava nessuno».

La voce di Josie interviene: «Non ci posso credere, una bella donna come te».

Alix dice: «Ah, ma non è così che funziona, fidati, non è così. Poi, una sera, poco prima del mio trentesimo compleanno, stavo tornando a casa, ero sbronza e mi sono ricordata che avevo qualcosa da ritirare in tintoria. Erano settimane che dovevo passarci, ma per qualche motivo ho scelto le nove di quel martedì sera, dopo che mi ero scolata mezza bottiglia di vino e un gin tonic. Davanti a me c'era un tizio che stava ritirando delle camicie, i capelli rosso vivo, più alto di me, una bella camicia, un bel fisico. E la voce. Quella fu la prima cosa. La voce. Così sicura di sé, ma non arrogante. Solo una gran bella voce. E dopo aver pagato si è girato verso di me e l'ho visto in faccia. Non lo so spiegare. Ho visto quella faccia e ho pensato: Sei tu. *Sei tu.* Come se lo avessi già conosciuto. Come se qualcuno mi avesse parlato di lui. Ma naturalmente non era così, nessuno mi aveva parlato di lui. Lo sapevo e basta. Ho detto qualcosa di stupido, tipo che erano un sacco di camicie, e lui si è fermato a fissarmi, e io ero sbronza e lui era sobrio e credo che abbia pensato di scherzare un po' con me. Allora ha risposto: "Sì, faccio fuori un sacco di camicie". E io ho replicato: "Scusa, sono un po' ubriaca" e lui: "Sì, lo vedo". Mi ha guardato e i suoi occhi avevano un colore, non so nemmeno se esiste una parola per definirlo, la più incredibile sfumatura di niente. Ho preso i miei vestiti in tintoria e siamo andati insieme al pub. E questo è quanto. Due anni dopo ci siamo sposati. E un anno dopo ero incinta di Eliza».

Le immagini soffuse riprese dal drone si interrompono bruscamente.

Stacco su un'inquadratura dell'interno di uno studio di registrazione vuoto.

Si sente la voce di Josie.

«Lo ami ancora?»

«Certo che sì».

«Ma nel senso che lo ami davvero, proprio come quella volta in tintoria? Quando non sapevi ancora nulla di lui?»

«È un tipo di amore diverso, ma sì, lo amo».

«Non pensi mai che la tua vita sarebbe migliore se fossi da sola?»

«No, non lo penso».

«Eppure ti definisci una femminista».

«Sì, e lo sono. Si può essere felicemente sposate e femministe».

«Non credo, penso che si possa essere femministe solo se si è single».

«Be', è un punto di vista interessante. Puoi spiegarti meglio?»

«Non dovrebbe essercene bisogno, Alix. Dovresti capirlo da sola che cosa voglio dire».

Segue una breve pausa.

Poi Josie continua: «Devi essere libera per avere il controllo, Alix. Devi essere libera, senza bagagli. Un taglio netto. Come ha detto la tua amica Mari le Jeune, quella del tuo podcast. Ricordi cosa ha detto, a proposito dei tagli netti? Te lo ricordi, sì?»

L'audio va in avanti veloce, poi indietro veloce, prima che sulle immagini si inserisca un'altra voce.

La didascalia sotto recita:

PARLA MARI LE JEUNE, PROTAGONISTA DI UNO DEI PRECEDENTI PODCAST DI ALIX SUMMER DELLA SERIE *DONNE AL CENTRO*

Le parole di Le Jeune appaiono come testo in movimento sullo schermo.

«Per quanto possa sembrare terribile, la morte è un taglio netto. Nessuna zona grigia. Nessuna ambiguità. È come una tela bianca, in un certo senso...»

Torna la voce di Josie Fair.

«Non pensi mai, Alix, che tutto sarebbe più facile se loro fossero morti?»

Dissolvenza al nero.

00:45

Alix preme «Stop» e si toglie le cuffie. Si appoggia alla sedia, lascia cadere la testa all'indietro ed espira forte. Era lì. È sempre stato lì. In quel momento non lo aveva capito. Non si era ricordata di quel che aveva detto Mari le Jeune sui tagli netti e sulla morte. Aveva pensato che Josie stesse vaneggiando, ma in realtà le stava presentando il suo perverso programma, mettendoglielo sotto gli occhi perché lo vedesse. E lei lo aveva totalmente ignorato. Era questo che Josie voleva condividere con lei quando l'aveva avvicinata davanti alla scuola dei suoi figli, con quell'aria un po' disgraziata. Alix se ne rende conto solo ora. Josie aveva avuto una rivelazione e voleva che Alix ne fosse la depositaria. Glielo aveva espresso durante l'intervista, ma lei non aveva capito un bel niente. E aveva mandato tutto all'aria.

Batte i pugni sulla scrivania dello studio e grida di rabbia e frustrazione, pensando alla propria stupidità. «Che stupida! Che stupida!»

Si riprende quando sente la suoneria del telefono e vede comparire il numero della detective Albright. Dà un'occhiata all'ora. È quasi l'una di notte.

Lo stomaco ha uno spasmo, lei inspira fino a riempire i polmoni, poi prende la chiamata e aspetta che Sabrina parli.

Il viaggio è interminabile. I bambini sono da Maxine e ormai sono quasi le due. Alix ripensa a quello che le ha detto la poliziotta al telefono, sembra una vita fa, ma non è passata neanche un'ora e mezza. «È stato qui di sicuro, Alix. Sembra che sia stato trattenuto con la forza in questo bungalow. Ci sono segni di costrizione, di lotta. E ci sono tracce che portano verso l'acqua. Quindi quello che stiamo facendo, adesso, è dare immediatamente il via a un'operazione di soccorso acquatico. Manderemo anche battelli a perlustrare tutto il lago, nel caso abbiano preso questa strada. Credo che dovresti venire qui il prima possibile. C'è qualcuno che può accompagnarti?»

Lei e sua madre sono in viaggio da quasi un'ora e sono appena uscite da Londra. Alix si sente nervosa e vuota. Non ha mangiato niente in tutto il giorno. Nello stomaco ha solo il bicchiere di vino che ha bevuto con sua madre in giardino, alle nove. Dovrebbe prendere qualcosa ma non vuole, fermarsi a mangiare vorrebbe dire allungare ulteriormente il viaggio. Scorre il telefono per pura abitudine, senza uno scopo, tristemente. Guarda tutti i messaggi che le sono arrivati negli ultimi giorni da persone che non vede e a cui non pensa da anni e anni, ma che le vogliono bene e si preoccupano per lei, e vorrebbe rispondere a tutti, ma non può, non sa quali parole usare o come disporle o comunque a cosa servirebbe, così li chiude e fissa il buio della notte, e i bagliori dei fanali delle auto che di tanto in tanto arrivano dalla direzione opposta, verso Londra, mentre lei da Londra si allontana, e i chilometri scorrono così lentamente e il Lake District è così distante e suo marito è là da qualche parte e lei sta per scoprire dove, e lo ama così tanto, e si odia così tanto per aver portato quella donna nel loro mondo, quel loro mondo disordinato, sporco, fratturato e perfettamente imperfetto, il mondo che pensava di non volere ma che ora sa essere l'unica cosa, *l'unica cosa* che vuole veramente: la sua famiglia, la sua casa, suo marito, anche se non è il marito ideale, le sue sbronze, la disperata, ingloriosa, ridicola normalità del quadro completo. Lo vuole, vuole lui, vuole quello, non vuole questo, questo viaggio senza fine, le nocche di sua madre sbiancate sul volante, le luci accecanti, la fame che le attanaglia le viscere, la nauseante insignificanza di tutto questo. Rivuole Nathan. Lo rivuole indietro. E poi sente il telefono fremere tra le dita, attiva lo schermo e trova un messaggio da un numero che non riconosce. Il respiro le si blocca nei polmoni e preme per aprirlo. E quando vede di cosa si tratta, lo sa, anche prima della telefonata che segue poco dopo da parte della detective Albright. Lo sa già.

Ciao, sono la tua gemella di compleanno!
UNA SERIE ORIGINALE NETFLIX

Sullo schermo appare un filmato sgranato, con un'inviata col microfono in mano. Prime luci dell'alba. Alle spalle della giornalista c'è un mare di lampeggianti e riflettori della polizia, agenti e altri giornalisti, tutti con microfoni e telefoni in mano.

Dietro si stende il lago Windermere, con il sole che sorge riflesso sulla superficie dell'acqua.

La didascalia in basso recita:

LAGO WINDERMERE, ORE 5:27, 29 LUGLIO 2019

La giornalista parla con un tono di voce riverente.

«Sono qui stamattina in Cumbria, sulle rive del lago Windermere, vicino al pittoresco paesino di Ambleside, dove nel corso della notte è stata fatta una macabra scoperta. Soltanto poche ore fa, infatti, proprio qui, nelle acque poco profonde a breve distanza dalla riva, è stato ritrovato il corpo di Nathan Summer, un londinese scomparso nelle prime ore di domenica 21 luglio da un hotel nel centro della capitale. Le forze dell'ordine sono entrate in un bungalow che sorge accanto al lago, dove hanno rinvenuto vari oggetti appartenenti al signor Summer. Questo ha dato subito il via a un'operazione di soccorso acquatico su larga scala, che intorno alle 2:30 ha portato alla triste scoperta. La famiglia Summer è stata avvisata e sta venendo qui mentre vi parlo. La caccia a Josie Fair è ancora in corso. Qui Kate Mulligan, BBC News, da Ambleside, a voi studio».

In dissolvenza incrociata appare la ricostruzione filmata di una donna sul sedile del passeggero di un'auto in viaggio nella notte, che estrae il telefono dalla borsa dopo aver sentito il suono di notifica di un messaggio.

La donna attiva lo schermo e apre il messaggio.

Sullo schermo appare un vocale.

La donna preme il tasto «Play».

La didascalia in basso recita:

QUESTO È IL MESSAGGIO VOCALE CHE JOSIE FAIR HA INVIATO AD ALIX SUMMER. È ARRIVATO CINQUE MINUTI PRIMA CHE ALIX SUMMER VENISSE INFORMATA DEL RITROVAMENTO DEL CORPO DI SUO MARITO.

«Alix, ciao, sono io. Non so bene cosa dire. Non so cosa sia successo, cosa mi sia venuto in mente. Non era mia intenzione, niente di tutto questo. Niente. Volevo solo essere utile, dimostrarti quanto poteva essere migliore la tua vita senza di lui. Volevo solo tenerlo prigioniero per qualche giorno e poi lasciarlo andare, in modo che potesse tornare da te, ma è andato tutto storto. È veramente un disastro. Mi fa sembrare cattiva, ma io non sono cattiva. Tu *lo sai* che non lo sono, Alix. Per questo ho voluto condividere la mia storia con te, perché siamo simili, tu e io. Siamo tutte e due mogli idealizzate con mariti che ci hanno deluse. Tutte e due abbiamo vissuto all'ombra di uomini terribili che ci hanno scelto per quello che rappresentavamo, non per quello che siamo. Tutte e due avevamo ben di più da dare, ben di più da offrire. E ora Erin si sveglierà e anche lei dirà delle cose su di me, ma non saranno vere, Alix, devi credermi. Non saranno vere. Tutto quello che ti ho detto era la verità. Io e te lo sappiamo. Sei l'unica persona al mondo di cui mi posso fidare e che sa chi sono io veramente, Alix. Ti prego, di' al mondo che non sono una brutta persona, che sono solo una persona normale che ha affrontato una brutta situazione. Non solo le cose brutte di cui ti ho parlato, ma altre ancora. Quelle di cui volevo parlarti, la *vera* fine della storia, la cosa più oscura e peggiore di tutte, ma ho perso il coraggio, non ci sono riuscita e vorrei averlo fatto perché adesso, per colpa di questo stupido errore con Nathan, ho rovinato tutto. Adesso, comunque, nessuno mi crederebbe più. Quindi, per favore, non credere a quello che sentirai dire su di me. Mi dispiace tanto, sai, davvero tanto. Addio, Alix».

Lunedì 29 luglio

La detective Albright si scansa per permettere ad Alix di sbirciare all'interno del bungalow. Alix indossa soprascarpe usa e getta, ma le hanno ugualmente ordinato di fermarsi sulla soglia. Il lodge è tuttora una scena del crimine, ma lei ha pregato la poliziotta di lasciarle almeno vedere il luogo in cui suo marito ha trascorso i suoi ultimi giorni. Ha bisogno di sapere. Mentre si affaccia nell'ingresso si sente stranamente confortata, anche se forse è inopportuno, dal fatto che il lodge è bellissimo. È moderno, elegante e spazioso, con ampie finestre su tutti i lati, una vista meravigliosa sul lago, sul davanti, e sulla campagna circostante. Curiosamente, ricorda casa loro a Londra, con i cuscini nelle varie gradazioni di azzurro acqua, i rubinetti della cucina in rame e i rivestimenti in legno a incastro color pastello. C'è persino una poltrona sotto la finestra nella zona cucina, affacciata sul balcone anteriore. È stupendo. Tutto ciò la conforta, ma la spinge anche a interrogarsi su di sé, sui suoi valori e tutto il resto, cosa che ha continuato a fare senza sosta nell'ultima settimana. Chi è lei? Perché è così? Che cosa ha fatto? Cosa avrebbe dovuto fare? È una buona madre? È stata una buona moglie? Una buona sorella? Una buona amica? Una brava persona? Merita quello che ha? È superficiale? È irrilevante? Vuole essere rilevante? È una femminista? O è solo femminile? Cosa avrebbe potuto fare di più per Josie? E per le donne come lei? Cosa avrebbe potuto fare di più per il suo matrimonio?

Suo figlio sta lì seduto ogni sera con gli occhi spalancati a fissare uno schermo, le cuffie in testa. Sua figlia piange quando altre ragazze le scrivono malignità su quel pezzo di plastica e vetro che lei, sua madre, le permette di usare. Suo marito le passa i soldi come se lei gli avesse puntato una pistola alla testa. Quanto a lei, Alix, trascorre il tempo nel suo studio di registrazione a cavar fuori parole da donne che hanno avuto una vita molto più dura della sua, che hanno sofferto e sono sopravvissute, che hanno lavorato sodo e sono riuscite ad avere successo contro ogni pronostico. E se ne sta lì seduta in quello studio da ventimila sterline fatto costruire per lei come regalo di compleanno da suo marito, l'uomo con cui non faceva sesso da più di due mesi e che aveva preferito andare a bere a Soho in compagnia di una sconosciuta piuttosto che tornare a casa da sua moglie, dal suo corpo offertogli in premio per aver fatto il bravo, alla stregua di un vaso di biscotti... e che razza di femminista è, una che ricompensa gli uomini che non si sono comportati male con offerte di penetrazione? No, lei non è una femminista, lei non è niente; è un gingillo, è una volubile sciocchina che parla troppo; e per un momento, sì, riesce a vedersi dalla prospettiva di Josie, riesce a vedere quello che Josie ha visto in lei, il grande spazio vuoto nella sua anima che ha riempito con cose che non potevano farle male, e capisce perché ha accettato di collaborare con Josie: perché, inconsciamente, voleva che qualcosa le facesse del male, ed eccola qui, a fissare le ultime quattro pareti che suo marito ha visto, e a soffrire, sì, perché soffre talmente tanto che le sembra di avere dentro dita che le straziano le viscere, e si aggrappa allo stipite della porta con entrambe le mani, si raggomitola su sé stessa e urla.

Ore 8:30

Erin geme e Roxy balza in piedi. Fissa la sorella per un attimo, in attesa che lo faccia di nuovo. Un secondo dopo si lamenta, e Roxy va a chiamare un'infermiera.

L'infermiera arriva, osserva Erin dall'altra parte del letto, le controlla il polso, la guarda negli occhi, chiama un'altra infermiera che verifica i dati sulle apparecchiature disposte intorno al letto e poi sorride e dice: «Ciao, Erin, che bello riaverti tra noi!»

Roxy si sporge in avanti, avvicinandosi al viso della sorella, su cui vede spuntare un accenno di sorriso. «Oddio» dice. «Cazzo, Erin. Ciao!»

Il sorriso si allarga per un attimo e poi si restringe di nuovo, mentre Erin prende coscienza dei dettagli di ciò che la circonda. «Dove sono?» sussurra.

«Sei in ospedale. Per poco non sei morta».

Nel giro di qualche secondo, Roxy vede mille immagini inondare la coscienza della sorella che si è appena riaffacciata alla vita. Vede le emozioni che si susseguono, mentre i ricordi tornano a galla. «La mamma...»

«La mamma è...» inizia Roxy, ma si blocca. Non sa cosa dire. Chi è, la loro mamma? Dov'è finita, la loro mamma? «Non ti preoccupare per la mamma» dice, prendendo la mano di Erin nella sua e stringendola piano.

«E papà? Lui non...?»

Roxy scuote la testa con decisione, trattenendo le lacrime. Deve essere forte anche per Erin. «Lui non ce l'ha fatta. Ma va tutto bene, sorellina, stai tranquilla, io sono qui e c'è anche la nonna. È appena andata a prendere qualcosa da mangiare. Noi siamo qui. E il mondo... Tu hai idea di quante persone hanno firmato l'appello in tuo sostegno su Glitch, da quando sei scomparsa? Qualcosa come centomila. Centomila persone hanno firmato per te. Hashtag *SaveErased*. Sei stata virale per un po'. E ora posso dire loro che ce l'hai fatta, che sei tornata! Erased non è stata cancellata!» Sta blaterando a ruota libera e lo sa, ma non vuole che Erin ricada nel suo pozzo oscuro di ricordi, non ancora, non subito dopo essersi risvegliata. È contenta di vederla sorridere alle sue parole e le stringe di nuovo la mano. «Sei un mito, sorellina. Davvero, cazzo, sei un mito!»

La nonna torna con panini al bacon e caffè scadente, e li mette giù subito quando vede che Erin è cosciente. «Oh, santo Dio, Erin, sei sveglia, non ci posso credere! Vado via cinque minuti e proprio allora tu decidi di svegliarti!» Si siede sul bordo del letto e prende l'altra mano nella sua, la porta alla bocca e la bacia. «Mi sei mancata tantissimo» dice. «Tantissimo...»

«Che giorno è?» chiede Erin.

«È lunedì. Il...?»

Roxy guarda l'infermiera, che risponde: «Il ventinove di luglio».

«Il ventinove di luglio».

«Mi sento... strana».

Roxy e Pat ridono comprensive.

«Ho fame».

Ridono ancora e l'infermiera dice: «Facciamo portare qualcosa per lei. Cibo morbido, vero, Erin? Mi risulta che ti piaccia il cibo morbido».

Erin annuisce.

«Ti facciamo preparare qualcosa, magari una minestra».

Le infermiere finiscono di visitare la paziente e se ne vanno, dicendo che il medico arriverà appena possibile. La nonna passa a Erin un bicchiere d'acqua. Poi rimangono solo loro tre, Roxy e la nonna chiacchierano e blaterano, cercando di tenere a bada il più a lungo possibile l'inevitabile marea di buio che si abbatte su di loro qualche minuto dopo.

«Oddio» esclama Erin, con gli occhi pieni di lacrime e di terrore. «Che cos'è successo? Che cos'è successo?»

«Calma, va tutto bene» dice Roxy in tono neutro. «Adesso ti dico esattamente cosa è successo. D'accordo? Ti racconto tutto, parola per parola».

Ciao, sono la tua gemella di compleanno!
UNA SERIE ORIGINALE NETFLIX

Sullo schermo appare un'immagine sfocata della porta di un garage, poi si passa a una panoramica su un angusto vicolo di Londra.

La didascalia in basso recita:

SHORTLAND MEWS, LONDRA NW6, 30 LUGLIO 2019

L'audio è una registrazione gracchiante di una comunicazione radio della polizia.

«Ci stiamo avvicinando al garage insieme al signor Roberts, il proprietario dell'area in questione. Il signor Roberts sta aprendo i cancelli principali e ci stiamo preparando a entrare».

Il filmato mostra una mano con una chiave e un grande lucchetto arrugginito. La chiave è attaccata a una targhetta che riporta il numero 6. La chiave gira lentamente e lo scatto del lucchetto è amplificato dall'audio.

Ralenti, seguito da dissolvenza al nero...

... poi stacco sul filmato di un notiziario della BBC.

Un conduttore annuncia i titoli delle notizie principali, mentre in sottofondo sfuma la ben nota sigla musicale della BBC.

«Buonasera. Oggi, intorno alle 11:30, la Polizia metropolitana ha rinvenuto i resti di una giovane, custoditi nel bagagliaio di un'auto in un garage di Kilburn, a Londra. Si ritiene che siano quelli di Brooke Ripley, una ragazza scomparsa nel giugno 2014, dopo aver partecipato alla festa di fine anno scolastico del suo istituto. Il garage risulta affittato da Walter Fair, il settantaduenne trovato assassinato all'inizio della settimana nel suo appartamento, dove è stata trovata anche la figlia Erin, legata a una sedia di legno rosa in uno sgabuzzino e in condizioni disperate. Erin, ventitré anni, era stata vista per l'ultima volta da amici e conoscenti durante una sessione di gioco online, nella notte tra venerdì 12 e sabato 13 luglio scorsi. Una schiera di suoi follower ha avviato una vasta ricerca in rete per avere sue notizie, dopo aver sentito una serie di rumori insoliti nel corso di quel livestream. Per scoprire cosa le fosse successo è stata lanciata una campagna globale. La signorina Fair ha detto di essere riuscita a sopravvivere succhiando i filamenti di un panno per pavimenti da un secchio di acqua sporca, rimasto su un ripiano dello sgabuzzino dove era stata imprigionata. Nel frattempo Josie Fair, la madre di Erin, è ricercata anche in relazione al presunto omicidio di Nathan Summer, l'agente immobiliare londinese il cui corpo è stato rinvenuto ieri, verso le prime ore del mattino, nelle acque del lago Windermere. Chiunque possa fornire informazioni su Josie Fair o su dove si trovi attualmente è pregato di contattare la Polizia metropolitana di Londra il prima possibile».

Sullo schermo appare la detective Sabrina Albright.

Alza le spalle e scuote tristemente la testa, solo una volta.

«Quando abbiamo trovato Brooke aveva ancora indosso il suo abito bianco del ballo. Il tessuto si è disintegrato non appena lo abbiamo toccato. È letteralmente finito in polvere, così, come l'ala di una farfalla. *Puff*».

La poliziotta si concede un sorriso forzato. Gli occhi le si riempiono di lacrime.

«Che tristezza» dice. «Che tristezza».

Ciao, sono la tua gemella di compleanno!
UNA SERIE ORIGINALE NETFLIX

Sullo schermo appare una donna sulla quarantina. Ha lunghi capelli scuri, porta occhiali da lettura con la montatura di tartaruga e indossa una maglietta bianca.

Siede su una sedia da regista pieghevole, al centro di una sala cinematografica vuota.

L'intervistatore le chiede a bassa voce se si sente bene e lei risponde: «Sì, sto bene. Cominciamo pure».

La didascalia in basso recita:

ABIGAIL KURTI, MADRE DI BROOKE RIPLEY

Sullo schermo scorre brevemente la ricostruzione filmata di un agente di polizia che gira la chiave in un lucchetto, in sottofondo una musica drammatica.

Poi l'inquadratura ritorna su Abigail Kurti seduta nel cinema vuoto.

La donna comincia a parlare.

«Brooke era uscita di casa verso le sei. Era bellissima. Voglio dire, lei è sempre stata bellissima, ma quella sera, con quel vestito bianco...»

La foto di Brooke Ripley in abito da ballo appare per qualche istante sullo schermo.

«Poi non è rientrata a casa, e noi non sapevamo cosa pensare. Brooke era una ragazza un po' agitata, non lo nego, con lei era tutto un susseguirsi di capricci e strilli. Detestava mio marito, il suo patrigno; era un litigio continuo. A casa ci stava poco, ed era già successo che non si facesse vedere per un po'. Ma questa volta... io me lo sentivo, che non era per quello. Pensavo che c'entrasse qualche ragazzo, io non ne sapevo nulla di Roxy Fair. Sapevo che c'era stato un bisticcio a scuola, ma pensavo fosse solo uno dei tanti che succedevano lì nei corridoi, una sciocchezza. Tipico di Brooke. Non sapevo che Roxy e Brooke fossero amiche, né tantomeno *amanti* poi. Non sapevo nulla di Roxy, nemmeno dove abitava, quindi non ci ho visto nessun significato particolare nel fatto che Brooke era scesa dall'autobus proprio a quella fermata. Non avevo alcun motivo di pensare che stesse andando proprio lì, quella sera. E Dio solo sa cosa darei per averlo saputo. Avrei potuto dirlo alla polizia, sarebbe andata a controllare e li avrebbe interrogati. E quella donna...»

La voce di Abigail si incrina. Si porta una mano alla bocca e si sforza di sorridere.

«Mi dispiace».

«Non si preoccupi, non abbiamo fretta» *dice l'intervistatore fuori campo.*

«Avrebbero potuto fermarla allora, quella donna, in quel momento, prima che potesse fare del male a qualcun altro. E forse avrebbero potuto salvare anche Brooke».

La donna scoppia a piangere.

Dissolvenza al nero.

Ciao, sono la tua gemella di compleanno!
UNA SERIE ORIGINALE NETFLIX

Sullo schermo appare Roxy Fair seduta su un divano, ma questa volta accanto a lei c'è anche la sorella maggiore, Erin.

Erin porta i capelli lunghi con la riga in mezzo. Indossa un cappellino da baseball con il suo logo da gamer e una maglietta abbinata.

La didascalia in basso recita:

ROXY ED ERIN FAIR

Poi appare un nuovo testo, lettera per lettera.

A ERIN FAIR È STATO RECENTEMENTE DIAGNOSTICATO UN DISTURBO DELLO SPETTRO AUTISTICO. PER SOPRAVVIVERE IN PRESENZA DI QUESTO DISTURBO IN UN AMBIENTE TOSSICO E DISFUNZIONALE HA SVILUPPATO UNA SERIE DI ABITUDINI E MECCANISMI DI COPING. UNO DI QUESTI È PARLARE A VOCE MOLTO BASSA. POICHÉ ALCUNE DELLE PAROLE PRONUNCIATE DA ERIN SONO DIFFICILI DA CAPIRE, I SUOI INTERVENTI SONO STATI SOTTOTITOLATI.

«Nostra madre non voleva che tra noi e nostro padre ci fosse uno scambio di affetto, che noi volessimo bene a lui e lui a noi. Lo voleva tutto per sé e ci voleva tutte per sé. Non era contenta quando andavamo da lui o ci divertivamo insieme o gli mostravamo quanto gli volevamo bene. Non era per nulla contenta quando lui stava con noi, e cercava di mostrarci amore e affetto. Lei controllava ogni aspetto del rapporto tra noi e nostro padre e viceversa. La situazione è andata peggiorando sempre più man mano che diventavamo grandi. Quando cercavamo di portare amiche a casa lei faceva capire loro che non erano affatto gradite, e quando papà cercava di organizzare occasioni di svago per tutta la famiglia, trovava sempre il modo di mandarle a monte. E ovviamente c'erano anche altri problemi nella nostra famiglia. Il fatto che Roxy avesse un disturbo oppositivo provocatorio. I miei casini personali. La mamma non permetteva a nostro padre di avere il minimo rapporto con la sua prima moglie e i loro figli, quelli che stanno in Canada. Lui doveva parlare di nascosto con loro su Skype quando lei era al lavoro, e un giorno lei fece finta di andare al lavoro ma non ci andò, si piazzò alla fermata dell'autobus davanti a casa e quando papà alzò gli occhi dalla chiamata su Skype con i suoi figli vide la mamma che lo fissava dalla finestra. Da quel momento non gli parlò più per giorni, al punto che lui per chiamarli usava il computer in camera mia. E lei non voleva neanche che vedessimo la nonna, perché la nonna era il nemico. Ci raccontava un sacco di bugie su di lei, che era una puttana, che si portava i clienti a casa, che la picchiava e la faceva morire di fame e noi, che eravamo piccole, naturalmente le credevamo. Ma poi papà ci ha detto che non era vero niente, che la mamma era solo gelosa della nonna perché era stata con papà prima di lei.

«Ma le cose cominciarono ad andare davvero in malora quando papà trovò lavoro su al nord, per cui tornava a casa solo nei fine settimana, e noi restavamo da sole con la mamma. Lei non sapeva come gestirci, specialmente Roxy. Non ne era proprio capace. L'ha tolta da scuola quando mi ha rotto il braccio, il che tra l'altro» *lancia un'occhiata ironica alla sorella* «è stato più o meno un incidente. Cioè, è successo durante una lite e lei era furibonda, ma non lo ha fatto con cattiveria. I servizi sociali hanno cercato di intervenire, basandosi sulle cose che io e Roxy avevamo detto a scuola sulla nostra vita in famiglia, ma la mamma ha ritirato Roxy da scuola per quasi due anni dicendo che la stava "istruendo a casa". Il che era un'assurdità. Le lasciava solo guardare la tv tutto il giorno. E poi nei fine settimana, quando papà tornava, lei lasciava in giro per casa cose "da studio" tipo libri e quaderni per far credere che le stesse insegnando qualcosa, ma era tutta una finta. E lasciava Roxy legata alla sedia rosa per le bambine cattive nella nostra camera da letto, a volte per ore. E ci diceva che se una di noi lo avesse detto a nostro padre, lui ci avrebbe lasciate e sarebbe tornato dall'altra sua famiglia, in Canada, e non lo avremmo più rivisto. Papà tornava nei fine settimana e lei si comportava come se fosse tutto rose e fiori. Credo che lui lo sapesse, doveva saperlo. Ma anche lui era in trappola, non aveva un altro posto dove andare. Stava diventando vecchio, aveva già perso i due figli del primo matrimonio e non voleva perdere anche noi. Cercò di resistere, finché ci riuscì. Le stava vicino senza farsi notare, facendo il possibile per renderla felice. E poi una notte papà non riusciva a dormire e passò davanti alla mia camera, e mi sentì mentre ero online che giocavo. Credo sia successo quattro o cinque anni fa – è stato comunque dopo che ho finito la scuola, quando giocavo a tempo pieno – lui è entrato e tutti i miei follower hanno detto: "Oddio, ma quello chi è, tuo padre?". E io: "Sì, lui è Pa'". Ha salutato tutti e ha voluto sapere cosa stavamo facendo, ha preso una sedia e si è seduto a guardare, e nel giro di un'ora si era lasciato prendere completamente. Era fantastico averlo lì, perché io parlo così piano che a volte è difficile per me creare il tipo di energia che i giocatori vogliono quando guardano qualcosa online, e lui era lì a comunicare tutta quell'energia, tutte le vibrazioni. Era molto divertente e tutti lo adoravano, così ha iniziato a partecipare sempre più spesso e ovviamente non potevamo dirlo alla mamma. Non se ne parlava proprio. Avrebbe subito posto fine alla cosa, l'avrebbe stroncata sul nascere. Così papà aspettava che lei andasse a dormire la sera e poi si alzava senza farsi sentire. Ed è stato lui ad aiutarmi a monetizzare il tutto, a farmi entrare in Glitch, a gestire i miei abbonamenti, ad aprirmi il conto in banca. Ha fatto tutto questo per me. È stato lui a rendermi famosa. E l'estate in cui è morto stavamo organizzando un viaggio negli Stati Uniti, per partecipare a una convention di giocatori in Nevada. Avrei giocato per la prima volta davanti a un pubblico vero, dal vivo. Poi, una volta tornati a casa, mi sarei trasferita a Bristol, sarei andata a vivere con Roxy. Mi stavo liberando, stava succedendo, era una cosa a portata di mano. E credo che la mamma lo sapesse, come se ne sentisse l'odore. Ecco perché ha agganciato Alix Summer, e si è inventata quella storia assurda di papà che la picchiava e abusava di me. Voleva sparire dalla sua stessa vita prima di perderne completamente il controllo. Voleva impedire ogni forma di libertà e ogni tentativo di fuga. Roxy era già scappata; non era disposta a lasciare che anch'io e papà ce ne andassimo».

«E Brooke?» *chiede l'intervistatore fuori campo*. «Cosa puoi dirci di Brooke?»

Erin sospira. «Ero a casa con mia madre, c'eravamo solo noi due. Mio padre non era a Londra quella sera, era via per lavoro, lui non c'è entrato per nulla in quella faccenda. Roxy era a Bristol, quindi neanche lei ci ha avuto qualcosa a che fare. Io ero nella mia stanza, in un altro mondo, ma a un certo punto ho sentito delle voci. Una era quella di una ragazza, e l'ho riconosciuta: era Brooke, l'amica di Roxy. Era venuta da noi spesso per diversi mesi, ma era da un po' che non la vedevamo. Andai alla porta e sbirciai fuori. Vidi Brooke davanti alla porta del soggiorno, e si vedeva che non era per niente a suo agio. Indossava un bel vestito bianco lungo, le arrivava alle caviglie. E mia madre diceva: "Non c'è, è scappata di casa, ed è tutta colpa tua". E Brooke diceva: "No, no, non è colpa mia. Io l'amavo. È da lei che Roxy è scappata". E poi ho visto mia madre che...»

Erin fa una pausa, chiude gli occhi per un attimo e poi li riapre, sorride imbarazzata e continua:

«... che la schiaffeggiava, le dava uno schiaffo in faccia, di quelli forti. E Brooke rimase lì. Poi si toccò la guancia e le disse: "Ecco, vede? È per questo che Roxy è scappata, per colpa sua. Perché lei è una povera pazza, una squilibrata del cazzo, e vuol sapere una cosa? Roxy la odia. Me l'ha detto lei: la odia". Poi Brooke raccolse l'orlo della gonna e si girò, e io mi tirai indietro e chiusi la porta della mia stanza e sentii i suoi passi in corridoio, se ne stava andando, ma poi sentii tipo una botta. Uno schianto. E poi un altro suono, diverso, come di qualcuno che soffocava. Non ebbi il coraggio di guardare. Rimasi lì, con l'adrenalina talmente a mille che la sentivo nel sangue, ad ascoltare quei rumori di lotta, non vedevo niente, ma sentivo che stava succedendo qualcosa di brutto. E poi...»

Chiude di nuovo gli occhi. Roxy si avvicina e le prende la mano, gliela stringe.

«Poi scese il silenzio. E da allora non sono più uscita dalla mia stanza per molto tempo, per tanto tanto tempo».

L'intervistatore chiede, fuori campo: «Per quanto tempo?»

«Tantissimo tempo».

Intervistatore: «Ha parlato con qualcuno di quello che aveva sentito?»

Erin scuote la testa.

«Nemmeno con suo padre?»

Scuote di nuovo la testa.

«Allora no, ma di recente gliel'ho detto. Un anno prima che morisse, più o meno».

«E lui come ha reagito?»

«Niente, si è limitato a scuotere la testa e sospirare. Forse ha detto "cazzo"».

«E cosa è successo dopo?»

«Niente, non è successo niente, la vita è andata avanti».

«E non ha mai detto nulla a sua madre?»

«No, non le ho mai detto nulla, ho semplicemente tagliato i ponti con lei».

«Perché?»

Una breve pausa di silenzio.

La telecamera zooma sulle mani intrecciate di Erin e Roxy, prima di allontanarsi di nuovo.

«Perché avevo paura. Se aveva fatto una cosa del genere a Brooke, poteva farla anche a me».

«Dunque, cos'è successo davvero quella notte?» *chiede l'intervistatore fuori campo.* «La notte in cui sua madre si è presentata a casa di Alix Summer, sostenendo di essere stata picchiata dal marito, da suo padre, Erin?»

Erin sospira.

Sullo schermo appare una ricostruzione filmata di quella notte.

L'attrice che interpreta Erin si trova in una camera da letto in disordine, di notte, il volto illuminato dallo schermo del computer. Ha le cuffie e sta interagendo in rete con gli amici.

Fa una pausa e si toglie le cuffie.

Si avvicina alla porta della stanza e vi appoggia l'orecchio.

La voce di Erin continua in sottofondo:

«Sono tornati a casa, li ho sentiti entrare verso le dieci. C'è stato silenzio per un po' e poi, dopo qualche minuto, ho sentito delle grida, molto forti. Ho socchiuso la porta e ho guardato dallo spiraglio. Mia madre accusava mio padre di averla messa in imbarazzo. Diceva che l'aveva fatta vergognare. E lui ha fatto quello che faceva sempre, si è seduto e non ha reagito. Ma poi, all'improvviso, mia madre gli ha dato del pedofilo. Gli urlava contro e glielo ripeteva in continuazione, gli diceva che lui aveva abusato di lei e adesso stava abusando di me. Poi ho sentito mio padre che si metteva a gridare anche lui, e le diceva che ne aveva abbastanza di lei, che non ne poteva più, che era finita. E poi le ha detto che era pazza – "Tu sei veramente pazza, ma sul serio" – e che era anche stupida, e a quel punto ho sentito mia madre urlare, e sembrava il ruggito di una belva. Si è sentito un colpo e poi uno schianto, e all'improvviso è calato il silenzio. Sono uscita dalla mia stanza e ho visto mio padre sul pavimento. Ho pensato che gli fosse venuto un infarto. Si afferrava il petto con le mani, perdeva sangue dalla testa e io sono corsa da lui per cercare, non so, di rianimarlo, di fare qualcosa. Mia madre è rimasta lì ferma a guardare. Mi ha detto: "È troppo tardi, è un uomo anziano, prima o poi doveva succedere". Si è voltata e io le ho detto: "Ma dobbiamo chiamare un'ambulanza!".

«Lei ha risposto: "Ho già chiamato, sta arrivando". Io le ho detto: "Perché gli hai dato del pedofilo? Papà non è un pedofilo". E lei: "Ha fatto sesso con me che avevo sedici anni e lui quarantatré. Come lo chiameresti, se non pedofilo? Voi due lo avete messo su un piedistallo ma lui non è per niente quello che pensate, proprio per niente. È solo un vecchio sporcaccione, un triste, patetico, vecchio sporcaccione". A quel punto non ci ho visto più. Le ho detto: "E tu sei un'assassina!" Ho afferrato il telecomando, mi sono lanciata su di lei e l'ho picchiata con quello. Continuavo a picchiarla e lei non reagiva, ha solo alzato le mani per ripararsi la testa, finché poi di colpo ha fatto uno strano verso e mi ha dato uno spintone, molto forte, e io sono finita per terra sul sedere, piegata in due che quasi non riuscivo a respirare, e lei mi ha messo un piede sulla pancia e schiacciava così forte che non riuscivo a spingerla via. Papà gemeva e cercava di rialzarsi, e lei gli ha tirato un calcio con l'altro piede, mentre lui continuava a stringersi il petto e a lamentarsi, con dei versi terribili. Mia madre era in piedi sopra di noi e la sua faccia... era vuota. Non esprimeva niente. E continuava a dire: "Io non sono né pazza, né stupida". Diceva: "Sei tu, siete voi due che mi avete portato a questo punto. Voi due. Non faccio altro che occuparmi di voi e in cambio ricevo solo odio. Posso fare di meglio, posso fare molto di meglio nella vita". Non ricordo nulla di quello che è successo dopo, solo che mi sono svegliata ed ero nello sgabuzzino, legata a una sedia. E papà era... be', lo sapete benissimo cosa gli è successo».

Erin scuote tristemente la testa.

Dissolvenza al nero.

QUARTA PARTE

Quattro settimane dopo

Il funerale di Nathan fu orribile, e non avrebbe potuto essere altrimenti. Nathan conosceva tanta gente, e tutti quelli che lo conoscevano gli volevano bene. Nel crematorio gremito l'atmosfera era febbrile, carica di incredulità e dolore. A differenza di Alix, nella vita di Nathan il dolore non era un'esperienza inedita. Sua madre era morta quando lui aveva appena dodici anni, il fratello minore si era suicidato quando Nathan ne aveva ventotto, solo due anni prima di conoscere Alix. Ma era riuscito a superare la sofferenza e a rielaborare il lutto, e si era costruito una vita degna di essere vissuta. Non era andato all'università; aveva cominciato subito a lavorare e si era sudato ogni centesimo, e con quel denaro così duramente guadagnato era generoso fino all'eccesso. Quanto all'alcol – Alix adesso se ne rendeva pienamente e dolorosamente conto – non aveva niente a che vedere con lei, non aveva mai avuto niente a che vedere con lei. Bere troppo riguardava lui, riguardava Nathan, faceva parte del modo in cui teneva in equilibrio il delicato ecosistema della sua psiche danneggiata. Era il suo lato oscuro, e non voleva che Alix lo vedesse. Non voleva che lei lo vedesse così. Quando beveva così tanto, fino all'oblio, per lui era una cura, era un sollievo, tutt'altro che uno svago o una fuga dalle responsabilità. Si odiava quando si riduceva così e per questo non tornava a casa. Non perché non voleva stare con lei, ma perché non voleva che lei stesse con lui.

Erano quasi trecento le persone che si erano riunite

all'esterno del crematorio vicino alla casa del padre di Nathan, a Kensal Rise. Oltre i cancelli del cimitero e sulla strada principale, la stampa e i paparazzi si tenevano a debita distanza. Alix indossava un abito in tinta con gli occhi di Nathan, che aveva scelto appositamente. La commessa lo aveva chiamato color carciofo. Alix non sapeva di che colore fosse un carciofo; sapeva solo che il vestito era dello stesso colore degli occhi di Nathan, e questa era la cosa più importante.

Faceva bel tempo quel giorno, a distanza di un mese da quando il corpo era stato ripescato dalle acque del lago Windermere, non ancora tanto rigonfio, grazie al cielo, da non essere subito identificabile. Un mese che era trascorso come immerso in una sorta di foschia, dissipatasi al momento delle esequie, che invece si rivela per Alix nitido e luminoso. Lei sente che è giusto così, è giusto stare insieme a tante persone, anche dopo, alla veglia organizzata dall'azienda di Nathan in un ampio bar di Paddington che affaccia sul canale, con posti a sedere all'esterno, champagne a volontà e una playlist creata dai migliori amici di Nathan, e tutt'intorno i bambini che scorrazzano su e giù vestiti come per andare al mare, e le chiacchiere pressanti mescolate alle risate spontanee, e le persone che sembrano godersi il culmine dell'estate, il tutto come se da un momento all'altro Nathan potesse raggiungerli, perché Nathan si sarebbe sentito nel suo elemento lì, in mezzo a loro, sarebbe stato felice di esserci, e poi lui non li raggiunge e Alix sente che forse è già a casa ad aspettarla, e poi lui non è a casa ad aspettarla forse perché è da qualche parte in giro con gli amici e quando, dieci giorni dopo il funerale, Nathan non è ancora a casa, è allora e solo allora che per lei arriva il crollo. Si stende sul letto, alla vigilia del primo giorno di scuola media di Eliza, con indosso il suo vestito color carciofo e si stringe a un cuscino, la schiena che si inarca a scatti per gli spasmi di pianto che le scuotono il corpo, come se fosse in agonia, mentre in lei si fa strada fino in fondo la consapevolezza di quello che ha perso.

Ciao, sono la tua gemella di compleanno!
UNA SERIE ORIGINALE NETFLIX

Sullo schermo appare il filmato di un servizio di BBC News girato all'esterno di un cimitero a Kensal Rise, a nordovest di Londra.

L'inviato parla in tono rispettoso e solenne.

«Le spoglie di Nathan Summer, marito della podcaster Alix Summer, sono giunte oggi al crematorio di Kensal Green, a nord di Londra. Decine e decine di persone, amici e parenti, hanno varcato stamattina questi cancelli, per dare l'ultimo saluto a un uomo che a quanto pare era benvoluto da molti. Al momento, un mese dopo il ritrovamento del corpo lungo le rive del lago Windermere, la polizia non è stata ancora in grado di rintracciare la donna accusata di averlo assassinato con un'overdose di barbiturici, nel tragico esito di un sequestro di persona. Josie Fair, quarantacinque anni, è stata vista per l'ultima volta giovedì 25 luglio nella località di Ambleside, dove ha lasciato il suo cane a una coppia di sconosciuti prima di dileguarsi. Josie Fair è ricercata anche in relazione agli omicidi del marito Walter Fair, settantadue anni, e della sedicenne Brooke Ripley, e al tentato omicidio della figlia Erin Fair, ventitré anni. Dopo la sua sparizione, la polizia ha seguito le tracce di segnalazioni della sua presenza nel nord della Francia, a Marrakech, a Belfast e nelle Ebridi Esterne, ma rimane a tutt'oggi un mistero dove si trovi esattamente».

Nel filmato appaiono Alix Summer e i suoi due figli, inquadrati a distanza mentre escono dal cimitero.

Alix indossa un abito verde e ha una giacca nera sulle spalle, e porta un paio di occhiali scuri.

Mentre si incammina, molti dei presenti le si avvicinano e le porgono le condoglianze.

«E in attesa di nuovi sviluppi del caso» *prosegue l'inviato,* «sulle toccanti immagini dell'ultimo omaggio al marito da parte di Alix Summer, concludiamo il nostro servizio. Da Kensal Green è tutto, qui Matt Salter, BBC, a voi studio».

Sullo schermo appare Alix Summer.

È seduta nel suo studio di registrazione e indossa un top giallo senza maniche. I capelli biondi sono legati all'indietro.

La didascalia in basso recita:

ALIX SUMMER, GENNAIO 2022

Alix parla con un intervistatore fuori campo.

«Non sono riuscita a entrare qui dentro» *accenna allo studio di registrazione* «per mesi e mesi. Mi sembrava così... pieno di lei, pieno di Josie. Così l'ho abbandonato, l'ho chiuso. Mi sono dedicata ai miei figli, ad aiutare Eliza a superare il primo trimestre delle medie senza un padre, a convincere Leon, sopraffatto dall'angoscia, che anch'io potevo farlo ridere. E poi naturalmente sapete tutti cos'è successo, qualche mese dopo è scoppiata la pandemia e la vita è cambiata, e tutti abbiamo cominciato a comportarci di conseguenza. Chi si è preso un cane, chi si è messo a fare il pane in casa, chi ha scritto un romanzo eccetera. E io mi sono resa conto che ora dipendeva tutto da me, tutto quanto. Non avevamo una polizza di assicurazione sulla vita, non avevamo più un reddito regolare. Al momento della morte di Nathan c'erano alcune migliaia di sterline sul nostro conto corrente comune, ma non sarebbero durate a lungo. Avevo bisogno di trovare un lavoro, ma come fai a trovare un lavoro nel bel mezzo di una pandemia globale, quando sei un genitore single che deve anche far studiare a casa due figli? Ero terrorizzata, ho cominciato a fare progetti di vendere la nostra casa, per trovarne una più piccola. Ma poi una notte, a poche settimane dall'inizio del primo lockdown, ho guardato fuori, in giardino, e c'era una volpe, seduta accanto alla porta del mio studio, che mi fissava. E sembrava che mi stesse lanciando una sfida. Come se mi stesse dicendo qualcosa tipo: E adesso cosa pensi di fare? Vuoi continuare a startene seduta lì tutta triste o vuoi provare a far appello alle tue energie per trarre qualcosa da tutta questa terribile esperienza? Perché credetemi, è stata davvero terribile. Ma sapevo anche di avere per le mani, se solo fossi riuscita a farci i conti, una storia davvero strepitosa.

«Così la mattina dopo mi sono preparata un caffè forte, ho fatto un bel respiro, ho aperto la porta dello studio e ho pensato: Coraggio, Alix, è tutto qui dentro, tutto quello che ti serve, ore e ore di colloqui registrati con Josie, con Roxy, con Pat. Avevo accesso a tutti i servizi giornalistici in rete. Avevo registrato tutte le telefonate, quindi avevo copia anche delle conversazioni telefoniche con i detective Albright e Bryant. Avevo materiale più che sufficiente per creare qualcosa di davvero indimenticabile, di imperdibile. Mi misi in contatto con Andrea Muse, la famosa podcaster specialista di true crime, e le chiesi di aiutarmi con la produzione e il montaggio. I miei podcast precedenti erano semplici interviste individuali, registrate in un'unica seduta, che dovevano solo essere rifinite con un leggero lavoro di editing prima di essere pubblicate. Stavolta sarebbe stato molto diverso, sarebbe stato necessario un complesso lavoro di montaggio che io non avevo mai fatto. Così, con Andrea al mio fianco, ho iniziato quel giorno stesso. Entro la fine del mese avevamo il primo episodio, che è andato in onda a fine maggio. E sì, come sapete, è diventato virale. Veramente virale. Dopo la messa in onda del primo episodio, alcune persone mi hanno contattato direttamente per farsi intervistare. La madre di Brooke Ripley. Helen, la compagna di scuola di Josie. Uno dei figli di Walter dal Canada. Così, settimana dopo settimana, il podcast diventava sempre più complesso, sempre più stratificato, sempre più avvincente. E poi, a metà estate del 2020, quasi un anno dopo la morte di Nathan, ho ricevuto un messaggio da Katelyn. Vi ricordate di Katelyn Rand? Avevano appena allentato le restrizioni, il che significava che potevo incontrarla di persona, faccia a faccia. Così ci siamo accordate per trovarci a Queen's Park, proprio a due passi da casa mia. Era un mercoledì pomeriggio. E io ero a dir poco terrorizzata».

Mercoledì 15 luglio 2020

Quando vede arrivare Katelyn, Alix si toglie gli occhiali da sole e se li posa sui capelli. Il cuore le batte forte, prova una nauseante combinazione di nervosismo ed eccitazione.

Poi sul viso della donna si apre un ampio, disarmante sorriso, mentre affretta il passo e si avvicina ad Alix con l'aria di volerla abbracciare. Ma si rende subito conto che non è il caso, così si siedono a due metri di distanza e Katelyn dice: «Wow, sei bellissima. Ti ho visto nei notiziari, ovviamente, ma sei molto più bella dal vivo».

«Anche tu sei bellissima» risponde Alix, senza riuscire a infondere nel complimento lo stesso calore. In effetti Katelyn è bella in modo spettacolare, con quella pelle chiara e levigata e i capelli morbidi e biondi, una massa di riccioli tirati indietro e legati a formare uno chignon. Ha le fossette e una lieve fessura tra i denti bianchissimi; è elegante, con quei jeans attillati e un cardigan corto e aderente che fascia un seno di almeno tre taglie più grande di quello di Alix.

Katelyn si schermisce davanti al complimento, con molta grazia, e Alix si sente spinta suo malgrado a trovare gradevole questa creatura che ha avuto un ruolo così rilevante nella morte di suo marito. Prepara il telefono e il microfono portatile per registrare la conversazione. Intanto Katelyn continua a chiacchierare.

«Non ci potevo credere, quando ho visto che avevi pubblicato un podcast. Lo trovi ovunque! Voglio dire, io non li ascolto i podcast, so a malapena cosa sono. Ma il tuo – wow! – non si può fare a meno di seguirlo. Non capita tutti i giorni di essere catapultati dentro un crimine realmente accaduto. E mi scuso in anticipo, Alix, ma preferisco dirtelo subito: non ho molti filtri, quando parlo. Le parole mi escono prima di pensare a cosa sto dicendo, e a volte questo mi fa sembrare insensibile, indifferente, anche se in realtà non sono affatto quel tipo di persona. E ho bisogno che tu sappia, Alix, quanto sono terribilmente, orribilmente dispiaciuta per quello che è successo. E per il ruolo che mi è toccato in tutta questa storia. A volte, quando ripenso a tutto quanto, faccio fatica a prendere sonno e vorrei tornare indietro nel tempo a quella mattina e non essere mai entrata in quel buco delle riparazioni».

«È lì che hai conosciuto Josie? Nel negozio?»

«Be', chi era lo sapevo già, era piuttosto famosa nel quartiere, per così dire: la ragazzina che era scappata col fidanzato della mamma. Ma non la vedevo da anni. E ti prego di credermi, Alix, io ero convinta di fare qualcosa di buono. Ero convinta di agire in nome della sorellanza. Per come mi aveva dipinto lei la situazione, tu eri prigioniera di un matrimonio con un uomo che non riusciva a tenerselo nella patta, capisci? E lei ti stava aiutando a liberartene. E anch'io volevo solo aiutarti. Ovvio che anche i soldi sono stati un bell'incentivo, per carità. Mille sterline sono mille sterline, giusto? Ma prima di tutto ho pensato: la moglie deve sapere che razza di uomo è suo marito, bisogna farglielo vedere, in modo che possa liberarsi di lui. Poi, naturalmente, è saltato fuori che tuo marito non era affatto quel genere di uomo. Ma proprio per niente. Cristo santo, Alix, tuo marito ti amava, non mi ha sfiorata neanche con un dito. Non era interessato a me in quel senso. Era talmente ubriaco che secondo me mi ha vista semplicemente come un compagno di bevute, capisci? Gli interessava solo avere qualcuno che gli facesse compagnia per continuare a bere. Ma per tutto il tempo è andato avanti a dire Alix qua e Alix là, mentre mi faceva vedere le tue foto sul telefono».

A quelle parole Alix la guarda negli occhi: «Già, il telefono. Me lo sono chiesta tante volte: perché non mi ha chiamato, perché non mi ha mandato un messaggio, perché non ha risposto alle mie chiamate mentre era lì con te?»

«Era troppo ubriaco, Alix. Non so se riesco a spiegarti fino a che punto era messo male, cazzo. Oh, scusa! Puoi tagliare la parolaccia? Mi dispiace. Ma ci vedeva doppio, così ho preso io il suo telefono e gli ho detto che ti stavo mandando un messaggio, per chiederti di venire a prenderlo. Ma in realtà era Josie che doveva venire a prenderlo. Gli ho mentito, Alix, e mi dispiace tantissimo. Davvero. Era una persona così dolce, così buona, e io gli ho mentito, gli ho detto che era tutto a posto e che stavi arrivando. Gli ho detto che me ne stavo occupando io. E lui per tutto il tempo...» Katelyn scuote la testa sconsolata.

Alix assorbe una per una le parole di Katelyn, con un grumo di bile amara in gola. Adesso avrebbe voglia di insultarla. Avrebbe voglia di farle del male.

«Puoi odiarmi» dice Katelyn, come se le avesse letto nel pensiero. «Vorrei che tu mi odiassi, credimi. Non sono venuta qui per cercare la tua amicizia o il tuo perdono. Sono venuta qui per il tuo podcast. Per farlo diventare il più grande podcast mai pubblicato, per aiutarti a diventare famosa, aiutarti a spiccare il volo. Ed è quello che pensavo di fare quella sera, la sera in cui ho mentito al tuo meraviglioso marito e ti ho distrutto la vita: pensavo di aiutarti a spiccare il volo». Fa una smorfia, pensando a quanto è stata stupida, e di nuovo scuote la testa.

«Ma tu, Alix Summer, devi sapere che avevi un marito che ti adorava e adorava i suoi figli, e la sua vita. Un marito che voleva solo te, e nessun'altra».

Alix annuisce, trattenendo a stento le lacrime. Poi si sforza di sorridere e dice: «Bene, vogliamo cominciare dall'inizio? Dal giorno in cui hai incontrato Josie al negozio?»

E l'intervista ha inizio.

Ciao, sono la tua gemella di compleanno!
UNA SERIE ORIGINALE NETFLIX

Sullo schermo appare Alix Summer nello studio di registrazione. Si toglie le cuffie, spegne gli schermi, va verso la porta e se la chiude alle spalle.

La camera esegue una lenta panoramica sui dettagli dello studio vuoto di Alix, e sullo schermo appare il seguente testo:

L'ULTIMO EPISODIO DEL PODCAST DI ALIX È STATO PUBBLICATO NELL'AGOSTO 2020, NEL GIORNO DEL PRIMO ANNIVERSARIO DEI FUNERALI DI NATHAN.
QUESTO È IL MESSAGGIO DI COMMIATO DI ALIX.

La voce di Alix fuori campo, mentre la videocamera continua a esplorare lo studio.

«Ed eccoci arrivati a oggi. Siamo alla fine di agosto, nel bel mezzo di una pandemia globale, e io non so bene che cosa il destino riserverà a me o a chiunque altro. Una cosa però la so: domani andrò a ritirare la nostra cucciola da un allevatore dell'Hampshire. È un cane da pastore australiano con gli occhi spaiati e si chiamerà Matilda, per ovvie ragioni. Spero che porterà un po' di gioia nella nostra famigliola, mentre impariamo a convivere con l'assenza, il dolore, le domande senza risposta e la sofferenza. Altra cosa, stamattina ho ricevuto una mail molto importante da una casa di produzione statunitense, che si è detta interessata ad acquistare i diritti di questo podcast per farne un documentario, quindi non si sa mai, tra non molto potreste vedere *Ciao, sono la tua gemella di compleanno!* comodamente seduti sul vostro divano. E proprio due giorni fa Roxy mi ha detto che lei ed Erin hanno trovato un posto dove vivere insieme, ed Erin si trasferirà lì questo fine settimana e porterà con sé tutto il suo universo del gaming online. Abbiamo quindi molti motivi per festeggiare il fatto di essere arrivati fin qui. Però, come spesso accade nei podcast di true crime – ed è frustrante per me come giornalista, esattamente come per voi ascoltatori – ci manca ancora una vera e propria conclusione. Non possiamo scrivere la parola FINE perché, proprio mentre vi parlo, Josie Fair è ancora in circolazione, chissà dove. Lei può anche continuare a dire di aver fatto tutto quel che ha fatto solo perché voleva essere libera, ma la verità è che Josie Fair non è affatto libera. Proprio per niente. È chiusa in una prigione che lei stessa si è costruita, dove dovrà sempre guardarsi le spalle, dovrà sempre continuare a fuggire e a nascondersi. E io ne sono lieta. Naturalmente continuo a nutrire una fantasia segreta, a sperare che un attimo prima che io prema il tasto per concludere questa registrazione il mio telefono si metta a squillare. Immagino di sentire la detective Albright che mi dice che l'hanno scovata e arrestata, e che Josie Fair andrà in tribunale, e poi in prigione, dove pagherà per i suoi crimini. Per la gravità dei suoi crimini. Crimini scioccanti, assurdi, intollerabili. Una ragazza intelligente e piena di grinta con tutta la vita davanti, il cui corpo martoriato è stato lasciato a imputridire in un garage sporco e umido, senza nessuna ragione. Nessuna ragione al mondo. Il marito di Josie, un pensionato, che di certo era tutt'altro che un marito esemplare, e che a detta di alcuni è stato anche un uomo cattivo, ma che per le sue figlie è stato un buon padre, picchiato mentre aveva un infarto e lasciato morire in una vasca da bagno. Infine, il tentato omicidio di sua figlia, la sua fragile primogenita. A che scopo? Per rubarle i soldi? Per impedirle di vivere la sua vita? Di inseguire i suoi sogni? Mio Dio... E infine l'insensato, assurdo, terribile omicidio di mio marito, Nathan Summer. Il mio ragazzo, il mio uomo, il mio compagno di vita dai capelli color fuoco. Il padre dei miei figli, adorato da amici e colleghi. Lui era... Oh, Dio santo! Era una brava persona, niente di più e niente di meno! Avevamo i nostri problemi, è vero, avevamo degli screzi. E lo ammetto, qualche settimana prima che Josie lo rapisse avevo persino pensato a come sarebbe stata la mia vita senza di lui. Davvero. Avevo immaginato come sarebbe stato andare avanti da sola e non dover più vivere quelle lunghe e terribili notti in cui lui non tornava a casa e io me ne stavo distesa al buio senza riuscire a dormire, con lo stomaco in subbuglio e i pensieri che si rincorrevano, a chiedermi se era morto, se era a letto con un'altra, se semplicemente non aveva più voglia di tornare a casa da me. E forse un giorno sarei arrivata a pensare che non ce la facevo più, e magari avrei deciso che potevo fare a meno di lui. Ma Josie mi ha tolto la possibilità di scegliere. Ci ha tolto tutte le altre possibili strade che le nostre vite avrebbero potuto prendere. Soprattutto, ha portato via un buon padre ai nostri figli. E quali che siano le sue ragioni – le sue psicosi, il trauma infantile, la salute mentale, le difficoltà e i problemi – quali che siano le ragioni che può addurre per giustificare quello che ha fatto, io sostengo, a prescindere da ciò che lei stessa potrebbe dire, che ha agito così perché è malvagia. Pura e semplice malvagità. Quindi, Josie Fair, se sei là fuori da qualche parte e mi stai ascoltando, sappi una cosa: la tua battaglia è tua e solo tua. Non pretendere di lottare per conto di nessuno. Non pretendere di essere una vittima. Non pretendere di essere qualcosa di diverso da quello che sei: una miserabile, perfida stronza.

«Io sono Alix Summer e questo era *Ciao, sono la tua gemella di compleanno!* Grazie per avermi ascoltato e arrivederci».

L'audio riproduce il clic *di una registrazione che si conclude.*

Dissolvenza al nero, mentre sullo schermo scorrono i titoli di coda.

La serie è finita.

Mercoledì 28 ottobre

A ottobre di quell'anno, appena prima che venga decretato il secondo lockdown a livello nazionale, Alix riceve una chiamata dalla detective Albright.

«Stiamo chiudendo uno dei filoni principali delle indagini, e nel riordinare una parte del materiale ho trovato alcuni oggetti che vorrei darle. Si tratta degli oggetti che Josie aveva sottratto da casa sua l'anno scorso. Le va bene se passo da lei nel pomeriggio?»

La poliziotta arriva appena dopo le quattro, quando i figli di Alix sono già rientrati da scuola e la cagnolina è così agitata che schizza sul pavimento getti caldi di urina, mentre gira in tondo perché c'è qualcuno alla porta.

«Mi perdoni, Alix, vedo che è indaffarata, ma non le ruberò molto tempo. Però volevo dirle che ho ascoltato il suo podcast, tutto quanto, e l'ho trovato straordinario. Dico sul serio. Perché vede, per un investigatore è raro potersi immergere a un tale livello di profondità nella mente di un criminale tuttora ricercato. E la sua voce... solo a sentirla, mi ha fatto venire la pelle d'oca. Era come leggere un romanzo, mi creda, non riuscivo a smettere di ascoltare. E la stoccata finale, Alix... santo cielo, sono scoppiata a ridere, giuro! Naturalmente, questo ha fatto sì che ci arrivasse una sfilza di nuove informazioni». Albright alza gli occhi al cielo. «Per lo più si tratta di sciocchezze che si rivelano solo una perdita di tempo, ma qualche pista merita di essere approfondita. C'è qualcuno che pensa di aver visto Josie Fair a Northampton, la settimana scorsa.

Stiamo facendo dei controlli. La terremo al corrente se ci saranno sviluppi, intanto incrociamo le dita. Non ci vorrà molto. Quanto può tirare avanti, con diecimila sterline? Dovrà pur riprendere contatto con il mondo reale, prima o poi, e ricomincerà a lasciare tracce. È solo questione di tempo. Be', intanto ecco le sue cose, le altre le abbiamo consegnate alla madre di Brooke, ma lei ha detto che c'erano solo due oggetti che appartenevano a sua figlia. Il fiore e la fascia per i capelli. Ha detto che quella custodia del telefono lei non l'ha mai vista, e né Roxy né Erin l'hanno riconosciuta, per cui qui abbiamo un mistero. Uno dei tanti».

Con un sorriso caloroso, la detective si congeda. Alix fila in cucina a ripulire con spray e carta assorbente la pipì di Matilda, poi si siede al tavolo per esaminare la busta imbottita che Albright le ha lasciato. Le occorre un minuto buono per farsi venire il desiderio di aprirla. Estrae gli oggetti a uno a uno, disponendoli in fila. È consapevole del luogo da cui provengono, di ciò che significano, e le fa orrore, ma è altrettanto consapevole che sono piccoli ma importanti frammenti di vita che Josie le ha rubato, e in un attimo il bisogno di rimetterli al posto che occupavano prima si rivela più forte del disgusto che prova pensando a dove sono stati conservati. Così si alza e fa un giro per la casa, rimettendo ogni cosa dov'era. Ritrova sulla bacheca il piccolo spazio libero lasciato dal disegno di Eliza e lo fissa esattamente dov'era prima, provando una curiosa soddisfazione mentre la puntina si inserisce nello stesso foro. Rimette la ricevuta tra le pagine di *Livingetc*, raggiunge la porta d'ingresso e infila la rivista a metà della pila nel contenitore della carta. Riporta la capsula Nespresso nell'apposito vaso nello studio di registrazione, mette il cucchiaino in lavastoviglie e porta il sapone liquido nella toilette degli ospiti nel sottoscala. Sta per riporre le fototessere di Leon nel solito cassetto del bric-à-brac, ma poi cambia idea. Suo figlio ha un'aria tanto infantile, a disagio e scocciata in quelle foto, eppure gli scatti lo ritraggono in un momento della vita in cui non aveva ancora conosciuto il dolore, la perdita e il lutto, e lei vuole che di questo resti testimonianza. Così prende un'altra puntina e attacca alla bacheca la striscia di faccine di Leon, e poi le accarezza con la punta delle dita. E da ultimo tocca al braccialetto. L'elegante braccialetto dorato, un regalo di compleanno di Nathan, e mentre lo guarda le riecheggia nella mente la sua voce che chiede al marito, quel marito che non ha più: *Nathan, hai visto per caso il mio braccialetto? Quello che mi hai regalato per il mio compleanno?* e subito i ricordi si riavvolgono per riportarla al momento in cui lui glielo aveva dato, un anno prima, allacciandoglielo al polso con un gesto delicato proprio lì, su quel tavolo, in quel punto esatto. Così Alix gira il polso e chiama ad alta voce suo figlio, il suo ragazzo dai capelli color fuoco: «Leon, tesoro, mi daresti una mano per favore?»

Leon appare sulla soglia, sbattendo le palpebre. «Che c'è?»

«Mi aiuti ad allacciare il braccialetto?»

Suo figlio posa l'iPad sul tavolo della cucina e viene da lei. Profuma di bambino, di casa, di capelli, di amore. Lei lo sente respirare leggermente col naso mentre si concentra per infilare il piccolo gancio nell'occhiello. Dapprima Leon non ci riesce, poi ritenta, infine le dice: «Ecco fatto».

Sta per andarsene, ma Alix lo prende per la vita sottile, se lo tira vicino e lo abbraccia. «Stiamo bene, vero?» gli chiede. «Noi tre, dico. Stiamo bene e ce la caveremo, vero?»

Leon annuisce. «Sì» dice, appoggiando la testa al petto della madre. «Stiamo bene, e ce la caveremo».

Ciao, sono la tua gemella di compleanno!
UNA SERIE ORIGINALE NETFLIX

Sullo schermo appare la ricostruzione filmata di un postino che deposita una lettera nella cassetta della posta di una casa a schiera vittoriana.

Un'attrice nel ruolo di Alix Summer recupera la posta dal-

la cassetta e la porta in cucina, dove comincia ad aprire una lettera.

La didascalia in basso recita:

IL 2 NOVEMBRE 2020, DUE MESI DOPO LA PUBBLICAZIONE DELL'ULTIMO EPISODIO DEL SUO PODCAST, ALIX SUMMER RICEVETTE UNA LETTERA.

Sullo schermo appare Alix Summer nel suo studio di registrazione, che legge ad alta voce una lettera.

«"Alix, ci ho messo parecchio tempo per capire cosa dirti e come dirtelo. Ho ascoltato il tuo podcast quest'estate. Una *miserabile, perfida stronza*? Sul serio? Ho passato tutta la vita a subire attacchi, Alix. Tutta la vita. E adesso ti ci metti anche tu.

«"La prima volta che ti ho incontrata ho pensato che eri una persona speciale. Ho pensato che ci fosse di mezzo il destino. Finalmente qualcuno che mi riconosceva, che mi capiva, qualcuno capace di rendersi conto di quanto era stata difficile la mia vita. Io ti ho affidato la mia verità, Alix. E tu cosa ne hai fatto? L'hai trasformata in una volgare storiaccia true crime da quattro soldi, dove non c'è un solo minuto di 'true', non c'è niente di vero. Quanto a Erin e alle sue tante bugie, sapevo che avrebbe mentito. Per forza doveva mentire. Lei e Roxy mi hanno fatto passare per la cattiva della situazione, quando al contrario sono sempre state loro le cattive. Il fatto che ti sia bevuta la loro sceneggiata mi fa pensare che ti ho sopravvalutata. Mi hai veramente delusa, sai? Veramente delusa.

«"E portarti via Nathan non era premeditato, te l'ho già detto e ridetto. Come ti ho spiegato, è stato un incidente. La dose che gli avevo dato era quella giusta, ma non gli faceva più effetto e lui stava facendo troppo baccano, così ho dovuto dargliene di più. Come potevo sapere che lo avrebbe ammazzato? Ma tu continui a rinfacciarmelo, ti comporti come se io sapessi cosa stavo facendo, mi tratti come se ci fosse qualcosa di sbagliato in me quando non c'è niente di sbagliato in me. È il mondo che è sbagliato, Alix: lo sai tu come lo so io.

«"Il destino ci ha riunite due volte, Alix, la prima il giorno in cui siamo nate, la seconda la sera in cui abbiamo compiuto quarantacinque anni. Chissà, forse troverà il modo di riunirci una terza volta, e forse allora potremo ricominciare da dove siamo rimaste. Io lo spero, lo spero proprio.

«"Per favore, dai un bacio da parte mia ai tuoi adorabili figli, soprattutto a Leon. Ho avuto un debole per lui dal primo momento in cui l'ho visto. Un bambino così a modo, così delicato. Abbi cura di lui.

«"Josie"».

AL MOMENTO DELLA MESSA IN ONDA, ALIX SUMMER
NON HA RICEVUTO ULTERIORI MESSAGGI DA JOSIE FAIR.

SEDICI MESI DOPO

Marzo 2022

Josie si sistema la mascherina e si fa scendere sul volto un po' di capelli biondi ossigenati, quando le due giovani donne salgono sul bus finora deserto e prendono posto davanti a lei.

Guarda fisso fuori dal finestrino, oltre il quale scorrono le strade scure della cittadina delle Midlands dove vive adesso, distogliendo come al suo solito lo sguardo dagli occhi delle persone che incrocia.

Le donne di fronte a lei si mettono a chiacchierare, un ininterrotto fiume di parole in cui la percezione di Josie si muove come in una fitta nebbia priva di significato, finché una delle due fa una pausa e cambia tono: «Uh, a proposito, ma l'hai vista quella serie su Netflix? La storia delle gemelle di compleanno?»

E l'altra donna: «Oddio, sì che l'ho vista, me la sono divorata tutta in una volta, ma che roba incredibile!»

«Ah, davvero, una cosa... non so, certo che quella donna ti fa venire i brividi, eh!»

«Mamma mia, che viscida. Pensa a cos'ha fatto alle figlie, e poi ha anche rapito il marito di quell'altra donna, io non lo so, non... cosa diavolo avrà in testa una così?»

«A proposito delle figlie, tu come la vedi? Roxy ed Erin secondo te l'hanno raccontata giusta?»

«Cosa vuoi dire?»

«Mah, sai, è che mi sono sembrate un po' ambigue. E poi quello che ha scritto quella Josie nella lettera alla podcaster, alla fine. Insomma, mi sono chiesta se magari non c'erano dentro tutti quanti, ecco».

«Oh, santo cielo. A questo non avevo pensato. Ma tutta la faccenda mi è parsa poco chiara, come se Josie non fosse l'unica che ha raccontato frottole, mi spiego? Secondo me c'era sotto dell'altro. Tutta la storia è veramente strana. Comunque, si fa fatica a credere che esista gente così, nella realtà».

Le due donne restano in silenzio per qualche istante, poi la loro fermata si avvicina e si alzano per prepararsi a scendere.

Josie le osserva, il respiro caldo e affannoso sotto la mascherina, il cuore che martella con violenza nella gabbia toracica. Una delle due si volta e Josie si affretta a deviare lo sguardo verso il finestrino. Quando si gira di nuovo le donne sono scese, e lei è di nuovo sola sull'autobus.

Con la punta delle dita trova il bombo dorato appeso al collo e lo fa scivolare su e giù lungo la catenella. Sente il battito del cuore e intanto i suoi pensieri turbinano e si rimescolano, tenta di trovare un senso alle cose che vivono dentro la sua testa, tutte le istantanee della sua vita, gli errori che ha commesso, le bugie che ha detto, il suo stesso reinventarsi una vita cominciata come un feto ignorato e indesiderato nel ventre di sua madre, creatura trascinata nel mondo per subire fino in fondo il peso dell'errore di sua madre, una vita da sempre destinata a finire in questo modo, nascosta, solitaria, una donna mascherata, e ricorda le cose che ha fatto, da bambina come da adulta, tutte le cose che non ha detto ad Alix, e pensa alle cose che ha detto di aver fatto, anche se non le ha fatte. E tutta la faccenda somiglia sempre più a un contorto, nauseabondo groviglio di verità e menzogna, che lei non sarà mai in grado di sciogliere, che nessuno sarà mai in grado di sciogliere, ma che in mezzo contiene comunque una luce che splende. Una verità, o almeno è ciò che sembra... e lei spera che lo sia, la verità, perché è qualcosa che in fondo la definisce, sotto molti aspetti: la sera in cui tornò a casa e trovò Roxy in ginocchio accanto al corpo fasciato di bianco di Brooke Ripley, che ripeteva con le guance solcate di lacrime, in tono lamentoso: «Non volevo farlo, mamma, te lo giuro, non volevo». Ed Erin che sulla porta, lo sguardo fisso su Brooke, oscillava avanti e indietro con la mano sulla bocca, e Roxy che diceva: «E adesso cosa facciamo? Che cosa facciamo adesso?» E la telefonata a Walter, che era a Newcastle e da lassù le aveva guidate lento e metodico a fare quello che dovevano: i rotoli di plastica nell'armadio, la finestrella in bagno che si apriva sul vicolo del garage, la chiave nel cassetto con la targhetta di plastica col numero 6.

Josie ripensa ai giorni seguenti, a quella chiave diventata bollente nel palmo della mano e a lei che la fissava, la fissava, continuando a stringerla e rigirarla tra le dita, in attesa che suonasse il campanello, in attesa che succedesse qualcosa, con l'intenzione di andare alla polizia, per farla finita una volta per tutte, e dopo qualche giorno la sparizione di Roxy e le sue parole cariche di odio, appena prima di andarsene: «Se lo dici a qualcuno, chiunque sia, io dirò che sei stata tu. Dirò a tutti che sei stata tu».

Josie ripensa alla lite tra lei e Walter la sera della cena a casa di Alix, al momento in cui ha tirato fuori la chiave dal cassetto e ha detto a Walter che avrebbe raccontato tutto ad Alix, subito, che avrebbe raccontato al mondo del loro sporco, maledetto segreto chiuso nel baule della vecchia Morris Minor di suo padre, lì, nel garage sul retro di casa loro. Lo rivede afferrarsi il petto, rivede la sua faccia affranta e disperata, ricorda di essere rimasta a guardarlo mentre cadeva a terra, di aver continuato a fissarlo mentre il suo colorito svaniva, il pugno stretto al petto fino all'ultimo. Cerca di ricordare cos'è successo dopo, ma anche mentre i ricordi prendono forma non è sicura se siano veri oppure se siano solo sogni, allucinazioni, ma Erin era lì, di questo è certa, e la picchiava, la picchiava, la picchiava. E poi i ricordi svaniscono fino a dissolversi nel nulla.

Josie guarda fuori dal finestrino, e almeno per un breve, fugace momento è certa, assolutamente certa – ebbene sì! – che è così che si sono svolti i fatti, e che lei forse non sarà stata una buona madre, ma è stata una vera madre, perché ha fatto ciò che qualunque madre avrebbe fatto per proteggere una figlia, per difenderla, per salvarla da sé stessa e dalle conseguenze della sua rabbia, come ha sempre fatto e come continuerà a fare sempre, oggi, domani, ancora e ancora, a qualunque costo. E lei non ha fatto niente di male, in realtà no, né ieri né oggi. Tutto ciò che ha fatto, a modo suo, è stato prendersi cura delle persone che ama, cercare di aiutare gli altri, di essere una bella persona.

È più che certa che questa è la verità.

Assolutamente certa.

Erin

Si sono guardate tutti e tre gli episodi di *Ciao, sono la tua gemella di compleanno!*, uno in fila all'altro.

Nella stanza risuonano le note finali del tema musicale, mentre gli ultimi titoli di coda scorrono sullo schermo.

Roxy spegne la tv col telecomando e brontola qualcosa sottovoce.

Erin scruta Roxy di soppiatto. Pensa che forse è arrabbiata.

«Be'» dice Roxy, «sembrava tutto a posto. Anche se i miei capelli facevano schifo al cazzo. Lo sapevo che finiva così. Gliel'ho anche detto a quella tipa, di lasciarli stare».

Erin sente lo stomaco in subbuglio. È completamente vuoto. È dall'ora di colazione che non mangia, e sono le tre di pomeriggio. Non hanno mangiato perché stavano guardando quel programma alla tv. La mamma non le faceva mai saltare un pasto. Per nessun motivo. Il cibo arrivava tre volte al giorno, sempre alla stessa ora, sempre quello che piaceva a lei.

«Ho fame» dice.

Roxy alza gli occhi al cielo. «Tu hai sempre fame».

«No, non è vero. Ho fame perché non abbiamo pranzato».

«E fatti una scodella di cereali».

È quello che Roxy risponde sempre quando Erin dice di avere fame. *Fatti una scodella di cereali.*

Anche solo il suono della parola «cereali» fa recalcitrare il corpo di Erin, perché lo associa a qualcosa di asciutto, appiccicoso e scrocchiante.

Erin sente la mancanza delle cose che le dava da mangiare la mamma.

Roxy non le permette di nutrirsi in quel modo, secondo lei è una roba balorda e non le fa bene.

Erin non è d'accordo.

A lei sembra tutto sbagliato.

Quel programma in tv era tutto sbagliato. Tutto. L'ha fatta sentire male. Sembrava così strana. Non riesce a credere che quelli non sapessero che lei stava mentendo, che tutte e due stavano mentendo. Era talmente ovvio che stavano mentendo. Talmente ovvio. Adesso sente le prime vibrazioni in arrivo, attraversano le pareti sottili di questa casa nuova di zecca che Roxy ha trovato per loro, pagata coi soldi di Erin: le vibrazioni della rabbia e del furore, dell'ira e della collera di quando gli altri apriranno gli occhi e si renderanno conto di tutte le bugie che loro due hanno detto. Gli arriverà addosso tipo una colata di lava, che le seppellirà e le ucciderà.

«Non voglio i cereali» dice. «Voglio la minestra».

Non le piace neanche la minestra. Troppe spezie e pezzetti di cose. Ma è sempre meglio dei cereali.

«C'è ancora mezza pentola di minestra di carote sul fornello. Quella di ieri» dice Roxy, prendendo il telefono e scrollando in fretta. «Cazzo» dice, accigliata. «Fanculo!»

«Che succede?»

«Degli stronzi su Twitter. Dicono che abbiamo un'aria losca».

«Ma è vero, Rox, ce l'abbiamo sì un'aria losca».

«Non è vero un cazzo. E comunque, è la mamma che è un'assassina. Ha ammazzato lei quel tizio. Lo ha ucciso, sul serio. Quindi chi se ne frega di noi due? Anche noi siamo solo vittime».

Erin si morde il labbro e tira una ciocca di capelli. La attorciglia in un filo sottile e poi la lascia sciogliere di nuovo. Le brontola lo stomaco. «Ho tanta fame, Rox».

«Uffa». Roxy si alza e va in cucina. Erin sente il *bip* del piano cottura che si accende, il tonfo di un cassetto aperto e chiuso.

Si farà andar bene la zuppa di carote di ieri, alla fin fine. Sempre meglio dei cereali.

Prende il telefono e guarda il thread dei messaggi dei suoi follower.

Sei stata fantastica, Erin!

Vai, Erased. L'hai fatto per Pa'.

Cazzo, ragazza, sei stata incredibile.

Adesso vedrai che faranno il culo a tua madre, poco ma sicuro.

A quest'ultimo messaggio Erin aggrotta leggermente le sopracciglia e sbatte forte le palpebre.

Era stato così strano guardare tutte quelle foto di sua madre, brevi spezzoni di filmati aggiunti al documentario, per la maggior parte forniti da Roxy, anche se alcuni dei filmati più vecchi provenivano da nonna Pat. Le aveva messo tristezza vedere la mamma giovane e felice in quei frammenti; lei faceva sempre del suo meglio, ma era difficile avere a che fare con Roxy e i suoi continui scatti d'ira, quando picchiava e mordeva, urlava e scaraventava le cose per terra. Tutti avevano paura di lei, anche papà, che di tutti era quello più vicino a Roxy. Ma la mamma ci provava sempre; non le veniva granché bene, ma ci provava.

La sedia rosa aveva un aspetto orribile nel documentario, sembrava spuntata fuori da un film dell'orrore, ma in realtà certe volte era l'unico modo per tenere sotto controllo Roxy. *Se non ti calmi, finisci sulla sedia rosa.* Non faceva paura. Ma quella sera sì, le aveva fatto paura eccome, quando la mamma ce l'aveva legata sopra, gridandole nelle orecchie: «Tornerò, Erin, tornerò, ma non posso portarti con me. Mi dispiace».

Quella prima notte aveva lasciato Erin nella sua camera, legata alla sedia rosa. Era tornata il giorno dopo e l'aveva slegata, le aveva dato da mangiare e da bere, l'aveva pettinata. Erano passati anni dall'ultima volta che Erin era stata seduta in una stanza insieme a sua madre. Che strano effetto.

«Dov'è papà?» aveva sussurrato alla mamma.

«L'ho messo nella vasca da bagno».

«Perché?»

«Non lo so, non sapevo cos'altro fare di lui. Fa più fresco lì dentro, non credi?»

Erin aveva annuito. Sapeva cosa stava cercando di dire la mamma.

«Perché l'hai lasciato morire?»

«Perché non mi veniva in mente nessuna buona ragione per lasciarlo vivere».

«Ma era mio padre».

La mamma aveva sospirato, smettendo per un attimo di pettinarla. «Sì» disse alla fine. «Lo so, mi dispiace. So che gli eri molto affezionata, ma prima o poi, col cuore che si ritrovava... Era un vecchio».

«Settantadue anni non sono così tanti!»

«Sarà, ma comunque era vecchio abbastanza. Si sarebbe ammalato e avrei dovuto prendermi cura di lui. E io non avevo voglia di prendermi cura di lui, capisci? Ho una vita da vivere, Erin. Sono stufa di prendermi cura degli altri».

«Ma che ne sarà di me? Chi si prenderà cura di me, se tu non lo farai più?»

Sua madre aveva sospirato e le aveva accarezzato i capelli.

«Dobbiamo dirlo a qualcuno, di papà?»

«Sì, certo. Lo diremo. Ho solo bisogno un attimo di... ci sono delle altre cose che... cose che devo risolvere. C'è una donna che può aiutarmi, starò da lei per un po'. Devo solo... schiarirmi le idee, capire un po' tutto quanto. Perché mi sento la testa che vacilla, e sto cercando di elaborare, come si dice. Sto elaborando un sacco di cose».

La mamma tornò il giorno dopo e il giorno dopo ancora, ma ogni volta si fermava sempre meno. Poi un giorno prese Erin con la sedia e tutto e la spostò nello sgabuzzino.

«Cosa stai facendo?»

«Non voglio che la gente ti veda dalle finestre. Torno tra un paio di giorni, massimo tre».

«Ma dove vai?»

«Su a nord».

«Ma io come farò a mangiare?»

«Senti, tanto tu mangi poco e niente, il fatto è che non potrò venire a trovarti, chiaro? Ma andrà tutto bene, te le caverai».

Lo aveva pensato allora che sua madre era pazza, ma sul serio. Non un po' matta com'era sempre stata, con le sue piccole ossessioni, le sue fissazioni, la sua mania di controllo. E poi se n'era andata e le quattro mura dello stanzino le si erano chiuse intorno, mentre lo scatto della porta d'ingresso alle spalle di sua madre risuonava quasi come una campana a morto.

Perché Erin lo sapeva che ci sarebbe morta, lì dentro, in quel minuscolo buco così caldo e soffocante. Lo sapeva. E c'era mancato un pelo.

E quando si era svegliata, c'era lì Roxy.

Erin pensava di essere morta e che Roxy fosse un fantasma, uno spettro.

La sua sorellina, che non vedeva da sei anni.

La sorellina, che le faceva paura e le faceva male.

La sorellina che quella sera di sei anni prima, vedendo Brooke col vestito per il ballo, aveva proprio perso le staffe.

«Avevi detto che non ci saresti andata senza di me. Lo avevi detto. Sai cosa sembri? Una stupida troietta del cazzo. Guardati, ma guardati, cazzo!»

Era la cosa peggiore che fosse mai successa. Vista dalla fessura della porta della camera di Erin. Quella ragazza così adorabile. Brooke era così adorabile. La loro balorda vita era stata dieci volte meglio da quando c'era entrata Brooke. Ed eccola lì sul pavimento, in corridoio, morta stecchita. Fredda. Finita. La bellissima Brooke.

E poi la mamma era tornata a casa e si era scatenato l'inferno, le telefonate a papà, i teli di plastica, la finestrella del bagno. Erin non sapeva cosa fosse successo a Brooke, dopo. Non aveva mai chiesto niente. Era rimasta nella sua stanza. Era rimasta lì. Ferma lì. E la mamma era gentile con lei. Ma Erin non poteva essere gentile con la mamma, non dopo averla vista trascinare via Brooke in quel modo, avvolta in tutta quella plastica.

La sua famiglia le faceva paura, tutta la sua famiglia le faceva paura. Persino suo padre. Lei se ne stava nella sua stanza. Tutto il tempo. Usciva di corsa quando aveva bisogno di andare in bagno, contava fino a dieci, schizzava fuori, di corsa, di corsa, si precipitava correndo nella sua stanza, chiudeva la porta, girava la chiave nella serratura. E se Roxy fosse tornata e avesse cercato di strangolarla, come aveva fatto con Brooke? E se sua madre avesse avvolto Erin nella plastica e l'avesse poi buttata fuori dalla finestra del bagno?

A volte non c'era in casa nessuno e allora Erin si faceva una doccia o un bagno. Ma per lo più se ne stava in camera sua, sporca, trasandata, sul letto le stesse lenzuola che c'erano la notte in cui Roxy aveva ucciso Brooke. La mamma le lasciava le lenzuola pulite fuori dalla porta, ma Erin non aveva voglia di cambiarle. Erano diventate morbide le sue lenzuola, morbidissime, come se fossero parte di lei.

Papà era l'unica persona che lasciava entrare. All'inizio, solo per fargli sistemare la sedia da gaming. Lei se ne stava in piedi appoggiata al muro mentre lui la riaccomodava. Ma col tempo lo aveva lasciato restare. Gli permetteva di guardarla giocare. E poi, piano piano, erano diventati di nuovo amici.

Erased e Pa'.

Pa' e Erased.

La mamma non doveva venirlo a sapere, perché non le sarebbe mica piaciuto.

A lei la sua famiglia piaceva in versione a pezzi separati, ognuno per sé. Le piaceva controllare tutto.

E poi la mamma aveva detto certe cose a quella donna... Alix Summer, si chiamava. Le aveva detto quelle disgustose bugie su suo padre. Bugie immonde. Ma la mamma voleva che quella donna, Alix, odiasse papà. E anche il resto del mondo lo doveva odiare. Erin rabbrividisce al ricordo di sua madre che picchia suo padre già morto, steso sul pavimento del soggiorno, e lo prende a calci, ancora e ancora, e dice: «Ti odio, ti odio, ti odio».

«Sai, ero una bambina quando l'ho conosciuto. Avevo

tredici anni, Erin. E lui ne aveva quaranta. Era un uomo sposato, con dei figli poco più giovani di me. Mi ha fatto credere che era lui quello che volevo, anche se a malapena mi era venuto il ciclo. Tu e tua sorella lo adorate, quell'uomo, ma lui non è come pensate. Anche la sua prima moglie era una ragazzina quando si sono conosciuti. Non è normale, Erin. Tuo padre non è normale».

Ma se è per questo, non lo è nemmeno sua madre. E nemmeno Roxy. Tantomeno Erin, a quanto pare (anche se i suoi trentottomila follower su Glitch pensano che sia perfetta così com'è).

Ma ora Erin non può fare a meno di essere ossessionata dal pensiero che la mamma sia là fuori, nascosta da qualche parte – posto che sia ancora viva – e che la troveranno e penseranno che abbia ucciso Brooke, che abbia abusato delle sue figlie, che abbia ucciso papà, mentre non è così... non esattamente.

Povera mamma, pensa Erin, povera mamma.

Roxy rientra con una scodella di minestra di carote, uno yogurt e un cucchiaio, il tutto disposto su un vassoio.

«Sai» dice, deponendo il vassoio davanti a Erin, «una cosa così potresti preparartela anche da sola. Non c'è niente che te lo impedisca».

«È che non mi va» dice Erin. «Non mi piace preparare le cose».

«Lo capisco, ma io non posso badare a te per sempre, lo sai. Prima o poi dovrai pur imparare a essere autonoma».

Erin annuisce e china il capo. Roxy ha ragione. Lei non può vivere con sua sorella per sempre. Non *vuole* vivere con sua sorella per sempre. Roxy a volte le fa paura. Le fa paura sul serio.

«Non dovevamo partecipare a quella cosa in tv, Rox» dice Erin.

Roxy le lancia un'occhiata. «Cioè?»

«Non dovevamo e basta. Era tutto finito. Non ne parlava più nessuno, non ci pensava più nessuno. Invece adesso ne parlano tutti, e ci pensano su e qualcuno non ci crederà e comincerà a scavare e...»

«E cosa, Erin? Cosa troveranno?»

«Magari troveranno la mamma».

«E allora?»

«Potrebbero convincerla a raccontare quello che è successo per davvero».

«E cos'è che è successo per davvero, Erin? *Niente,* ecco cosa. La mamma è pazza da legare. Tutto il mondo lo sa che è pazza, quindi chi cazzo vuoi che creda anche a una sola parola di quello che potrebbe dire? Dai, mangia la minestra».

«Scotta».

Roxy sospira forte, poi prende il telefono e ricomincia a scrollare.

Anche Erin prende il telefono. Si rannicchia sul divano appoggiandosi con le spalle ai cuscini. Col cellulare girato in modo che Roxy non veda, cerca «Alix Summer» su Google. Il battito cardiaco le aumenta quando vede che Alix ha un sito web con una pagina per i contatti. Si sente addosso gli occhi di Roxy e la chiude in fretta, stende le gambe e si china sulla minestra. Ci soffia sopra rumorosamente, una, due, quattro, sei, otto volte.

Roxy sospira di nuovo e poi finalmente si alza ed esce sbattendo la porta.

Erin prende il telefono e scorre indietro fino al sito di Alix.

Cara Alix, comincia.

Sono Erin.

Devi proprio fare una nuova serie.

Una nota sul nome «Giovanni Comoli»

Il nome dell'amico di Nathan, Giovanni, mi è stato fornito dal vincitore di un'asta per la raccolta fondi a favore dell'associazione Young Lives vs Cancer. Ecco una breve descrizione della causa a cui si dedica questa associazione:

> Quando a un bambino viene diagnosticato un cancro, tutto è a rischio, per lui e per la sua famiglia. In un momento in cui dovrebbero essere impegnati a fare i bambini, a godersi gli anni tumultuosi e in salita dell'adolescenza o a trovare il loro posto all'università, la loro vita si riempie di paure. Paura delle terapie, ma anche delle famiglie straziate, delle preoccupazioni economiche, della salute mentale che arriva al punto di rottura, di non avere un posto a cui rivolgersi, di non avere nessuno con cui parlare.
>
> Noi di Young Lives vs Cancer lo capiamo. Siamo l'ente benefico che aiuta i bambini e i giovani (da zero a venticinque anni) e le loro famiglie a trovare la forza di affrontare qualsiasi sfida il cancro gli ponga. Sappiamo che ognuno di noi è diverso, quindi lavoriamo con il massimo impegno per assicurarci che ogni famiglia abbia ciò di cui ha bisogno per affrontare il cancro. Può trattarsi di una sovvenzione finanziaria per un genitore che lotta per stare accanto al proprio figlio durante le cure, o per un giovane che non può permettersi di andare in ospedale. Oppure di aiutare una famiglia a restare insieme, grazie a una delle nostre case di accoglienza gratuite vicino all'ospedale in cui il figlio è in cura. E se pensiamo che le famiglie non siano

ascoltate dal sistema, non abbiamo paura di far sentire la loro voce o di gridare in loro nome. I bambini e i giovani malati di cancro meritano le stesse opportunità di chiunque altro. Noi li sosterremo sempre, perché ci siamo già passati. Grazie alla gentilezza dei nostri sostenitori, affronteremo tutto insieme.

Ringraziamenti

Questa sì che è stata una consegna impegnativa! Ho iniziato a scrivere il romanzo nel marzo 2022 e l'ho ultimato a settembre. Si potrebbe pensare che dopo ventuno libri una abbia un'idea di come si scrive, di come succedono le cose e di cosa serva per portare un libro sulla pagina, ma, come i figli, ogni nuovo libro è diverso e tutto ciò che hai imparato scrivendo i romanzi precedenti non conta un bel niente quando ti trovi di fronte a un nuovo universo da gestire. E così è stato con questo. Non sapevo di poter essere tanto veloce nella scrittura! Ero preoccupata di non fare le cose che faccio di solito, come creare un doppio arco temporale o dei flashback; dove sono i miei punti di vista adolescenziali? continuavo a pensare. Dov'è il mio personaggio maschile? Che cos'è questa storia? E perché la sto scrivendo così in fretta?

Quindi credo proprio che il mio grazie debba andare innanzitutto a Will Brooker, il quale, anche se non stava scrivendo un libro su di me che stavo scrivendo un libro quest'anno, ha voluto leggere il mio ultimo lavoro in corso per divertimento e, quando sono giunta al traguardo intermedio delle trentamila parole e mi sentivo stordita dall'incertezza e dalla paura, mi ha scritto: «Non capisco cosa sta succedendo, ma è veramente delizioso, ca***». È bastato questo a farmi attraversare le successive sessantamila parole. Grazie davvero, Will.

Vorrei anche ringraziare mia sorella Sacha, per la chiacchierata nella sua cucina a febbraio, quando le ho detto:

«C'è un vecchio a una finestra davanti a un pc portatile, e c'è qualcuno in una stanza in fondo al corridoio dietro una porta chiusa, e non so ancora chi è», e lei mi ha risposto: «Che ne dici di una ragazza adolescente, che ha una dipendenza dai videogiochi?» dando immediatamente vita all'intera storia nella mia testa. A volte sono i dettagli minimi che possono avere il massimo impatto. Grazie come sempre alla mia editor, Selina Walker, che su questo libro si è superata – non so bene quante volte l'abbia riletto, ma sono state molte – e a tutti gli altri collaboratori di Century nel Regno Unito, che lavorano sempre tantissimo per me, in particolare a Najma (meritatissima vincitrice del premio per l'addetta stampa dell'anno, e scusate se è poco!) e a Claire Bush e Sarah Ridley per tutti i fronzoli e i dettagli dietro le quinte che contribuiscono al successo dei libri. Grazie anche a Claire Simmonds per l'impegno profuso nelle vendite. Grazie a Jonny Geller, il mio agente presso Curtis Brown, per aver sempre mantenuto la rotta della nave e per avermi permesso di stare seduta alla mia scrivania a inventare cose senza dovermi preoccupare delle altre cose. E grazie al resto del team: a Viola, Ciara, Kate e Nadia. A Deborah Schneider, la mia agente negli Stati Uniti, grazie per ogni minuto di tutto quello che hai fatto per me in questi anni. Sei incredibile, e io ti sarò eternamente grata.

Grazie anche alla formidabile squadra di Simon & Schuster negli Stati Uniti, a Lindsay Sagnette, la mia fantastica editor, e ad Ariele Fredman, la mia addetta stampa non-ancora-premiata-ma-che-dovrebbe-esserlo-perché-è-fantastica: grazie per aver lavorato così duramente e instancabilmente per me e per avermi aiutato a costruire un pubblico di lettori così brillante e fedele dall'altra parte dell'oceano. Grazie anche a Jade, Dayna, Karlyn, Camila e Libby. Siete tutte strepitose.

E poi i soliti ringraziamenti a tutte le persone che lavorano per la causa della lettura: bibliotecari, librai, blogger, Bookstagrammer e insegnanti. Sono davvero grata a tutti voi. E a voi lettori, naturalmente, grazie per aver scelto i miei libri, per averli condivisi, per averne parlato e per avermi fatto sentire che quello che faccio è importante.

Infine, grazie a tutte le persone che fanno parte del mio mondo quotidiano, il mondo che mi porta queste storie e mi permette di avere il tempo, lo spazio e l'ispirazione per scriverle; ai miei amici, alla mia famiglia, ai vicini di casa, ai colleghi scrittori e, soprattutto, agli intriganti sconosciuti alle finestre, sulle spiagge e per strada che fanno nascere idee e mondi, e che non sapranno mai che qualcuno ha scritto un intero libro su di loro.

Grazie a voi, grazie mille!

I NERI

LIZ NUGENT
Il mistero di Oliver Ryan

DEREK B. MILLER
Uno strano luogo per morire

NATSUO KIRINO
Pioggia sul viso

ERIK VALEUR
Il settimo bambino

DANIEL SILVA
Il caso Caravaggio

LAURA LIPPMAN
Ogni cosa è segreta

ALLEN ESKENS
Verità sepolte

RICHARD PRICE
Clockers

TIM JOHNSTON
Scomparsa

MITCH CULLINS
Mr Holmes. Il mistero del caso irrisolto

GIOVANNI DI GIAMBERARDINO, COSTANZA DURANTE
Giallo banana. Un'indagine di Vittorio Maria Canton

RICHARD PRICE
Balene bianche

MARION PAUW
La ragazza che non sapeva

ALLAN ESKENS
Al posto di un altro

NATSUO KIRINO
La notte dimenticata dagli angeli

GILA LUSTIGER
La colpa degli altri

JOHN MEADE FALKNER
Lo Stradivari perduto

FRANCK BOUYSSE
Ingrossare le schiere celesti

ALEX LAKE
La logica del lupo

EMMANUEL GRAND
I bastardi dovranno morire

FLAVIO VILLANI
Il nome del padre

LISA JEWELL
Io ti ho trovato

LINDA GREEN
A occhi chiusi

MASSIMILIANO NARDI
Un caffè alle mandorle

GIOVANNI DI GIAMBERARDINO,
COSTANZA DURANTE
Il sangue macchia, Sir

ALLEN ESKENS
Il cielo può cadere

FLAVIO VILLANI
Nel peggiore dei modi

GRAEME MACRAE BURNET
La scomparsa di Adele Bedeau

LISA JEWELL
Ellie all'improvviso

LISA JEWELL
Qualcuno ti guarda

CHRIS HAMMER
Scrublands noir

FLAVIO VILLANI
La banda degli uomini

LISA JEWELL
La famiglia del piano di sopra

JOHANNA MO
La morte viene di notte

JULIA CHAPMAN
Appuntamento con la morte

GRAHAM MOORE
Il verdetto

LISA JEWELL
La ragazza invisibile

PAOLO MAZZARELLO
Il mulino di Leibniz

CHRISTOPHE GAVAT
Omicidio a Cap Canaille

JULIA CHAPMAN
Appuntamento con il male

JOHANNA MO
L'ombra del giglio

WILLIAM J. CORNWALL
Dear Mussolini

KIMI CUNNINGHAM GRANT
Nel silenzio dei boschi

CLAIRE BEREST
Artifici

LISA JEWELL
La notte in cui lei scomparve

CHRISTOPHE GAVAT
Endorfine

PIERRE MARTIN
Madame le commissaire e la morte in convento

TINA ORR MUNRO
La morte mi guarda

DARIA SHUALY
La calda estate di Mazi Morris

JORDAN HARPER
Tutti sanno

LISA JEWELL
La famiglia è ancora qui

PIERRE MARTIN
Madame le commissaire e l'amante assassinato

JEAN-LUC BANNALEC
Segreto bretone

HÉLÈNE GULLBERG
La protetta

ANDERS DE LA MOTTE
L'uomo di vetro

KIMI CUNNINGHAM GRANT
Nessun segnale

ANYA NIEWIERRA
Il Cammino

TULLIO AVOLEDO
Come si uccide un gentiluomo

Questo libro è fabbricato da Grafica Veneta S.p.A.
con un processo di stampa e rilegatura certificato 100% carbon neutral
in accordo con PAS 2060 BSI

Finito di stampare
nel mese di maggio 2025
per conto di Neri Pozza Editore, Vicenza
da Grafica Veneta spa di Trebaseleghe (Padova)
Printed in Italy